Petra Gabriel wuchs in Stuttgart und am Bodensee auf. Seit 1982 lebt sie mit ihrer Familie am Hochrhein. Über fünfzehn Jahre lang war sie Redakteurin in der Lokalredaktion des SÜDKURIER in Bad Säckingen, die meiste Zeit als stellvertretende Leiterin. Seit 2004 arbeitet sie als freiberufliche Journalistin und Schriftstellerin. Petra Gabriel ist Autorin von vier historischen Romanen: »Zeit des Lavendels«, »Die Gefangene des Kardinals«, »Waldos Lied« und der Erfolgstitel »Der Kartograph«. Ihre Homepage: www.petra-gabriel.de

PETRA GABRIEL

TOD AM HOCHRHEIN

DER BADISCHE KRIMI

Emons Verlag

Umschlagzeichnung: Heribert Stragholz
Druck und Bindung: CPI – Clausen & Bosse, Leck
Printed in Germany 2009
Erstausgabe 2007
ISBN 978-3-89705-489-9
Der Badische Krimi 11
Originalausgabe

Für meinen Mann und die Stadt,
die mir zur Heimat geworden ist

1

Bowie lächelte. Es würde leicht sein, zu ihr zu gelangen. Er passierte einfach Europas unbewachte Flanke. Dieser Ort war geradezu prädestiniert dafür, bildete eine Brücke zwischen Diesseits und Jenseits. Diesseits und jenseits des Rheins, sogar über eine Grenze hinweg. Für ihn. Für sie bedeuteten die Brücke, der Fluss den Unterschied zwischen Leben und Tod, so wie der Fluss Styx, der Fluss des Vergessens im Hades, der griechischen Unterwelt. Nur Charon, der Fährmann, konnte die Seelen hinübertransportieren. Er liebte diese Art der Symbolik. Vielleicht war sie sogar so etwas wie ein gutes Vorzeichen dafür, dass sein Vorhaben gelingen konnte. Er hatte noch niemals einen Menschen getötet, nicht in der Realität zumindest. Doch alles begann schließlich im Kopf, jeder Traum, jeder Plan. Auch dieser. Noch hatte er keine genaue Strategie. Er wusste nur, dass am Ende ihr Tod stand. *Sie* wussten es noch nicht, aber er würde *ihnen* beweisen, dass *sie* auf ihn zählen konnten.

Er spürte das bekannte Ziehen, das Gefühl der Dringlichkeit, die ersten Vorboten des Entzugs. Panik stieg in ihm auf. *Sie* durften ihn nicht fallen lassen. Er musste *ihnen* zeigen, dass er noch immer etwas wert war, dass *sie* Bowie, das Messer, nicht abschreiben durften, dass er noch immer ein guter Kurier war. Langsam, mahnte er sich, lass dir Zeit. Er brauchte einen Schuss, damit sein Kopf wieder klar wurde. Sein Vorhaben musste gelingen. Er hatte schon zu viele Fehler gemacht. Ein Schritt nach dem anderen. Zunächst einmal würde er über diese Brücke gehen.

Irgendwo bellte ein Hund, dunkel, heiser. Die Hauswände warfen das Bellen zurück. Es erinnerte ihn an Cerberus, den Höllenhund der griechischen Mythologie. Todesbote, dachte er, ich bin ein Todesbote der Götter, Herr über ein Schicksal. Das Gefühl, das dieser Gedanke auslöste, gefiel ihm. Es sackte gleich darauf wieder zusammen. Die Götter, die über sein Leben bestimmten, waren wütende, sehr menschliche Götter. Erinnerungen an seine Zeit als Philosophie- und Politikstudent an der Universität Basel stiegen in ihm auf, Bilder aus einem anderen Leben. Dann der Ausbruch, das Leben als Zirkusartist, als Messerwerfer. Von einem kleinen Zirkus zum anderen. Damals hatten sie ihm den Namen gegeben, Bowie, das Messer. Für einen verwöhnten Sohn aus gutem Hause war er einen weiten Weg gegangen.

Er beobachtete die Steinbrücke, die über den Rhein von der Schweiz nach Deutschland führte, seit einer Stunde. Immer wieder war er am Schweizer Zollhäuschen vorbeigeschlendert: nach außen hin ein harmloser Tourist, in den Anblick der mittelalterlichen Häuser und Gassen von Laufenburg versunken. Niemand beachtete ihn. Jetzt lehnte er am eckigen Brunnentrog in der Nähe des Zolls. Aus dem schmiedeeisernen Aufbau floss kein Wasser. Es war abgestellt, damit die Leitungen nicht einfroren.

Der Nebel über dem Fluss löste sich langsam in der Dämmerung auf. Es war klamm und kalt. Doch er spürte es nicht, seine Wahrnehmung war ganz auf das andere Ufer, das Jenseits, gerichtet. Er fingerte an seinem Gürtel unter dem abgetragenen Wintermantel herum, das Gefühl der Drogentütchen unter dem Leder der eingenähten Taschen beruhigte ihn etwas. Der Zwischenhändler wartete schon auf die Lieferung. *Sie* hatten ihn als Kurier geschickt. Es war wie ein Zeichen gewesen, dass ihre Stunde gekommen war. Einen Teil des Heroins durfte er selbst behalten, wenn die Übergabe klappte. Das war sein Lohn. Daneben enthielt der Gürtel ein Messer und Plastiksprengstoff. Es war sein Lieblingsmesser, eines der Marke Bowie. Er hatte es umgebaut, damit es besser flog. Nun konnte er die Drehung in der Luft genau kalkulieren, den Bogen, den es fliegen würde. Messer waren wie Menschen, sie hatten eine Persönlichkeit. Weitere Messer hatte er im Futter seines Koffers versteckt. Aber das hier war das beste. Sie würde nicht leiden müssen. Er hasste den Anblick von Blut. Doch wenn es sein musste, wenn er nicht nahe genug an sie herankam, würde er auch den Sprengstoff einsetzen, um sie zu bekommen. Um die fünfzehn Meter, das war die beste Wurfdistanz, seine Spezialstrecke sozusagen.

Bowie richtete seine Aufmerksamkeit wieder auf die Brücke.

Bald würde er hinüberkönnen. Ja, der Schweizer Zöllner kam aus dem kleinen Häuschen. Er hatte sein Cape übergestreift. Nun würde er heim zu seiner Frau und seinen Kindern gehen. Die Grenze war dann unbewacht, wuchtige Kübel, bepflanzt mit Zypressen, ersetzten den Schlagbaum.

Er machte sich bereit, die Brücke zu überqueren. Er hatte lange und geduldig gewartet. Die Kommissarin hatte die Angelegenheit sicher längst vergessen. Nach den Attentaten von London, nachdem die Franzosen das Abkommen von Schengen ausgesetzt hatten, war überall hektisch kontrolliert worden. An den Grenzen natürlich, aber auch weiter im Inland. Sogar in diesem verschlafenen Städtchen links und rechts einer Europa-Grenze, die eigentlich kaum noch jemand wahrnahm, seitdem weiter östlich für den Verkehr eine zweite Rheinbrücke zwischen Deutschland und der Schweiz gebaut worden war.

Inzwischen war die schläfrige Ruhe längst wieder eingekehrt. Hier war die Welt noch in Ordnung, die Männer für Kontrollen an wichtigeren Grenzübergängen längst abgezogen. Überall wurde am Personal gespart.

Es war so weit. Er schlenderte los, langsam, als habe er alle Zeit der Welt. An der Figur des Brückenheiligen lehnte eine Frau. Sie trug einen Pelz, der teuer aussah, auf dem Kopf eine fellverbrämte Mütze. Über ihren Rücken hing ein dicker Zopf bis fast zur Hüfte. Er konnte ihr Gesicht nicht richtig sehen. Sie starrte gebannt in den dunklen Fluss, der um die Brückenpfeiler wirbelte und kleine Schaumkronen bildete. Es hatte viel geregnet. Der Rhein hatte in diesem Februar eine starke Strömung.

Außer ihm war niemand mehr auf der Brücke. In den Fenstern der Altstadthäuser gingen nach und nach die Lampen an, der Lichtschein brach sich im Fluss. Die Frau beachtete ihn nicht, als er vorüberging. Er war erleichtert darüber, obwohl es nichts ausgemacht hätte. Keiner hier kannte ihn. Außerdem hatte er eine weiße Weste. Er war ein unbescholtener Bürger, ein Tourist, laut Pass aus der Innerschweiz, der einen Kurzausflug ins badische Laufenburg machte.

Während er die enge Hauptstraße mit dem Kopfsteinpflaster

hinauf- und auf sein Hotel zuging, lächelte er erneut. Nicht mehr lange, und er konnte sich seinen Schuss setzen.

Morgen begann hier die hohe Zeit der alemannischen Fasnacht. Dann würde er nicht besonders auffallen, dann gab es an dieser Grenze zwischen Laufenburg-Baden und Laufenburg-Schweiz keinerlei Kontrollen mehr. Bei den Menschenmassen, die zur Städtlefasnacht in die Altstadt strömten, wäre es ohnehin illusorisch gewesen, auf Verbrechersuche zu gehen. Es war wie die Suche nach einer winzigen Nadel in einem Heuhaufen. Das hatte er selbst gesehen, er war zwei- oder dreimal mit einem Zirkus hier gewesen. Damals, als er noch Saisonverträge bekommen hatte. Tausende von Feiernden drängten sich zur Städtlefasnacht in diesen engen Kopfsteinpflastergassen auf beiden Seiten des Rheins und schoben einander über die Brücke. Dazwischen dröhnten die Trommeln, schmetterten die Trompeten von grellbunt aufgezäumten Guggen-Musiken, die von hüben nach drüben zogen. Mit ihnen pilgerten Pulks von Jugendlichen, manche mit Alcopops im Rucksack, die sie trotz der Kontrollen der Veranstalter an den beiden Eingängen der Altstädte von Laufenburg-Baden und Laufenburg-Schweiz in das Gewühl geschmuggelt hatten.

Diese Kontrollen störten ihn nicht weiter. Sein Hotel lag innerhalb der Altstadt. Er musste mit seiner Ware nur hinaus und nicht hinein. Sein Zimmer hatte noch einen weiteren großen Vorteil. Die Frau, die er töten würde, wohnte gleich nebenan. So konnte er von seinem Zimmer aus ihr Kommen und Gehen beobachten, ohne selbst entdeckt zu werden. Und wenn er sie getötet hatte, würde er einfach in den Menschenmassen untertauchen.

Überall waren schon die Buden und Stände aufgebaut, meist von Vereinen, die in diesen Tagen ihre Kasse aufzubessern hofften. Wieder lächelte er. Sie nannten es am Hochrhein die »fünfte Saison«, die Zeit der Narren.

Der Tag des großen Fasnachtsumzuges, der Sonntag, sollte der letzte ihres Lebens sein. Er hatte sich ein Kostüm mitgebracht, eine Maske, ein Clownskostüm mit großen Punkten. Ein bunter, tödlicher Clown. Er fand das passend. Es war sein altes

Zirkuskostüm. Nun musste er sie an diesem Nachmittag nur noch in die Altstadt locken. Aber er wusste schon, wer ihm dabei helfen würde.

Falls es Ärger gab, war die Flucht einfach: Er würde sich vom Strom der Fasnächtler wieder über die Grenze treiben lassen. Im Zweifelsfall konnte er auch in Waldshut oder Rheinfelden über die Grenze gehen. Die Zugverbindungen waren gut, er hatte die Anschlüsse schon herausgesucht. Am Fasnachtssonntag gab es überall große Umzüge der Narren, die Waggons waren überfüllt mit Teilnehmern und Besuchern. Keinem Kontrolleur, keinem noch so aufmerksamen Polizisten würde in der Masse der Fasnachtsbegeisterten ein Clown auffallen.

Ein wenig weiter Richtung Waldshut lag der Laufenburger Ostbahnhof. Im Westen der deutschen Altstadt, etwa hundertfünfzig Meter von der Brücke entfernt, gab es zudem das Bahnhöfle. Bei beiden, dem Ost- und dem Westbahnhof, war das Personal schon lange abgezogen. Die Bahn sparte. Am Westbahnhof vorbei führte ein schmaler asphaltierter Fuß- und Radweg weiter gen Westen zur Zimmermannstraße, und diese wiederum mündete ebenfalls in die Bundesstraße. Außerdem waren da noch die Stadtausgänge im Schweizer Laufenburg. Der schweizerische Bahnhof lag ebenfalls ganz in der Nähe der Altstadt. Also kein Grund zur Sorge. Es standen ihm mehrere ideale Fluchtwege zur Verfügung, falls es so weit kam. Wer schnell von hier wegmusste, konnte das auch.

Er war in seinem Hotel angekommen. Es wirkte gemütlich, lag am Rhein, direkt neben dem Stadttor. Oberhalb des Torbogens war das Rathaus untergebracht. Die Hauptstraße führte darunter hindurch und mündete nach wenigen Metern in der B 34.

Die Wirtin des Hotel Rebstock empfing ihn mit einem Lächeln. »Gefällt Ihnen Laufenburg? Sie werden sehen, die Städtlefasnacht ist ein ganz besonderes Erlebnis. Erschrecken Sie nicht, um fünf Uhr zieht hier morgen früh die Tschättermusik durch. Das müssen Sie sich auf jeden Fall anschauen, falls Sie so etwas nicht kennen. Die Narronen, das ist die Laufenburger Zunft, und ihr Gefolge ziehen mit Fackeln durch die Altstadt. Sie tragen große Sägeblätter, schlagen auf Topfdeckel, eben auf alles, was Krach macht. Da wird es recht laut. Es ist ein ziemlich schauriger Brauch. Anschließend gibt es Mehlsuppe bei uns, eine Spezialität dieser Gegend. Die müssen Sie unbedingt probieren.«

Er lächelte zurück, erwiderte aber nichts.

»Möchten Sie noch etwas essen? Unser Salm ist sehr zu empfehlen. Sie wissen doch sicher, dass im Rhein früher viel Lachs gefangen worden ist.«

»Ich bin müde, will vorschlafen für die nächsten Tage«, nuschelte er in schleppendem Berner Deutsch.

Sie nickte verständnisvoll.

Die steile hölzerne Treppe knarrte, als er in den ersten Stock hinaufstieg. Dort lag sein Zimmer. Er schaute von der Treppe hinunter in den Gang, bewunderte kurz den großen alten Spiegel im vergoldeten Stuckrahmen und die Marmorfiguren auf der Eichentruhe davor. Es war ein Reflex. Er wollte immer wissen, was sich hinter ihm tat. Der Gang war leer. Das Geländer der Treppe war rund und blank poliert von den Händen ganzer Generationen.

Er ging in sein Zimmer und setzte sich aufs Bett. Es knarrte ebenfalls ein wenig. Er wickelte den Gürtel ab. Aus der einen Tasche holte er sein Spritzbesteck, aus einer anderen das Heroin. Die Bewegungen waren so vertraut, dass sie mechanisch abliefen. Kurze Zeit später spürte er die Droge in seinen Blutbahnen. Das Glück kam zu ihm zurück. Alles wurde leicht. Morgen würde er die Reihenfolge festlegen, in der er handeln musste, den Plan hatte er schon. Diese Frau hatte der Organisation sehr geschadet. Sie musste sterben. Wäre sie nicht gewesen, die Kuriere hätten niemals gefasst werden können.

Durch seine Schuld hatte sie von dem geheimen Netz aus Schmuggelpfaden und Lieferungen über die grüne Grenze, aus toten Briefkästen und Kleindealern erfahren. Hunderttausend Ecstasy-Pillen, kiloweise Haschisch und Heroin waren bei Hausdurchsuchungen beschlagnahmt worden, Ware für eine Million Euro.

Diese Kommissarin hatte die Lücke in der Mauer des Schweigens gefunden. Maria, mit der er hin und wieder schlief, hatte ihr davon erzählt. Er hatte ihr im Drogendelirium wohl zu viel verraten. Natürlich hatte er es *ihnen* gegenüber abgestritten, immer und immer wieder. *Sie* taten so, als würden *sie* ihm glauben. Als Maria bei diesem angeblichen Unfall starb, da hatte er gewusst, dass *sie* ihm nicht mehr trauten, dass er der Nächste sein würde, wenn er nichts unternahm. Nun würde er der Organisation beweisen, dass er kein Verräter war. Und Iris Terheyde töten. Iris Terheyde, die Kommissarin.

Bowie ging ans Fenster. Er konnte diesem Max Trautmann von seinem Zimmer aus fast in die Wohnstube schauen. Genau so hatte er es sich vorgestellt. Die Vorhänge waren zugezogen. Er legte sich ins Bett und dämmerte hinüber in den Schlaf, eingelullt vom Rauschen des Flusses.

Die Frau im Zobelmantel löste sich von der Figur des Brückenheiligen. In der Hand hielt sie eine Klarsichtfolie. Sie steckte sie in die Tasche ihres Mantels. Mit der fließenden Bewegung einer Katze glitt sie durch die Dunkelheit, zog sich an der steinernen Brüstung hoch. Sie wusste, dass sie beobachtet wurde. Sie wollte es so. Es war Teil ihres Racheplans.

Ihr Körper schlug aufs Wasser, kämpfte gegen die Kälte an, wehrte sich. Doch sie war entschlossen, machte sich schwer. Der Pelzmantel saugte sich voll mit Wasser, zog sie wie Blei in die Tiefe. Sie verlor das Bewusstsein. Ihr Körper stieß gegen Felsen, wurde in Richtung Kraftwerk getrieben, prallte erneut gegen Stein. Ihre Kieferknochen brachen, ebenso ihr Schlüsselbein. Sie spürte es nicht mehr.

Der alte Mann am Fenster im Obergeschoss des Hauses bei der Brücke direkt gegenüber dem deutschen Zoll griff sich an die Brust. Eine eiserne Klammer presste sein Herz zusammen. Sie war zurückgekommen. Nach so vielen Jahren. Ein stechender Schmerz schoss durch seine Brust. Warum war sie gesprungen? Sie musste gewusst haben, dass er sie beobachtete, dass er seit Jahren jeden Tag beobachtete, was auf der Brücke geschah. Er hatte nichts anderes zu tun.

Der Alte wankte, stützte sich an der Fensterbank ab, versuchte das Telefon auf dem kleinen Tischchen neben dem Ohrensessel zu erreichen. Der Hörer fiel ihm aus der Hand. Er schaffte es, ihn aufzuheben und zu wählen: 110. »Hilfe. Hauptraße Laufenburg, Zoll, oben, altes Zollamt«, krächzte er mit fast versagender Stimme. Er wusste nicht, ob ihn am anderen Ende der Leitung jemand verstanden hatte.

Der Hörer entglitt seinen Händen. Er sank in den Lehnstuhl. Ich muss mit meinem Sohn sprechen, dachte er. Ich muss es ihm sagen.

2

Sie hätte ihm am liebsten die Augen ausgekratzt. »Es muss sein«, beschwor er sie erneut, »zu deiner eigenen Sicherheit.«

Das kam ihr absurd vor, wie in einem falschen Film. In Fernsehkrimis schwebten Kommissarinnen ständig in Lebensgefahr, aber nicht im wirklichen Leben.

Aber das Leben von Iris Terheyde, Kriminaloberkommissarin der Mordkommission, war offenbar tatsächlich bedroht. Das behauptete jedenfalls Mathias Bleich, Leiter der Mordkommission der Polizeidirektion Waldshut-Tiengen, und wiederholte es gebetsmühlenartig immer wieder. Doch, die Anweisung aus dem Landeskriminalamt sei eindeutig gewesen, auf Anordnung des Bundeskriminalamtes übrigens, das wiederum einen Hinweis von den Schweizer Kollegen bekommen hatte: »Schaffen Sie die Kollegin aus der Schusslinie.«

Sie glaubte ihm nicht ein Wort. Sie wusste, dass er sie loswerden wollte, schon lange. Nun nutzte er einfach die günstige Gelegenheit, die Nachricht von diesem Mann, der es angeblich auf sie abgesehen hatte, ein Auftragskiller, vielleicht sogar ein Selbstmordattentäter. Selbst einen Terroranschlag auf ein Ziel irgendwo in Baden Württemberg wollte das LKA nicht ausschließen.

Das Mittagessen klumpte sich in ihrem Magen zusammen. Nicht aus Angst. Er hielt sie wohl für blöd, ihr solch ein Märchen aufzutischen. Sie war schon lange nicht mehr so wütend gewesen.

Sie versuchte, ruhig zu bleiben, vernünftig. »Warum sollte er es ausgerechnet auf mich abgesehen haben? Woher kommt dieser ominöse Tipp überhaupt?«

Er schien zu bemerken, dass es in ihr brodelte, und zuckte die Schultern. Es war ihm anzusehen, wie unbehaglich er sich fühlte.

»Es war ein anonymer Anruf.«

Sie hatte Mühe, nicht allzu sarkastisch zu klingen. »Aha, ein anonymer Anruf. Und was sagte der offenbar gesprächige Anrufer, warum mich jemand umbringen wollen sollte? Und warum er dem LKA das überhaupt mitteilt?«

»Vielleicht war es ja auch ein Informant, und das LKA will die Quelle schützen. Wir wissen nicht, warum, wir wissen nur, dass. Wenn wir die Motive kennen würden, dann könnten wir etwas tun. Im Moment tappen wir noch völlig im Dunkeln, in welcher Richtung wir suchen müssen. Ich sage es noch einmal: Der Mann ist gefährlich. Das LKA hat recht, du musst aus der Schusslinie. Ich kann dir wirklich nicht sagen, warum er es auf dich abgesehen hat, es gibt nichts als vage Vermutungen. Wir haben einzig den Tipp aus der Schweiz, dass jemand mit Sprengstoff im Schutz des Fasnachtstrubels über die Grenze will, offenbar in Laufenburg, möglicherweise aber auch in Bad Säckingen oder in Waldshut, und zu dir unterwegs ist. Auf jeden Fall im Zuständigkeitsbereich der Polizeidirektion Waldshut-Tiengen. Allein der Gedanke erfüllt mich mit Grauen. Tausende von feiernden Menschen in jedem verdammten Kaff entlang der Grenze, drei große und noch unzählige kleine Übergänge. Ganz zu schweigen von der grünen Grenze entlang des Flusses. Sie ist in der Nacht mit einem Boot ganz einfach zu überqueren, das weißt du selbst. Die Chancen, diesen Mann oder die Männer zu finden, sind unter diesen Unständen gleich null. Und bei diesem Informationsstand bekommen wir auch keine Großfahndung durch. Außerdem können wir niemanden abstellen, der dich beschützt.« Er machte eine Pause. »Deine Versetzung nach Lörrach ist beschlossene Sache. Du warst aufgrund der Umstrukturierungen ohnehin dafür vorgesehen. Jetzt gehst du eben früher.«

Sie war so erbost, dass sie kaum noch sprechen konnte. »Und warum hast du mir das nicht früher gesagt? Ich bin vor vier Wochen erst wieder nach Laufenburg umgezogen. Die Kartons sind noch nicht einmal alle ausgepackt.«

Er versuchte es mit einem Scherz. »Das ist doch praktisch, dann brauchst du die Umzugskisten nicht erst wieder einzuräumen.«

Iris Terheyde fand das nicht komisch. Sie erinnerte sich genau, wie mulmig ihr bei diesem Umzug zumute gewesen war. Sie hatte keine guten Erinnerungen an ihre Kindheit in dieser Stadt, vielleicht waren die Kartons deshalb noch nicht ausgeräumt. Doch einen solch wunderbaren Blick auf den Rhein und auf die Schweiz wie in ihrer neuen Wohnung in einem der sanierten Altstadthäuser entlang der Hauptstraße gab es sonst nirgendwo. Sie hatte einfach nicht widerstehen können.

»Gib es doch einfach zu, nichts war vorgesehen. Du nutzt einfach die Gunst der Stunde, um mich loszuwerden. Jetzt hast du einen guten Grund.«

Er musterte sie hilflos. »Du weißt genau, dass wir aufgrund der Umstrukturierungsmaßnahmen zwei Männer abgeben müssen.«

Sie lachte bitter. »Und nun ist es eben eine Frau, nicht wahr? Diese ganze Mördertheorie ist nichts als ein Vorwand, die Geschichte mit dem anonymen Anruf ist einfach lächerlich.«

Hinter ihrem Zorn lauerte die Müdigkeit. Die Tote im Laufenburger Kraftwerksrechen hatte sie fast die ganze Nacht gekostet. Möglicherweise Selbstmord, doch dieser Anruf von vorhin sprach dagegen. Sie musste das klären. Iris spürte die Aggression in sich hochsteigen. Warum traf es immer sie? Als ob sie klebrig wäre. Sie hatte es so satt. Satt, Ja und Amen zu sagen, satt, zu funktionieren, während aufgeblasene Machos wie Bleich sich hinter ihrer Vorgesetztenrolle verschanzten und sich den im Bodybuilding-Studio gestählten Hintern auf ihrem Stuhl wieder platt saßen.

Mathias Bleich, fünfundvierzig, mit dem Ansatz grauer Schläfen und einer Stirnglatze, wand sich. Sie sah ihm an, was er dachte: Konnte sie nicht einmal tun, was man von ihr verlangte, ohne zu widersprechen?

»Ich sagte es schon, du warst ohnehin vorgesehen. Ich hätte es dir schon noch mitgeteilt. Du bist alleinstehend, hast keine Familie. Die anderen Kollegen …«

»Was ist mit den anderen Kollegen? Es gibt noch andere, die keine Familie haben.«

»Schluss jetzt. Du gehst. Das ist beschlossene Sache.«

Er mochte sie nicht sonderlich, das wusste sie. Das Ärgerliche für ihn war nur, dass sie zu seinen besten Leuten gehörte. Er hatte bisher also wenig tun können.

Verdammt, sie hatte sich so viel Mühe gegeben. Seit sie denken konnte, gab sie sich Mühe. Doch es schien nie auszureichen. »Was ist, wenn ich mich weigere? Ich habe hier schließlich einen Fall zu klären. Erinnerst du dich, du hast mir noch vor zwei Stunden die Leitung der Ermittlung übertragen. Was soll das alles?«

Bleich musterte sie verwirrt, für einen Moment aus dem Konzept gebracht. »Welchen Fall?«

»Die Tote im Pelzmantel am Kraftwerksrechen. Heute Nacht.« Er verstand noch immer nicht.

»Die Frau, die von der Laufenburger Brücke gesprungen ist.« Iris klammerte sich an diese letzte Hoffnung wie an einen Strohhalm.

Mathias Bleichs Miene erhellte sich. »Mach dich nicht lächerlich. Das war ganz offensichtlich ein Selbstmord. Den Rest kann auch jemand anders klären.«

Iris Terheyde schüttelte den Kopf. »Ich bin nicht davon überzeugt, dass es Selbstmord war. Es spricht einiges dagegen. Auch die Gerichtsmediziner in Freiburg sind sich nicht hundertprozentig sicher.« Es schadete ja nichts, das zu behaupten. Gerichtsmediziner waren sich nur selten hundertprozentig sicher.

Sie spürte, dass Bleich langsam ungeduldig wurde. Er zog dann immer auf eine bestimmte Art die Augenbrauen zusammen. Jetzt befand er sich wieder auf sicherem Terrain.

»Es ist besser für uns alle, wenn du so schnell wie möglich von hier verschwindest«, erklärte er brutal. »Sonst bringst du noch Kollegen in Gefahr.«

Sie war fassungslos über diese Direktheit. »Und was ist mit den Kollegen der Polizeidirektion Lörrach? Bringe ich die nicht in Gefahr?«

»Dort muss er dich erst einmal finden«, erwiderte er trocken.

Sie kochte innerlich. Am meisten machte sie rasend, dass er sich nicht aus der Ruhe bringen ließ. Er war ein Macho, ein verdammter Macho, einer jener Männer, die nichts von Frauen im Polizeidienst hielten. Er mochte sie nicht, hielt sie für renitent, für eine Ruhestörerin, für halsstarrig, er hatte es satt, ständig mit ihr zu diskutieren. Sie schoss besser als er, konnte schneller denken als er, hatte den besseren kriminalistischen Instinkt. All das wusste sie, und er wusste, dass sie es wusste. Doch er hätte es niemals zugegeben.

Sie zitterte jetzt vor Zorn, konnte in seinen Augen lesen, wie er sie sah. Zu dicke Hüften, zu dünne Haare, immer ungeschminkt. Und dann noch diese Schlabberpullis, die sie ständig trug. Er fand sie grauenvoll, das hatte er ihr oft genug gesagt. Es ging ihn nichts an, wie sie sich kleidete, zum Teufel. Sie waren hier schließlich nicht auf einer Modenschau.

Iris reckte das Kinn störrisch nach vorne. Was Bleich konnte, das konnte sie auch. Sie würde ihm die Suppe versalzen. Sie wusste auch schon, wie. Es stimmte sogar. »Es hat aber einen Anruf gegeben. Der Mann sagte, es sei Mord gewesen, kein Selbstmord.«

»Und wer war dieser Anrufer?«

»Er hat seinen Namen nicht genannt«, nuschelte sie.

»Wie bitte?«

»Er hat seinen Namen nicht genannt«. Sie schrie ihm die Worte fast ins Gesicht.

Er seufzte. »Ein anonymer Anrufer? Da haben wir also zwei von der Sorte. Hast du konkrete Hinweise für eine äußere Gewaltanwendung?«

Iris schüttelte den Kopf. »Nein. Es ist bisher auch nicht danach gesucht worden. Die Sache ist ja erst letzte Nacht passiert. Ich habe erst den vorläufigen Bericht des Pathologen. Wir brauchen eine Obduktion.«

»Weißt du wenigstens inzwischen, wer sie ist, woher sie kommt?«

Wieder schüttelte sie den Kopf. »Die Kollegen bei der Kantonspolizei Aargau sowie im Elsass haben noch nicht auf unsere Vermisstenanfrage geantwortet. Das gilt auch für unsere Bitte, in Hotels nachzuforschen. Irgendwo muss sie ja gewohnt haben. Die Schweizer und die französischen Kollegen haben aber versprochen, die Bitte um Amtshilfe auch an die Nachbarkantone beziehungsweise Departements weiterzuleiten. Wir werden alle Züge und die Bahnhöfe der Umgebung abklappern. Die Befragung der Hotels auf der deutschen Seite bis hinauf nach Freiburg wird sich noch hinziehen. Es sind einfach zu viele.«

Er schaute sie kurz an. Nickte dann, scheinbar resigniert. »Also gut. Bleib dran.«

Sie konnte es kaum fassen. Sollte er tatsächlich einlenken?

Iris Terheyde wurde schnell eines Besseren belehrt. »Du hast noch heute. Morgen wirst du in Lörrach gebraucht. Die Polizei hat dir dort ein Hotelzimmer gebucht. Du wirst nach Dienstschluss kaum die Lust haben, noch heimzufahren.«

Sie starrte ihn fassungslos an. »Heute? Bist du wahnsinnig? Das ist niemals zu schaffen. Besonders im kommenden Fasnachtstrubel. Schon vergessen? Heute Nachmittag beginnt in Laufenburg die Städtlefasnacht. Du weißt selbst, dass Tausende in die Altstadt strömen, wenn die Pontoniere den Narronen den künstlichen Salm übergeben. Die meisten Altstadtbewohner schauen sich die Anlandung mit Sicherheit auch an, dürften also kaum erreichbar sein, um unsere Fragen zu beantworten. Ich muss auch noch den Bericht von heute Nacht schreiben. Außerdem, übermorgen ist Wochenende. Ich habe frei.«

»Dann solltest du dich an die Arbeit machen. Übrigens, du *hattest* frei. Der Kollege sagt, er braucht dich für seine Sonderkommission Oskar. Jugendliche haben in Lörrach einen Obdachlosen halb totgetreten, erinnerst *du* dich? Ganz egal, was du auch für Einwände hast, es ist beschlossen, dass du morgen den Dienst in Lörrach antrittst. Die offizielle Versetzungsurkunde wird dir noch ausgehändigt. Außerdem will das LKA dich sprechen. Du sollst dich sofort in Stuttgart melden. Hier, das ist die Telefonnummer.«

Iris hätte beinahe geschluchzt. Sie begriff, dass sie geschlagen war. Für den Moment. Vielleicht ließ sich aus dem Fall dieser Selbstmörderin ja doch noch etwas herausholen. Iris Terheyde, du benimmst dich kindisch, willst bloß wieder recht behalten, mahnte die so bekannte innere Stimme. Sie schob sie beiseite, war viel zu aufgewühlt für Selbstkritik. Das würde ein Nachspiel haben. Sie ließ sich nicht herumschieben wie eine Schachfigur.

»Ich werde mich bei der Polizeigewerkschaft beschweren«, drohte sie.

Auch das beeindruckte ihn offenbar nicht. »Tu das.«

»Du sagtest, es sind zwei Leute zu viel. Wer geht noch?«

Mathias Bleich machte ein betont freundliches Gesicht. »Oh, Kollege Felix. Er ist dir jetzt als Partner zugeteilt. Damit du dich im Landkreis Lörrach nicht ganz so einsam fühlst.«

Das war nichts als triefender Spott, seine Art der Rache. Er wusste genau, was er ihr damit antat. Iris hatte alle Mühe, ein Stöhnen zu unterdrücken. Wenn es einen Kollegen gab, den sie am liebsten nur von hinten sah, dann war es dieser glatte Schönling.

»Weiß er schon von seinem Glück?«

Mathias Bleich ignorierte ihren erneuten Sarkasmus und schüttelte den Kopf. »Nein, schick ihn doch gleich zu mir. Dann werde ich ihn davon in Kenntnis setzen. Ich denke, du solltest jetzt wieder an deine Arbeit gehen. Und anfangen zu packen. Übrigens, an deinen anonymen Anrufer glaube ich nicht eine Sekunde.«

»Er existiert aber.« Iris warf Mathias Bleich einen so verächtlichen Blick zu, dass er unwillkürlich zusammenzuckte. Sie war geübt in verächtlichen Blicken. Eine Mutter mit ständigen Männeraffären, der Vater ein Säufer, Nachbarn, die sich die Mäuler zerrissen – da lernte man es auf die harte Tour, die Häme und das gespielte Mitgefühl der Umwelt an sich abprallen zu lassen. Irgendwie war sie wohl auch deshalb zur Polizei gegangen, um allen zu beweisen, dass sie auf der richtigen Seite stand.

Sie drehte sich um, rauschte ohne ein weiteres Wort hinaus und knallte demonstrativ die Tür hinter sich zu. Es war albern, das wusste sie selbst. Aber sie fühlte sich etwas besser. Auf dem Gang kam ihr Martin Felix entgegen – in Richtung Toilette.

»Der Chef will Sie sprechen, sofort«, schmetterte sie.

Felix starrte sie erstaunt an. »Nanu, schlechte Laune? Was will er denn?«

»Fragen Sie ihn doch selbst«, fauchte sie zurück. »Am besten, bevor Sie aufs Klo gehen.« Damit drehte sie ihm den Rücken zu. Es war eine billige Rache. Aber besser als nichts.

Iris marschierte weiter in Richtung Lift. Es war kühl, und ihr Zorn verrauchte langsam. Wenn sie ehrlich zu sich war, dann freute sie sich auf den großen M. Manfred Jäger, der Leiter der

Mordkommission Lörrach, war so etwas wie ihr Mentor während der Ausbildung gewesen.

Sie ignorierte den Aufzug und nahm die Treppe. Ihr Büro lag ein Stockwerk tiefer. Im Vorbeigehen fiel ihr wieder eines der Bilder im Treppenhaus auf. Sie hatte keine Ahnung, was die abstrakte Malerei aussagen sollte. Vielleicht stellte das Bild das Innenleben des Künstlers dar. Es war jedenfalls grellbunt, kaum zu übersehen. Die Kunstwerke sollten vermutlich die Motivation der Ermittler steigern, sie wurden in regelmäßigen Abständen ausgetauscht. Von oberster Stelle. Sie fragte sich nicht zum ersten Mal, wer einen solchen Schrott eigentlich aussuchte. Dadurch wurde das Haus der Polizeidirektion Waldshut-Tiengen bestimmt nicht schöner.

Als sie die Aufzugtür einen Stock tiefer passierte, blieb ihr Blick an den schwimmbadblauen Kacheln hängen, die sich in einem wilden Muster an der Wand neben dem Lift entlanghangelten. Auch das galt als Kunst. Nun, sie hatte schon früh gelernt, sich an Kleinigkeiten zu freuen. Also würde sie sich daran freuen, dass sie all das bald nicht mehr sehen musste.

Die Niederlage nagte noch immer an ihr. Sie empfand diese Versetzung jedenfalls als Niederlage, eine ungerechtfertigte Zurücksetzung.

Gedankenverloren klaubte sie ihre Siebensachen zusammen, holte den Autoschlüssel aus der Tasche und betrachtete ihn versonnen. Dann ging sie zur Tür. Sie hatte nur wenige Stunden Zeit.

Der Fall dieser Selbstmörderin war aber wirklich seltsam. Sie hatten eine Klarsichtfolie bei ihr gefunden. Und darin, in einer zweiten Folie sorgsam eingewickelt, die Ultraschallaufnahme eines Fötus im dritten Monat. Auf der Rückseite stand in einer schwungvollen Frauenhandschrift nur ein einziges Wort: »Lara«.

Iris schüttelte entnervt den Kopf. Sie musste hier raus, andere Gesichter sehen, sich wieder fassen. Die Arbeit würde sie ablenken.

»Warten Sie! Ich komme mit!«

Auch das noch, der Glückliche! Er gab sich alle Mühe, sie einzuholen. Das konnte sie an seinen Schritten hören. Sie drehte sich nicht um. Sollte er doch rennen. Kriminalkommissar Martin Felix hatte im Normalfall trotz seiner Jugend eine aufreizende Ruhe an sich, eine bestimmte Art von Selbstsicherheit, die sie mit schöner Regelmäßigkeit fast in den Wahnsinn trieb. Sie konnte einfach nichts dagegen tun, schon seine Gegenwart machte sie gereizt. Sie hatte ihn im Verdacht, dass er das sehr wohl wusste – und ausnutzte, um sie zu provozieren.

Er atmete kaum schneller als sonst, als er zu ihr aufschloss.

»Was wollen Sie?«

Er gab sich harmlos. »Ich bin Ihnen zugeteilt. Als Partner. Hat Ihnen der Chef nicht gesagt, dass ich mit Ihnen nach Lörrach umziehe? Ich freue mich darauf, von einer so erfahrenen Kollegin zu lernen. Sie haben eine der höchsten Aufklärungsquoten der gesamten PD, soweit ich weiß.«

»Sparen Sie sich den Schmus. Sie wissen genau, dass ich nur zwangsweise nach Lörrach gehe.«

Es sah fast so aus, als hätte sie ihn verletzt. Nein, er wollte sie wohl wieder nur ärgern. Iris Terheyde hielt sich nicht für wichtig genug, um andere Menschen verletzen zu können. Sie wurde sich bewusst, dass sie sich benahm wie eine Mimose. Dumme Pute, beschimpfte sie sich innerlich. Felix konnte schließlich nichts dafür.

Er schien zu spüren, dass sie nicht auf Konfrontation aus war, und strahlte sie an. »Gut, das mag ja sein. Dann lassen Sie uns eben das Beste daraus machen. Wussten Sie schon, dass wir im Hotel in Lörrach zwei Zimmer nebeneinander haben?«

Er wirkte fast komisch in seinem plötzlichen Eifer, ihr zu gefallen. Der Knoten, in den sich ihr Solarplexus verwandelt hatte, löste sich etwas. Sofort tat ihr ihre Barschheit leid. »Also gut, kommen Sie schon. Versuchen wir es. Wir müssen uns wohl oder übel aneinander gewöhnen.«

Er wirkte plötzlich selbstzufrieden. Zu selbstzufrieden, fand sie. »Wohin fahren wir?«

»Sie fahren nach Laufenburg. Klappern die Gegend um die Brücke ab. Vielleicht hat irgendjemand doch etwas gesehen oder gehört, als die Frau in den Rhein gesprungen ist. Wenn es sein muss, dann klingeln Sie sich die ganze Hauptstraße rauf und runter. Am besten gehen Sie auch noch in die Andelsbachstraße. Dort ist eine Buchhandlung, in der sich halb Laufenburg trifft. Die Buchhändlerin ist jedenfalls immer gut informiert. Wir sehen uns dann abends beim Griechen am Laufenburger Zoll in der Altstadt. Aber beeilen Sie sich. Jetzt ist es elf. Um fünf Uhr beginnt in Laufenburg der Fasnachtstrubel. Ich fahre nach Freiburg ins Institut für Gerichtsmedizin.«

Es war ihm anzusehen, dass ihm das nicht gefiel. »Es ist besser, ich komme mit nach Freiburg. Wir sind jetzt Partner, also sollten wir im Team unterwegs sein. Außerdem soll ich auf Sie aufpassen. Ich habe gehört, ein Killer will Ihnen ans Leder.«

»Nein, Sie kommen ganz sicher nicht mit nach Freiburg. Das mit dem Killer ist nichts als eine vage Vermutung. Wir haben nur noch heute, um den Fall wenigstens einigermaßen zu klären. Danach sind wir nicht mehr zuständig. Ich mag keine halb erledigten Sachen.«

»Ich dachte, die Sache ist ein Selbstmord«, wandte er ein. »Warum also der ganze Aufwand?«

Sie hatte das Diskutieren satt. Und dieses Mal saß sie am längeren Hebel. »So, dachten Sie. Es gab einen Anruf. Der Anrufer hat behauptet, es sei Mord gewesen.« Dass er seinen Namen nicht genannt hatte, verschwieg sie. »Tun Sie, was ich Ihnen gesagt habe. Das ist eine Dienstanweisung.«

Ihre Miene machte ihm unmissverständlich klar, dass Widerspruch zwecklos war.

Der junge Pathologe wirkte mürrisch. Er musste neu sein, sie kannte ihn nicht. Iris fand, dass es mit missmutigen Gesichtern für diesen Tag reichte.

»Sie hätten sich anmelden sollen. Ich habe keine Zeit.«

Sie riss ihre grüngrauen Augen weit auf. Männer mochten diesen kindlichen Ausdruck, er nahm ihnen die Angst vor starken Frauen. Sie wandte diesen Trick allerdings selten an. Es war ihr peinlich, das hilfsbedürftige Weibchen zu mimen. »Oh, ich hatte gerade für einen anderen Fall in der Nähe zu tun. Außerdem habe ich gehört, dass es hier einen neuen, sehr tüchtigen Assistenten geben soll. Sind Sie das? Was war denn nun mit der Frau auf der Brücke?«

Das war ein Schuss ins Blaue. Schleimerin, titulierte sie sich innerlich. Die Tour wirkte allerdings. Sein Gesicht wurde etwas weniger miesepetrig.

»Also gut, kommen Sie. Ich hole die Akte. Es geht doch um diese Selbstmörderin?«

»Sind Sie denn völlig sicher, dass es Selbstmord war?«

Er zuckte die Schultern. »Soweit wir das feststellen konnten.«

»Was heißt das?«

»Nun, wir haben keine Anzeichen von äußerer Gewalteinwirkung gefunden – wenn man einmal davon absieht, dass der Fluss und der Rechen des Kraftwerks sie übel zugerichtet haben.«

»Und, war sie da schon tot? Von der Brücke in der Laufenburger Altstadt bis zum Kraftwerk ist es nicht weit. Der Fluss hatte in dieser Nacht eine heftige Strömung. Ist sie überhaupt von dieser Brücke gesprungen oder weiter flussaufwärts?«

»Zur letzten Frage zuerst: aller Wahrscheinlichkeit nach ja. Die Verletzungen sind relativ kurz nach Eintritt des Todes entstanden. Die Brücke bei Waldshut liegt dafür meiner Meinung nach zu weit weg. Sie wäre dann außerdem woanders angetrieben worden. Und ja, sie war wahrscheinlich schon tot, als sie in den Rechen geriet. Wir haben Rheinwasser in ihrer Lunge gefunden. Sie ist auf jeden Fall ertrunken.«

»Wasser in der Lunge – das heißt, sie lebte noch, als sie, wie auch immer, in den Rhein gefallen ist, nicht wahr?«

Er nickte. »Das sagte ich doch.«

»Kann es denn nicht sein, dass sie jemand gestoßen hat? Dass sie vielleicht ohnmächtig war oder irgendwie betäubt? Haben Sie nach Betäubungsmitteln gesucht?«

Erneut schüttelte er den Kopf. »Falls jemand sie gestoßen haben sollte, dann muss das sehr sanft geschehen sein. Es ist in diesem Fall schwierig zu sagen, ob sie vor dem Sturz schon Verletzungen hatte. Doch wir glauben nicht, dass bei ihrem Sturz von der Brücke Gewalteinwirkung durch eine andere Person im Spiel gewesen ist.«

»Und wann gedenken Sie nach Betäubungsmitteln zu suchen?« Iris wurde langsam ungeduldig.

Die Wortwahl gefiel ihm offensichtlich nicht. »Was soll das? Ihr Chef hat erklärt, der Selbstmord sei eindeutig, die Akte geschlossen. Deshalb haben wir nicht weitergesucht. Selbst Ihnen müsste klar sein, dass wir in der Pathologie unterbesetzt sind und dass solche Untersuchungen Geld kosten. Unser Etat ist knapp. Also hören Sie auf, sich zu benehmen wie die Axt im Walde.«

»Die Axt im Walde, so.« Sie beschloss, einen versöhnlicheren Tonfall anzuschlagen. »Ich glaube, mein Chef hat unrecht«, säuselte sie und versuchte es noch einmal mit dem Augenaufschlag. »Vielleicht irre ich mich ja, aber ich glaube eben nicht, dass bereits eindeutig geklärt ist, ob der Tod dieser Frau ein Selbstmord war oder nicht. Könnten Sie die beiden Untersuchungen bitte noch machen? Und mir das Ergebnis dann in die PD Lörrach schicken?«

Er zögerte. »Wieso Lörrach? Der Fall gehört in das Zuständigkeitsgebiet der Polizeidirektion Waldshut-Tiengen.«

Sie strahlte ihn treuherzig an. »Bitte. Ich bin ganz plötzlich versetzt worden. Gegen meinen Willen übrigens. Ich möchte einfach so sicher wie möglich sein. Chefs sind manchmal so kompliziert. Außerdem haben sie nicht immer recht.«

Er hob die Hände. Wenn er lächelte, sah er richtig nett aus. »Man kann sich nie ganz sicher sein, nicht? Aber es ist sehr unwahrscheinlich, dass jemand bei diesem Tod die Hand im Spiel hatte.«

»Wie unwahrscheinlich?«

»Sie sind ziemlich stur, oder? Sagen wir, zu achtzig Prozent. Zumindest, was ihren körperlichen Zustand betrifft.«

Iris bemühte sich darum, einen zerknirschten Eindruck zu machen. »Ja, stimmt, ich gelte als ziemlich stur. Was meinen Sie mit ›körperlicher Zustand‹?«

»Sie war schwer krank. Darmkrebs im Endstadium, Metastasen im ganzen Körper. Sie muss große Schmerzen gehabt haben. Kein Wunder, dass sie sich von der Brücke gestürzt hat. Sie hatte ohnehin nicht mehr lange zu leben. Auch deshalb glauben wir nicht, dass sie umgebracht wurde.«

»Aber Sie sind sich nicht ganz sicher. Ich meine, zu hundert Prozent.«

»Nichts auf der Welt ist ganz sicher.«

Sie bedachte ihn mit einem strahlenden Lächeln. Das brachte ihre Grübchen zum Vorschein.

»Danke.« Und weg war sie.

Auf der Rückfahrt überlegte sie, wie schön es doch wäre, wenn sich herausstellte, dass die angebliche Selbstmörderin in den Fluss gestoßen worden war, wenigstens ein bisschen. Nur einmal noch hätte sie Mathias Bleich gern eines Besseren belehrt. Du bist ein Biest und rechthaberisch, Iris Terheyde, erklärte sie dem leeren Sitz neben sich laut. Wie erwartet kam kein Widerspruch.

Martin Felix taten die Füße weh. Niemand hatte etwas gesehen oder gehört. Wie meistens.

Ein Mann und ein junges Mädchen drückten sich am großen Fenster des Lokals die Nasen platt. Er schüttelte den Kopf. Beim Griechen war kein Platz mehr frei. Die beiden zogen ab. Die Scheiben waren schon beschlagen vom Dunst der vielen Gäste, unter der Decke waberte der Rauch unzähliger Zigaretten. Die Luft war schwül wie in den Tropen, getränkt vom Schweiß der Menschen, die alle fest entschlossen zu sein schienen, sich zu amüsieren. Nur wenn die Tür aufgerissen wurde und die Abendbrise hereindrang, war es hier für wenige Sekunden etwas erträglicher. Er trank gerade einen Grog, als Iris Terheyde in das Restaurant kam.

Martin Felix beobachtete, wie sie sich umständlich hinsetzte. Sie hatten den einzigen Zweiertisch im Raum, direkt vor der Theke an einer Säule. Er zog die Schultern hoch, er spürte es genau, da war ein Schnupfen im Anzug. Seine Füße waren noch immer eiskalt. Nur langsam wurden sie wärmer. Er hatte die nassen Socken aus- und frische angezogen. Er trug bei einem solchen Wetter immer ein Paar Ersatzsocken bei sich.

Ihre Augen suchten seinen Blick. Er schüttelte den Kopf. Ihre Schultern sanken ein wenig herab. Sie schien auch kein Glück gehabt zu haben.

»Und, kennt sie jemand?«, fragte sie trotzdem der Ordnung halber. »Hat jemand etwas gesehen oder gehört?«

Er spürte, wie ein Niesen in seine Nase stieg, und kramte eilig nach dem Taschentuch in seiner Hose. Er fühlte Stoff und schaffte es gerade noch, ihn gegen die Nase zu drücken, bevor er losprustete. Wieder schüttelte er nur den Kopf. Zu seiner Überraschung bemerkte er, dass sie lächelte. Seine Augen folgten ihrem Blick. Statt eines Taschentuchs hielt er einen von den nassen Socken in der Hand. Er wurde rot und war ihr dankbar dafür, dass sie nicht weiter darauf einging. Sie war vielleicht doch nicht so übel wie ihr Ruf.

»Sie haben einen Verehrer«, stellte er nach einer Weile fest und deutete auf den Nebentisch. Durch einen Gang getrennt, unter einer griechischen Säulenhalle, wahrscheinlich aus Pappe oder Sperrholz, saßen zwei Männer, zusammen mit einer Gruppe heftig feiernder und lärmender Hästräger irgendeiner Fasnachtszunft, die er nicht kannte. Die beiden wirkten wie Fremdkörper. Sie waren nicht verkleidet. An der Wand hinter ihnen prunkte in strahlendem Weiß auf einem Wandbild die Akropolis – samt Sonne und blauem Meer.

Iris blickte hinüber. Der eine hatte sie offenbar angestarrt. Er hatte jedenfalls nicht mehr die Zeit, seine Augen abzuwenden, und lächelte etwas verlegen, als sich ihre Blicke begegneten. Musste sie ihn kennen? Sie durchforstete ihr Gedächtnis. Die beiden kamen ihr für einen Moment vage bekannt vor, besonders der, der sie nicht anstarrte. Ihre Erinnerung lieferte Bilder eines dicken Jugendlichen mit dicken Brillengläsern. Sie verdrängte sie und schaute weg. Die Kindheit war Vergangenheit. Glücklicherweise. Sie wollte nichts und niemanden davon in ihrer Gegenwart.

Iris betrachtete ihre Umgebung. Das Lokal war bis auf den letzten Platz besetzt, soweit sie sehen konnte. Überall im Raum standen der Antike nachempfundene Statuen und Amphoren. Auf der Theke neben ihnen thronte auf einem Drahtgestell ein Porzellanteller. »Rehakles« stand darauf.

Martin Felix war ihrem Blick gefolgt. »Otto Rehagel ist gemeint, Sie wissen schon, der deutsche Fußballtrainer, der die

Griechen bei der Europameisterschaft 2004 aufs Siegertreppchen gebracht hat.«

Sie nickte. Obwohl sie es nicht wusste. Sie hatte sich nie gefragt, was dieser Name sollte. Sie war kein Fußballfan. »Wollen wir etwas essen?«, lenkte sie ab.

Das Essen war gut. Besonders der Vorspeisenteller. Sie sprachen nicht viel während der Mahlzeit, der Lärmpegel im Raum war für eine Unterhaltung ohnehin zu hoch. Sie aß das Übliche: Souflaki. Er aß auch das Übliche: Gyros.

Als die Teller leer waren, hoffte Iris, dass Martin Felix sich endlich verabschieden würde. Sie wollte allein sein, über all das nachdenken, was heute geschehen war. Doch Felix machte keine Anstalten zu gehen. Da trat ein Mann an ihren Tisch. Der, der sie vorher angestarrt hatte.

»Iris? Sind Sie nicht Iris Terheyde?«, erkundigte er sich unsicher, fast schüchtern.

»Wir kennen uns?«

»Dachte ich es mir doch, du erkennst mich nicht mehr.« Jetzt lächelte er. Selbstsicher. Sie schaute ihn fragend an.

Er verstand die Aufforderung. »Ich bin Bernhard. Bernhard Kern. Wir sind auf dieselbe Schule gegangen. Erinnerst du dich nicht mehr?«

Doch, jetzt erinnerte sie sich. Dunkel. Es wäre ihr lieber gewesen, es wäre dabei geblieben. Vor ihrem inneren Auge tauchte das Bild eines grobschlächtigen Halbstarken auf, der sie immer wieder an den Haaren gezogen und gehänselt hatte. Einer von denen, die sich im Recht fühlten, die sich stark und gut vorkamen, wenn sie die kleine Tochter des Säufers traktierten. Sie hatte keine Lust, sich mit ihm zu beschäftigen. Deshalb nickte sie flüchtig in der Hoffnung, er würde verschwinden.

Bernhard Kern ignorierte ihre offenkundige Ablehnung. »Ich hätte dich kaum wiedererkannt. Du bist ja richtig hübsch geworden.«

Iris hasste falsche Komplimente. Sie wusste sehr wohl, wie sie aussah. Sicher nicht hübsch. Sie schenkte sich die Antwort. Martin Felix wirkte angespannt, als wittere er Gefahr. Das verwunderte sie etwas. Sie konnte sich keinen Grund dafür vorstellen.

An diese ominöse Bedrohung hatte sie für keine Sekunde geglaubt.

»Wie geht es dir?«, fragte Bernhard Kern in ihr Schweigen hinein. »Ich habe gehört, du hast Karriere bei der Polizei gemacht. Wie das Leben so spielt, nicht wahr?«

Sie blickte stumm zu ihm hoch. Wenn er doch endlich gehen würde!

Bernhard Kern ließ nicht locker. »Willst du dich mit deinem Bekannten nicht zu uns setzen? Mein Freund sitzt dahinten. Max. Max Trautmann.« Er winkte ihm zu. Der Mann mit dem Namen Max Trautmann, der dicke Junge von einst, sah nicht allzu begeistert aus.

»Merken Sie nicht, dass meine Kollegin ihre Ruhe haben will?«, mischte sich Martin Felix ein.

Iris schaute ihn erstaunt an. Es wunderte sie, dass er so grob reagierte.

»Ich denke, wir sollten gehen«, erklärte sie.

»Ja, dann«, meinte Bernhard Kern lahm.

»Ja, dann«, erwiderte Iris.

Es hatte aufgehört zu regnen. Die Luft war kalt und klar. Iris genoss es, dieser dunstigen Atmosphäre entkommen zu sein.

»Fahren wir jetzt in unser Hotel?«

»Wie bitte?«

»Erinnern Sie sich nicht? Morgen beginnt unser Dienst in Lörrach.«

»Ich fahre in kein Hotel. Ich gehe heim. Wenn ich morgen nach Lörrach komme, ist das noch früh genug. Außerdem muss ich noch einen Bericht schreiben. Das kann ich zu Hause am Computer tun.«

»Aber der Chef hat gesagt, wir sollten ins Hotel gehen!« Der Glückliche wirkte völlig aufgelöst.

»Was soll das? Sind Sie betrunken? Niemand kann mich zwingen, in einem Hotel zu übernachten, wenn zu Hause ein schönes Bett auf mich wartet. So, wie es aussieht, muss ich mir ohnehin demnächst in Lörrach eine Wohnung suchen. Sie auch. So lange schlafe ich in Laufenburg. Und hören Sie auf, den Schutzengel zu spielen.«

»Also gut«, lenkte er ein. »Ich habe mir einfach nur Sorgen gemacht. Es ist Fasnacht. Und eine Frau so ganz alleine. Ich bringe Sie auf jeden Fall bis zu Ihrer Haustür. Sie sollten diese Morddrohung nicht auf die leichte Schulter nehmen. Außerdem hat der Chef gesagt, ich soll auf Sie aufpassen.«

»Sind Sie jetzt völlig verrückt geworden? Das ist ja lächerlich. Der Chef! Das ist er nicht mehr, schon vergessen? Er hat uns nichts mehr zu sagen. Ich bin Polizistin. Bei der Mordkommission. Ich habe gelernt, mich zu schützen. Außerdem ist diese angebliche Drohung nichts als gequirlte Scheiße, warum glauben Sie mir das nicht endlich!« Sie sah mit einer gewissen Schadenfreude, dass er bei diesem Wort zusammenzuckte. »Entschuldigen Sie meine Wortwahl. Ganz schön etepetete, der Herr. Etwas Besseres, wie? Wussten Sie denn wirklich nicht, dass Bleich mich loswerden will und nur nach einem Vorwand gesucht hat?«

Er schaute sie fassungslos an. »Und ich habe mich gemeldet, als ein Freiwilliger gesucht wurde, der mit Ihnen nach Lörrach geht, um auf Sie aufzupassen.«

»Sie sind Bleich also tatsächlich auf den Leim gegangen? Schön blöd. Ich weiß ziemlich genau, dass er Sie auch nicht leiden kann. Er hat es mir gesagt. Ich kann das übrigens irgendwie verstehen.«

Mit diesen Worten ließ sie ihn einfach stehen und war im Handumdrehen in der Menge verschwunden.

Martin Felix stand wie festgenagelt. So war das also. Nein, der Chef würde ihn niemals so belügen. Sie war einfach ein verdammtes Biest. Er würde seine Aufgabe trotzdem erledigen. Martin Felix sah sie nirgends mehr und geriet in Panik, dann drängte er sich durch eine Gruppe feuchtfröhlicher Fasnächtler, die ihn umringt hatten. Er durfte sie auf keinen Fall aus den Augen verlieren.

»Lasst mich durch, ihr Idioten!«, brüllte er sie an.

Endlich machte die Truppe Platz. Ja, dahinten, da war sie. Sie marschierte bergauf, auf das Waldtor zu. Vorsichtig, damit sie ihn nicht bemerkte, folgte er ihr. Bis zu ihrer Haustür. Es war nicht weit. Er sah, wie sie im Schatten der Arkaden verschwand.

Sie lebte in einem dreistöckigen Haus direkt in der Altstadt, einen Steinwurf vom Tor entfernt und neben dem Hotel Rebstock. Im Erdgeschoss des Hauses gähnten ihm die Fenster eines aufgegebenen Ladens entgegen. Er erinnerte sich dunkel, dass hier einmal ein Juweliergeschäft gewesen war.

Martin Felix zückte das Handy und telefonierte mit dem Posten Laufenburg. Er brauchte jemanden, der ihn später bei seiner Nachtwache ablöste. Im ersten Stock ging in einem Fenster das Licht an. Das musste ihre Wohnung sein.

Weder diese Kommissarin noch ihr Begleiter hatten Bowie im Restaurant bemerkt. Dabei war er doch nur diesem Max Trautmann in den Griechen gefolgt, um ihn anzusprechen. Er brauchte ihn, er sollte ihn beim Fasnachtsumzug möglichst unverdächtig mit der Kommissarin zusammenbringen. Auf diese Weise würde sie keinen Verdacht schöpfen. Die beiden kannten sich aus der Kindheit, das hatte er herausgefunden.

Er hatte sich alles gut überlegt, war die Situation in Gedanken immer und immer wieder durchgegangen. Mit Hilfe Trautmanns hatte er das Überraschungsmoment auf seiner Seite – ein Gruß, etwas Smalltalk, ein Stich. Es war ganz einfach. Bis die Menschen merkten, dass neben ihnen eine Frau in sich zusammensank, war er längst im Trubel verschwunden.

Und plötzlich hatte er die Kommissarin beim Griechen entdeckt. Sie stand in der Tür des Restaurants und schaute sich suchend um, wie ein Mensch, der verabredet ist. Er war zusammengezuckt, als sehe er eine verlorene Liebe wieder. Er hatte nicht gewusst, dass es eine so persönliche Angelegenheit werden konnte, einen anderen Menschen zu töten In seiner Zeit im Zirkus hatte er genau das vermeiden müssen. Jetzt stand er auf der anderen Seite. Das Wissen darum, dass ihr Leben in seiner Hand lag, dass sie ihm gehörte und nichts davon ahnte, genügte, um ihn in eine Stimmung zu versetzen, die er bisher noch nie erlebt hatte: Zusammen mit dem Heroin gab ihm die Situation das Gefühl einer beinahe göttlichen Überlegenheit. Er spürte sich mit vibrierender Intensität.

Als sie ging, musste er ihr einfach folgen. Sein Herzschlag geriet ins Stocken, als er erkannte, wo sie wohnte. Er würde beinahe Wand an Wand mit ihr schlafen. Es war Vorsehung.

Er hatte auch gesehen, wie der junge Mann, mit dem sie zusammengesessen hatte, verzweifelt versucht hatte, ihr auf den Fersen zu bleiben. Jetzt war er sich fast sicher. Sie wurde beschützt. Sollte das mit ihm zusammenhängen? Aber wie konnte das sein? Es wusste doch niemand, dass er hier war. Oder was er vorhatte. Er beschloss, noch eine Weile vor ihrem Haus auszuharren. Vielleicht kam sie ja noch einmal heraus.

Ein betrunkener Fasnächtler rempelte ihn an. Bowie nahm die kleine Treppe, die hinunter zum Rhein führte. Von hier aus konnte er ihre Wohnung ebenso gut beobachten. Er lehnte am Geländer des Rheinuferweges und schaute in die Schweiz auf den Burgberg mit der Ruine, die Kirche, die gestaffelten Altstadthäuser, deren Lichter sich im Fluss spiegelten, die erleuchteten Bögen der Brücke, über die er gekommen war. Dann drehte er sich um. Sein Blick wanderte die Fensterreihen entlang. Da, das Licht, das musste ihre Wohnung sein. Ja, sie kam gerade ans Fenster. Er sah, wie sie eine Weile stehen blieb, den Fluss und das andere Ufer betrachtete und dann den Vorhang zuzog. Ein Gefühl der Nähe zu ihr erfasste ihn.

Er setzte sich auf eine der Holzbänke und verschmolz mit der Dunkelheit. Das Licht der Straßenlaternen reichte nicht mehr bis zu ihm. Seine Hand umklammerte das Bowie-Messer. Den Sprengstoff hatte er gut versteckt im Hotel gelassen. Da kam das Ziehen wieder, verbunden mit einem Panikanfall. Er unterdrückte das Zittern, stand auf und erklomm wieder die Treppe in Richtung Hauptstraße.

Als er um die Ecke biegen wollte, zuckte er zurück. Ihr Begleiter stand noch immer unter den Arkaden vor ihrer Haustür. Er war jetzt sicher, dass sie bewacht wurde. Eine Viertelstunde später kam ein anderer Mann. Er redete kurz mit dem jungen Schönling und stellte sich dann neben ihn. Gemeinsam beobachteten sie die Narren, die vorbeizogen. Die meisten in Gruppen, untergehakt, lachend, einige schon angetrunken.

»Na, hat es nicht mehr bis zum Klo gereicht?«, grölte einer.

Die beiden Männer lachten, schüttelten sich die Hände. Dann

schlenderte der Schönling davon. Der andere blieb und lehnte sich gegen die Ecke des Nachbarhauses. Doch Bowie wollte gründlich sein. Mörder mussten gründlich sein, sonst wurden sie erwischt. Deshalb wartete er an die Hauswand gedrückt in der Dunkelheit. Nach einer halben Stunde stand der Mann immer noch dort. Er hatte den Schönling offensichtlich als Schutzengel abgelöst.

Sein Magen zog sich zusammen, er bekam einen Schweißausbruch. Er brauchte dringend den nächsten Schuss. Er konnte nicht länger warten. Sie bewachten sie. Damit hatte er nicht gerechnet. Er musste vorsichtig sein, vielleicht sogar seinen Plan überdenken, sie weiter beobachten. Bowie wischte seine feuchten Handflächen an der Hose ab. Ihm wurde schlecht, die Gier nach Heroin überlagerte jeden Versuch des logischen Denkens. Erst musste er wieder klar werden. Und dann würde er Kontakt mit Max Trautmann aufnehmen.

3

Zwei Herzschläge lang dachte Max Trautmann, es sei Klara. Sie stand zwanzig Meter von ihm entfernt, drehte ihm den Rücken zu. Ganz plötzlich füllte sie sein Blickfeld aus, aufgetaucht aus dem Nichts. Klara, die immer da gewesen war, immer da sein würde, getragen von den Flügeln seiner Vision. Die Stimme in seinem Kopf, die ihn stets begleitete.

Neben ihm grölte ein Betrunkener: »Sooo ein Tag, sooo wunderschön wie heute!« Er war in eine Gruppe junger Burschen geraten. Sie rempelten ihn auf dem Weg hinüber in die Schweiz rüde an. Er wäre beinahe hingefallen, konnte sich gerade noch an der Brüstung der Brücke abstützen.

Von dieser Brücke war die Frau in den Tod gesprungen. Die ganze Stadt wusste von dem Ultraschallbild mit dem Namen Lara auf der Rückseite. Klara, Lara. Die Namen waren sich so ähnlich. Nein, sie war es nicht gewesen. Sie durfte es nicht gewesen sein.

Die Fasnächtler wurden zu einer fernen Geräuschkulisse, als er sich wieder dem Mädchen zuwandte, das aussah wie Klara. Max konzentrierte sich auf die Umrisse ihrer Figur. Die Konturen wurden deutlicher, als würde er durch das Objektiv einer Kamera blicken und den Ausschnitt von Hand scharf stellen. Da erkannte er mit Sicherheit, dass sie es nicht war. Sein Herz setzte kurz aus. Wieder einmal eine vergebliche Hoffnung.

Es war nur irgendein Mädchen, das ihr sehr ähnlich sah. Sie bewegte sich sogar wie sein Mädchen. Damals. Klara, die sich auch in diesen ganzen Jahren nicht verändert hatte. Klara, die in seiner Erinnerung nie älter geworden, immer dieselbe geblieben war.

Die Fremde, die aussah wie Klara, sprach mit jemandem, der nur wenig größer war als sie. Ein Mann. Sie wirkte sehr aufgeregt und gestikulierte heftig mit den Händen.

Bernhard stieß ihn an. »He, Alter, es ist Fasnacht! Du stehst hier rum wie ein Trauerkloß. Komm, lass uns in die Schweiz gehen, in die ›Salmgrotte‹. Da ist meistens was los.«

»Ich hab keine Lust«, knurrte Max.

In seinem Kopf schmerzte die Erinnerung, in seiner Brust, in seinem ganzen Körper. Tausend Bilder aus einem längst vergangenen Leben überschwemmten ihn. Klara würde für immer existieren, immer existieren müssen, solange er lebte. Eine Welt ohne sie war für ihn einfach nicht vorstellbar. Und wenn sie es doch gewesen war? Warum hier? Warum strafte sie ihn so? Warum versuchte sie auch noch, ihm die Erinnerung zu nehmen?

Nein. Das würde er nicht zulassen. Iris Terheyde. Die Frau, die in diesem Fall ermittelte, hieß Iris Terheyde. Das hatte er bereits herausgefunden. Ob er wohl mit ihr reden konnte, sie ansprechen in Erinnerung an alte Zeiten? Bernhard hatte damit im Griechen jedenfalls kein Glück gehabt. Doch er musste unbedingt mehr über diese Tote herausfinden.

Er blinzelte, kniff die Augen zusammen und schaute dann nach oben in den Himmel, um seine Wahrnehmung vor einem neutralen Hintergrund wieder zu bündeln, die Feuchtigkeit wegzublinzeln, die sich in seine Augenwinkel drängte.

Wieder wurde er angerempelt. Seine Brille verrutschte, und er rückte sie zurecht. Dann drehte er sich um, er hatte das Gefühl, beobachtet zu werden. Doch er sah niemanden.

Erneut schob er die Brille nach oben. Das Gestell rutschte immer nach vorne, das störte ihn. Inzwischen, nach so vielen Jahren als Brillenträger, gehörte diese Geste ebenso zu ihm wie die dicken Gläser. Sie vergrößerten seine Augen wie eine Lupe und gaben ihm das Aussehen eines ewig erstaunten Kindes.

Er lehnte sich über die Brüstung und blickte in den Strom, in diese schwarze Tiefe, in der sich die Lichter der Straßenlaternen spiegelten. Dorthin war sie gegangen. Max spürte, wie der Sog ihn packte, an ihm zerrte. Fast wäre er gesprungen.

Er brauchte seine ganze Kraft, um sich vom Magnetismus des Flusses zu lösen. Er wollte sich auf die Frau konzentrieren, die aussah wie sie. Ob es wohl mehrere Leben gab? War sie eine Wiedergeburt?

Sein Blick glitt in die Brückenmitte und blieb erneut am Rücken des Mädchens hängen. Sie war mit ihrem Begleiter ein Stück näher gekommen. Offenbar warteten sie auf jemanden.

Dieses Mal konnte er sie ganz genau erkennen. Nein, sie sah völlig anders aus. Sie stand jetzt ganz ruhig da, ihr Gesicht lag größtenteils im Schatten. Sie war zierlich, wie Klara, knapp eins sechzig vielleicht. Sie würde genau unter seiner Achsel hindurchpassen. Wie Klara. Sie trug einen dicken Daunenanorak. Ihre Haare hatte sie zu vielen kleinen Zöpfchen geflochten und mit vielen roten Schleifchen geschmückt. Sie standen wie die Stacheln eines Igels um ihren Kopf.

Mehrere Paare passierten ihn. Sie gingen auf das Mädchen und den Mann zu. Er sah, wie ihr Freund ihr in den Hintern kniff. Sie quietschte. Die Paare hakten die beiden lachend unter, und sie schlenderten gemeinsam in Richtung Schweiz. Dann bogen sie rechts um die Ecke, verschwanden hinter dem Schweizer Zollhäuschen. Er konnte sie nicht mehr sehen und war fast froh darüber.

Das Rad des kleinen Uhrwerks im Rathaustor hatte sich um einen weiteren Zacken gedreht und damit auch das große Rad einen Zacken weitergetrieben. Der kleine und der große Zeiger der Kirchturmuhren in allen Kirchtürmen im Norden und im Süden der Brücke blieben auf der Zwölf stehen. An diesem und am anderen Ufer trafen die Schlegel der Glocken ihr Ziel und brachten ein schwingendes, durchdringendes Dröhnen ins bis dahin stumme Metall. Es war Mitternacht. Max hatte genug. Er wollte heim. Doch er wusste, dass er wegen des Fasnachtslärms in der Altstadt ohnehin nicht würde schlafen können.

Seine Augen wurden erneut von der Schwärze des Flusses unter der Brücke angezogen. Er beugte sich noch ein Stück weiter über die Brüstung. Das erste Jahr seines Lebens ohne Klara? Ohne das Bewusstsein, dass sie lebte? Ohne die Hoffnung, dass er vielleicht doch nicht sterben musste, ohne sie wenigstens ein einziges Mal in seinen Armen gehalten zu haben?

Die Wolken gaben den Mond frei, und die ganze Szenerie erschien ihm plötzlich gespenstisch. Die Brücke, all diese feiernden, lachenden, grölenden Menschen. Alles kam ihm unwirklich vor. Bis auf diese Frau, die da von der Brücke gesprungen war. Da fiel ihm ein Haiku ein. Es stammte von einem unbekannten Verfasser, geschrieben in einer lange vergangenen Zeit. Eines jener kleinen japanischen Gedichte aus der Tradition des Zen, die so einfach waren, so klar, die in wenigen Worten eine Geschichte erzählten.

Klara kannte es. Sie hatte es geliebt. Es erzählte von der großen Liebe. Die Worte hallten in seinem Kopf, gesprochen von einer sanften Frauenstimme, die ihm bekannt vorkam:

»Obwohl ich weiß, dass ich dir
nie begegnen werde auf diesem Weg,
gehe ich ihn immer wieder und hoffe,
es möchte dennoch geschehen.«

Max seufzte innerlich. Nur einmal ein solches Haiku schreiben zu können. Auch nach so vielen Jahren, so vielen Versuchen, hatte er diese Meisterschaft nie zu erreichen vermocht. Es waren immer nur siebzehn Silben in der Anordnung fünf–sieben–fünf – die kleinste lyrische Form, die in der Weltliteratur zu Bedeutung gelangt war, und doch beinhalteten sie so viel. Es gab nur wenige, die Haikus aus den Japanischen ins Deutsche übersetzen konnten, in diese Sprache, die viel zu klobig dafür war, viel zu ungenau, viel zu oberflächlich. Nur einmal die Stille in Worte fassen können. Den Sonnenschein, das Leben, die Welt.

Eine Flasche Bier wurde von rechts vor seine Nase gehalten, so dicht, dass er fast schielen musste, um sie klar zu erkennen. »Komm, du Schlafmütze. Was ist heute bloß los mit dir? Lustig, es ist Fasnacht. Hier, trink einen Schluck. Das entspannt.«

»Haha«, erwiderte Max. »Siehst du, ich bin ganz lustig.«

Die Flasche Bier hing penetrant in der Luft vor seiner Nase. Max verzog sein Gesicht zu einem Lächeln und wandte sich um. In sechsundvierzig Jahren Leben lernt man zu lächeln. Doch man lernt nicht, sich nicht zu fühlen, als zöge man eine Grimasse.

»Komm schon!« Max kannte Bernhard nun schon seit zwanzig Jahren. In diesem Moment hatte er genug von ihm. Genug von alldem. »Ich gehe heim.«

»Was, jetzt schon? Die Nacht ist noch jung! Die Mädchen auch.«

»Ich gehe trotzdem.«

Bernhard sah, dass es keinen Sinn hatte, ihn aufhalten zu wollen. Max Trautmann schaute Bernhard nach, wie er im Roten Gockel verschwand, und machte sich auf den Weg zu seiner Wohnung.

In dem Gedränge bekam Max plötzlich Platzangst. Menschen, die ihm zu nahe kamen, bereiteten ihm ein tiefes Unbehagen. Saurer Alkoholatem aus aufgerissenen Mündern waberte über ihn hinweg. Er beschleunigte seine Schritte. Nur weg. Er beobachtete, wie sich seine Beine bewegten, sich sein Bewusstsein ausdehnte und die Wirklichkeit ihn wie mit Saugnäpfen zurückholte. Er hasste diese Wirklichkeit.

Er konnte seine eigene schaffen. Er war Schriftsteller. Klara würde nicht sterben. Er ließ sie nicht. Er würde sie aus seinem Kopf stoßen, mitten hinein in eine ewige Wirklichkeit. In die Wirklichkeit der Worte. Schreiben. Ihrer beider Geschichte. Sie würde leben. Immer. Doch bevor die Geschichte begann, musste er sich Gewissheit verschaffen bei Kommissarin Iris Terheyde. Oder sollte er vielleicht lieber doch nicht mit ihr sprechen? Es gab Dämonen, die man besser nicht weckte.

Plötzlich drückte ihm jemand einen Zettel in die Hand. Max zuckte zurück, als habe ihn eine Schlange gebissen. Er spürte, wie fremder Atem sein Ohr streifte, hörte die Worte, von denen er vor fast dreißig Jahren geglaubt hatte, er habe sie zum letzten Mal gehört. Sie lauteten Gimel, Waw, Chet. Gimel hieß drei. In der Schule der Kabbala stand diese Zahl fur den Mann. Waw, die Sechs, bedeutete im übertragenen Sinne Tagwerk. Und Chet, die Acht, war die Vollendung jenseits der Sieben – jenseits der Tage der Ruhe.

Sie hatten solche mystischen Spiele geliebt, damals, im Drogenrausch, hatten sie als Kennwort genutzt, wenn sie dealten. Damals, nachdem sie gegangen war. Damals, als er in seiner Verzweiflung nach einem Ausweg gesucht hatte, geflohen war. Vor dem Leben, der Wirklichkeit, vor sich selbst, als er nichts wollte außer sterben. Damals hatten die Drogen den Schmerz wenigstens gedämpft: Gimel, Waw, Chet. Die Zeit zwischen Wachen und Traum, zwischen Fliegen und Absturz hatte diese drei Worte unauslöschlich in sein Gehirn graviert, immer wieder, immer tiefer. Gimel, Waw, Chet. Es war doch ein Spiel gewesen, nichts als ein Spiel, eine ferne Erinnerung. Was sollte das jetzt? Noch ein Gespenst aus der Vergangenheit? Er hatte alldem doch längst den Rücken gekehrt.

Er erinnerte sich mit Schaudern an die Zeit des Entzugs. Du schuldest uns etwas, wenn wir dich unbehelligt gehen lassen, hatten *sie* ihm damals ausrichten lassen. Und gnade dir Gott, wenn du deinen Mund nicht hältst. Er hatte den Mund gehalten, aber jemand anderes musste geredet haben. Das wurde ihm blitzartig klar.

Max Trautmann löste sich aus seiner Erstarrung. Er schaute sich um, konnte aber niemanden entdecken. Um ihn herum wogte noch immer die Fasnacht. Er begann zu zittern. Gimel, Waw, Chet. Er versuchte sich einzureden, er habe sich getäuscht. Doch der Zettel, der in seiner Hand brannte, sprach eine andere Sprache. Ob *sie* ihm noch etwas anhaben konnten? Sicher war doch längst alles verjährt. Es war so lange her, fast schon nicht mehr wahr.

Er konnte seine Wohnungstür kaum aufschließen, so sehr zitterten seine Hände. Schließlich schaffte er es doch. Schwer atmend ließ er sie hinter sich zufallen, knipste das Licht an und lehnte sich von innen dagegen. Er strich das zerknitterte Stück Papier glatt. Die Buchstaben sprangen ihm förmlich entgegen. »Gimel, Waw, Chet. Morgen. Beim Guggen-Open-Air. 23 Uhr an der Brücke.«

Fast automatisch tat er, was ihm vor so vielen Jahren eingetrichtert worden war. Er riss ein Stück des Papiers ab, stopfte es in seinen Mund, kaute und schluckte es herunter. Dann das nächste. So lange, bis der Zettel verschwunden war. Gimel, Waw, Chet. Was wollten *sie* nur von ihm?

Die ganze restliche Nacht über versuchte er vergeblich, zu schlafen. Um sechs Uhr gab er auf und kochte sich einen Kaffee.

Unten, unter den Arkaden gegenüber von Max Trautmanns Wohnung, beendete ein Mann im Kaschmirmantel seine Nachtwache. Er wurde von einer unscheinbaren älteren Frau abgelöst.

4

Iris Terheyde starrte auf die wild übereinandergestapelten Kartons in ihrem neuen Büro. Wer hatte ihre Sachen nur so schnell nach Lörrach geschafft? Es musste in der Nacht geschehen sein. Bleich hatte es sehr eilig, sie loszuwerden. Der große M., Leiter der Lörracher Mordkommission, begrüßte sie ziemlich kurz angebunden. »Es steht eine Wohnung für Sie bereit, eine, die die Polizei für die Unterbringung von Menschen angemietet hat, die in ein Zeugenschutzprogramm aufgenommen werden sollten.«

Sie stand inmitten dieses Chaos und hob beide Hände. »Sie scheinen nicht sehr erfreut, mich zu sehen.«

Er wirkte wütend. »Wenn Sie mit Ihrer Sturheit nur nicht alles immer so kompliziert machen würden. Warum zum Teufel wollen Sie nicht ins Hotel? Ein Mann hat sich Ihretwegen die Nacht um die Ohren geschlagen. Sie können dort nicht bleiben. Ich kann nicht dauernd jemanden abstellen. Übrigens, das Landeskriminalamt hat schon zum dritten Mal angerufen. Sie sollen sich melden.«

»Felix hat also gepetzt. Aber die Geschichte mit dem Auftragskiller ist doch nichts weiter als ein Gerücht, ein anonymer Hinweis, nicht ernst zu nehmen.«

»Möglicherweise. Möglicherweise wissen Sie es jedoch nicht und haben bei einer Ihrer früheren Ermittlungen unwissentlich in ein Wespennest gestochen. Ich werde es jedenfalls nicht riskieren, dass jemand Sie umbringt und Sie mir dann nachts als Geist erscheinen. Sie wollen ja offensichtlich nicht im Hotel schlafen. Es wäre wohl am besten, wenn Sie jetzt Ihre Kartons auspacken und sich dann in Ihrer neuen Wohnung provisorisch einrichten. Martin Felix wird Ihnen helfen.«

Sie versuchte es mit dem nächsten Einwand. »Wenn wir schon nicht wissen, ob es diesen Typ gibt, wäre es dann nicht besser, das schnell herauszufinden, ehe wirklich etwas geschieht?«

»Und wie, bitte?

»Ich könnte doch den Lockvogel spielen. Falls der Unbekannte wirklich neben meiner Ermordung noch einen terroristischen Anschlag plant, könnten wir ihn auf diese Weise vielleicht fassen.«

»Klar könnten Sie. Aber bestimmt nicht nachts. Und sicherlich nicht, solange Sie mir unterstellt sind. Ich habe keine Leute übrig, die ich rund um die Uhr zu Ihrem Schutz abordnen kann. Mit Felix im Hotelnebenzimmer wären Sie wenigstens einigermaßen sicher gewesen. Aber so? Hoffen wir, dass der Attentäter, so es ihn denn wirklich gibt, Ihre neue Wohnung nicht so schnell findet.«

»Sie glauben also wirklich an die Möglichkeit eines Mordanschlages auf mich? Das ist einfach lächerlich. Außerdem: Wenn wegen jeder Morddrohung gegen einen Polizisten so ein Aufstand gemacht würde, kämen wir ja nicht mehr zum Arbeiten.«

»Ich finde, Sie nehmen die Angelegenheit entschieden zu leicht. Ganz sicher kämen wir nicht zu unserer Arbeit, wenn sich alle so stur anstellten wie Sie. Das LKA hat die Ermittlungen in dieser Sache aufgenommen. Es wurde sogar eine Sonderkommission gegründet. Die Inlandskontrollen an den Grenzen sind verstärkt worden. Das täten sie nicht, wenn sie nicht glauben würden, dass an der Sache etwas dran ist. Also, Schluss jetzt mit der Diskussion. Ich erwarte, dass Sie sich an meine Anweisungen halten. Machen Sie sich ans Werk.«

Er ging zur Tür. Dann wandte er sich noch einmal um und grinste.

»Ach so, ja – willkommen in Lörrach.« Damit ließ er sie stehen.

Sie schaute ihm hinterher und überlegte, wie lange sie sich schon kannten. Es mussten mehr als fünfzehn Jahre sein, eher an die zwanzig. Er war einer ihrer Ausbilder gewesen damals – und sie hoffnungslos in ihn verliebt, wie die anderen Kolleginnen auch. Er hatte immer so getan, als bemerke er es nicht. Sie empfand ein leises Bedauern, dass nicht mehr daraus geworden war. Doch er hatte eine Ehefrau. Und sie war zu schüchtern gewesen. Nun, wahrscheinlich waren sie beide einfach keine Menschen für eine Affäre. Mit der Zeit hatte sich die Beziehung gewandelt, ein wenig in Richtung Vater und Tochter. Iris lächelte.

Und inzwischen nannte jedermann ihn den großen M., obwohl er körperlich nicht so groß war. Es sollte sogar Mitarbeiter geben, die nicht einmal mehr wussten, wie er eigentlich hieß. Der Name war ein Zeichen des Respekts. Der Leiter der Inspektion I der Polizeidirektion Lörrach hatte spektakuläre Fälle aufgeklärt, einige davon hatten bundesweit Schlagzeilen gemacht.

Iris seufzte und kramte in ihrer großen Umhängetasche nach einem Taschentuch. Dabei stieß sie auf die gelben Pappdeckel, zwischen denen die Unterlagen zum Fall Lara lagen. Es waren nur wenige Blätter. Sie hatte sie mitgenommen. So ganz verstand sie selbst nicht, warum. Vielleicht war es die vage Hoffnung, Mathias Bleich im Nachhinein doch noch eins auswischen zu können – falls sie Beweise fand, dass der Selbstmord am Ende doch keiner war. Könnte doch immerhin sein, oder? Iris starrte auf die Pappe. Sie benahm sich unvernünftig. Wieder einmal. Doch irgendwie hatte sie das Gefühl, dieser Aktenordner war so etwas wie eine Option auf etwas, das noch geschehen könnte. Eine Möglichkeit. Terheyde, du spinnst, erklärte ihre Vernunft. Wenn das herauskam – das konnte Ärger geben. Dabei hatte sie offensichtlich schon welchen. Wirklich, ganz und gar unvernünftig war das, was sie da tat. Du bist bloß nachtragend und eine schlechte Verliererin, rügte sie sich selbst. Stimmt, kam prompt die Antwort ihres Gewissens.

Sie suchte nach der Nummer des LKA, die ihr Bleich gegeben hatte. Sie musste sie irgendwo in ihre Tasche getan haben, vielleicht in ihr Adressbuch? Doch sie konnte sie nicht finden. Dafür eine andere. Sie griff zum Telefonhörer und wählte die Nummer eines befreundeten Kollegen bei der Aargauer Kantonspolizei.

»Hallo, Viktor, hier ist Iris. Habt ihr schon etwas?«

»Wieso? Was meinst du?«

»Na, die Tote im Laufenburger Kraftwerksrechen. Wisst ihr inzwischen, wer sie ist?«

Iris konnte das Kopfschütteln ihres Gesprächspartners bei seiner Antwort förmlich sehen.

»Nai ... wart emol, do isch öbbis gsi, mini Schönschti.«

Sie hasste es, Schönste genannt zu werden. Das konnte nur

Spott sein. Doch sie enthielt sich einer scharfen Replik. Viktor war eigentlich ein netter Mann, erstaunlich nett für einen Polizisten.

Einen Moment später war er wieder am Apparat und verfiel etwas mehr ins Hochdeutsche, obwohl der Akzent blieb. Das passierte ihr öfter. Offensichtlich schienen manche Schweizer zu glauben, dass kein Deutscher ihre Sprache jemals verstehen könnte, auch die nicht, die aus dem Grenzland stammten. Sie kannten sich schon lange, aber noch immer traute Viktor ihr diese Sprachkenntnisse nicht zu. »Doch da. Wir haben den Doktor gefunden, waisch, der die Ultraschallaufnahme gemacht hat.«

Sie war ganz Ohr. »Sag schon, und?«

»Er ist gestorben.«

Iris Terheyde sackte wieder in sich zusammen. »So ein Mist.«

»Ha, des hesch jo chönne erwarte«, argumentierte Viktor. Er war aus dem bemühtem Hochdeutsch in sein kehliges Rheintal-Alemannisch zurückgefallen. »Die Uffnahm isch mengis drissig Johr alt. Aber wart, do isch no die domalige Adress vu sinera frühere Sprechschtundehilf.«

»Und, habt ihr mit ihr gesprochen?«

»Hä nai. Das wär zu viel Aufwand. Dä Selbschtmord isch doch chlar, oder? Usserdem isches ziemli unwahrscheinlich, dass sie no weiß, wer die Patientin gsi isch, zu der die Uffnahm ghört. Sägamol, Maidli, mi dunkt, du häsch anderi Sorge.«

»Woher weißt du das?«

»Die Kollege vu eurem LKA hen gsait, do gibt's en Hiwis. Jedefalls händ sie eus um erhöhte Uffmerksamkeit bi dr Bewachig dr Grenz bätte.«

Sie lachte. »Du meinst diesen angeblich auf mich geplanten Mordanschlag, das sind doch alles nur wilde Theorien. Ich glaube keine Sekunde daran.« Sie zögerte kurz. »Bitte, könntet ihr nicht doch mit dieser Sprechstundenhilfe reden? Wo lebt sie denn?«

»Moment. Ja, do schthohts, bei Zürich. Zumindescht domols. Das müsstet die Kollege vu dr Kantonspolizei Züri mache. Und dadafür brüchts en guete Grund. Hesch du ain?«

»Es gibt einen Anrufer, der behauptet, es sei Mord gewesen.

Bitte tu mir doch den Gefallen, ich habe bei der Sache ein so komisches Gefühl. Etwas stimmt da nicht. Vielleicht weiß sie ja, ob diese Frau noch Familie hatte, Kinder, einen Ehemann, die wir von ihrem Tod benachrichtigen können, oder zumindest irgendwelche Verwandten. Bitte, Viktor, du hast dann auch was bei mir gut.«

»Also guet. Aber bloß, wenn du mir öbbis verschprichsch.«

»Und was?«

»Pass uff, Chleini.«

Das versprach sie leichten Herzens. Obwohl er sie Kleine genannt hatte. Es gab nicht viel aufzupassen.

Iris verstaute die Akte in ihrer mittleren Schreibtischschublade. Es war besser, sie wegzuräumen. Sie suchte erneut in ihrer Tasche. Dann legte sie eine neue Packung Seidenstrümpfe oben auf die Akte Lara. Darüber dekorierte sie Tempotaschentücher, einen Deostift, die Schachtel mit den Teebeuteln und die Dose mit den Süßstoffpillen. Sie trank meistens grünen Tee. Der sollte gesund sein.

Sie ging zum Fenster, um nachzudenken. Ihr Blick glitt über die kahlen Bäume hinweg und verfing sich an den Hängen des Tüllinger, den Weinbergen im südlichsten Zipfel des Markgräflerlandes. Sie liebte diese Aussicht schon jetzt. Die Inspektion I der Polizeidirektion Lörrach war in einem alten Haus beim Burghof untergebracht, in bevorzugter Lage direkt in der Nähe der Innenstadt. Bis in die Fußgängerzone war es nur ein Steinwurf, und direkt gegenüber, auf der anderen Seite des Hauses, schauten die Kollegen auf die kompakte Mauer des neuen Burghofs, des Kulturtempels des modernen Lörrach, dessen Ziegel in allen Rottönen schimmerten. Die Stadt hatte sich in den letzten Jahren vom hässlichen Entlein zwar nicht direkt in einen Schwan, aber doch in einen Ort mit viel Grün und jeder Menge Leben verwandelt, in dem es sich gut aushalten ließ. Das musste sie zugeben. Von der Rückseite, dem einen der drei Polizeigebäude an der Weinbrennerstraße aus gesehen, wirkte der Ziegelbau des neuen Burghofs allerdings nicht künstlerisch leicht, sondern eher wie ein Riesenschildkröte. Doch das täuschte, innen war der Bau überraschend hell und weitläufig. Außerdem hatte der Name Burghof durchaus Tradition. Einst hatte dort eine Burg gestanden. Aus deren Ruinen waren der badisch-markgräfliche Herrschaftsspeicher und das Zehntmagazin gewachsen, ein barocker Zweckbau. Der Burghof war zum Salzmagazin, zum Fruchtspeicher, zum Weinkeller geworden, später zum Sitz des Großherzoglich-Badischen Amtsgerichts. Im 19. Jahrhundert zogen die Soldaten ein, in den dreißiger Jahren das Versorgungsamt, danach Firmen und Privatleute. Und nun die Polizei. Sie fand, dieses Sammelsurium einer wechselvollen Geschichte passte irgendwie zur jetzigen Verwendung der Gebäude.

Iris warf einen Blick auf den modernen Plastikschreibtisch in Dezent-Grau, in dem nun die Akte Lara lag. Die Geschichte ließ sie einfach nicht los, dieser Zettel, der Name Lara, die Ultraschallaufnahme. Nein, es nutzte nichts, sich etwas vorzumachen. Es war Selbstmord. Der Gerichtsmediziner hatte das Alter der unbekannten Toten auf etwa fünfzig geschätzt, plus/minus zwei Jahre. Sie hatte Krebs gehabt, das konnte ein Motiv für einen Selbstmord sein. Aber welcher Grund mochte diese Frau wohl bewogen haben, sich ausgerechnet einen Tag vor Fasnacht und ausgerechnet in Laufenburg in den Rhein zu stürzen? Wenn sie sich umbringen wollte, warum hatte sie das dann nicht bei sich zu Hause im stillen Kämmerlein getan, mit Schlafmitteln? Oder Abgase in ihr Auto geleitet? Warum hatte sie sich für ihre letzten Stunden diese Brücke ausgesucht? Das alles sollte nur Zufall sein? Das wirkte nicht zufällig, sondern gewollt. So, als habe die Frau der Welt noch etwas mitteilen wollen. Und als habe sie bewusst diesen Tod gewählt, um die Lebenden auf ihre Botschaft aufmerksam zu machen. War Laufenburg vielleicht gar keine fremde Stadt für diese Frau? Und wenn nicht, dann hatte sich vielleicht auch ein Teil der Vorgeschichte dort ereignet. Jeder Selbstmord hatte ein Motiv, ebenso wie jeder Mord. Vielleicht war diese Frau ja in den Tod getrieben worden. Immerhin vorstellbar. In diesem Fall gab es einen Schuldigen an diesem Drama, auch wenn dieser aller Wahrscheinlichkeit nach nur schwer festzunageln war.

Sie schüttelte den Kopf. Vielleicht ging wieder einmal ihre Fantasie mit ihr durch.

Ihr Blick fiel erneut auf die wild verstreuten Kartons. An diesem Tag würde sie im Fall der Toten wohl zu keinem Ergebnis mehr kommen. Es war besser, sie kümmerte sich vorläufig um ihr eigenes Drama.

Die Tür öffnete sich. »Na, fertig? Wie ich sehe, nicht. Morgen kommt auch mein Schreibtisch.« Martin Felix deutete vage auf einen Platz in dem kleinen Raum direkt neben dem Fenster. Er war momentan noch mit Kartons zugestellt. »Was haben Sie bloß alles mitgebracht? Die Anna-Amalia-Bibliothek?«

Sie hielt es für müßig, ihm zu erklären, dass sie nichts mitgebracht, sondern dass alles bei ihrem Eintreffen schon so dagestanden hatte. »So ähnlich.« Dann schaute sie demonstrativ auf ihre Uhr. »Ja, fertig«, behauptete sie. »Den Rest erledige ich später. »Ich habe noch etwas vor.« Sie zog den Mantel vom Kleiderständer. Wie üblich war der Aufhänger abgerissen.

Martin Felix nahm ihr den Mantel galant ab und half ihr hinein. Den guten Eindruck machte er allerdings mit seinen nächsten Worten wieder zunichte. »Dieses antike Stück steht Ihnen einfach nicht, Kollegin. Das Grau macht Ihr Gesicht noch bleicher. Außerdem hängt er an Ihnen wie ein Sack. Warum kleiden Sie sich, als wären Sie Ihre eigene Großmutter? Ich komme übrigens mit.«

»Kümmern Sie sich um Ihre eigenen Klamotten. Aus Ihrer Hose müssen Sie wahrscheinlich mit dem Schuhlöffel aussteigen«, antwortete sie bissig. »Außerdem kommen Sie nicht mit. Was ich vorhabe, ist privat.«

»Ich komme trotzdem mit. Ich muss auf Sie aufpassen.«

»Das tun Sie mit Sicherheit nicht. Sie sind nicht mein Wachhund, sondern mein Mitarbeiter. Es ist gleich Mittagspause. Da sind Sie nicht mein Partner. Ich habe auch ein Privatleben.« Iris griff sich ihre Schultertasche, die auf einem Stapel Kartons lag und marschierte hinaus.

Martin Felix sah ihr verzweifelt nach. Diese Frau war schwieriger zu hüten als ein Sack voll Flöhe. Er griff zum Telefonhörer und informierte den großen M.

»Wo will dieses vermaledeite Weib jetzt wieder hin?«, knurrte der Chef der Lörracher Mordkommission.

»Sie hat es mir nicht gesagt.«

Auf der anderen Seite der Leitung gab es eine kleine Pause. »Gut, folgen Sie ihr. Schnell.«

Iris Terheyde fuhr einen alten Twingo. Er war mit dem Staub von Jahren bedeckt, doch der Lack war gelb und der Wagen deshalb gut zu erkennen. Martin Felix sah gerade noch, wie sie aus dem großen Tor des Polizeiparkplatzes fahren wollte. Er spurtete zu seinem Auto und befand, dass er sich vielleicht doch besser ein weniger auffälliges Fahrzeug gekauft hätte als diesen grünen Porsche 365, das erste Serienmodell überhaupt, das die Firma gebaut hatte. Mit Boxermotor. Die Bedenken währten allerdings nur kurz. Er hatte sich auf den ersten Blick in diesen Wagen verliebt. Diese Liebe hielt an und fegte alle Vernunftgründe beiseite. Der Benzinverbrauch gehörte dabei zu den eher unwichtigen.

Glücklicherweise fuhren gerade etliche Autos die Weinbrennerstraße entlang, und sie kam nicht aus der Ausfahrt. Sie hatte den linken Blinker gesetzt.

Als sie draußen war, bog auch er um die Ecke. Er hielt sich einige Autos hinter ihr und hatte Mühe, sie nicht aus den Augen zu verlieren. Dann wurde ihm klar, in welche Richtung sie steuerte.

Erneut griff er zum Handy. »Ich habe sie. Sie will offensichtlich nach Laufenburg.«

Der große M. fluchte und sagte dann das, was Martin Felix gedacht hatte. »Auch das noch. Bleiben Sie dran. Ich schicke sicherheitshalber zwei Streifenwagen zur Verstärkung. Wenn dieser Auftragskiller sie sucht, dann sicherlich zuerst in Laufenburg. Dieses Weib beschäftigt uns wirklich. Und das zum falschen Zeitpunkt. Ich knöpfe sie mir persönlich vor.«

Martin Felix blieb dran. Zu seinem Erstaunen fuhr sie an der Einmündung zur Laufenburger Altstadt vorbei weiter auf der B 34 nach Osten. Dann sah er die Absperrungen und begriff. Natürlich, wegen der Städtlefasnacht war hier alles dicht. Wie erwartet bog sie gegenüber dem Bahnübergang rechts ab, fuhr am Schwimmbad vorbei und steuerte den großen Parkplatz in der Senke an der Mündung des Andelsbachs in den Rhein an. Direkt in der Nachbarschaft am Flussufer entstand gerade ein Riesenklotz, zumindest erweckten die Bauzäune diesen Eindruck. Es sollte ein Altenheim werden, besagte das Schild des Bauträgers. Sie stellte ihren Wagen auf einem freien Platz beim Bauzaun ab.

Es gab immer einen Parkplatz auf dem großen Areal am Laufenburger Andelsbach, auch zu Zeiten wie diesen, in denen die Altstadt voller Besucher war. Der eigentliche Trubel würde ohnehin erst wieder am Abend beim Guggen-Open-Air beginnen. Dann kamen Tausende. Er beobachtete, wie sie ihren Twingo abschloss. Anschließend stapfte sie die Straße hoch, über den Rathausvorplatz und ging in ihre Wohnung. Er folgte ihr in sicherer Entfernung. Nicht lange danach sah er sie mit einem altertümlichen Lederkoffer wieder herauskommen. Sie ging zu ihrem Wagen, warf den Koffer auf den Rücksitz. Für einen Moment blieb sie unschlüssig stehen, dann machte sie sich zu Fuß auf den Weg in Richtung Rhein. Martin Felix gab die Information an den großen M. weiter.

Bowie sah sie aus ihrer Wohnung kommen, einen Koffer in der Hand. Er hatte beschlossen, Max Trautmann im Auge zu behalten und damit auch dessen Wohnung direkt gegenüber von seinem Hotel. Und da war sie plötzlich aufgetaucht. Panik stieg in ihm auf. Sie hatte Gepäck dabei, also würde sie so bald nicht in ihre Wohnung zurückkehren. Was sollte er nur tun? Wenn er jetzt nicht handelte, dann würde er sie vielleicht nicht mehr wiederfinden, dann wusste womöglich auch Max Trautmann nicht, wo sie steckte. Er überlegte fieberhaft. Er musste seinen Plan umwerfen. Eine so günstige Gelegenheit kam vielleicht nie wieder. Er sah sich um. Sie schien sogar allein zu sein! Er tastete nach dem Messer in seinem Gürtel. Den Sprengstoff hatte er im Zimmer gelassen. Noch zögernd folgte er ihr.

Mit jedem Schritt, den er tat, wurde er sich sicherer, wuchs das Gefühl seiner Macht. Er war Herr über das Leben dieser Frau. Seine Entschlossenheit nahm zu. Warum auch nicht? Jetzt war die Gelegenheit. Eine bessere würde es vielleicht nicht geben. Er musste nur nah genug … Der Bauzaun, doch, das musste gehen. Vorsichtig schlüpfte er von der Flussseite her durch eine Lücke im Zaun und schlich sich an der tiefen Baugrube entlang in ihre Richtung. So konnte er sie ungesehen beobachten. In diesem

Moment entdeckte er den jungen Schönling. Verdammt, sie wurde doch noch immer bewacht. Er fühlte kurz Panik in sich aufsteigen und genehmigte sich eine Pille. Er musste diesen Moment einfach nutzen.

Als sie den Koffer auf den Rücksitz ihres Autos warf, blieb ihm fast das Herz stehen. Er musste sie aufhalten, unbedingt, er hatte keinen Wagen, um ihr nachzufahren. Zu seiner großen Erleichterung schloss sie den Twingo wieder ab. Sie kam sogar noch näher in seine Richtung. Wie in Trance zog er langsam das Messer aus seinem Gürtel, griff es an der Klinge und legte den Zeigefinger auf die stumpfe Seite. Er hatte diese Bewegung tausendfach geübt. Über diese Distanz konnte er sie nicht verfehlen, blieb aber selbst im Verborgenen. Halt, Handschuhe anziehen und vorher den Griff abwischen, sonst konnten sie ihn möglicherweise durch seine Fingerabdrücke identifizieren. Vielleicht war er ja auch in der Datei der Deutschen. In der schweizerischen ganz bestimmt.

Etwas zischte durch die Luft und fiel dann mit einem metallenen Geräusch auf den Schotterboden des Parkplatzes. Martin Felix sah, wie Iris Terheyde zur Salzsäule erstarrte. Er spurtete zu ihr. Sie schaute ihn fassungslos an und deutete auf einen Gegenstand.

»Jemand hat ein Messer auf mich geworfen«, erklärte sie ungläubig.

Er riss sie zu Boden und warf sich über sie. Er hatte keine Zeit, auf ihren Protest zu achten. Fast im selben Atemzug zog er seine Dienstpistole. Er hörte ein Rascheln hinter dem Bauzaun, doch ansonsten rührte sich nichts. Iris Terheyde unter ihm wehrte sich mit Händen und Füßen.

»Lassen Sie mich los, Sie Idiot, ich bekomme keine Luft mehr, suchen Sie lieber den Messerwerfer.«

Martin Felix lockerte seine Umklammerung. Er hatte erneut ein Geräusch gehört, versuchte, es zu orten. Das näher kommende Tatütata der Martinshörner störte diesen Versuch. Trotzdem war er erleichtert. Die Verstärkung, die der große M. angekündigt hatte.

»Hinter dem Bauzaun, schaut hinter den Bauzaun!«, brüllte

Felix den Kollegen entgegen. Diese zückten die Waffen. Einer rief weitere Verstärkung. In diesem Moment tauchte der große M. persönlich aus dem Inneren eines Streifenwagens auf.

»Ich hätte ihn fast gehabt!« Felix gab seine Chefin vollends frei.

Iris Terheyde rappelte sich schimpfend hoch. »Fast hätten Sie den Typen gehabt, ja?«, zeterte sie, um ihre Erschütterung zu verbergen »Ich war die Einzige, die Sie hatten, Sie Trottel. Warum haben Sie sich nicht um den Messerwerfer gekümmert?«

»Weil Ihr Partner Sie schützen wollte, Kollegin Terheyde. Sie sollten ihm lieber dankbar sein. Das hätte auch schiefgehen können. Warum sind Sie bloß immer so stur? Sind Sie jetzt überzeugt, dass Sie in Gefahr schweben?«

Iris Terheyde senkte den Kopf und sagte für einen Moment nichts. Bemerkenswert, fand Martin Felix. »Danke«, murmelte sie schließlich leise. Martin Felix nickte nur.

Die Kollegen tauchten nach und nach schwer atmend wieder hinter dem Bauzaun auf. Den Messerwerfer hatten sie nicht gefunden. Aber immerhin hatten sie das Messer. Vielleicht lieferte es wertvolle Hinweise.

Iris Terheyde hob den Kopf, ihre Augen blitzten kämpferisch. »So, jetzt müssen Sie mir aber erlauben, den Lockvogel zu spielen. Er kommt bestimmt wieder. Und dann sind wir vorbereitet.«

Martin Felix war beeindruckt. Gab diese Frau denn niemals auf?

»Den Teufel werden wir tun«, donnerte der große M. »Es ist Fasnacht, Kollegen aus der ganzen Region sind unterwegs, kontrollieren jedes verdammte Schlupfloch entlang der Grenze, um diesen Typen zu schnappen, von dem wir nicht einmal wissen, wie er aussieht. Begreifen Sie doch endlich, wir können einfach niemanden zusätzlich abstellen, um auf Sie aufzupassen. Außerdem müssen wir alle Ihre bisherigen Fälle überprüfen. Vielleicht finden wir ja so den Grund, warum Ihnen jemand ans Leder will. Wir brauchen jeden Mann und jede Frau.«

»Eben«, erwiderte sie.

Der große M. schaute Iris Terheyde an. Vielleicht hatte sie ja wirklich recht, vielleicht bekamen sie so schneller die Chance, den Killer zu fassen. Dass er existierte, daran gab es nach diesem Vorfall jedenfalls keinen Zweifel mehr. Außerdem: Wenn er nicht nachgab, dann würde sie auf eigene Faust ermitteln und sich noch weiter in Gefahr bringen. Die Anweisungen des LKA waren ihr schnurzegal. Er kannte sie, das hier war jetzt zu einer persönlichen Sache zwischen dem Messerwerfer und ihr geworden. Er würde es wahrscheinlich auch persönlich nehmen, wenn jemand versuchte, ihn umzubringen. Da traf er eine seiner legendären Entscheidungen, die ihm den Beinamen »der Große« verschafft hatten.

Er besah sich das Messer in seiner behandschuhten Rechten. Das war das Werkzeug eines Profis, der es sich eigens für seine Zwecke hatte anfertigen lassen. Das war nicht mehr der übliche Griff von Bowie-Messern. Dieser Mann kannte sich aus. Das machte die Situation noch gefährlicher. »Also gut«, sagte er.

Er reichte die Waffe dem Beamten aus dem Streifenwagen. »Schicken Sie das zur Spurensicherung. Die Kollegen sollen das Messer auf Fingerabdrücke untersuchen. Und dann mailen Sie ein Foto dieser Waffe ans LKA. Das ist eine Sonderanfertigung. Vielleicht haben sie in Stuttgart etwas dazu in der Kartei.«

Iris Terheyde machte sich auf den Weg zu ihrem Twingo.

»Haben Sie sich eigentlich endlich beim LKA gemeldet?«

Sie gab keine Antwort.

Bowie war längst zurück in seinem Zimmer, er hatte sich ungesehen durch den Hintereingang hineingeschlichen. Das war eng gewesen. Er hatte es vermasselt. Ihm war klar, dass sie das Messer hatten und damit eine Spur. Es gab nicht viele Artisten mit solchen Messern. Er musste schnell handeln. Wo steckte sie nur? Er zitterte so sehr, dass er kaum die Heroinspritze aufziehen konnte. Er musste denken, klar denken. Bowie konnte spüren, wie sich die Droge ausbreitete, durch seine Adern floss, wie sein ganzer Körper sie willkommen hieß. Das Zittern hörte auf.

Er steckte in großen Schwierigkeiten. Sie hatte einen Koffer dabeigehabt. Was bedeutete das? Dass sie fortwollte, natürlich.

Langsam, Bowie, langsam. Außerdem war sie bewacht worden. Also hatte sie schon vor seinem missglückten Versuch, sie zu töten, gewusst, dass jemand hinter ihr her war. Natürlich, der Koffer war der letzte Beweis. Sein Gehirn arbeitete fieberhaft. Woher? Woher konnte die Kommissarin das gewusst haben? *Sie.* Das war die einzige Möglichkeit. *Sie* hatten von seinem Alleingang Wind bekommen und der Polizei einen Tipp zugespielt. Ihm wurde schlecht. Dann war er ein toter Mann. Er kam aber nicht umhin, *ihre* Genialität zu bewundern. *Sie* mussten gar nicht viel tun, um ihn aus dem Verkehr zu ziehen, die Polizei erledigte die Arbeit für *sie*. Und wenn er dann im Gefängnis war – sein Magen krampfte sich zusammen. Er wäre nicht der Erste, der hinter Gittern starb. Er bekam einen Schweißausbruch. Seine Gedanken rasten.

Langsam, Bowie, immer langsam. Es musste doch einen Ausweg geben. Er hatte nur noch eine Chance, eine Möglichkeit, zu überleben. Er musste die Scharte auswetzen, er musste sie finden, sie töten, erfolgreich zu Ende führen, was er begonnen hatte. Vielleicht würden *sie* ihn dann leben lassen. Die Gedanken wollten ihm nicht gehorchen, kreisten und kreisten um ein Wort. Tod. Er musste sich konzentrieren. Also: Sie war weg, irgendwo hin. Wahrscheinlich weit. Ja, nach dem Angriff hatte die Polizei sie sicherlich weit weggebracht, um sie zu schützen. Wohin nur? Wohin könnte sie gegangen sein? Hatte sie noch Familie, Vettern, Cousinen, Freunde, Freundinnen, bei denen sie sich verkriechen konnte? Warum nur hatte er sich bei seinen Nachforschungen nicht genauer mit ihrer Familie und ihrem Umfeld befasst? Er wusste nur, dass es keine Geschwister gab. Die Eltern waren gestorben.

Natürlich konnte es auch durchaus sein, dass sie sie in ein anderes Revier versetzt hatten, irgendwo in Baden-Württemberg. Verdammt, wo sollte er sie nur suchen? Dabei hatte er keine Zeit, er musste schnell handeln. Sie hatten ja das Messer, das würde die Polizei früher oder später auf seine Spur bringen.

Trautmann. Er musste Trautmann unter Druck setzen. Der wusste sicher etwas. Zumindest, wo er anfangen konnte, nach ihr zu suchen. Dieser Hoffnungsstreif am Horizont sorgte dafür, dass die Panik etwas abebbte. Trautmann musste sie für ihn finden, er musste einfach. Wie sonst sollte er *ihnen* wieder gegenübertreten? Er stand auf *ihrer* Todesliste. *Sie* tolerierten keine Versager. Nur ein erfolgreicher Abschluss seiner Aktion konnte ihn jetzt noch retten. Vielleicht retten.

Er spähte durch die Gardine hinüber zu Trautmanns Wohnung. Es dämmerte, doch gegenüber brannte kein Licht. Verdammt, er war also nicht da. Warten, er musste warten. Er hielt es kaum aus. Die Rufe der Polizisten wurden von Trommelschlägen und den Stimmen der Fasnächtler abgelöst.

Doch er wartete. Er durfte jetzt keinen Fehler mehr machen, nichts riskieren. Trautmann musste ja wieder auftauchen.

Um vier Uhr morgens sah er ihn. Er war unerreichbar. Zwei Freunde schleppten den völlig Betrunkenen ins Haus. Aber irgendwann musste er ja wieder herauskommen. Irgendwann würden die Polizisten aufgeben. Bis dahin konnte er nur hoffen, dass sie nicht auf die Idee kamen, dass der schweigsame Gast aus der Innerschweiz und der Messerstecher ein und dieselbe Person waren. Bowie tat etwas, was er schon seit langer Zeit nicht mehr getan hatte. Er wusste, es war absurd. Er betete zu Gott, dass sein Plan gelingen möge. Er flehte um sein Leben.

5

Max Trautmann schrieb fieberhaft. Er tat alles, um die Begegnung am Vortag zu vergessen, zu verdrängen, dass er für diesen Abend eine Verabredung hatte. Er war ein Meister der Verdrängung. Klaras und seine Geschichte nahm Formen an, der Film in seinem Kopf spulte sich ab. Der Tag, an dem er sie zum ersten Mal gesehen hatte. Der Bildschirm füllte sich mit Worten – Worte, die für zwei Leben reichen mussten.

Er rückte seine Brille zurecht und lächelte bitter. Klara würde niemals älter, niemals hässlicher werden. Dann nahm er die Brille ab, zog ein zerknittertes Stofftaschentuch aus der Hose und begann, die dicken Gläser zu putzen. Dabei blickte er unwillkürlich an sich hinunter. Sein Bauch wirkte im Sitzen noch voluminöser. Er wölbte sich bis fast zum Schreibtisch. Der blau-weiß gestreifte Pullover machte diesen Anblick nicht gerade besser. Er hatte schon immer so ausgesehen. Klara hatte das nie gestört. Warum konnte er sie nicht einfach in die Arme schließen? Es tat so weh.

Max schaute auf die Uhr. Draußen mischten sich immer mehr Stimmen mit den noch seltenen Schlägen von Trommeln und dem knatternden Geräusch von Rätschen, wurden von den Mauern zurückgeworfen, hallten zwischen den Häusern. In einer Stunde würde das große Festival der Guggen-Musiken beginnen. Die ersten Gruppen zogen schon durch die Stadt. Sie kamen von überall her, aus der ganzen Region, aus der Schweiz, bis aus Luzern.

Und irgendwo zwischen all dem Lärm, all diesen Menschen, lauerte der Mann auf ihn, der ihm den Zettel in die Hand geschoben hatte, der etwas von ihm wollte. Max wusste nicht, was er tun konnte, um dem zu entkommen. *Sie* mussten doch sehen, dass er schon lange keine Drogen mehr nahm, seit Ewigkeiten nicht mehr dealte. Er wusste nicht, ob er die Kraft haben würde, zu verweigern, was *sie* von ihm wollten. In seinem Hirn formte sich kein Plan, noch nicht einmal der Ansatz eines Ausweges. Wieso kamen *sie* jetzt, nach so vielen Jahren?

Er beschloss, in die Kneipe zu gehen.

Der Gedanke entspannte ihn etwas. Er bahnte sich einen Weg durch die alten Zeitungen, die auf dem verschlissenen Perserteppich verstreut lagen, und ging ins Bad. Nach der Dusche fühlte er sich etwas besser.

Draußen drängten sich die Menschen, und er wäre am liebsten umgekehrt. Auch der Eichentresen im Roten Gockel war von Menschentrauben umlagert. Mit ihm kam ein Schwall eisiger Luft in das verräucherte Lokal. Erneut stellte sich der fast unwiderstehliche Impuls ein, sich zu verkriechen, in sein Bett zu gehen, die Decke über den Kopf zu ziehen und alles zu vergessen. Auch Klara.

Er brauchte einen Drink. Der Weg heimwärts durch das Gedränge, der Gedanke an die Enge auf der Straße, an den Geruch von Alkohol und Geilheit erschreckten ihn noch mehr als die Vorstellung, hierzubleiben. Die Luft in der Kneipe war schwer von den Fettschwaden der Fritteuse, die aus der Küche waberten, vom Schweiß der Menschen, der sich in den Maschen ihrer dicken Pullover sammelte und nach außen wegdünstete, und dem Qualm von Zigaretten. Die Gespräche und die Popmusik vom Band ballten sich zusammen zu einem schier unerträglichen Lärmgemisch. Wieder meldete sich vehement sein Fluchtinstinkt, sein Magen signalisierte das baldige Eintreten von Übelkeit.

Max kämpfte sich durch an den Tresen. Der Gast neben ihm beobachtete fasziniert die dralle Wirtin. Sie war jung, trug einen weit ausgeschnittenen dünnen Pullover, unter dem sich ihre beachtlichen Brüste abzeichneten. Die Augen der meisten Männer am Tresen saugten sich an diesem Ausschnitt fest.

Draußen, am Mittleren Brunnen, begann die erste Guggen-Musik mit ihrem Konzert: »Take Five«. Laut, schräg, falsch, viel Rhythmus, ein begeistert bearbeitetes Schlagzeug, Bongos, einige Trompeten und Klarinetten, deren Melodie im Wirbel der Trommelschläge fast unterging. Max hielt sich die Ohren zu.

Tatjana, die Wirtin, stellte ihm ungefragt ein Weizenbier und einen Schnaps auf den Tresen und lächelte ihm zu. Sie kannten sich, er war oft hier. Max prostete ihr zu. Einige Männer beobachteten den stummen Austausch neidisch. Er wurde von einem Gast angerempelt.

»Kannst du Rindvieh nicht aufpassen«, attackierte Max ihn grob. Der Mann im Kaschmirmantel reagierte überhaupt nicht und drängte sich weiter in Richtung Garderobe.

Max seufzte, hob das Bierglas und trank es bis auf ein Drittel leer. Er wischte sich den Schaum von der Oberlippe, setzte das Schnapsglas an, kippte den Inhalt herunter und orderte gleich danach das nächste. Zwei Stunden später wankte er sternhagelvoll nach draußen.

Am nächsten Morgen wusste er nicht mehr, wie er heimgekommen war. Trotz des Lärms, den das große Laufenburger Guggen-Musik-Festival unweigerlich mit sich brachte, hatte er geschlafen wie ein Stein. Sein Kopf dröhnte vor Schmerzen, als er aufwachte. Dann dämmerte es ihm. Die Verabredung, die drei Worte. Gimel. Waw. Chet. Er konnte sich nicht erinnern, den Mann gesehen zu haben. Vielleicht war das alles ja nur ein schlechter Scherz. Doch er glaubte selbst nicht so recht daran.

Max schaute in den Kühlschrank. Leer. Das rief ihm die ganze Misere seines verpfuschten Lebens wieder in Erinnerung. Das Konto war heillos überzogen. Seine Frau forderte Unterhalt. Als ob er sich das Geld aus den Rippen schneiden könnte! Der Verleger wollte endlich das Manuskript des Westernromans, für das er bereits einen Vorschuss erhalten hatte. Das Geld war verbraucht. Die Werbeagentur, die er betrieb, hatte seit Monaten keinen Auftrag mehr erhalten. Und nun noch dieser Zettel, den der Unbekannte in seine Hand geschoben hatte.

Er warf drei Brausetabletten Aspirin mit Vitamin C in ein Glas und füllte es mit Leitungswasser auf. Er musste einen klaren Kopf bekommen.

Klara. War Klara die Frau von der Brücke? Er musste es einfach wissen. Max blätterte im Telefonbuch, griff zum Telefonhörer und wählte die Nummer von Iris Terheydes Laufenburger Wohnung. Am anderen Ende meldete sich eine Männerstimme.

»Wer sind Sie?«, erkundigte sich Max.

»Tegel, Mordkommission Lörrach«, erklärte die Stimme. »Und wer sind Sie?«

Mordkommission Lörrach? Was sollte das? Sie war doch bei

der Polizeidirektion Waldshut-Tiengen! Außerdem konnte er sich nicht erinnern, die Lörracher Vorwahl gewählt zu haben. Was wollte ein Mann der Mordkommission Lörrach in der Wohnung der Kommissarin? War er vielleicht ein Kollege? War sie nicht mehr in Waldshut-Tiengen, sondern nach Lörrach versetzt worden? Max ahnte, er würde keine Erklärung bekommen, sondern in Schwierigkeiten geraten, wenn er sich auf ein Gespräch einließ. Er legte den Hörer auf.

Max saß auf seinem Sofa und starrte an die Wand. Er versuchte, das zu verstehen. In der Wohnung von Iris Terheyde befand sich ein Mann der Mordkommission Lörrach. Seltsam. Er hatte einen schalen Geschmack im Mund, sein Schädel dröhnte noch immer. Wie sollte er Klaras Geschichte schreiben, wenn er nicht wusste, was mit ihr geschehen war? Er musste mit Iris sprechen. Vielleicht sollte er es auf gut Glück einfach in Lörrach versuchen.

Kurz entschlossen folgte er dieser Eingebung, suchte sich die Nummer der Polizeidirektion Lörrach heraus und wählte.

Eine Frau nahm ab. »Sekretariat Inspektion 1 Lörrach, Schädel, was kann ich für Sie tun?«

»Verbinden Sie mich bitte mit Iris Terheyde«, forderte er.

»Darf ich fragen, worum es geht und wer Sie sind?«

»Das ist eine Privatsache.«

»Frau Terheyde ist nicht im Haus. Wollen Sie vielleicht einen Kollegen sprechen?«

»Nein, danke, ich sagte doch, eine Privatsache.«

Die Stimme der Dame namens Schädel wurde drängender. »Mit wem spreche ich denn? Kann ich Kriminaloberkommissarin Terheyde etwas ausrichten? Wo kann sie Sie erreichen?«

Er legte auf. Er hatte also instinktiv richtig vermutet, sie war jetzt bei der Kriminalpolizei Lörrach.

Fluchend schaltete er seinen Computer an. Er hasste diese Western, er hasste seinen Helden John Benson. Dessen Mut und Güte hingen ihm zum Hals raus, er langweilte sich beim Schreiben fast zu Tode. Bei den Lesern kamen die Groschenromane an, im Moment lebte er sogar zum großen Teil davon. Immerhin, niemand wusste, dass er der Autor der John-Benson-Western war. Er schrieb sie unter seinem Pseudonym Peter West. Wie sehr sehnte er sich jetzt nach der Klarheit und Einfachheit eines japanischen Haiku. Er hatte schon so lange keines mehr geschrieben. Und der Nebel in seinem Kopf widersetzte sich auch dieses Mal jedem Versuch von Klarheit.

Er seufzte.

John Benson schwang sich auf seinen Rappen, schrieb er. Klaras Geschichte drängte sich dazwischen, ihr Gesicht. Sie lächelte ihn an. Doch tief in ihrem Blick las er die Anklage, das Urteil, mit dem er nun schon seit so vielen Jahren lebte. Er hatte Angst, verrückt zu werden. Das musste ein Ende haben. Draußen schien die Sonne. Er würde zur Brücke gehen. Vielleicht erzählten ihm die Steine die Geschichte.

Die Laufenburger Hauptstraße lag ruhig da, als hätte es den Trubel und den Lärm der vergangenen Nacht nie gegeben. Nur wenige Passanten waren zu dieser Tageszeit unterwegs. Max Trautmann genoss die Stille und den Sonnenschein auf seinem Gesicht. Fasnachtssamstag. Da schliefen die Menschen aus oder gingen einkaufen. Der Geruch von Braten drang durch ein Fenster. Max hörte seinen Magen knurren, er kramte in seinen Taschen und förderte zwei Euro zutage. Offenbar hatte er gestern Nacht in der Kneipe sein ganzes restliches Geld ausgegeben. Nun, für zwei Euro bekam er wenigstens noch einige Brötchen. Das musste übers Wochenende reichen. Er war sowieso zu fett.

Die Brücke erstreckte sich sonnenbeschienen und friedlich über den Rhein von Land zu Land, als habe sich hier niemals eine Frau hinabgestürzt. Wieder beugte er sich über die Brüstung. Der Fluss hatte sich beruhigt, strömte ruhig dahin. Als könne er kein Wässerchen trüben, dachte Max und freute sich über dieses Wortspiel, das er einen Lidschlag lang für ziemlich intelligent hielt.

»Wo waren Sie gestern? Ich habe auf Sie gewartet.«

Er fuhr herum. Der Mann, der sich neben ihn gestellt hatte, war unscheinbar, mindestens einen Kopf kleiner als er, aber drahtig und durchtrainiert. Max hatte sich einen Hünen mit gefährlich leuchtenden Augen vorgestellt.

»Was wollen Sie von mir?«, fragte er statt einer Antwort. »Und woher wissen Sie überhaupt von mir?«

Die Antwort auf seine letzte Frage war nur ein Achselzucken. »Sie müssen mir helfen, eine Frau zu finden. Iris Terheyde.«

Max war perplex. »Was wollen Sie von ihr?«

»Das geht Sie nichts an. Fragen Sie nicht so viel. Sie sollen mir nur helfen, sie zu finden. Ich weiß, dass Sie sie kennen.«

»Ist das alles? Ich meine, das ist lange her, damals waren wir Kinder.«

»Ja, das ist alles.«

»Ich weiß auch nicht, wo sie ist. Wir haben schon seit Jahren keinen Kontakt mehr. Lassen Sie mich einfach in Ruhe, ja?«

»Versuchen Sie nicht, mir etwas vorzulügen. Ich habe gesehen, wie Ihr Bekannter sie neulich im Griechen angesprochen hat. Wenn Sie nicht wissen, wo sie ist, dann suchen Sie sie eben. Sie müssen doch wissen, wen Sie fragen können. Und dann bringen Sie sie an einen verabredeten Ort, den ich Ihnen noch nennen werde. Sie haben bis heute Abend Zeit.«

Max wurde langsam ärgerlich. »Wie komme ich dazu! Suchen Sie diese Frau doch selbst. Oder haben Sie etwa beim Griechen gesehen, dass wir miteinander geredet haben? Haben Sie nicht!«

Die Stimme des kleinen Mannes wurde gefährlich leise. »Sie werden tun, was ich Ihnen sage. Sonst ...« Seine Pupillen waren winzig.

Max erkannte, dass er Drogen genommen haben musste. Menschen unter Drogeneinfluss waren unberechenbar. Das hatte er mehr als einmal erlebt. Er wurde unsicher, Beklemmung machte sich in ihm breit. Dann straffte er sich. »Was, sonst? Wollen Sie der ganzen Stadt von meiner Vergangenheit erzählen? Das ist längst verjährt. Ich denke nicht daran.«

Plötzlich spürte er, wie ihm eine Messerspitze in die Rippen gedrückt wurde. »Oh doch, das tun Sie. Sonst könnte es durchaus sein, dass die Polizei eines Tages eine Razzia in Ihrer Wohnung macht und Drogen entdeckt. Ich finde schon einen Weg, sie dort zu deponieren. So wie Sie aussehen, würden Sie noch nicht einmal eine Nacht im Gefängnis überstehen. Oder es passiert Ihnen ein übles Unglück, ganz plötzlich.«

»In meiner Wohnung? Waren Sie in meiner Wohnung?« Jetzt begriff Max. »Sie drohen mir?«

Der kleine Mann lächelte. »Ja.«

Dieses Mitteilung war nicht dazu geeignet, Max' wachsende Befürchtungen zu dämpfen. Er war kein Held. Trotzdem tat er so, als wäre er einer. »Und was ist, wenn ich Sie jetzt einfach hier von der Brücke in den Fluss werfe?«

»Das werden Sie nicht tun.«

»Nein?«

»Nein. Außerdem bin ich nicht allein. Oder was meinen Sie, woher ich von Ihnen weiß?«

»Und wenn ich tue, was Sie sagen, dann lassen Sie mich in Ruhe? Für immer?«

»Dann lassen *wir* Sie in Ruhe.«

Max versuchte es auf einem anderen Weg. »Iris Terheyde? Wissen Sie es denn nicht? Sie ist Polizistin.«

»Das weiß ich. Ich weiß auch, wo sie in Laufenburg wohnt. Doch da ist sie nicht mehr. Sie ist fort, hat einen Koffer gepackt. Wissen Sie, wo sie hingegangen sein könnte?«

Max musste den Erstaunten noch nicht einmal schauspielern. »Nein, ich weiß wirklich nicht, wo sie gerade ist. Vielleicht fährt sie in Urlaub?«

Die Stimme des Mannes wurde sanft wie Seide und gefährlich leise. »Die Sache ist nicht spaßig. Und wo arbeitet sie? Ich habe bei ihrer Dienststelle in Waldshut angerufen, aber dort ist sie nicht, und zwar für längere Zeit, sagte man mir. Mehr habe ich nicht erfahren. Von Urlaub war nicht die Rede.«

Da hatte er sich bei seinem Anruf offenbar geschickter angestellt, dachte Max. Na ja, er hatte auch gewusst, wo er suchen konnte. »Die Sache muss ja wirklich wichtig sein.«

»Finden Sie sie. Wenn Ihnen Ihr Leben noch etwas bedeutet, kann ich Ihnen nur raten, finden Sie sie. Schnell. Und wenn Sie sie haben, dann geben Sie mir ein Zeichen. Ich behalte Sie immer im Auge. Also, machen Sie keinen Blödsinn. Lassen Sie einfach Ihre Balkontür offen. Dann weiß ich Bescheid und kontaktiere Sie.«

Der kleine Mann ließ ihm keine Zeit für eine Antwort, sondern nickte nur kurz und schlenderte wie ein Tourist die Hauptstraße hinauf.

Max entschloss sich, Brötchen zu kaufen. Als er mit der Tüte in seiner Wohnung ankam, hatte er keinen Hunger mehr. Was immer *sie* auch von Iris Terheyde wollten, es konnte nichts Gutes sein. Er kannte *sie*. Auch wenn es heute andere waren als damals. *Sie* wussten noch nicht einmal, wie sich das Wort Erbarmen buchstabierte. Sein Herz begann zu schmerzen.

Es läutete an der Tür. Max fluchte. Er hatte nach der Begegnung auf der Brücke keinen Nerv für Besucher. Es klingelte erneut und nachdrücklich. Der ungebetene Besucher schien entschlossen zu sein, ihn zu sprechen. Max gab nach. Vermutlich bekam er sonst nie seine Ruhe. Er riss die Tür auf und prallte zurück als er sah, wer davorstand.

»Was willst du hier?«

»Ich muss mit dir sprechen«, sagte der Alte. »Du warst übrigens schon höflicher.«

»Scher dich zum Teufel«, knurrte Max.

»Das werde ich nicht tun. Dann käme ich nur dorthin, wo du schon bist. Egal, ob es dir passt oder nicht, du wirst mich jetzt in deine Wohnung lassen, mir ein Glas Wein anbieten und dir anhören, was ich dir zu berichten habe. Sonst setze ich mich hier vor deine Tür und bekomme einen Herzinfarkt. Das wird mir jeder glauben, ich war gerade deswegen im Krankenhaus. Und du bist dann dran wegen Misshandlung eines kranken alten Mannes. Das ist fast ebenso schlimm wie Kindesmisshandlung. Dein guter Ruf wäre dahin.«

Max musste unwillkürlich grinsen. »Du bist ein sturer alter Bock, Franz Satorius. Das warst du aber schon immer. Also gut, komm rein. Aber mach es kurz. Sonst weiß ich nicht, ob ich mich beherrschen kann.«

Satorius nickte. »Stur bin ich, weiß Gott. Und ich habe viel Schaden angerichtet damit. Nur mit dem Bock klappt es nicht mehr so recht.«

»Deine Witze waren auch schon besser.«

Der Alte ließ den Kopf hängen. »Ich weiß. Was ist jetzt mit dem Wein? Übrigens, bei dir sieht es aus wie im Saustall. Und es stinkt.«

»Wenn du nur gekommen bist, um mir das zu sagen, kannst

du die Wohnungstür gleich wieder zumachen. Hinter dir.« Max hatte Mühe, seine Anspannung unter Kontrolle zu halten. Die Hand mit der Weinflasche zitterte, als er zwei Gläser vollschenkte.

Satorius hatte inzwischen Papiere und einige alte Zeitungen auf dem Sofa beiseitegeschoben und sich so Platz geschaffen. Max machte keine Bemerkung dazu, stellte die beiden Gläser mit dem Rotwein auf den kleinen Beistelltisch und setzte sich in den Sessel gegenüber.

»Also?«

»Hast du von der Frau gehört, die sich von der Brücke gestürzt hat?« Die Stimme des Alten schwankte.

Max nickte.

»Ich glaube, es war Klara«, sagte Satorius, hob beide Hände vors Gesicht und begann zu schluchzen. »Sie ist zurückgekommen, um hier zu sterben. Das war ihre Rache für alles, was wir ihr angetan haben.«

In Max stieg die Galle hoch. Er versuchte, ruhig zu bleiben. »Wieso bist du so sicher, dass es Klara war? Und sag nicht wir! Ja, ich habe davon gehört. Aber nicht ich habe Klara etwas angetan – du warst es doch. Du hast sie in die Arme dieses Lumpen getrieben. Du hast sie aus dem Haus geworfen, als sie schwanger war!«

Satorius schaute hoch. »Sie war es. Auch wenn du es partout nicht wahrhaben willst. Hör auf, dich an irgendwelche falschen Hoffnungen zu klammern. Du wirst sie niemals wiedersehen. Ich habe beobachtet, wie die Frau gesprungen ist. Keiner kannte sie so gut wie ich.«

»Du hast was? Nein, ich glaube dir nicht.« Max konnte sich kaum noch beherrschen. Sein Hass auf diesen Mann, sein ganzer Schmerz schnürte ihm fast die Luft ab. Er wäre ihm am liebsten an die Gurgel gegangen. Klara. Sie gehörte ihm. Solange sie lebte, gab es Hoffnung auf ein Irgendwann. Das Gestern war *seine* Erinnerung. Und ein Schmerz, der niemals aufgehört hatte. All die Jahre nicht. Er war nicht weniger geworden, sondern mit jedem weiteren Tag mehr ein Teil seines Wesens. Hatte sich in sein Herz eingegraben, in seinen Kopf, in seine Gedärme.

Jeden Tag wachte er mit diesem Schmerz auf, jeden Tag ging er damit zu Bett. Seit mehr als dreißig Jahren. Der Schmerz war er, und er war der Schmerz. Max konnte das schon lange nicht mehr auseinanderhalten. Doch das war paradoxerweise auch der einzige Weg, um Klara zu behalten. Etwas von ihr, ein kleines Stück der Frau, die er geliebt hatte. Der einzigen Frau, die er jemals geliebt hatte. Eigentlich gab es den Max von damals nicht mehr. Er war gestorben, als sie ging.

Max keuchte fast, presste die Worte heraus. »Raus. Geh aus meiner Wohnung. Du hast sie verraten, als sie Hilfe brauchte. Raus. Ich will nichts mit dir zu tun haben.«

Der Alte hob sein tränenüberströmtes Gesicht. »Du willst nur die Wahrheit nicht hören. Auch du hast sie verraten. Ja, ich sehe, du würdest mich am liebsten umbringen. Tu es nur, es wäre eine Erlösung für mich. Alles ist gnädiger als die Gewissheit, dass meine Tochter zurückgekommen ist, um hier zu sterben.« Satorius konnte kaum noch sprechen. »Sie ist nicht zu mir gekommen, um Hilfe zu suchen. Nein, im Gegenteil. Sie muss gewusst haben, dass ich mir gerne anschaue, was auf der Brücke so geschieht. Deshalb hat sie sich dort umgebracht. Vor meinen Augen. In der Gewissheit, dass ich es sehen würde. Sie wollte, dass ich es sehe. Und sie wollte, dass du es weißt. Dass du weißt, dass sie es war.«

»Das bildest du dir ein.«

»Oh nein, auch wenn du das gerne so hättest. Hör auf, dich ständig selbst zu belügen. Sie hatte ein Ultraschallbild von einem Fötus bei sich, das hat mir der Reporter von der Zeitung erzählt. Außerdem hat die Polizei einen Zettel in ihrem Mantel gefunden. Darauf stand nur ein einziges Wort: ›Lara‹. Sonst hatte sie nichts dabei. Warum dieses Ultraschallbild? Warum diesen Zettel mit einem einzigen Namen darauf? Das ist der Name der Tochter, die sie geboren hat. Begreifst du das nicht: Klara – Lara. Das ist eine Botschaft, eine deutliche Nachricht. Sie wollte, dass auch du weißt, dass sie sich umgebracht hat. Auch du hast sie verraten. Wir beide haben sie umgebracht. Der Selbstmord war ihre Rache. Jetzt müssen wir mit ihrem Tod leben.«

Max krallte seine Finger in das Polster des Sessels. In seinem Kopf begann sich alles zu drehen. »*Du* lügst! Es ist alles Lüge. Es kann nicht sein, dass sie zurückgekommen ist. Ich habe mit einem Kind namens Lara nichts zu tun. Es ist nicht von mir. Es kann nicht von mir sein! Es ist von dem anderen. Außerdem: Klara ist nicht deine Tochter!«

Der Alte schüttelte den Kopf. »Gut. Sie ist meine Stieftochter. Und deine Stiefschwester! Nein, das sind keine Lügen. Ich war doch nicht blind. Ich bin überzeugt, Lara war dein Kind. Aber auch du hast sie weggeschickt. Du hast sie nicht einmal angehört. Ich weiß es von Erika. Meine Frau war die Letzte, mit der Klara gesprochen hat, bevor sie ging. Sie hat es mir erst kurz vor ihrem Tod erzählt. Damals hat sie mir auch das Versprechen abgenommen, nach Klara und Lara zu suchen. Ich Trottel, ich sturer Trottel habe es nicht getan. Nun ist es zu spät. Du und ich, wir haben sie umgebracht. Mit unserer Liebe haben wir sie umgebracht.«

Max konnte sich nur mühsam beherrschen. Wenn dieser Mann nicht sofort ging, würde er ihn wirklich erwürgen. Er schoss von seinem Sessel hoch, packte den Alten am Kragen und schleppte ihn zur Tür. Franz Satorius leistete keinen Widerstand.

»Du lügst!«, schrie Max. »Du lügst, weil du deine Schuld nicht allein tragen kannst!«

Er stieß den Alten ins Treppenhaus. Franz Satorius wäre beinahe gestürzt. Er konnte sich gerade noch am Treppengeländer abfangen. »Frag doch die Kommissarin, Iris Terheyde von der Mordkommission. Sie weiß sicher inzwischen mehr darüber, warum sich die Frau von der Brücke gestürzt hat.« Die Frau. Er konnte nicht Klara sagen, nicht gegenüber dem Alten. »Sie ist aber inzwischen nicht mehr in der Gegend. Das habe ich jedenfalls gehört.« Max wusste selbst nicht, warum er das gesagt hatte.

»Ach«, erwiderte der Alte. Dann schlurfte er die Treppen hinunter.

Max schlug die Wohnungstür zu. Nein, das konnte nicht sein. Lara war nicht seine Tochter. Und die Frau auf der Brücke – Klara. Klara. Die Frau, die er sein Leben lang geliebt und die er im Stich gelassen hatte.

Er taumelte zur Toilette und würgte. Dann übergab er sich. Danach goss er eine halbe Flasche Rotwein in sich hinein und schlief auf seinem Bett ein.

Undeutliche Bilder wirrer Alpträume verfolgten ihn noch immer, als er Stunden später langsam wach wurde. Ein alter Mann blies auf einem Krummhorn, bis ihm der Kopf dröhnte und der Schädel fast zu platzen drohte. Feste Brüste und große dunkle Augen. Brüste, die lockten, und Augen, die ihn fesselten. Das Gefühl, er müsse unbedingt etwas erledigen. Er wusste nur nicht, was. Eine unbestimmte Angst. Er wusste nur nicht, wovor. Doch, er wusste es. Klara war zurückgekommen. Auf ihre Weise. Er musste mit Iris Terheyde reden.

Max schrak hoch. Zuletzt hatte er geträumt, der kleine Mann von der Brücke tanze wie ein Derwisch um Iris Terheyde herum und versuche, ihr ein Pflaster über den Mund zu kleben.

Es war absurd. Seine Situation war absurd, das ganze Leben war absurd. Er rappelte sich auf und holte sich eine neue Flasche Wein aus der Küche. Wenigstens hatte er noch Wein. Gierig trank er ein Wasserglas davon leer und schenkte nach. Dann noch einmal. Er öffnete die Balkontür. Wieso war es schon dunkel? Unten auf der Straße drängten sich die Menschen. Er konnte sie nur undeutlich sehen. Manche trugen Masken. Mal leuchtete im Licht der Straßenlaternen eine Wange auf, mal eine Augenpartie, mal ein Teil eines geschminkten Gesichtes.

Die Szenerie erinnerte ihn an eine Geschichte aus dem Mittelalter, aus der Zeit der Pest, die er einmal gelesen hatte: tanzende, singende, verzweifelte Gestalten, die versuchten, die Nacht zum Tage zu machen, das letzte bisschen Leben, das ihnen blieb, bis zur Neige auszukosten. Frauen mit nackten Brüsten, die sich ungeniert mitten auf der Straße einem Mann hingaben, Spielleute, Gaukler, Feuerschlucker und Hexen, die magische Tränke anboten. Arzneien gegen die Pest. Er taumelte zurück ins Bett.

Als Nächstes träumte Max in seinem Delirium ein Haiku von Kikusha-ni:

Ich dreh mich um –
der Mann, der mir entgegenkam,
vergeht im Nebel.

Aus Max' Wohnung drang durch die weit geöffnete Balkontür der lallende, unmelodische Gesang eines völlig Betrunkenen. Es war ein alter Beatles-Song: »Yesterday«. Die Menschen unten auf der Straße störten sich nicht daran. Sie hatten ihre eigenen Lieder: »Soo ein Taaag ...«

6

Iris Terheyde keuchte. Wieso war sie nur auf die blödsinnige Idee verfallen, joggen zu gehen? Dazu noch mit Beschützern. Die Kollegen hatten die Gelegenheit begrüßt, aus der Stube zu kommen und etwas für ihre Kondition zu tun. Sie hatte gedacht, sie würde die Aggression los. Es machte sie wütend, dass jemand versuchte, sie umzubringen. Sie konnte nun nicht mehr den Kopf in den Sand stecken. Es gab diesen Menschen wirklich. Und dann war da noch ein Gefühl, das nagte und nagte. Die Angst. Am meisten aber frustrierte sie die eigene Ohnmacht. Kollege Felix wälzte in der PD Akten, alte Fälle, an denen sie beteiligt gewesen war. Vielleicht fanden sie den Killer, wenn sie das Motiv entdeckten.

Vom Landeskriminalamt war noch keine Antwort bezüglich des Messers gekommen. Sie hatten allerdings einen Fingerabdruck gefunden, zumindest Teile davon. Aber völlig verwischt. Vielleicht konnte sie ihre Machtlosigkeit einfach aus sich herauslaufen.

Nach hundertfünfzig Metern auf dem Wanderweg entlang der Wiese fühlte sich ihr Gesicht an, als wäre es rot wie eine Tomate. Doch das Flüsschen, das sich seinem Namen gemäß etwas außerhalb von Lörrach zwischen Waldrand und Straße durch Wiesen schlängelte, hatte an diesem Tag keine beruhigende Wirkung auf sie. Sie sprang über eine Pfütze auf dem Schotterweg und lief unter der Fußgängerbrücke hindurch, die in Richtung der Lörracher Innenstadt führte. Auf der anderen Seite der Wiese, auf der Wiesentalstraße, fuhren die Autos dicht an dicht. Nach zweihundert Metern war sie froh, dass der unvermeidliche Schutzengel sie nur von hinten sehen konnte. Der Kollege in ihrem Schlepptau musste Abstand halten, um sich einem möglichen Angreifer nicht zu verraten, ebenso der Beamte, der weiter vorne lief, um die Strecke abzusichern.

Nach fünfhundert Metern hatte sie das Gefühl, dass sie keinen Schritt mehr weiterkonnte. Ihr Herz war kurz vor dem Zerspringen. Die Lungen brannten, das erste Seitenstechen setzte ein, die Beine waren jetzt schon wie Blei, und ihr Kopf fühlte sich an wie ein heißer Ballon. Sie wusste genau, dass sie auch so aussah, und hoffte inbrünstig, niemandem zu begegnen. Zumindest niemandem, den sie kannte. Und auf gar keinen Fall ihrem Traummann. Falls es ihn überhaupt gab. Sie biss sich auf die Lippen. Und wenn es das Letzte war, was sie in diesem Leben tat, und sie danach mit einem Herzinfarkt ins Grab sank, dieses Mal würde sie weiterlaufen. Es mussten ohnehin einige Pfunde runter.

Iris hatte die Hoffnung schon lange aufgegeben, jemals rank und schlank zu sein. Doch seit sie nicht mehr rauchte, war sie auseinandergegangen wie ein Hefeteig. So fühlte sie sich auch. Sie wollte sich aber nicht so fühlen. Ganz zu schweigen davon, dass jeder Verbrecher mit einer einigermaßen guten Kondition sie schon nach zwei Minuten abgehängt hätte. Das sah nicht gut aus. Außerdem konnte es sie in der jetzigen Situation das Leben kosten. Warum zum Teufel hatte sie sich nur in diese dämliche Lage gebracht? Das war mal wieder typisch. Sie war gewissermaßen Fachfrau für solche Situationen.

Sie versuchte, möglichst regelmäßig und tief zu atmen, so, wie es in den Ratgebern über richtiges Joggen stand. Ihr Herz interessierte sich nicht dafür und trommelte weiter Rumba.

Fitnessstudio. Nein, das stand schon gar nicht zur Debatte. Sie würde sich zu Tode schämen unter all diesen gestählten, durchtrainierten Körpern. Sie bekam inzwischen kaum noch Luft. Nur noch die nächsten hundert Meter. Wo zum Teufel blieb das Glücksgefühl, von dem alle sprachen? Sie kannte unter den Kollegen einige fanatische Jogger, die Stein und Bein schworen, beim Joggen könnten sie am besten denken, bekämen einen klaren Kopf und fühlten sich hinterher toll.

Sie fühlte sich nicht toll. Vor ihren Augen begannen langsam Sternchen zu tanzen, und ihr war schlecht. Nicht aufgeben. Nur nicht aufgeben, noch ein kleines Stück. Hinter sich hörte sie schnelle Tritte. Aha, ein anderer Jogger. Ihr Schutzengel konnte es nicht sein. Er war weiter weg. Immer schön hinter ihr. Der andere war, dem Gehör nach, offenbar schneller als sie. Das spornte an. So einfach würde sie sich nicht überholen lassen. Auch wenn sie sich vorkam wie ein nasser Mehlsack.

Der Jogger überholte sie dennoch. Für einen kurzen Moment bekam sie es mit der Angst zu tun. Doch die Gestalt zog vorbei, ganz locker, ohne sich nur einmal umzuschauen. Als fahre sie mit Standgas und er bummle einfach so vor sich hin. Sie fluchte. Schweiß tropfte ihr in die Augen. Es brannte. Der Jogger entfernte sich. Er kam nicht weit. Nach der nächsten Wegbiegung wurde er von einem Beamten des Bundesgrenzschutzes rüde mit der Nase in den Matsch gedrückt und dann aufs Revier verfrachtet.

Es begann zu nieseln. Nasskalt und ekelhaft. Wenigstens brachte der Regen eine kleine Abkühlung. Noch fünfzig Meter auf dem Feldweg. Nur noch fünfzig Meter. Dann kam sie wieder auf die Straße. Dort durfte sie normal gehen. Sie wollten den Menschen, die vielleicht zufällig aus den Fenstern schauten, eine keuchende Kommissarin ersparen. Das sah wirklich nicht gut aus. Im Fernsehen waren die Ermittler alle so fit.

Na also, gleich da. So weit hatte sie es noch nie geschafft. Eine gewisse Genugtuung breitete sich in ihr aus. Nicht umsonst war sie bei den Kollegen für ihre Sturheit bekannt. Das Gefühl wurde aber schnell von einer Botschaft verdrängt, die ihr Körper mit rhythmischer Regelmäßigkeit an ihr Gehirn funkte: »Geht nicht mehr, es geht nicht mehr«.

»Halt die Klappe«, befahl sie. Es nutzte nichts. Ihre Beine hatten eine entschieden andere Meinung, die Knie zitterten. Sie stolperte und kam aus dem Tritt, stürzte mitten hinein in eine tiefe Pfütze. Das Dreckwasser spritzte ihr in die Augen. Sie sah kaum noch etwas. »Du blödes Rindvieh«, brüllte sie. Sie wusste selbst nicht so recht, wen sie damit meinte. Aber es erleichterte.

Iris versuchte, den Matsch aus den Augen zu bekommen. Dann stand sie fluchend, auf. Der Kollege hatte inzwischen aufgeschlossen.

»Alles in Ordnung? Tut es weh?«

Sie rang sich ein Lächeln ab und nickte. »Alles in Ordnung.« Ein heftiger Schmerz durchfuhr ihren Knöchel und strafte sie Lügen. Verdammt noch mal, jetzt hatte sie sich auch noch den

Fuß vertreten. Über und über mit Dreck bespritzt hinkte sie in Richtung ihrer Übergangswohnung. Der Kollege tappte unglücklich neben ihr her. Sie ließ es nicht zu, dass er sie stützte.

»Wehe, Sie verraten einem Menschen, was hier passiert ist. Dann bringe ich Sie um«, fuhr sie ihn an. Der Unglückselige beeilte sich, ihr zu versichern, dass er schweigen würde bis ins Grab. Er verabschiedete sich in Sichtweite der Wohnungstür.

Iris machte sich an den mühsamen Aufstieg ins Obergeschoss. Es gab in diesem Haus keinen Lift. Trotz der Schmerzen konnte sie nicht verhindern, dass eine ziemlich glücklich klingende Stimme in ihrem Kopf sie darauf aufmerksam machte, dass sie nun nicht mehr so bald joggen könne. Verdammte Memme, sie war eine verdammte Memme. Wieder machte sie einen falschen Tritt, und der stechende Schmerz im Knöchel erinnerte sie daran, dass sie sich jetzt um dringendere Probleme zu kümmern hatte.

In diesem Moment vibrierte ihr Handy und spielte den »Entertainer«. Mit klammen Händen versuchte sie, es aus der Innentasche ihrer Regenjacke zu angeln. Auch dort war es nass und dreckig. Schließlich hatte sie es geschafft. Als sie das Handy ans Ohr hob, bemerkte sie, dass es mit Blut verschmiert war. Sie hatte sich beim Fallen auch noch die Hand aufgeschürft. Seltsamerweise begann es erst jetzt zu brennen.

»Der Chef sucht Sie«, erklärte Kollege Felix. »Sie müssen sofort kommen. Im Nebenzimmer wird übrigens gerade der Jogger vernommen, dem Sie unterwegs begegnet sind. Er scheint harmlos zu sein. Wo stecken Sie gerade?«

Er sagte ihr nichts von der Mitteilung des Kollegen, der sie beschattet hatte. Dieser hatte gerade angerufen, mit einem Grinsen, das man durchs Telefon fast greifen konnte. Sie sei gestürzt. Er gehe jetzt duschen.

»Ich kann jetzt nicht kommen«, keuchte Iris.

»Warum? Sie haben ohnehin demnächst Dienst. Außerdem wird Sie die Sache interessieren. Beim Chef sitzt nämlich ein alter Mann, er will im Fall Lara eine Aussage machen.«

»In Lörrach?«

»Ja, in Lörrach.«

»Warum geht er nicht zur PD Tiengen?«

»Er behauptet, da wollten sie nicht mit ihm reden. Sie hätten ihn nach Lörrach geschickt.«

»Und warum sitzt er beim Chef?«

»Der Chef vertröstet ihn gerade, weil er nur mit Ihnen sprechen will.«

»Seltsam.«

»Ja, ziemlich seltsam.«

Iris ging unwillkürlich einen Schritt schneller. Sie wurde für ihren Überschwang sofort durch einen weiteren Messerstich im Knöchel bestraft. Eines war klar: Sie musste sich erst einmal wieder in einen menschenwürdigen Zustand versetzen, ehe sie in die Polizeidirektion fuhr, und außerdem ihren Knöchel verbinden. Egal, wie sehr sie die Sache auch interessierte.

»Es dauert noch etwas. Ich habe mir den Fuß vertreten und stehe gerade unter der Dusche«, blaffte sie zurück.

»Also gut, dann werde ich vorläufig so tun, als hätte ich Sie nicht erreicht. Wir treffen uns dann im Büro. Ich werde den Chef etwas hinhalten«, erwiderte Martin Felix friedfertig. »Warum keuchen Sie eigentlich so? Turnen Sie unter der Dusche?«

Iris zog es vor, seine letzte Frage nicht zu beantworten. Betrübt betrachtete sie ihren Knöchel. Er war dabei, die Form einer Melone anzunehmen. Auch das noch. Sie fluchte leise und hinkte weiter.

»Danke«, krächzte sie ins Handy. Dann musste sie niesen.

»Oh, das ist mein Geschenk«, erklärte Kollege Felix fröhlich.

Iris war irritiert. »Geschenk? Das Niesen?«

Am anderen Ende der Leitung erklang ein leises, sehr männliches Lachen. »Happy birthday to you«, sang Kollege Felix. Es hörte sich etwas quakig an, was Iris Terheyde nicht ohne eine gewisse Genugtuung konstatierte. Er war also auch nicht perfekt. Dann dämmerte es ihr. Sie hatte wirklich Geburtstag, den sechsunddreißigsten.

Sechsunddreißig, zu füllig, noch immer Kriminalober- und nicht Kriminalhauptkommissarin, Lockvogel für einen Mörder und nach wie vor ledig. Das Leben war ein Jammertal. Sie musste erneut niesen.

»Vielleicht ist es besser, Sie trocknen sich erst mal ab«, schlug

Felix vor. Iris Terheyde fand das auch. Aber anders, als er es meinte. Jetzt würde sie erst einmal ein heißes Bad nehmen, Zeuge hin oder her. Heute war schließlich ihr Geburtstag.

In der Badewanne stellte sie fest, dass sie sich schlimmer an der Hand verletzt hatte als zunächst angenommen. Es war keine Schürfwunde, in ihrem Handballen klaffte ein Schnitt. Wahrscheinlich hatte sie sich beim Hinfallen ausgerechnet auf einer Scherbe abzufangen versucht. Nun würde sie auch noch mit einem Verband an der Hand ins Büro fahren müssen. Sie konnte den Spott der neuen Kollegen förmlich hören, wenn sie humpelnd und mit Verband an der Hand die Treppen hochkam.

Der Knöchel wurde immer dicker. Welche Schuhe sollte sie bloß anziehen? Es gab nur eine Möglichkeit. Die Birkenstocksandalen, die sie irgendwann von ihrer Mutter geschenkt bekommen und aus Pietät der Verstorbenen gegenüber aufbewahrt hatte.

Sie hasste Birkenstocksandalen. Außerdem war es eigentlich noch viel zu kalt dafür. Aber sie hatte keine Wahl. Sie würde eben für draußen die dicken Tennissocken über die Wollstrumpfhosen anziehen müssen. Sie stöhnte innerlich. Eine grauenvolle Kombination, selbst für jemanden, der sich sonst über Kleidung nicht allzu viele Gedanken machte.

Sie überlegte noch kurz, ob sie zum Arzt gehen sollte, entschied sich aber dagegen. Sie hatte jetzt keine Zeit für langes Herumgammeln in Wartezimmern.

Franz Satorius saß im Gang und schnarchte leise vor sich hin. Er schreckte hoch, als ihn eine Hand ziemlich unsanft an der Schulter packte. »So, Sie können jetzt zu Kriminaloberkommissarin Terheyde. Sie ist gerade gekommen.«

Satorius erhob sich mühsam. Er war noch benommen. Wieder stellte er sich die Frage, ob er das Richtige tat. Vielleicht sollte er die ganze Sache einfach auf sich beruhen lassen. Doch er hatte das Gefühl, dass er in dieser Angelegenheit einiges gutzumachen hatte. Klara sollte nicht einfach als Unbekannte verscharrt werden, sondern wenigstens einen ordentlichen Grabstein bekommen. Einen mit ihrem Namen darauf.

Der junge Mann, der ihn geweckt hatte, ging voraus. Er sah sehr gut aus, ziemlich geschniegelt. Gar nicht wie ein Polizist, fand Satorius und schlurfte hinterher. Eher wie einer von diesen Yuppies. Sie passierten zwei Türen, die dritte öffnete der junge Mann dann. »Bitte, hier hinein.«

»Treffe ich dort auch Kommissarin Terheyde?«, erkundigte sich der Alte misstrauisch.

»Aber sicher, auf sie haben Sie doch gewartet, oder?« Mit einer Handbewegung bat der junge den alten Mann, vorauszugehen.

Am Tisch saß eine Frau. Sie blickte von einer Akte auf, als er hineinkam. Ihre rechte Hand war dick verbunden. Die Einrichtung war in dezentem grauem Kunststoff gehalten – vom Spind bis zum Rollcontainer. Auf dem Schreibtisch stand ein Computer mit Flachbildschirm.

»Das ist Franz Satorius«, sagte der junge Polizist.

»Iris Terheyde?«, fragte der Alte zögernd. Sie sah hinter ihrem Schreibtisch so ganz anders aus als das dürre kleine Mädchen von einst. Doch. Doch, das war sie. Ihre Augen hatten noch immer denselben durchdringenden Blick wie damals. Schon als Kind hatte sie die Menschen so angestarrt mit ihren etwas eng stehenden grüngrauen Augen. Sie hat einen stechenden Blick, hatte Erika, seine Frau, immer gesagt. Diese Person hinter dem Schreibtisch war bestimmt eine gute Beobachterin. Er würde sich in Acht nehmen müssen, damit er nicht zu viel verriet. Fast bedauerte er es schon wieder, hergekommen zu sein.

»Herr Satorius, so eine Überraschung! Wir haben uns ja ewig nicht gesehen! Was führt Sie zu mir? Wie haben Sie mich überhaupt gefunden?«

»In Waldshut haben sie mir gesagt, dass du jetzt hier zu erreichen bist. Ich habe behauptet, ich sei ein langjähriger Freund der Familie, ein alter Mann, der sich nicht mehr so gut auf Fremde einstellen könne. Im Übrigen würde ich meine Zeugenaussage nur dir gegenüber machen. Oder überhaupt nicht. Da hatten sie ein Einsehen. – Darf ich mich setzen? Ich hatte einen Herzinfarkt, und meine Beine wollen nicht mehr so recht.«

»Aber sicher«, sagte Iris Terheyde und wies auf einen der beiden Stühle, die vor dem Schreibtisch standen. Ihre Stimme klang zurückhaltend. Ob sie schon etwas wusste?

»Haben Sie etwas dagegen, wenn mein Kollege zuhört und das Protokoll führt? Meines Wissens geht es um den Fall der Selbstmörderin, und Sie haben eine Zeugenaussage zu machen.«

»Muss das sein?«

Sie hob die verbundene Hand. »Sie sehen ja, dass ich Schwierigkeiten hätte, aufzuschreiben, was Sie mir zu erzählen haben. Außerdem bin ich für den Fall Lara eigentlich nicht zuständig, sondern die Polizeidirektion Waldshut-Tiengen.«

»Ich will nicht mit denen in Waldshut-Tiengen reden. Zu dir habe ich Vertrauen, wir kennen uns schon so lange. Muss das denn überhaupt aufgeschrieben werden, können wir nicht einfach nur so reden?«

Sie schüttelte den Kopf. »Sie haben erklärt, dass Sie eine Aussage im Fall Lara machen wollen. Die müssen wir dann schon ordentlich zu Protokoll nehmen. Sie werden es kaum merken, dass mein Kollege Felix dabei ist und mitschreibt. Er ist bekannt für seine Zurückhaltung«, meinte sie dann besänftigend.

Franz Satorius musterte den jungen Kollegen unglücklich. Dieser Mann sah nicht aus, als wäre er besonders zurückhaltend. Dann begriff er: Iris Terheyde nahm sie beide auf den Arm. Das gefiel ihm nicht. Er war noch nie gern ausgelacht worden. Sie nahm die Angelegenheit offenbar auch nicht ernst.

»Ich kann ja später wiederkommen«, bot er verstimmt an und wollte aufstehen.

»Nun sind Sie schon einmal hier. Und ich freue mich, dass wir uns einmal wiedersehen. Wie geht es denn Ihrer Frau?«

»Erika ist schon seit Jahren tot«, erklärte der Alte und senkte den Kopf.

Iris Terheyde stand auf und ging um den Schreibtisch herum. Franz Satorius sah, dass sie hinkte. »Das tut mir leid«, sagte sie und legte die Hand auf seinen Unterarm. Unwillkürlich schüttelte er sie ab. Sie setzte sich auf die Schreibtischkante und schaute ihn erwartungsvoll an. Er räusperte sich.

»Es geht um die Tote. Die Frau, die sich von der Brücke gestürzt hat. Weißt du schon etwas über sie? Ich meine, wer sie ist?«

Iris Terheyde richtete sich ein wenig auf. »Warum erkundigen Sie sich danach, Herr Satorius? Haben Sie etwas gesehen, was wir wissen müssten?«

Er räusperte sich noch einmal. »Nun, vielleicht hat die Polizei ja schon herausgefunden, wer sie ist, und ich mache mich mit meiner Aussage nur lächerlich. Vielleicht kann ich dann ohnehin gleich wieder gehen.«

»Wir wissen bisher nicht, wer sie ist. Zumindest soweit ich informiert bin«, erklärte Iris Terheyde. »Also?«

Franz Satorius räusperte sich zum dritten Mal. »Ich bin nicht hundertprozentig sicher, ob es stimmt. Das Bild mit dem Namen Lara hintendrauf hat mich darauf gebracht. Jedenfalls dachte ich, ich müsste es sagen ...« Er brach ab und machte eine hilflose Geste.

»Woher wissen Sie von dem Bild? Und weshalb kommen Sie erst jetzt? Haben Sie etwas gesehen?«

Er seufzte. »Ein Reporter von der Zeitung hat es gesagt. Das nimmt mich alles sehr mit. Weißt du, ich hatte einen Herzinfarkt. In derselben Nacht, in der sie ertrunken ist, einen Herzinfarkt. Ich ...«

Er brach ab, Iris Terheyde sah ihn aufmunternd an. »Was, ich?«

»Ich habe gesehen, wie sie gesprungen ist«, sagte Satorius leise. »Vielleicht habe ich schon damals etwas geahnt. Doch von dem Bild habe ich erst erfahren, als ich aus dem Krankenhaus gekommen bin. Ich konnte es da nicht aushalten. Ich habe mich selbst entlassen. Auf eigene Verantwortung. Ich habe geahnt, dass ... Nun, das musste ich dir doch sagen.«

»Wovon etwas geahnt?«

»Es könnte Klara sein«, erwiderte der Alte stockend und kaum hörbar.

»Klara? Ihre Tochter?«

»Meine Stieftochter, sie ist die Tochter meiner Frau aus deren erster Ehe«, stellte Satorius richtig.

Iris Terheyde musterte ihn fassungslos. »Wie kommen Sie darauf? Klara ist doch schon vor vielen Jahren verschwunden. Niemand wusste, wohin. Ich erinnere mich noch.«

»Sie war schwanger«, flüsterte der Alte, er war fast nicht mehr zu verstehen.

»Schwanger?«

Franz Satorius senkte den Kopf und starrte auf seine durch gichtige Knoten verunstalteten Altmännerhände. »Ja, schwanger, mit einem unehelichen Kind im Bauch. Da habe ich sie aus dem Haus geworfen. Das Kind, das Ultraschallbild – begreifst du jetzt? Das passt alles zusammen.«

Iris Terheyde schaute ihn etwas seltsam an. Oh ja, er wusste, dass das damals Stadtgespräch gewesen war. »Das muss an die dreißig Jahre her sein, ich war damals noch ein kleines Kind.«

Er hörte ihrer Stimme an, dass sie sein Verhalten missbilligt hatte. »Ich weiß, ich hätte das damals nicht tun dürfen. Du musst das verstehen. Die Leute redeten. Jedenfalls dachte ich, ich tue das Richtige. Heute bereue ich es.«

»Wissen Sie, wieso das Wort Lara auf der Ultraschallaufnahme stand?«

Er hob den Kopf und schaute sie an. »Meine Frau hat mir kurz vor ihrem Tod gebeichtet, dass sie mit Klara gesprochen hatte. Sie wollte ihrem Kind den Namen Lara geben, falls es ein Mädchen sein sollte. Außerdem: Weißt du, ich glaube, ich habe sie erkannt. Kurz bevor sie gesprungen ist. Aber da war es zu spät. Ich konnte nichts mehr tun.«

Iris Terheyde musterte ihn voller Abneigung, das merkte er genau. »Wer war der Vater des Kindes?«

Der Alte schüttelte den Kopf. »Ich weiß es nicht. Sie hat es mir nie gesagt. Klara hatte viele Verehrer. Obwohl. Einer war da …«

»Wer war das, erzählen Sie schon.«

»Er heißt Max. Max Trautmann. Du musst ihn kennen. Er lebt ganz in meiner Nähe in der Altstadt. Aber ob er der Vater war? Ich konnte es nie herausfinden. Jedenfalls hechelte er hinter Klara her wie ein Rüde hinter einer läufigen Hündin. Er ließ sich nicht abschütteln. Aber wie gesagt, ob er …?«

»Max Trautmann?«

Franz Satorius nickte eifrig. »Ja, mein Sohn. Oder besser, mein Stiefsohn. Klaras Stiefbruder. Du musst dich doch noch an ihn erinnern.«

»Woran könnten wir erkennen, ob es wirklich Klara ist? Können Sie sie identifizieren?«

Der Alte wurde kreidebleich. »Nein, das würde mein Herz nicht überstehen. Bitte erspar mir das. Sie – sie hatte einen herzförmigen Leberfleck unter der linken Brust. Aber rede mit Max, Max Trautmann. Er kannte sie gut. Er weiß mehr.«

»Vielleicht. Mal sehen, ich werde auf jeden Fall die Kollegen in Waldshut informieren.«

Franz Satorius schaute enttäuscht zu Boden. Er schwieg eine Weile. Dann fiel ihm noch etwas ein. »Max ist ein etwas komischer Kauz geworden«, begann er. »Wenn du mit ihm sprichst ...«

»Was ist dann?« Der Kollege von Iris Terheyde wurde offenbar langsam ungeduldig.

Franz Satorius zögerte einen Moment. »Nun, er schreibt Gedichte. Haikus. Ehrlich gesagt, Klara ist der Grund dafür gewesen. Satori, das bedeutet so etwas Ähnliches wie Erkenntnis. Ich glaube, es gibt da eine asiatische Lehre. Zen oder so. Jedenfalls haben die beiden sich immer wieder darüber unterhalten. Er hat ihr Hunderte von Haikus geschrieben, glaube ich. Satori, Satorius, verstehst du?«

»Danke, dass Sie gekommen sind. Ich verspreche Ihnen, wir werden alles tun, um herauszufinden, ob die Tote von der Brücke Ihre Tochter war. Ich werde mich mit Ihrem Stiefsohn in Verbindung setzen.«

»Nun, dann werde ich jetzt gehen.« Der Alte erhob sich ungelenk. »Muss ich noch etwas durchlesen?«

Iris schüttelte den Kopf. Für einen kurzen Moment hatte sie das Gefühl, Franz Satorius verberge etwas. Oder hatte er sie einfach nur aushorchen wollen? Sie hatte ihn schon als Kind nicht gemocht. Er hatte ihr Angst gemacht. Bereits im nächsten Moment wirkte er auf sie wie ein harmloser alte Mann. Er nickte noch einmal und schlurfte grußlos aus dem Zimmer.

»Seltsam, dass er vom Leberfleck unter der Brust seiner Stieftochter weiß, das ist doch eine ziemlich intime Stelle«, murmelte Martin Felix. »Ich gehe Kaffee holen. Wollen Sie auch einen?«

Iris nickte und öffnete die Schreibtischschublade. Dort lag noch immer die dünne Akte im Fall Lara, ein Leben und ein Tod zwischen zwei gelben Pappdeckeln. Sie betrachtete sie nachdenklich. Könnte es sein, dass der Alte versucht hatte, sie zu manipulieren? Warum kam er erst, wollte dann aber die Frau von der Brücke nicht identifizieren? Gut, sein Hinweis auf das schwache Herz war einleuchtend. Aber reagierte so ein Mann, der sich trotz einer schweren Krankheit aus dem Krankenhaus hatte entlassen lassen, um ihr diese Mitteilung zu machen? Er musste doch daran interessiert sein, Gewissheit zu bekommen. Oder hatte er sie schon? Warum war er dann gekommen? Warum hatte Satorius nur mit ihr reden wollen? Weil er glaubte, sie sei noch das kleine Mädchen von einst, das er beeinflussen, dem er Angst einjagen konnte? Da gab es etwas, das er verschwieg. Es war förmlich mit Händen zu greifen. Die Ermittlungen waren ihres Wissens abgeschlossen oder würden es sehr bald sein. Das Institut für Gerichtsmedizin hatte die Leiche inzwischen zur Beerdigung freigegeben.

Sie musste noch einmal mit Viktor von der Aargauer Kantonspolizei reden. Der Pelzmantel. Vielleicht brachte sie der Pelzmantel der Toten weiter. Und verdammt, sie hatte vergessen, eine wichtige Frage zu stellen.

Martin Felix kam zur Tür herein. »Der Automat ist kaputt.«

»Rennen Sie dem Alten hinterher und fragen Sie ihn, ob er weiß, wohin seine Tochter damals gegangen ist«, befahl sie dem Glücklichen.

Felix schaute sie verwundert an, tat aber, was sie verlangte.

Wenige Minuten später war er zurück.

»Und?«

»Nach Zürich. Er hat gesagt, sie lebte irgendwo in der Nähe von Zürich. Die Adresse kennt er nicht.«

Moment. Die Ultraschallaufnahme stammte von einem Arzt in der Nähe von Zürich. Das passte. Sie entschied sich, den Kollegen der Polizeidirektion Waldshut-Tiengen nichts über die neueste Entwicklung zu sagen, obwohl sie das eigentlich musste. Dort würden sie ihr nur wieder erklären, dass es im Fall Lara nichts zu ermitteln gebe. Weil es ganz klar Selbstmord sei und der Fall ohnehin schon abgeschlossen. Sie musste selbst etwas tun. Schnell. Bevor die Tote unter der Erde war.

»Haikus«, murmelte sie vor sich hin. Nun, dann würde sie sich eben mit Haikus beschäftigen. Später. Jetzt war keine Zeit dafür.

Zu ihrer Überraschung hatte der Glückliche keine Einwände, ein wenig im alten Revier zu wildern.

7

Am nächsten Morgen stand Margit in Max' Wohnung. Sie hatte nicht geklingelt, sie war einfach hereingekommen. Sie hatte noch immer einen Schlüssel. Dieses Weib, das er am liebsten nie mehr in seinem Leben sehen wollte. Diese Frau, die er einmal geheiratet hatte.

Sie forderte wieder einmal Geld. Max Trautmann hatte keines.

»Übrigens, ich habe mit deinem Verleger gesprochen. Er wartet dringend auf den Westernroman«, sagte sie ihm.

»Was hast du mit meinem Verleger zu schaffen?«

»Oh, er hat mir einen Brief geschickt, weil er dich telefonisch nicht erreichen konnte. Darin hat er dich dringend aufgefordert, endlich das Manuskript zu schicken, sonst will er seinen Vorschuss zurück. Ich habe ihn angerufen und beruhigt, ihm erzählt, dass du Tag und Nacht schreibst. Das tust du doch, oder?«

Max schloss die Augen, damit sie den Ausdruck darin nicht sah. In ihm tobte die schiere Mordlust. Das war immer so, wenn sie länger als zwei Minuten zusammen waren. »Lass mich zufrieden«, antwortete er und fand sich ziemlich gut. Immerhin gelang es ihm, die Ruhe zu bewahren. »Heb deinen Hintern und geh arbeiten. Ich bin nicht deine Rentenversicherung.«

Jahre von Seitenhieben, Legionen unzähliger kleiner Nadelstiche lagen zwischen ihm und dieser Frau. Vertrauen, das irgendwie verschwunden war, das Versprechen einer Freundschaft, die sich nie eingestellt hatte, nachdem die Liebe gegangen war. »Was mein Verleger will, geht dich nicht das Mindeste an.«

»Sei froh, dass ich dir den Auftrag gerettet habe. Übrigens, wie hoch war der Vorschuss denn? Du hast mir nichts davon gesagt. Ich habe auch in deinem PC nichts gefunden.«

Max war fassungslos. »Wann warst du an meinem PC?«

»Vorgestern. Am Abend, so gegen zehn? Ich weiß nicht mehr genau. Ich habe sogar geklingelt. Aber du warst wahrscheinlich wieder einmal in der Kneipe und hast dich besoffen.«

Das war zu viel. Sie hatte in seinem Computer herumgestöbert.

Er konnte ihre Gegenwart kaum noch ertragen und wünschte sie zum Teufel. Doch der Teufel wollte sie offenbar auch nicht haben. »Was hast du sonst noch hier getrieben?«

Sie schaute mit einem süffisanten Lächeln zu, wie er seinen Schreibtisch kontrollierte. Als er die zweite Schublade öffnete, jene, in der er seine Haikus aufbewahrte, bekam Max fast einen Erstickungsanfall. Er brachte die Worte kaum heraus, seine Hände waren zu Fäusten geballt, sein Gesicht kreideweiß und verzerrt vor Wut. »Wo sind sie? Wo sind meine Gedichte?«

Ihre Antwort traf ihn bis ins Mark. »Ich habe sie verbrannt. Jedes einzelne deiner dummen Gedichte. Es hat mir Spaß gemacht. Hör auf, diese Haikus zu schreiben, und arbeite etwas Anständiges, das Geld bringt.«

Max verschlug es für einen Moment die Sprache. Dann stürmte er in die Küche. Mit dem großen Brotmesser in der Hand näherte er sich Schritt für Schritt dieser Frau, die das Beste vernichtet hatte, was er je zustande gebracht hatte. »Raus hier. Verschwinde. Wenn du nicht sofort gehst, dann bringe ich dich um.« Es war ihm ernst damit.

Margit sah das. Kreischend schlug sie die Wohnungstür hinter sich zu. »Du gehörst in die Klapsmühle«, waren ihre letzten Worte.

Er ging ans Fenster und wartete, bis er sie unten zur Haustür herauskommen sah. Ihm war speiübel vor Zorn. Er beobachtete, wie Margit die Straße überquerte.

Ein Mann im Kaschmirmantel löste sich von einem Pfeiler der Arkaden gegenüber. Die beiden wechselten ein paar Worte. Es dauerte nur wenige Sekunden. Margit machte eine abwehrende Handbewegung, blickte über die Schulter und spähte zu seinen Fenstern hinauf. Er trat schnell zurück. Seine Ex ging hastig weiter. Der Mantel-Mann folgte ihr. Er kam Max vage bekannt vor. Doch er konnte sich beim besten Willen nicht erinnern, woher.

Er entkorkte eine neue Flasche Rotwein. Bevor er richtig betrunken war, ging er sicherheitshalber zum Briefkasten. Es war noch die Post von gestern darin. Er fand einen Brief vom Finanzamt, das eine Steuererklärung und im Übrigen Vorauszahlungen von dreitausend Euro fürs nächste Quartal forderte. Bei Nichteinhaltung drohte Strafe. Max lachte trocken und nahm einen Schluck Wein. Steuer? Von welchem Geld? Außerdem fand sich unter vier Werbeprospekten noch ein Brief vom Gerichtsvollzieher. Darin stand, dass eine Pfändung anstand. Nächste Woche.

Max sah sich um, fand nichts, was sich pfänden ließ, und nahm einen weiteren Schluck. Kurz darauf rief sein Verleger an.

»Es ist Sonntag, Fasnacht«, erklärte Max.

»Na und?« Der Verleger ließ sich davon nicht aus dem Konzept bringen. Er schwärmte von Max' charmanter Frau und forderte ziemlich frustriert endlich das Manuskript für den Westernroman oder in vier Wochen das Geld zurück. Max beruhigte ihn und versprach den Roman.

Eine weitere Viertelstunde und ein Achtel Rotwein später klingelte das Telefon erneut. Angesichts meiner Schulden ist es ein Wunder, dass es überhaupt noch klingelt, dachte Max und beschloss, das als ein gutes Zeichen zu sehen. Es war kein gutes Zeichen. Am anderen Ende der Leitung ertönte die näselnde Stimme des Anwalts seiner Frau. Er werde ihn anzeigen – wegen Körperverletzung, vielleicht sogar wegen versuchten Mordes. Auf jeden Fall aber wegen Nötigung und Beleidigung. Und sie würde ihn außerdem verklagen wegen Nichteinhaltung seiner Unterhaltspflichten.

Max bekam einen Lachkrampf. »Arbeiten Anwälte jetzt schon sonntags? Na ja, es ist Fasnacht. Wenigstens das passt.« Er trank einen Schluck. »Auf die Frauen«, johlte er ins Telefon.

»Sie sind ja betrunken«, näselte der Anwalt. Dem konnte Max nur beipflichten. Dann legte er den Hörer auf. Ganz sanft.

Er beschloss, dass es Zeit war, Fasnacht zu feiern. Draußen unter seinem Balkon und auf der anderen Straßenseite hatten die Menschen inzwischen ein Spalier gebildet. Die kleine Bühne für die Fernsehübertragung des Südwestrundfunks war ebenfalls kurz vor der Fertigstellung. Er sah, wie der hohe, bewegliche Galgen mit der Kamera eingerichtet wurde. Damit konnte der Kameramann nach links, nach rechts, nach unten, nach oben oder mitten unter die Umzugsteilnehmer fahren, das künstliche Auge direkt auf ihre Gesichter richten. Die Installation wirkte wie eine überdimensionale Schlange mit eckigen Gelenken.

Weiter unten in der Hauptstraße sah er SWR-Moderatorin Sonja Schrecklein in der gläsernen Moderatorenkabine. Sie besprach sich mit Wolfgang Mezger, aber er konnte das nicht genau erkennen. Der Mann bei Schrecklein sah jedenfalls aus wie der Fasnachtsfachmann der Region. Max fragte sich, womit Mezger sich beschäftigte, wenn gerade nicht Fasnacht gefeiert wurde.

»Prost«, grölte Max die Straße hinunter. Niemand beachtete ihn.

Dem Ruf des Laufenburger Elferrates waren wieder Hunderte von Umzugsteilnehmern gefolgt, genug für mindestens zwei Stunden. Entlang des Umzugsweges durch Laufenburg-Baden und Laufenburg-Schweiz mussten sich Tausende aufgereiht haben, vermutete Max. Ihm wurde kalt. Er ging wieder hinein. Fasnacht konnte ihn mal. Alle konnten ihn mal. Jetzt wollte er nur noch schlafen.

Bowie hatte sein Clownskostüm angezogen. Nach dem missglückten Angriff auf die Kommissarin wimmelte die Stadt sicher von Polizei in Zivil. Er stand unten auf der Hauptstraße, ständig die offene Balkontür im Blick, hinter der Max Trautmann sein musste. Er hatte das Zeichen gegeben. Er sah die Frau ins Haus gehen, mit wütendem Gesicht wieder herauskommen, beobachtete, wie sie mit dem Mann im Kaschmirmantel sprach. Der Brunnen vor dem Haus plätscherte friedlich. Die Laufenburger Brunnen waren aus Anlass der Fasnacht wieder angestellt worden.

Er musste ins Haus, jetzt. Die Zeit lief ihm davon. Er hoffte, dass der Datenaustausch zwischen der Schweiz und Deutschland nicht reibungslos funktionierte. Das hörte man jedenfalls immer wieder. Dann würde die Polizei noch etwas mehr Zeit brauchen, bis sie die Spur des Messers bis zu ihm zurückverfolgt hatte. Trautmann wusste also inzwischen, wo diese Kommissarin steckte, die offene Balkontür signalisierte es.

Bowies Magen klumpte sich zusammen. Wie kam er nur in die Wohnung? Schräg gegenüber kletterte ein Verkleideter im Häs der Narro-Altfischerzunft eine Hausfassade hoch und wurde von den Bewohnern durchs Fenster in die Wohnung gezogen. Niemand kümmerte sich darum. Das schien zu Fasnacht üblich zu sein. Er betrachtete den Trog mit dem Brunnenstock, der anderthalb Meter unter dem Balkon endete. Kabelwülste waren bis unter das Geländer verlegt worden, an der Balustrade entlang, dann hinüber zur Plattform, von der aus der Kameramann später sein bewegliches Auge dirigieren würde.

Es dauerte nicht mehr lange bis zum Umzug.

Er schmuggelte sich unter die erwartungsvollen Zuschauer auf der anderen Straßenseite. Kinder, Eltern, Großmütter, Hunde, alles, was laufen konnte, war gekommen. Die ersten Trommelschläge ertönten, die Gesichter wandten sich erwartungsvoll dem Waldtor zu.

Er rüttelte an der Eingangstür zu Trautmanns Haus. Verschlossen. Er musste es wagen. Er hatte keine andere Wahl, das Clownskostüm machte ihn unkenntlich. Er musste schnellstens erledigen, weswegen er gekommen war, und dann abhauen.

Bowie erklomm den Brunnenstock, zog sich an der Dachrinne des Balkons hoch, schwang sich über das schmiedeeiserne Geländer und verschwand durch die offene Balkontür in der Wohnung Trautmanns.

Das Erste, was er wahrnahm, war ein lautes Schnarchen. Max Trautmann schlief, offensichtlich völlig betrunken. Das durfte doch nicht wahr sein! Trautmann hatte im Suff wohl einfach nur vergessen, seine Balkontür zu schließen. Vielleicht aber auch nicht.

Bowie suchte sich einen Eimer, füllte ihn mit kaltem Wasser und schnappte sich einen Küchenlappen. Anschließend wuchtete er den Betrunkenen auf den Bauch, fesselte ihm die Hände mit Paketklebeband und drehte ihn wieder um. Dann goss er den Inhalt des Eimers über dem Schnarchenden aus und setzte ihm das Messer an die Kehle.

Max Trautmann hustete und schnaubte, begriff offenbar gar nicht, was mit ihm geschah. In diesem Moment stopfte ihm Bowie auch schon den Küchenlappen in den Mund und befestigte ihn mit einem Streifen Klebeband. Trautmann zappelte, hörte aber sofort auf, als ihm die Klinge des Messers in die Haut ritzte. Seine Augen wurden riesig. Bowie, der Clown, zündete sich eine Zigarette an und hielt sie direkt vor Max Trautmanns Augen.

»Du solltest nicht versuchen, *uns* zu entkommen. Oder dein Versprechen zu brechen. Niemand entkommt *uns*. Du weißt, was das heißt.« Seine Stimme klang dumpf unter der Clownsmaske.

Er sah zufrieden, wie die Panik sich in den Augen seines Opfers ausbreitete. Gut. Gut so. Der Schmerz begann im Kopf. Schon lange, bevor er wirklich eintrat. Das wusste jeder geschulte Folterer. Meist brauchte es danach nicht mehr viel wirklichen Schmerz.

»Wirst du ruhig bleiben, wenn ich dir den Knebel aus dem Mund nehme?«

Max Trautmann nickte. Bowie riss ihm mit einem schmerzhaften Ruck das Klebeband vom Mund. Max keuchte und spuckte. Dann holte er tief Luft.

»Wer sind Sie? Was soll das?«

Der Messerwerfer nahm erst die Clownsperücke ab, danach die Maske. »Erkennst du mich jetzt? Was das soll? Du hältst deine Versprechen nicht ein. Wo ist sie?«

Max Trautmann blieb stumm.

»Nun also, wo ist sie?«

Max schwieg weiter.

Bowie beschloss, zu härteren Methoden zu greifen. Er hob den Fuß und trat in Trautmanns Unterleib. Der heulte auf und krümmte sich zusammen. Doch Bowie ließ ihm keine Zeit, sich zu erholen, er setzte ihm sofort wieder das Messer an die Kehle. »Siehst du, ich brauche dich nicht umzubringen. Ich schwöre dir, du wirst reden. Ein Schnitt, und du warst ein Mann. Mein Messer ist scharf.«

Max Trautmann heulte auf und wand sich. Mit Genugtuung sah Bowie das Entsetzen in seinen Augen. Dieser Mann würde sprechen.

»Du solltest nicht versuchen, mich hinzuhalten, Bruder, das mag ich nicht. Ich könnte sehr zornig werden und etwas Unbedachtes tun. Also, wo ist sie? Du hast versprochen, es herauszufinden. Wenn du mir sagst, wo sie ist, könnte ich dir vielleicht noch einmal verzeihen.«

Max versuchte offenbar Zeit zu gewinnen. »Wen meinst du?«

Bowies Faust traf ihn voll. Sein Nasenbein knirschte hässlich. Gleich darauf tropfte das Blut aus seiner Nase.

»Wo ist sie?«

Max Trautmann lief Blut in den Rachen, er schluckte, schüttelte den Kopf, versuchte Luft zu bekommen.

»Rede oder ich bringe dich um. Und ich kann dir versprechen, es wird ganz langsam sein. Bist du überhaupt noch ein Mann?« Es klang sanft, als spreche Bowie zu einem kleinen Kind. Er begann, Trautmanns Hose zu öffnen.

»Ich sage es. Ich sage es!«, kreischte Max.

Bowie reinigte sich die Fingernägel mit seinem Messer. »Also, wo ist sie?«

»In Lörrach.«

»Wo?«

»Sie arbeitet jetzt in der Polizeidirektion Lörrach. Ich weiß auch nicht, warum.«

Max Trautmann begann zu schluchzen. Bowie fand das widerlich. Er schaute noch einmal auf diesen greinenden Feigling hinunter. Er würde sich an ihm nicht die Hände schmutzig machen. Außerdem musste man mit allen Eventualitäten rechnen, auch mit der Möglichkeit, dass er ihn noch brauchte. Oder dass Trautmann gelogen hatte.

»Wenn du jemals jemandem von mir erzählst, bist du tot.«

Max Trautmann nickte.

Dieses Mal ging Bowie durch die Wohnungstür, die Treppe hinunter und den Hauseingang hinaus. Niemand achtete auf ihn, aller Augen waren dem Umzug zugewandt. Das Wasser im Brunnen plätscherte noch immer friedlich.

Der Attentäter war zufrieden. Beim Umzug heute würde er sie nicht bekommen. Vielleicht morgen. Morgen war Fasnachtsmontag. Wie es schien, war sie nicht in Urlaub gefahren, sondern versetzt worden. Er würde einfach bei der Polizeidirektion auf sie warten.

Bowie ahnte nicht, dass ihn die Fernsehkamera bei einem schnellen Schwenk erwischt hatte. Ein Clown in einem gepunkteten Kostüm, der einen Balkon erklomm. Das Bild wurde gesendet.

8

Schon wieder falsch verbunden. Iris Terheyde knallte erneut den Hörer auf. Sie rieb sich die Augen, sie war müde vom Lesen. Sie hatte einen ganzen Stapel Computerausdrucke zum Thema Haikus durchforstet und sich sogar selbst an einem versucht.

Sie schaltete den neuen Anrufbeantworter ein, schleuderte die Sandalen in die Ecke und machte sich auf den Weg ins Badezimmer. Das heißt, sie wollte es. Ihr verletzter Knöchel quittierte die unbedachte Bewegung mit einem schmerzenden Stich. Sie fluchte. Ihre verbundene Hand brannte. Iris überlegte, wann sie ihre letzte Tetanusspritze bekommen hatte. Sie würde die Hand sicherheitshalber aus der Duschkabine halten, damit der Verband nicht nass wurde. Der Kollege, der draußen in einem Auto saß und das Haus bewachte, war schlimmer dran. Er hatte eine kalte Nacht vor sich. Zumindest eine halbe. Dann wurde er abgelöst.

Da klingelte das Telefon erneut. Sie kam dem Anrufbeantworter gerade noch zuvor, als sie die Stimme erkannte. Es war der Glückliche.

»Was ist?«

»Wir haben unseren ersten Toten. In Rheinfelden. Ich hole Sie gleich ab.«

Der Tote lag auf der Seite, als würde er schlafen. Iris sah nur seinen Hinterkopf, als sie in sein Büro kam. Er lag direkt neben einer riesigen schwarzen Lautsprecherbox. Sie war neben einer Regalwand aus verchromten Elementen und Glas aufgebaut. Die andere Box stand neben einem zweisitzigen schwarzen Ledersofa. In der einen Ecke des Zimmers kauerte eine ältere Frau auf einem Hocker und schluchzte hemmungslos.

»Das ist die Sekretärin, sie hat ihn per Zufall gefunden. Offenbar hatte sie dringende Post in der Kanzlei vergessen und ist zurückgekommen, um sie doch noch in den Briefkasten zu werfen«, flüsterte Martin Felix ihr ins Ohr. »Der Mann hieß Paul Schneider.«

Iris nickte ungeduldig. »Schafft sie aus dem Zimmer. Warum ist sie noch immer hier? Sie hat hier nichts verloren.«

»Wir dachten, Sie wollten mit ihr sprechen«, sagte eine Stimme hinter ihr. Iris drehte sich um. Polizeihauptmeister Erich Buchmann hatte sie schon kennengelernt. Er war ihrer ersten Einschätzung nach ein kompetenter Mann.

»Später. Zunächst will ich mir hier einen Eindruck verschaffen.«

Sie humpelte näher zur Leiche, hütete sich aber, etwas anzufassen. Die Kollegen von der Spurensicherung waren noch nicht eingetroffen. Wenn jetzt ein Ermittlungsfehler geschah, auch nur das kleinste Staubkorn, der kleinste Hinweis übersehen oder unbedacht verändert wurde, dann konnten die Recherchen unter Umständen in eine falsche Richtung laufen oder ganz versanden. Fehler, die am Anfang geschahen, waren eigentlich nicht mehr auszubügeln. Martin Felix führte die schluchzende Sekretärin aus dem Raum.

Sie schaute sich um. Das Büro war penibel aufgeräumt. Der Tote war der einzige Fremdkörper in dieser Ordnung. Auf der polierten Oberfläche des Schreibtischs aus Eichenholz lag kein Stäubchen, er war bis auf eine rote Aktenmappe leer. Auf dem grau melierten Teppichboden lag kein Fussel. Der Glastisch bei der modernen Sitzgruppe glänzte makellos. Kein Fingerabdruck verunzierte die spiegelnde Fläche. Kein Durcheinander, keine Verwüstung, keine Kampfspuren. Die Fenster waren blank und unbeschädigt. Aus der silberfarbenen Hi-Fi-Anlage auf einer kleinen, ebenfalls gläsernen Anrichte, erklang die »Carmina Burana« von Orff. Es war eines der wenigen Werke der klassischen Musik, die Iris kannte und mochte. Sie liebte die ungeschminkte Sinnlichkeit dieser Musik. Doch sie passte nicht zu diesem ansonsten fast antiseptisch wirkenden Raum. Sie überlegte, ob das eine Bedeutung haben könnte.

In diesem Moment registrierte sie, dass die Töne aus großen Boxen kamen. Sie waren offenbar mit der Anlage verbunden. Seltsam. Diese hatte doch eigene Lautsprecher! Aber sie schienen dem verstorbenen Anwalt nicht genügt zu haben.

Sie näherte sich dem Toten und bemerkte die ovale Halbglatze am Hinterkopf. Der Anwalt hatte zu seinen Lebzeiten – allerdings vergeblich – versucht, sie mit einigen Haaren abzudecken. Ein Mann also, dem sein Aussehen wichtig gewesen war. Das bestätigte auch der Anzug, den er trug. Er sah seriös aus. Und teuer. Vielleicht Boss? Martin Felix kam ins Zimmer zurück.

Sie ging um den Toten herum und wäre fast aus dem Gleichgewicht geraten, als sie sein Gesicht sah. Der Gegensatz zu dem friedlichen Bild, das Paul Schneider von hinten bot, war einfach zu groß. Sein Gesicht war zu einer schmerzerfüllten Fratze verzerrt. Seine Augen quollen fast aus den Höhlen. Er hatte eine Hand ans Herz gedrückt.

Iris wandte sich ab. Dabei war sie eigentlich Schlimmeres gewohnt. Paul Schneider war nicht durch einen Schuss verunstaltet oder hatte das aufgedunsene Gesicht eines Ertrunkenen. Hier gab es keine Blutlache. Und doch war da etwas, das sie zutiefst erschütterte. Vielleicht passten ein solcher Tod, ein solcher Gesichtsausdruck einfach nicht in eine so perfekt durchgestylte Umgebung. Sie fragte sich, wie dieser Mann gestorben sein konnte. Auf den ersten Blick waren keine äußeren Verletzungen erkennbar, kein Blut, keine Anzeichen eines Kampfes. Bezüglich der Todesursache musste sie wohl abwarten, was die Gerichtsmedizin sagte.

Sie bemerkte, dass der Anwalt etwas in der rechten Hand hielt. Vielleicht einen Briefumschlag. Zumindest sah es so aus. Es war nicht eindeutig zu erkennen, denn seine Finger hatten sich um das Papier gekrallt und es zusammengeknüllt. Auch das war ein Fall für die Männer der Spurensicherung.

Sie nickte Martin Felix zu. »Lassen Sie uns nach draußen gehen.«

Plötzlich klingelte ein Handy. Es klang gedämpft. Zunächst konnte sie nicht ausmachen, woher der Klingelton kam. Dann endete er abrupt. Sie kniete nieder und spähte unter das Sofa der edel-schwarzen Sitzgarnitur. Die rechte Hand mit dem Schnitt im Handballen schmerzte beim Abstützen. Sie zuckte zusammen und stand wieder auf. Das gefiel ihrem verletzten Knöchel nicht. Er war noch immer geschwollen. Wenn das nicht bald besser wurde, musste sie vielleicht doch zum Arzt gehen. Im Aufstehen sah sie aus dem Augenwinkel einen kleineren Gegenstand unter dem Sofa liegen, gleich neben dem linken verchromten Sofabein. Das konnte das Handy sein. Sie würde die Kollegen von der Spurensicherung darauf aufmerksam machen.

Männerstimmen und die Stimme einer Frau im Hausgang vor der Anwaltskanzlei kündeten davon, dass das Team der Inspektion 4 soeben eingetroffen war. Paul Schneider residierte in einer alten Jugendstilvilla, die offenbar erst kürzlich vom Keller bis zum Dachboden komplett renoviert worden war. Der Geruch von Farbe lag noch in der Luft.

Iris humpelte aus dem Raum. Hinter dem sehr viel kleineren Schreibtisch im Vorzimmer saß die Sekretärin und schluchzte vor sich hin. Die Kollegen der Spurensicherung eroberten das Terrain, als würden sie eine Burg stürmen. Iris Terheyde entdeckte Erich Buchmann.

»Gibt es hier irgendwo einen Ort, an dem man sich in Ruhe unterhalten kann?«

Buchmann nickte. »In der oberen Etage stehen wohl noch einige Büros leer, dort könnten wir hin. Das hat jedenfalls der Hausmeister gesagt. Soll ich ihn um einen Schlüssel bitten?«

Iris nickte. »Ja, und dann bringen sie ihn gleich mit. Vielleicht hat er eine Ahnung, was hier geschehen ist. Ach übrigens, die Akte, die da auf dem Schreibtisch liegt, hätte ich gerne schnellstens in meinem Büro. Außerdem muss hier irgendwo ein Handy sein. Schauen Sie doch mal unter dem Sofa nach. Dafür gilt dann dasselbe wie für die Akte und das Papier, das der Tote in der Hand hält.«

»Als ob wir das jemals anders gemacht hätten, werte Kollegin«, brummte Buchmann.

KOK Terheyde schenkte sich eine Erwiderung. Zumal gerade der Notarzt kam, um sich den Toten anzuschauen. Als er sie sah, grinste er. Sie kannte diesen Mann nicht. Und sie mochte ihn nicht. Sie bedachte ihn mit einem knappen Kopfnicken und seufzte innerlich. Ihr Verhalten würde mit Sicherheit nicht dazu beitragen, dass der Mann seine Arbeit schneller erledigte. Zum tausendsten Mal in ihrem Leben fragte sie sich, warum sie es bei manchen Gelegenheiten einfach nicht schaffte, über ihren Schatten zu springen und verbindlich zu sein. Dabei war sie doch in Psychologie geschult. Theoretisch.

Er stellte seine Tasche neben den Toten und beugte sich über ihn. »Und, woran könnte er gestorben sein?«, erkundigte sie sich nach fünf Minuten ungeduldig.

»Je früher Sie mich meine Arbeit tun lassen, anstatt mich in Gespräche zu verwickeln, umso eher bekommen Sie eine Antwort.«

»Können Sie denn überhaupt nichts sagen?«, beharrte sie.

»Also gut. Auf den ersten Blick sieht das für mich aus wie ein Herzinfarkt. Aber jetzt lassen Sie mich in Ruhe.«

Iris humpelte zum Schreibtisch und legte der schluchzenden Sekretärin sanft die Hand auf den Arm. »Kommen Sie, lassen Sie uns rausgehen. Ich habe einige Fragen an Sie. Und das ist kein guter Ort für ein Gespräch.«

Die Frau blickte mit verheulten Augen hoch. Sie hatte ihren Arbeitgeber offenbar sehr gemocht.

In diesem Moment kam auch schon Polizeihauptmeister Buchmann mit dem verstörten Hausmeister. Dessen Gefühlszustand schien aber weniger davon herzurühren, dass Paul Schneider das Zeitliche gesegnet hatte, als davon, dass er nun einen neuen Mieter suchen musste. Das war Bestandteil seines Jobs. Der Hauseigentümer lebte in Spanien. Dabei stand das Gebäude ohnehin noch halb leer. Es würde schwer werden, für das Büro eines Toten einen Nachfolger zu finden. Das zumindest entnahm Iris dem Redeschwall des Mannes, der sich kaum stoppen ließ. Sie kannte das schon. Entweder begannen die Menschen zu reden wie ein Buch, wenn ihnen der Tod begegnete, oder sie verstummten.

Zusammen mit Martin Felix, Polizeihauptmeister Buchmann, dem noch immer jammernden Hausmeister und der inzwischen etwas verhaltener schluchzenden Sekretärin stiegen sie die vorbildlich restaurierten alten Eichenholztreppen ins Obergeschoss hinauf. Trotz ihrer Anspannung kam Iris nicht umhin, die wunderbaren Jugendstil-Blumenornamente in den Glasfenstern zu bewundern, durch die schillerndes Tageslicht in das hohe Treppenhaus fiel.

Der Hausmeister schloss die geschnitzte Tür der Wohnung über der Anwaltskanzlei auf. Hier lag derselbe graue Teppichboden, der Geruch von frischer Farbe war aber deutlich stärker. Es gab keine Möbel. Das war unangenehm. Im Sitzen war es einfacher, Fragen zu stellen. Zumal der Knöchel inzwischen wieder höllisch schmerzte. Aber es musste gehen.

Auf ihre Geste hin schob Polizeihauptmeister Buchmann den protestierenden Hausmeister aus dem Raum. Er würde draußen mit ihm warten. Martin Felix zückte das Diktiergerät, das er immer bei sich trug, und sah seine Chefin auffordernd an. Das erste Verhör in diesem Todesfall begann.

Die Sekretärin von Paul Schneider hieß Herta Döbele, war sechzig Jahre alt, Witwe. Sie arbeitete erst seit rund einem Jahr bei Paul Schneider. Er hatte sie trotz ihres Alters eingestellt und obwohl sie keine große Berufserfahrung als Anwaltssekretärin hatte. Dafür war sie ihm dankbar. Sie fürchtete nun, keine neue Stelle mehr zu finden. Bei dieser Erklärung brach Herta Döbele erneut in Schluchzen aus. Ihre Trauer galt also nicht allein dem Tod ihres Chefs, folgerte Iris.

Paul Schneider war anscheinend ein eher nüchterner Mann gewesen, einer, der viel arbeitete und selten Gefühle zeigte. Ansonsten wusste Herta Döbele kaum etwas über ihren Arbeitgeber.

»Ist das wirklich alles, was Sie über Ihren Chef erfahren haben? Keine Familie, Freunde oder wenigstens Bekannte, an die Sie sich erinnern können? Kommen Sie, das glaube ich Ihnen nicht«, hakte Iris Terheyde nach.

Herta Döbele schniefte. »Er lebte allein. Es wird allerdings gemunkelt, dass er eine Geliebte hat.« Sie errötete ein wenig, als sie das erzählte. Offenbar wollte sie nicht für ein Klatschmaul gehalten werden.

»Und wer ist diese Geliebte?«

Die Sekretärin schüttelte den Kopf mit den kurzen, dauergewellten Haaren. »Ich weiß es nicht.«

»An welchem Fall hat Paul Schneider denn gerade gearbeitet? Das werden Sie doch wenigstens wissen.«

Herta Döbele zog ein nachdenkliches Gesicht. »Er hat immer

mehrere Klienten gleichzeitig betreut. Ganz aktuell ging es um den Fall einer Frau, die sich von ihrem Exmann bedroht fühlte.«

»Der Name?«

Herta Döbele konnte sich nicht mehr genau erinnern. »Ich werde die Akte heraussuchen.«

Iris schüttelte den Kopf. »Sie müssen nicht nach den Akten suchen. Wir nehmen ohnehin alles mit. Aber vielleicht könnten sie morgen in die Polizeidirektion kommen und mir bei der Auswertung helfen? Sie müssten sowieso noch offiziell zu Protokoll geben, was sie mir jetzt gesagt haben. Im Moment habe ich noch eine letzte Frage, dann können Sie heimgehen und sich erholen. Geben Sie dem Kollegen Buchmann aber bitte vorher Ihre Adresse.«

Herta Döbele schaute sie erwartungsvoll an, fast schon ein wenig enttäuscht, dass sie nicht gebraucht wurde.

»Wissen Sie, ob Paul Schneider ein Handy hatte?«, fragte Iris Terheyde.

»Oh nein«, antwortete Herta Döbele entsetzt. »Das ging nicht. Auch wenn er es oft hätte brauchen können. Manchmal fühle ich mich schrecklich meiner Zeit hinterher, hat er einmal zu mir gesagt.«

»Warum ging das nicht?«

»Wissen Sie, Herr Schneider hatte seit ein paar Jahren einen Herzschrittmacher. Und der kann durch ein Handy offenbar aus dem Takt gebracht werden. Zumindest hat er mir das so erklärt.«

»Unter seinem Sofa liegt aber ein Gegenstand, der aussieht und klingelt wie ein Handy. Wie erklären Sie sich das?«

Herta Döbele bekam große Augen. »Das weiß ich wirklich nicht.«

»Ach ja, und wo ist die Post, die Sie angeblich noch in den Briefkasten werfen wollten? Ich habe nirgendwo Umschläge liegen sehen. Sie sind doch zurückgegangen, weil Sie die Post vergessen hatten, oder?«

Herta Döbele begann erneut zu schniefen. »Bitte, das weiß ich doch auch nicht. Es war ein Briefumschlag. Länglich. Er müsste auf dem Schreibtisch liegen. Vielleicht hat ihn jemand mitgenommen.«

»Wer sollte den denn mitgenommen haben? Und wann? Hat noch jemand einen Schlüssel zu diesem Büro?«

Jetzt war die Sekretärin vollends aus der Fassung gebracht. »Meines Wissens haben nur der Hausmeister und ich einen Schlüssel. Und der arme Paul Schneider natürlich. Woher soll ich wissen, wer den Brief mitgenommen hat? Bitte, ich kann nicht mehr. Ich bin ganz durcheinander.«

»Worum ging es denn in der Post, die Sie einwerfen wollten?«

Herta Döbele zuckte erneut die Schultern. »Ich weiß es nicht. Er hat den Brief selbst geschrieben, mir nur gesagt, dass ich ihn mitnehmen soll und einwerfen, wenn ich nach Hause gehe. Es sei wichtig.«

»Es war also nur ein Briefumschlag, nicht mehrere?«

Herta Döbele nickte und schnäuzte sich lautstark.

Diese Frau wusste bemerkenswert wenig, fand Iris Terheyde. »Gut, dann gehen Sie. Vielleicht fällt Ihnen bei unserem nächsten Gespräch etwas mehr ein.«

Die Aktenordner stapelten sich inzwischen auf Paul Schneiders glänzendem Schreibtisch, die Männer von der Spurensicherung mussten sie nur noch in die Kartons packen. Neben den Ordner lugten Papiere zwischen roten Pappendeckeln hervor. Rot. Dieser Anwalt war ein ordentlicher Mann gewesen. Er hatte diese Farbe vielleicht bewusst gewählt. Sie beschloss, die Mappe mitzunehmen, und steckte sie in ihre schwarze Umhängetasche. Das war zwar nicht ganz korrekt, aber so konnte sie sie noch durchgehen. Wahrscheinlich würde sie sowieso nicht schlafen können.

Martin Felix brachte Iris Terheyde zurück in ihre Übergangswohnung. Es war drei Uhr morgens. Der Kollege im Auto hatte sich verzogen, war schlafen gegangen, weil es nichts zu bewachen gab. Martin Felix beschloss, bei Iris Terheyde auf dem Sofa zu übernachten. Sie war nicht glücklich darüber, sah aber ein, dass sie keine andere Wahl hatte.

Sie zog sich in ihr Schlafzimmer zurück und nahm die Mappe aus ihrer Tasche. Um keine Fingerabdrücke zu hinterlassen, hatte sie vorher ihre Stoffhandschuhe angezogen. Der Name des Mannes, der gedroht hatte, seine Frau umzubringen, war Trautmann. Max Trautmann. Zwei Fälle. Ein Name.

Als sie am nächsten Morgen auf der Dienststelle anrief, um zu sagen, dass sie mit Martin Felix zunächst zu Margit Trautmann und dann zu Max Trautmann fahren würde, übermittelte der Kollege ihr eine Nachricht. Viktor hatte angerufen. Die Tote vom Fluss war tatsächlich Klara, die Stieftochter von Franz Satorius. Die Schweizer Kollegen hatten ihren Zahnarzt aufgetrieben, und der hatte die Zahnabdrücke verglichen.

9

»Der Kirschbaum trägt Blüten aus Schnee.
In seinen Ästen
singt schon die Nachtigall.«

Wie in Trance betrachtete Max die Zeilen auf dem Bildschirm. Es war sein letztes Haiku, die letzten Buchstaben seines Lebenswerks. Doch im Moment fühlte er noch keinen Schmerz. Auch nicht den seiner gebrochenen Nase. Er versuchte, jeden Gedanken an den Mann mit dem Messer zu verdrängen, sich auf das Haiku zu konzentrieren. Er spürte die Hysterie, die schon am Rande seines Verstandes lauerte. Er wollte den jetzigen Zustand so lange wie möglich konservieren. Es war wie kurz nach einer schweren Verletzung, wenn der Schock jeden Schrei der geschädigten Nerven, des geschundenen Körpers dämpft.

Seine Haikus! Dieses Haiku hatte nur überlebt, weil Max es aus Versehen unter »Rechnungen« im Computer abgelegt hatte. Eigentlich hatte er alle seine Haikus, einhundertdreizehn genau, erfassen wollen. Doch er hatte die mühselige Arbeit des Eintippens immer wieder verschoben. Ständig gab es Wichtigeres zu tun: einen Western zu schreiben, einen der seltenen Kundenaufträge für einen Prospekt oder einen Flyer zu erledigen.

Wieder keimten die Mordgelüste. Margit. Der Messermann. Der Alte. Die ganze verdammte Welt. In den letzten Tagen war so viel über ihn hereingebrochen, dass Max noch keine Zeit gefunden hatte, wirkliche Todesangst zu haben.

Ob das Vernichten von Haikus wohl Notwehr rechtfertigte? Notwehr war spontan. Er hätte Margit gleich den Hals umdrehen müssen. Aber der Richter hätte das sicher unverhältnismäßig gefunden.

Mord. Der Tod hat etwas von einem Haiku, dachte er. Er ist klar, eindeutig, schön in seiner Endgültigkeit. Und seine Kraft liegt im Denken, in der Art, ihn anzunehmen, im Übergang. Ein

Mord müsste sein wie ein Haiku. Die ganze Welt in wenigen Silben, archetypisch, einfach, direkt.

Er starrte auf den Computerbildschirm und meinte, ein Frauengesicht darin zu erkennen. Vielleicht ein Geist. Klaras? Laras? Nein, er wollte nicht wissen, was aus Lara geworden war. Sie war nicht seine Tochter. Sie konnte nicht seine Tochter sein. Schon allein der Gedanke daran trieb ihm die Gänsehaut über den Rücken.

Nun, er würde schon noch herausfinden, was hier mit ihm geschah. Am besten hatte er die Welt und was sie zusammenhält, immer verstanden, wenn er sie in Worte fasste, presste, reduzierte, verdichtete – was auch immer.

Also würde er weiter an Klaras und seiner Geschichte schreiben. Der Spaziergang fiel aus. Umso schneller hatte dieser Alptraum ein Ende. Er fühlte sich zwischen Traum und Realität eingeklemmt, gefangen, ausgeliefert. Die Panik streckte erneut ihre Finger nach ihm aus. Es war besser, wenn er nicht darüber nachdachte.

Nein, das ging nicht, jetzt noch nicht. Er musste zuerst an seinem Westernroman schreiben. Margit würde allerdings keinen Pfennig von dem Honorar zu sehen bekommen. Selbst wenn er dafür einen Offenbarungseid leisten musste. Privatinsolvenz hieß das heutzutage. Er hatte ein Konto in der Schweiz, von dem sie nichts wusste. Ein leeres. Aber das konnte sich ändern. Bei diesem Gedanken lächelte er. Die Schweiz war nicht weit. Nur über die Brücke. Bei diesem Gedanken verschwand sein Lächeln.

Im Schrank stöberte Max noch eine halb volle Flasche Rotwein auf. Oder halb leer. Je nach Betrachtungsweise. Er hatte das Gefühl, dass er langsam zum Säufer wurde, fand aber, das könne angesichts seiner Lage eigentlich niemanden verwundern. Er nahm eines seiner letzten, halbwegs heilen, halbwegs sauberen Weingläser, die Flasche und setzte sich wieder an seinen PC. Sein Nacken schmerzte vom ständigen Sitzen. Und vom Nachdenken. Was wollte dieser Clown nur von Iris Terheyde? Es konnte nichts Gutes sein. Hatte er am Ende gar einen Menschen ans Messer geliefert? Aber was hätte er tun sollen? Was sollte er tun, was konnte er tun?

Vielleicht gab es ja wirklich Wunder, und alles erwies sich als Alptraum. Vielleicht würde er bald wieder eines seiner geliebten Haikus schreiben können, etwas über die Buchenblätter zum Beispiel. Sein Magen knurrte. Doch der Kühlschrank war leer. Er musste sich irgendwo Geld leihen. Die Bank? Nein, das fiel flach.

Ein Klingeln an der Tür unterbrach das Kreisen der immer wieder gleichen Gedanken in seinem Kopf. Iris Terheyde, Margit, die Haikus, sein Peiniger, Klara, Lara. Er musste jetzt endlich den Verstand klar bekommen, seine Gedanken in eine logische Reihenfolge zwingen, entscheiden, was er tun, wie er sich verhalten sollte.

Er schaute auf den Wecker. Es war zehn Uhr.

Es klingelte wieder. Dieses Mal Sturm. Genervt klaubte Max Ober- und Unterteil seines Trainingsanzuges zusammen, stieg hinein, leckte an seinem Zeige-, Mittel- und Ringfinger, strich sich damit kurz durch die Haare und ging zur Tür.

Da war sie, die Frau, an die er unablässig denken musste. Die er vielleicht sogar ihrem Mörder ausgeliefert hatte. Iris. Iris Terheyde. Aber vielleicht tat der Messermann ihr ja nichts. Vielleicht wollte er sie einfach nur sprechen, vielleicht ... Nein, das glaubte er selbst nicht. Auch wenn er es sich noch so sehr einzureden versuchte. Der junge Typ an ihrer Seite scharrte ungeduldig mit dem Fuß.

Max wunderte sich etwas, dass er sie so klar sah, so ruhig anschauen konnte. Als stünde er neben sich. Das ist der Schock, Max. Nur der Schock.

Sie hatte um die Nase großporige, fettig wirkende Haut, relativ dünne Haare, bei denen ein Friseur offenbar vergeblich versucht hatte, sie in eine dauergewellte Mähne zu verwandeln. Max' Blick wanderte unwillkürlich nach unten. Ihre Figur war kompakt, um nicht zu sagen barock. Und sie trug Birkenstocksandalen. Obwohl es Winter war. Max hasste weniges auf der Welt, dazu gehörten eindeutig seine Frau, der Alte, der Mann, der ihm die Nase gebrochen und seine Männlichkeit bedroht hatte. Und Birkenstocksandalen. Dabei stieg ihm jedes Mal der Geruch von Fußschweiß in die Nase. Er blickte schnell hoch und dadurch direkt auf den Ausweis, den sie ihm entgegenhielt. »Kriminalpolizei, Inspektion 1, Mordkommission, wir haben einige Fragen an Sie.«

Sie schien sich nicht an ihn zu erinnern. Ihre Stimme ist gar nicht so unangenehm, fand Max, während die Worte in seinen Geist sackten. Ein Gedanke jagte den anderen. Was wollte sie nur hier? Sollte sie gemerkt haben, seine Anrufe in ihrer Wohnung und in Lörrach ... Nein, das konnte nicht sein. Er hatte sie doch gar nicht erreicht und nur ganz kurz gesprochen. Obwohl, mit der heutigen Technik – ob sie seine Nummer erkannt hatten? Ihm wurde siedend heiß. Erst in diesem Moment wurde ihm so richtig, vollkommen, unmissverständlich klar, was er getan hatte. Er hatte diese Frau verraten, einen lebendigen, atmenden, ahnungslosen Menschen einem Menschen ausgeliefert, der sich nicht scheute, rüde Methoden anzuwenden. Er musste endlich aufhören, sich schon wieder etwas vorzumachen.

Was sollte er nur tun? Sollte er ihr alles sagen? Machte er sich sonst mitschuldig? Doch wenn er den Messermann verriet, und der fand es heraus? Egal, wohin er dann floh, *sie* würden ihn finden. Er überlegte besser nicht so genau, was *sie* dann mit ihm tun würden. Er versuchte ein verbindliches Lächeln. »Kriminalpolizei? Bin ich etwa zu schnell gefahren?« Er fand selbst, dass das kein guter Scherz war. Der junge Kollege an ihrer Seite wirkte kein bisschen amüsiert. Sie rang sich ein Lächeln ab. Sie mussten so etwas schon tausendmal gehört haben.

»Wir sind von der Mordkommission.« Der Typ, der sie begleitete, wurde ungeduldig. Max kam erst jetzt dazu, ihn etwas genauer anzuschauen. Er sah ausgesprochen gut aus. Ein markantes Kinn, eine fast griechische Nase, dunkle Augen, dichte, kurz geschnittene Haar, schmale Hüften und muskulöse Schultern. Er wirkte durchtrainiert. Ein richtiger Schönling. Max mochte ihn nicht. Er fühlte sich dagegen wie Hefeteig. Unwillkürlich strich er sich über sein stoppeliges Kinn. Es tat weh. Sein ganzes Gesicht schmerzte.

»Was haben Sie bloß mit Ihrem Gesicht gemacht? Hatten Sie eine Schlägerei? Das sieht ja übel aus«, fragte die Birkenstockfrau. Ihre wachen, grüngrauen Augen blitzten bei diesem Satz. »Dürfen wir jetzt hereinkommen?«

Ohne auf eine Antwort zu warten, humpelte sie in die Wohnung. Er bemerkte, dass ihre rechte Hand verbunden war. Sollte der Messermann sie schon gefunden haben?

»Ich bin die Treppe hinuntergefallen«, erklärte Max lahm.

»Soso«, erwiderte Iris Terheyde. »Sie sollten zum Arzt gehen.«

Es war klar, dass sie ihm nicht glaubte. Doch ihr Blick war offen.

Er grinste unwillkürlich.

»Frau Kommissarin, Herr Kommissar, kommen Sie doch bitte in meine bescheidene Wohnung, und entschuldigen Sie die Unordnung. Ich ... äh, ich bin noch nicht zum Aufräumen gekommen.« Max machte eine formvollendete Verbeugung. Seine Nase begehrte auf, sie mochte es nicht, wenn er den Kopf nach unten hielt. »Vielleicht ist das mit dem Arzt keine so schlechte Idee.«

Iris Terheyde lachte leise und nickte. Sie hinkte ziemlich stark, versuchte aber, es zu kaschieren.

»Sie sind Schriftsteller?«, fragte sie, als erklärte das alles. Die Unordnung in seiner Wohnung, Max' unrasiertes Kinn, seine mit Blut verkrustete Nase und dass er um zehn Uhr morgens noch nicht angezogen war. Ein wenig wunderte sich Max schon, dass sie ihn nicht erkannte. Hatte er sich so verändert? Oder sie wollte vielleicht nicht, dass ihr Kollege erfuhr, dass sie sich seit ihrer Kindheit kannten. Gekannt hatten. Dazwischen lagen Jahrzehnte. Er beschloss, es bei der förmlichen Ebene zu belassen. Gleichzeitig fühlte er ein leises Bedauern.

»Möchten Sie auch eine Tasse Kaffee?« Max war jetzt die Höflichkeit in Person. Er wischte mit ausholenden Handbewegungen die schmutzige Unterhose, einige Blätter und eine Zeitung von letzter Woche vom Sofa sowie die von gestern von seinem einzigen Sessel und machte eine einladende Geste. »Bitte setzen Sie sich doch.«

»Nein, wir wollen keinen Kaffee, wir haben nur ein paar Fragen.« Die Stimme des Mannes war aggressiv. Die Ressentiments beruhten auf Gegenseitigkeit, dachte Max.

Ein mahnender Blick aus grüngrauen Augen streifte den jungen Mann. »Kriminaloberkommissarin Terheyde, Kriminalkommissar Felix«, stellte die Birkenstockfrau klar. Sie war bei diesem Duo offensichtlich die Chefin. Sieh an, die schüchterne kleine Iris ist gar nicht mehr so schüchtern. »Aber mein Kollege hat recht, wir sollten jetzt zur Sache kommen.«

»Muss ich meinen Anwalt hinzuziehen?« Wieder hatte Max das sichere Gefühl, dass sein Scherz misslungen war.

Iris Terheyde musterte ihn abwägend. »Brauchen Sie denn einen?« Ihr Kollege richtete sich noch ein wenig gerader auf.

»Fragen Sie«, erwiderte Max und machte erneut eine einladende Handbewegung in Richtung Sofa und Stuhl. Die beiden Besucher übersahen sie, wie schon beim ersten Mal. Sie zogen es offensichtlich vor, zu stehen.

»Kennen Sie Paul Schneider?« Iris Terheyde musterte Max bei diesen Worten eindringlich.

Der nickte. »Ja, so heißt der Scheidungsanwalt meiner Frau, er ...« Max stockte. Das Telefongespräch zwischen dem Anwalt und ihm ging die beiden nichts an. »Warum fragen Sie?«

»Was, er?«, hakte Kriminaloberkommissarin Terheyde nach. »Diesen Satz sollten Sie schon zu Ende bringen. Wir müssen mehr über Paul Schneider wissen.«

»Er ist tot in seinem Büro aufgefunden worden«, fiel ihr der junge Kollege ins Wort. Wieder traf ihn ein mahnender Blick.

Jetzt hat er offensichtlich zu viel verraten, dachte Max schadenfroh. Dann erinnerte er sich an seine eigene Situation. Die Nachricht durchfuhr ihn wie ein Schock. Sollte der Messermann auch Margit und ihren Anwalt ...? Nein, er wurde langsam paranoid. Max Trautmann schaute die beiden fassungslos an. »Was habe ich damit zu tun?«, brachte er schließlich heraus. »Fragen Sie doch meine Verflossene. Sie kennt ihn besser als ich.«

»Da waren wir schon. Der Tod des Anwaltes scheint sie ziemlich aufzuregen. Mochten Sie Herrn Schneider nicht?«

»So, wie man den Anwalt des Gegners bei einer Scheidung eben mag. Ich schätze, er hat nur seine Pflicht getan.«

Der letzte Satz klang lahm. Wie eine Ausrede. Das spürte Max selbst.

Iris Terheyde nickte. Max konnte nicht erkennen, was sie dachte.

»Warum sind Sie bei mir?«

»Weil Sie offensichtlich einer der Letzten sind, die mit ihm gesprochen haben. Zumindest steht Ihr Name in seinem Terminkalender. Was wollte er von Ihnen?«

Max wand sich innerlich. »Er hat mich angerufen. Ich habe Streit mit meiner Frau, weil ich ihr Geld schulde. Sie hat ihren Anwalt beauftragt, Klage zu erheben.« Das war nur die halbe Wahrheit, aber Max fand, das war genügend Erklärung. »Sie glauben doch nicht …?«

»Wir glauben gar nichts. Wir ermitteln«, beschied ihn die Birkenstockfrau trocken.

»Das kann außerdem nicht sein. Der Anruf von Schneider war gestern«, erklärte Max etwas verwirrt.

»Da ist Paul Schneider auch gestorben. Wir ermitteln die genaue Todeszeit noch.«

»Ich kann ihn ja wohl kaum umgebracht haben, während ich mit ihm telefoniert habe«, konterte Max.

»Wieso glauben Sie, dass ihn jemand umgebracht hat? Es könnte ja auch Selbstmord oder ein natürlicher Tod gewesen sein.« Die Birkenstockfrau musterte ihn konzentriert.

Max kam in Erklärungsnot. »Na, weil sie doch von der Mordkommission sind«, brachte er schließlich heraus. »Außerdem, warum hätte er sich umbringen sollen? Er hatte ein Leben in Saus und Braus. Seine Rechnungen sind horrend, ich habe sie gesehen. Und auf mich wirkte er auch ziemlich fit.«

Erneut nickte sie. »Die Mordkommission ermittelt grundsätzlich bei ungeklärten Todesfällen. Kommen Sie, wir gehen«, sagte sie dann zu ihrem Kollegen. Und zu Max: »Sie halten sich bitte zu unserer Verfügung. Es kann sein, dass wir noch weitere Fragen haben.«

Max nickte. »Ich laufe Ihnen nicht weg«, scherzte er verkrampft.

»Ach, übrigens, wissen Sie zufällig, wer die Frau war, die sich neulich von der Brücke gestürzt hat?«

»Nein«, erwiderte Max.

»Aber Franz Satorius sagt, er weiß es. Ist er nicht Ihr Vater? Haben Sie nicht darüber gesprochen?«

»Mein Stiefvater. Nein, wir haben nicht darüber gesprochen.« Er hatte das Gefühl, dass sie ihm ansah, dass er log.

»Es hat einen anonymen Anrufer gegeben, der behauptet, es war Mord und kein Selbstmord. Wissen Sie, wer das gewesen sein könnte?«

Mord? Klara ermordet? Max hatte Mühe zu verbergen, wie sehr ihn diese Mitteilung schockierte. »Es gab einen anonymen Anrufer? Nein, ich weiß nicht, wer das gewesen sein könnte. Ist es denn wahr?«

Auf seine letzte Frage gab sie keine Antwort. »Wir haben Hinweise, dass die Frau auf der Brücke Ihre Schwester Klara war. Wären Sie bereit, sie zu identifizieren? Ach so, sollen wir uns wegen der Beerdigung an Sie wenden oder an Ihren Stiefvater?«

Max umklammerte mit beiden Händen die Armlehnen des Sessels, auf dem er saß, um zu verbergen, wie aufgewühlt er war. »Ich habe sie seit rund dreißig Jahren nicht gesehen. Ich würde sie wahrscheinlich noch nicht einmal erkennen.«

»Warum sind Sie nicht bereit, uns zu unterstützen?«, fuhr Martin Felix dazwischen.

»Doch, ich helfe Ihnen ja. Es ist nur – ich weiß wirklich nicht, ob ich sie erkennen könnte. Wirklich.«

»Was war Ihre Stiefschwester für ein Mensch? Hatte sie Familie? Gibt es jemanden, den wir benachrichtigen sollten?«

Er schüttelte den Kopf, er fühlte sich so hilflos. »Ich weiß es doch nicht. Wir hatten seit Jahrzehnten keinen Kontakt. Fragen Sie den Alten, ich meine, meinen Stiefvater. Ich –« Er konnte kaum weitersprechen. Ihm war klar, dass sie das eigenartig finden musste.

»Wir melden uns bei Ihnen, falls Sie die Tote identifizieren müssten. Wir würden Sie dann natürlich abholen und nach Freiburg bringen. Sie ist zurzeit noch dort in der Gerichtsmedizin. Da wir bisher nicht von weiteren Verwandten wissen, sollten Sie mit Ihrem Stiefvater auch abklären, wie und wo sie beerdigt wird.«

Er nickte stumm. Seine Fingerknöchel waren weiß, so sehr krallte er seine Hände um die Stuhllehnen. »Wenn Sie meinen.«

Martin Felix mischte sich ein. »Wissen Sie, ich finde es schon merkwürdig, weder Sie noch Ihr Stiefvater scheinen sonderlich interessiert daran zu sein, weshalb sich diese Frau umbrachte, ob sie noch Familie hat, Kinder vielleicht, einen Mann. Warum? Gab es Streit zwischen Ihrer Stiefschwester und Ihnen? Mochten Sie sich nicht? Wie standen denn Ihr Stiefvater und Klara zueinander?«

Max Trautmann fuhr von seinem Stuhl hoch. »Wie können Sie so etwas behaupten! Klara und ich – sie war ein ganz besonderer Mensch. Es gab keinen Streit.«

Iris Terheyde nickte. »Aha, gut, dann gehen wir jetzt. Wir melden uns, falls nötig.«

»Ist Ihnen aufgefallen, dass er meine Frage nach dem Verhältnis zwischen dieser Klara und seinem Stiefvater nicht beantwortet hat?«, fragte sie den Glücklichen, als sie die Treppe des Altstadthauses hinunterstiegen. »Merkwürdig, nicht wahr? Ob da mehr dahintersteckt?«

»Der ganze Mann ist eine einzige Merkwürdigkeit«, antwortete Felix.

»Ja, da haben Sie wohl recht«, erwiderte sie. Überrascht stellte sie fest, dass sie Trautmann mochte, eigentlich immer gemocht hatte. Einsame Kinder haben ein feines Gespür für Außenseiter.

Beide lachten. Es ist das erste Mal, dass wir fast ungezwungen spaßen, stellte sie für sich fest und wunderte sich etwas. Vielleicht hatte diese Partnerschaft ja doch noch eine Chance. Beruflich.

Max verstand überhaupt nichts mehr. Seine ganze Welt war dabei, in Stücke zu gehen. Als ob ein Dämon ihn verfolgen würde, seinen Untergang beschlossen hätte. Reichte es denn nicht jetzt schon? Er konnte einfach nicht noch mehr verkraften. Mein Gott, was sollte er nur tun? Wieso hatte sie ausgerechnet jetzt nach Klara gefragt, im Zusammenhang mit Schneider? Gab es da überhaupt einen Zusammenhang? Wie dieser Anwalt wohl gestorben war? Die Fragen spielten einen Trommelwirbel in seinem Kopf. Die Schmerzen in seiner Brust waren fast unerträglich.

Er beschloss, krank zu werden. Er würde sich diese Tote nicht anschauen. Auf keinen Fall. Nach diesem Entschluss wurde ihm etwas leichter, sein Herzrasen beruhigte sich, und auch die pochenden Kopfschmerzen wurden etwas weniger.

Sein Schuldgefühl ihr gegenüber gab allerdings keine Ruhe. Ob sie von dem Messermann wusste? Nein, nein, das schied wohl aus. Iris Terheyde, die Kriminaloberkommissarin mit den Birkenstocksandalen, hatte auf ihn eher locker gewirkt. Sie schien völlig ahnungslos zu sein bezüglich der Gefahr, in der sie schwebte.

Sie machte trotz der Schuhe und ihres etwas teigigen Teints eigentlich einen netten Eindruck. Vielleicht war da noch etwas von dem kleinen, schüchternen Mädchen von einst in ihr. Sie erinnerte ihn an ein Gänseblümchen. Warum, das wusste er selbst nicht. Vielleicht, weil kein Mann bei ihr zweimal hinschauen würde? Ein Blümchen namens Terheyde, das sehr bald in einen üblen Sturm geraten konnte.

Gänseblümchen blüht
zwischen Halmen. Kaum jemand
sieht den Sternenkranz.

Sein erstes Haiku seit Langem, einfach so. Gut, kein Meisterwerk, aber ein Haiku. Max fand das ziemlich bemerkenswert, wenn er die Situation bedachte, in der er steckte. Er wurde geschäftig, dankbar für diese Ablenkung seiner immerfort kreisenden Gedanken. Er ging zurück an seinen Computer. Dieses Mal würde er die Zeilen sofort aufschreiben. Und dann auf Diskette sichern.

Er schaute nach draußen. Ein sonniger Fasnachtsmontag nahm seinen Anfang. Es war erstaunlich, dass die Sonne überhaupt noch schien. Dass die Welt noch nicht untergegangen war.

Max setzte sich wieder an seinen PC, öffnete die Datei mit dem angefangenen Western und las die Worte auf dem Bildschirm: *John Benson schwang sich auf seinen Rappen.* Der erste Satz des Westerns half ihm auch nicht weiter. *Das Pferd war müde*, tippte er dazu.

Der Mann im Kaschmirmantel draußen unter den Arkaden gähnte, schob seinen Hut zurück und beobachtete interessiert, wer da aus Max Trautmanns Haus kam.

Bowie war gegen seinen Willen in seinem Bett im Rebstock eingeschlafen. Er hatte letzte Nacht kein Auge zugetan. Er ahnte nicht, dass die Frau, die er töten wollte, in diesem Moment gegenüber aus dem Haus kam und dann in Richtung Parkplatz an dem Hotel vorbeihinkte, in dem er abgestiegen war.

»Sie sollten endlich zum Arzt gehen«, sagte der Glückliche, als er das schmerzverzerrte Gesicht seiner Chefin sah.

»Kümmern Sie sich um Ihren eigenen Kram«, knurrte Iris Terheyde, die ebenso wenig ahnte, dass der Mann, nach dem zahllose Polizisten die Gegend entlang des ganzen Hochrheins zwischen Waldshut und Lörrach fieberhaft durchkämmten, nur wenige Meter von ihr entfernt traumlos schlief.

»Was meinen Sie, könnte der Anwalt dieser seltsame anonyme Anrufer in Fall Lara gewesen sein? Der, der behauptet hat, es war Mord? Satorius? Trautmann? Warum wollte jemand unbedingt, dass wir bei dieser Klara an Mord glauben?«

Martin Felix zuckte die Schultern. »Keine Ahnung.«

»Was Sic nicht sagen.«

10

Wo blieb denn der Abschlussbericht des Gerichtsmediziners im Fall Schneider? War es nun Mord oder nicht? Iris Terheyde kaute hingebungsvoll am Nagel ihres Mittelfingers. Sie kaute immer Nägel, wenn sie nicht weiterkam. Sie war müde. Die Situation, in der sie steckte, schien sie doch mehr mitzunehmen, als sie sich eingestehen wollte. Sie hoffte, der Attentäter käme endlich. Dann hätte die Angelegenheit ein Ende.

Ihre Gedanken kehrten zu Max Trautmann und dem Gespräch an diesem Morgen zurück. Als kleines Mädchen hatte sie ihn angehimmelt. Von ferne. Er hatte zu den Großen gehört. Zu jenen, die außerhalb der Sehnsüchte eines kleinen Mädchens lebten. Er hatte sie damals nicht beachtet und jetzt noch nicht einmal wiedererkannt. Jedenfalls hatte er ihr kein Zeichen des Erkennens gegeben. Vielleicht dachte er ja ebenso ungern an seine Kindheit wie sie an die ihre.

»Sie nagen an Ihren Fingernägeln, Kollegin. Das sieht nicht gut aus«, stellte Martin Felix nicht sonderlich rücksichtsvoll fest.

Iris Terheyde nahm sofort die Hand herunter. Sie fühlte sich wie eine ertappte Sünderin. »Und Sie hören sich an wie meine Mutter, aber die war netter«, konterte sie gereizt. »Müssen Sie andere Menschen wirklich ständig mit Ihren guten Ratschlägen nerven? Das könnte sich bei anderen Vorgesetzten schlecht machen.«

Martin Felix lachte. Die Zurechtweisung perlte an ihm ab. Das Selbstbewusstsein dieses Mitarbeiters ging ihr manchmal gehörig gegen den Strich. Momentan zum Beispiel. Aber es war einfach durch nichts zu erschüttern. Weder durch dezente Hinweise noch durch verbale Keulen.

»Helfen Sie mir lieber beim Denken. Also, was haben wir? Zwei Tote innerhalb kurzer Zeit. Eine Leiche in einer ansonsten ruhigen Kleinstadt an der Schweizer Grenze, eine in einer etwas größeren Kleinstadt dreißig Kilometer weiter im Westen, ebenfalls an der Schweizer Grenze. Klara Satorius – das wirklich ein

Selbstmord, wie wir inzwischen wissen. Auch dank der Aussage ihres Stiefvaters, der beobachtet hat, wie sie sich von der Brücke stürzte. Und dann Paul Schneider. Er gehört im Gegensatz zur ersten Leiche auf jeden Fall in unseren Zuständigkeitsbereich. Wie er gestorben ist, wissen wir noch nicht. Laut dem Notarzt kann es alles sein, vom Mord bis hin zum Herzinfarkt. Ich hoffe, dieser verdammte Bericht aus der Gerichtsmedizin liegt bald vor. Beide Fälle scheinen auf den ersten Blick nichts miteinander zu tun zu haben. Auf den zweiten begegnet uns in beiden ein Name: Max Trautmann.«

»Jetzt lassen Sie der Gerichtsmedizin doch einfach etwas mehr Zeit. Erinnern Sie sich, wir haben Fasnacht. Nicht jeder arbeitet in diesen Tagen rund um die Uhr. Schon mal etwas von Fasnachtsferien gehört?«

»Schon gut. Also weiter. Ich verstehe das nicht. Da ist einmal dieser Abschiedsbrief dieses Rheinfelder Anwalts. Die Kollegen von der Spurensicherung haben ihn in der Hand der Leiche gefunden. Das deutet auf Selbstmord hin. Hier.«

Sie hob das Papier hoch, das sich in dem weißen Umschlag in Paul Schneiders Hand befunden hatte: *»Ich bin schwer herzkrank und einsam. Niemand würde mich pflegen, ich müsste also in ein Pflegeheim. Das will ich nicht. So macht das Leben für mich keinen Sinn mehr. Ich schade auch niemandem mit meinem Tod, es gibt keinen Menschen, der um mich weinen würde«*, las sie vor.

»Das hört sich für mich nachvollziehbar an«, stellte Martin Felix fest.

»Schon, aber wie ist er gestorben? Im Moment wissen wir aus dem vorläufigen Bericht aus der Gerichtsmedizin nur, dass das Herz von Schneider einfach stehen geblieben ist. Ich habe noch nie davon gehört, dass jemand sich umgebracht hat, indem er seinem Herzen einfach befahl, stehen zu bleiben. Also, warum hat es aufgehört zu schlagen? Könnte der Schrittmacher einen Kurzschluss gehabt haben, geht so etwas überhaupt? Hat das Handy, das wir gefunden haben, etwas damit zu tun?«

Martin Felix nickte. »Ach ja, fast hätte ich vergessen, es Ihnen zu sagen. Laut Telefongesellschaft hatte dieser Paul Schneider sehr wohl ein Handy, genau das, das unter dem Sofa lag. Obwohl seine Sekretärin etwas anderes behauptet. Es ist natürlich nicht ganz auszuschließen, dass er ihr aus irgendwelchen Gründen nichts davon gesagt hat.«

»Interessant. Angeblich soll Schneider doch eine panische Angst vor Handys gehabt haben. Und nun besaß er eins. Da müssen wir bei Herta Döbele noch einmal nachhaken. – Aber jetzt weiter im Text. Ich verstehe nichts von Elektronik. Möglicherweise war es kein Kurzschluss, sondern die Schrittmacherbatterie war einfach leer. Und wenn es doch ein Kurzschluss war, hat er ihn dann wirklich selbst ausgelöst? Vielleicht ist das Herz ja von selbst stehen geblieben, wollte trotz Schrittmacher nicht mehr. Hat sich Schneider dann den Abschiedsbrief gekrallt und auf den Tod gewartet, als er das merkte? Ziemlich seltsam das, besonders wenn ich daran denke, wie schmerzverzerrt sein Gesicht war, als wir ihn gefunden haben. Wenn er es nicht selbst gemacht hat, dann muss ihm eine zweite Person den Abschiedsbrief in die Hand gedrückt haben. Gibt es vielleicht jemanden, der Paul Schneider umgebracht hat und dafür sorgen wollte, dass es wie ein Selbstmord aussieht? Oder ist diese Option so unwahrscheinlich, dass wir sie komplett ausschließen können? Ich finde, im Gegenteil. Kurz, es gibt derzeit für mich noch jede Menge Ungereimtheiten in dieser Angelegenheit. Wir haben zu viele Fragen. Aber keine Antworten.«

»Viele und vor allem komplizierte Fragen auf einmal«, befand Martin Felix.

Sollte das jetzt eine Stichelei sein? Sie beschloss, das einfach zu ignorieren. Sie fühlte sich heute sowieso merkwürdig friedlich. Das war immer so, wenn Ermittlungen in einem neuen Fall begannen. Sie hatte dann keine Zeit mehr, sich mit sich selbst zu beschäftigen. Der Mörder, der auf sie lauerte, wurde zu einem Schatten irgendwo weit hinten in ihrem Bewusstsein.

»Noch einmal: Wie sollte Schneider das angestellt haben, seinen Herzschrittmacher bewusst in den Kurzschluss zu treiben?«, sinnierte sie laut weiter. »Es gibt jede Menge Menschen mit Herzschrittmachern und jede Menge Leute mit Handys. Deswegen bleiben die Schrittmacherpatienten aber doch nicht daheim.

Musste er sich vielleicht das Handy direkt an den Schrittmacher halten? Ich kann mir aber nicht vorstellen, dass ein Handy allein reicht. Und falls doch – wie ist es dann bitte schön unters Sofa gekommen? Das steht fast zwei Meter entfernt von der Stelle im Zimmer, an der der Anwalt lag.«

»Vielleicht hat Paul Schneider es in seinem Todeskampf von sich geschleudert, und es ist dann unter das Sofa gerutscht?«

»Das glaube ich nicht. Ich denke, etwas an dieser Geschichte ist faul. Ziemlich faul.«

Martin Felix stand auf. »Ich werde mich also über Herzschrittmacher informieren.«

Ein Kollege vom Erkennungsdienst streckte den Kopf zur Tür herein. »Ein Fax für die gnädige Frau«, sagte er in herablassendem Ton.

Iris sparte sich eine bissige Antwort. Sie streckte nur die Hand aus. Der Schweizer Erkennungsdienst hatte die genaueren Daten zu Klara Satorius nachgeliefert. Oder Klara Bernauer, so hieß sie nämlich eigentlich. Klara Bernauer, geboren im Januar 1959. Bei der Kantonspolizei Aargau war sogar eine entsprechende Vermisstenanzeige mit der Bitte um Hilfe bei den Nachforschungen der Kollegen aus dem Tessin eingegangen. Dort hatte sie offensichtlich zuletzt gelebt. Klara Bernauer, verheiratet mit Werner Bernauer. Sie war seit Jahren Witwe. Eine Tochter mit Namen Lara war schon bald nach der Geburt gestorben. Mit Mädchennamen hieß sie Klara Stöcklin. Sie war die Tochter von Erika und Mathias Stöcklin. Erika Stöcklin hatte dann in zweiter Ehe Franz Satorius geheiratet.

Der PC spuckte schnell die weiteren Daten der Beteiligten aus: Franz Satorius, geboren 1921 in Weimar, in erster Ehe verheiratet mit der um vier Jahre jüngeren Theresa, geborene Trautmann. Theresa hatte einen Sohn mit in diese Verbindung gebracht. Max, geboren 1961. Er blieb nach der Scheidung bei der Mutter. Mutter und Sohn lebten einige Jahre nur wenige Häuser von Franz Satorius, seiner zweiten Frau Erika und deren Tochter Klara entfernt. Theresa hatte ihren Mädchennamen Trautmann wieder angenommen und war 1972 gestorben.

Trautmann. Er tauchte in beiden Fällen auf. Und er hätte im

Fall Schneider ein lupenreines Mordmotiv gehabt, das belegten die Akten des Anwalts. Sie hatte den Ordner mit der Aufschrift Trautmann gleich nach dem Besuch heute Morgen durchgeblättert. Paul Schneider hatte vorgehabt, im Namen seiner Klientin Margit Trautmann schwere Geschütze gegen ihn aufzufahren. Das grenzte schon fast an Erpressung. In dem Entwurf eines Schreibens hatte er Max Trautmann gedroht. Entweder der zahlte, oder seine Frau werde Anzeige erstatten. Wegen Mordversuchs. Wenn das kein Mordmotiv war!

Jedenfalls dann, wenn Max Trautmann von der geplanten Anzeige gewusst hatte. Vielleicht war Max Trautmann doch kein netter Mensch – oder seine Exfrau ein Biest, das mit Zähnen, Krallen, Verleumdungen und Erpressung kämpfte. Rosenkrieg hieß so etwas doch. Sollte Schneider sich wirklich umgebracht haben, bevor ein solch brisanter Schriftsatz verschickt war? Vielleicht hatte der Anwalt ihm am Telefon davon erzählt und damit sein Schicksal besiegelt? Oder Margit Trautmann, sie war mit Sicherheit in diese Pläne eingeweiht gewesen? Doch warum hatte sie bei der Vernehmung nichts davon erwähnt?

Und dann war da die Aussage einer Nachbarin von Schneider. Demnach hatte er wirklich eine Geliebte, wie es auch schon seine Sekretärin Herta Döbele behauptet hatte. Diese war jedoch immer erst sehr spät abends gekommen. Die Zeugin wusste nicht, wie sie hieß. Also war der verstorbene Paul Schneider keineswegs so einsam und verlassen gewesen wie er es in seinem Abschiedsbrief glauben machen wollte. Es passte wirklich nichts zusammen. Das Bindeglied hieß jedenfalls Max Trautmann. So viel war sicher. Sie musste ihn noch einmal vernehmen.

Am Abend stand sie zusammen mit Martin Felix wieder vor der Haustür Trautmanns.

»Bleiben Sie unten, ich rede allein mit ihm«, erklärte sie dem Glücklichen. Der wollte Einspruch erheben. Sie blockte ab. »Ich glaube, allein habe ich eher eine Chance, ihn zum Reden zu bringen. Also, bleiben Sie unten. Dort oben kann mir nichts passieren. Der Killer wird wohl kaum in Max Trautmanns Wohnung auf mich lauern.«

Martin Felix beachtete den Clown nicht, der da aus dem Rebstock kam. Es war wohl ein Tourist, der sich auf der Laufenburger Städtlefasnacht vergnügen wollte. Er ging an den hölzernen Stand neben dem oberen Brunnen und orderte Klöpfer mit Brot und scharfem Senf. Eigentlich mochte er keine Würstchen, Klöpfer aber schon. Dazu bestellte er sich eine Halbe.

Bowie mischte sich unter die Menschen, die eine Bude weiter standen und wartete. Sie würde bald wieder aus der Wohnung des Säufers kommen. Er hatte keine Bedenken, dass Max Trautmann ihr etwas erzählen könnte. Und wenn, dann war es auch einerlei. Es war zu spät für sie, ihr Schicksal abzuwenden. Er war bereit.

11

Max stellte fest, dass er einen ekelhaft modrigen Geschmack im Mund hatte. Er holte sich in der Küche ein Glas mit Leitungswasser und goss die letzte Pfütze Rotwein hinein. Auf dem Computerbildschirm stand: *Sie starb an seinem Begehren.*

Er starrte den Satz eine Weile lang an, ohne selbst zu verstehen, was er da eigentlich geschrieben hatte. Seine Nase schmerzte noch immer. Doch er würde nicht zum Arzt gehen. Er betrachtete die Schmerzen als eine Art gerechte Strafe dafür, dass er Iris Terheyde nicht gewarnt hatte. Zum tausendsten Mal drehte sich das Karussell der Angst und des schlechten Gewissens. Etwas sagen. Nichts sagen. In seinem Hinterkopf lungerte noch irgendwo die Erinnerung an das Klingeln herum. Halb abwesend öffnete er.

Er blickte direkt in die lächelnden grüngrauen Augen der Birkenstockfrau. Dieses Mal war sie allein. »Darf ich hereinkommen?«, fragte der relativ volle Mund in dem immer noch teigigen Gesicht. Er war jetzt in Pink nachgezogen. Max fand, die Farbe stand ihr nicht.

Er trat zur Seite, erstaunt, dass sie schon wieder bei ihm auftauchte.

Sie sah sich neugierig um. »Sie haben immer noch nicht aufgeräumt«, stellte sie fest. »Waren Sie beim Arzt? Ihre Nase ist völlig blau und geschwollen. Sie sieht gebrochen aus, sie muss gerichtet werden. Wenn Sie nicht bald etwas unternehmen, werden Sie keinen Schönheitswettbewerb mehr gewinnen.«

Max versuchte ein Grinsen. »Das hätte ich auch vorher nicht. Sobald Fasnacht vorbei ist, gehe ich zum Doktor. Schon wieder Fragen? Was kann ich dieses Mal für Sie tun?«

Sie antwortete nicht, sondern schlenderte zum Computer hinüber. »Oh, Sie schreiben? Krimis? Oder Pornos?«

»Ich glaube, richtige Pornos kann man nicht schreiben. Höchstens Erotik. Aber das ist weder ein Krimi noch ein Porno. Eher ein Versuch, eine Kurzgeschichte. Der Anfang. Ich komme damit noch nicht gut zurecht. Normalerweise verfasse ich Westernromane. Unter Pseudonym. Oder Haikus.«

Jetzt hatte er ihre volle Aufmerksamkeit. »Haikus. Wie spannend. Das habe ich auch schon versucht. Aber es ist nichts daraus geworden. Darf ich mal eines von Ihnen lesen?«

Die Frage war ziemlich peinlich. Er konnte Iris Terheyde ja schlecht mitteilen, dass seine Frau alle seine Haikus zerstört hatte. Obwohl, warum eigentlich nicht. Er erklärte es ihr.

»Oh«, sagte sie noch einmal. »Das war aber nicht – nett.«

Max stimmte ihr stumm zu. Er kramte auf seinem Schreibtisch und reichte ihr ein Blatt Papier. »Eines habe ich noch«, sagte er schließlich zögernd. Er sagte ihr nicht, dass sie seine Muse gewesen war.

»Gänseblümchen blüht
zwischen Halmen. Kaum jemand
sieht den Sternenkranz.«

Sie las die Worte langsam und halblaut vor sich hin. So, als lasse sie ein Karamellbonbon auf der Zunge zergehen. »Schön«, stellte sie dann schlicht fest. »Es erinnert mich etwas an Issa.«

Max starrte sie perplex an. Diese Frau war erstaunlich. Nicht nur, dass sie wusste, was ein Haiku war, und manchmal selbst welche schrieb. Sie kannte sogar Issa, diesen begnadeten Dichter.

»Darf ich jetzt einmal eines von Ihren lesen? Ein Haiku für ein Haiku, gewissermaßen?«

Zu seiner Überraschung errötete sie leicht. »Ich weiß nicht so recht. Ich bin im Gegensatz zu Ihnen nur eine Dilettantin, keine Schriftstellerin.«

Max konnte sich nicht helfen, er war geschmeichelt. »Jeder fängt mal an«, erwiderte er und hätte sich gleich darauf dafür ohrfeigen können. Das klang so von oben herab. Sie schien es nicht zu bemerken, sondern sah sich wieder in seinem Zimmer um.

»Darf ich Ihnen dieses Mal einen Kaffee anbieten? Ich habe aber gerade leider keine Milch im Haus.«

Sie schüttelte den Kopf. Sie hatte die mausblonden Haare zu

einem Pferdeschwanz zusammengebunden, der bei dieser Bewegung leicht hin und her schwang. Max fand ihn etwas dünn, aber die Frisur stand ihr. Sie machte ihr Gesicht schmaler.

»Beinahe hätte ich vergessen, warum ich gekommen bin. Ich wollte Ihnen nur schnell etwas mitteilen, und da Ihre Wohnung auf meinem Weg liegt, bin ich eben heraufgekommen. Es scheint so, als habe Paul Schneider, Sie wissen schon, der Anwalt Ihrer Frau, Selbstmord begangen. Unsere Pathologie sagt, er hatte eine Herzkrankheit. Unheilbar. Nicht mehr zu retten. Ja, das war es, was ich Ihnen sagen wollte. Außerdem gibt es einen Abschiedsbrief. Jetzt muss ich aber gehen.«

Sie zögerte einen Moment, so als warte sie auf eine Reaktion von ihm. Dann drehte sie sich um und eilte zur Tür. »Ich habe mich hier schon viel zu lange aufgehalten.«

»Da bin ich aber erleichtert«, sagte Max unvermittelt. Er fragte sich gerade, warum sie ihm diese Geschichte erzählt hatte. Gleich darauf wurde er sich bewusst, wie dumm diese Bemerkung gewesen war. Schließlich entbehrte die Angelegenheit nicht einer gewissen Tragik. Obwohl er diesem Schneider den Tod irgendwie gönnte. Glücklicherweise hatte Kommissarin Terheyde seine Bemerkung wohl nicht mehr gehört.

Da läutete es erneut. Max stöhnte auf. Vor der Tür stand schon wieder das Gänseblümchen. »Ich habe noch etwas vergessen«, erklärte sie. »Kennen Sie eigentlich eine Lara?«

Max zog ein ernsthaftes Gesicht wie jemand, der nachdenkt. Er hatte alle Mühe, sich nicht anmerken zu lassen, dass er bei diesem Namen innerlich zusammengezuckt war. Er ließ zwei oder drei Sekunden verstreichen, dann schüttelte er den Kopf. »Nein, nicht dass ich wüsste. Aber der Name kommt mir bekannt vor. Ach ja, so hieß die weibliche Hauptfigur in ›Doktor Schiwago‹. Das ist übrigens ein gutes Buch. Das sollten Sie lesen. Warum, was ist mit dieser Lara?«

Iris Terheyde zuckte die Schultern. »Das weiß ich nicht. Es ist nur ein Name. Ein Name, den Ihre Stiefschwester dabeihatte, als sie sich von der Brücke gestürzt und umgebracht hat. Wir haben sie jetzt sicher identifiziert.«

Er griff nach dem Türrahmen, war kreidebleich. »Dann brauchen Sie mich wohl nicht mehr für die Identifizierung, nicht wahr?«

»Nein, wohl nicht. Was war zwischen Klara und Ihnen? Oder zwischen Klara und Franz Satorius? Sie haben auf diese Frage keine Antwort gegeben.«

»Bitte. Bitte lassen Sie mich endlich in Ruhe. Und lassen Sie Klara in Frieden ruhen. Bitte.«

»Kümmern Sie sich um die Beerdigung?«

»Beerdigung?«

»Ja, jetzt, wo wir wissen, wer die Tote ist, kann sie beerdigt werden.«

»Es ist doch Fasnacht«, wandte er ein.

»Aber die Menschen sterben trotzdem.« Damit ging sie die Treppe hinunter.

Max klammerte sich noch immer am Türrahmen fest, als sie schon längst aus seinem Blickfeld verschwunden war. Wie sollte er es schaffen, Klara zu beerdigen? Klara, seine Klara lebte. Sie war nicht tot. Das würde er niemals akzeptieren. Das da im Fluss, das war eine andere Klara.

Er sackte zusammen. Irgendwann hatte er sich so weit gefasst, dass er zurück in seine Wohnung gehen konnte. Sein Verstand begann wieder klarer zu arbeiten. Er hatte erneut geschwiegen. Über so vieles. Auch darüber, dass Iris Terheyde in Lebensgefahr schwebte.

Bowie sah sie aus dem Haus kommen. Beim Brunnen stand inzwischen ein ganzer Pulk von Menschen. Er tastete nach dem Messer am Gürtel, drängte sich durch die Feiernden.

Sie machte es ihm leicht, blieb stehen, schaute sich um und winkte. Er versuchte, näher zu ihr zu kommen, fluchte, weil sich eine Mutter mit Kinderwagen zwischen sie drängte. Ein dreijähriger Knirps hing an ihrem Rockzipfel und blies begeistert in eine gelbe Kindertröte mit rotem Mundstück. »SWR« stand darauf.

Jetzt. Jetzt war er ihr ganz nahe. So nahe, dass sie eigentlich seinen Atem in ihrem Nacken spüren musste. Sie roch nach Seife, Deo und ein wenig nach Schweiß. Sie roch sehr weiblich. Er atmete ihren Duft tief ein. Hoffentlich drehte sie sich bald um, damit er ihr in die Augen sehen konnte. Sie waren grüngrau, er erinnerte sich. Fast wie seine eigenen. Ihn überflutete ein zärtliches Gefühl für diese Frau, eine Zärtlichkeit geboren aus der Macht über ihr Leben. Die anderen Menschen in der Straße waren ausgeblendet. Es gab nur noch ihn und sie. Ihr Pferdeschwanz schwang hin und her, als sie ihrem Partner zuwinkte. Der Schönling würde sie nicht mehr erreichen. Aber er. Er war ihr ganz nahe. »Du hast die Drogenkuriere verraten. Zusammen mit Maria«, flüsterte er ihr ins Ohr. Dann hob er die Hand mit dem Messer.

In diesem Moment wurde er von zwei Männern gepackt.

»Sie sind verhaftet. Lassen Sie das Messer fallen.« Bowie wehrte sich nicht. Es war vorbei. Nun hatten sie ihn doch erwischt. Irgendwie war er sogar erleichtert.

Drei untergehakte Betrunkene drängten sich grölend zwischen Bowie und einen der Männer, die ihn hielten. Sie verdeckten Iris Terheyde und den Schönling. Bowie nutzte die Chance, er schnitt den anderen in die Hand. Der ließ ihn mit einem Aufschrei los. Wieselflink verschwand er in der Masse der Menschen und ließ sich mit der Menge treiben.

Eine Viertelstunde später wurde die Altstadt geräumt. Anderthalb Stunden später gab das Landeskriminalamt eine eilig anberaumte Pressekonferenz. Eine weitere Dreiviertelstunde später verbreitete der dpa-Landesdienst Süd-West, LSW, die Nachricht: *»Den vereinten Kräften der deutschen und der schweizerischen Polizei ist es gelungen, einen Mordanschlag auf eine Kommissarin der Lörracher Mordkommission zu vereiteln. Der mutmaßliche Täter ist auf der Flucht. Über das Tatmotiv ist derzeit nichts bekannt. Das Landeskriminalamt überprüft zurzeit Hinweise, wonach der Täter mit der Drogenszene in Verbindung stehen soll.«*

Der erste Mordversuch des Messermanns wurde in der Pressemitteilung nicht erwähnt. Auch nicht, dass es außerdem Hinweise auf einen terroristischen Anschlag gegeben hatte und dass man mittlerweile wusste, wer der Täter war: ein ehemaliger Zirkusartist. Ein Messerwerfer. Das Bowie-Messer hatte die Fahnder vom LKA zu ihm geführt. Der entscheidende Hinweis war von den Schweizer Kollegen gekommen. In den deutschen Datenbanken war Bowie nicht zu finden. Allerdings ahnten sie noch immer nicht, warum er versuchte, Iris Terheyde zu ermorden. Die Suche in den Akten ihrer ehemaligen Fälle hatte bisher noch nichts erbracht. Auch die Fahndung nach Bowie verlief ergebnislos.

Eine weitere Stunde später kehrten die ersten Nachtschwärmer in die Laufenburger Altstadt zurück, umlagerten die Buden und Stände. Es gab viel zu besprechen. Das Bier floss. Der Südwestrundfunk kam ebenfalls und interviewte Menschen, die so gut wie nichts gesehen hatten. Die meisten erfuhren erst auf diese Weise von dem Mordversuch an der Kommissarin.

Bowie kletterte steif aus dem Rhein. Er zitterte am ganzen Körper. Er hatte wieder die Treppen zum Fluss hinunter genommen, war am Ufer entlanggelaufen, weiter Richtung Westbahnhof. Bei der Stele in der Nähe der Codmananlage war er in den Rhein gestiegen und hatte sich unter dem Bootsanleger versteckt, bis die Luft rein war.

12

Max Trautmann hörte übers Radio von der missglückten Festnahme. Es besaß keinen Fernsehapparat. Die Nachricht kam wie eine Erlösung. Nun wussten sie von dem Messermann. Endlich musste er keine Schuldgefühle mehr haben. Er schlief tief und fest. Irgendwann träumte er in dieser Nacht vom Fasnachtsmontag auf Fasnachtsdienstag von sonnenbeschienenen Gänseblümchenwiesen und einem Paul Schneider, der wie ein Wilder darauf herumhüpfte. Er fand das sogar im Traum merkwürdig.

Draußen, unter den Arkaden auf der anderen Straßenseite, hielt wieder der Mann mit dem Kaschmirmantel seine einsame Wache. Gegen drei Uhr morgens wurde er von der älteren Frau abgelöst.

Am nächsten Morgen erwachte Max davon, dass ihn die Sonne an der Nase kitzelte. Es war ein guter Morgen. Strahlend und hell. Max sprang förmlich aus dem Bett. Er fühlte sich so glücklich und ausgeglichen wie schon lange nicht mehr. Seine Nase schien sich zu bessern. Wenn er vorsichtig atmete, konnte er sogar schon etwas tiefer Luft holen. Es wunderte ihn überhaupt nicht, dass dieser Tag gleich zwei gute Nachrichten brachte.

Die erste kam über das Telefon. Ein Kunde aus Norddeutschland, von dem er schon lange nichts mehr gehört und der von süddeutschen Fasnachtsferien offenbar keine Ahnung hatte, bestellte einen Flyer und einen neuen Prospekt. Überhaupt, fand der Kunde, müsse er mit Max einmal über ein neues Erscheinungsbild seines Werbeauftritts diskutieren. Er habe das Gefühl, der sei eher altbacken, benötige mehr Pfiff. Max fand das auch.

Die nächste gute Nachricht brachte sein Vermieter. Persönlich. Emil Steinbrenner, klein, rund, mit etwas verkniffenen Augen, stand er plötzlich vor der Wohnungstür. Max hatte es in seiner Freude über den möglichen Auftrag völlig versäumt, vorsichtshalber durch den Türspion zu schauen, und gedankenverloren geöffnet. Bei Gläubigern wie seinem Vermieter war er zurzeit lieber nicht zu Hause.

Erstaunlicherweise hatte Emil Steinbrenner einen Bonsai-Ficus-Benjamini im Arm, eine Weinflasche in der Hand und ein Strahlen auf dem Gesicht. »Darf ich hereinkommen?«, fragte er eifrig.

Max nickte misstrauisch und trat zur Seite.

»Ich hatte noch nie einen Mieter, der gleich ein ganzes Jahr Miete im Voraus bezahlt hat.«

Max war völlig perplex.

»Stimmt etwas nicht? Geht es Ihnen nicht gut?«, erkundigte sich Emil Steinbrenner besorgt.

Max fixierte die leicht glänzende, von einem weißen, schütteren Haarkranz umgebene Oberkopfglatze seines Besuchers und versuchte, die Fassung wiederzugewinnen. Er wusste nichts von bezahlter Miete.

»Nein, es ist nur – ich habe seit zwei Tagen einen verdorbenen Magen. Ich muss etwas Schlechtes gegessen haben«, brachte er schließlich heraus.

»Oh!«, Emil Steinbrenners Mund wurde wirklich zu einem einzigen großen O. »Das tut mir aber leid!« Er marschierte zu Max' Schreibtisch und stellte den Bonsai-Ficus und die Flasche Wein darauf. Es war der einzige freie Platz. »Dann will ich auch nicht länger stören. Sie sehen wirklich blass aus.«

Er zögerte, wartete noch auf eine Antwort von Max. Als dieser nur nickte, verließ er die Wohnung ohne ein weiteres Wort. Emil Steinbrenner wirkte eindeutig enttäuscht. Er hatte offensichtlich mehr über diesen plötzlichen Geldsegen wissen wollen.

Max auch. Deswegen ließ er den heißen Frühstückskaffee auf der Küchenanrichte stehen. Eilends schlüpfte er in seine Jeans, sein kariertes Lieblingshemd, in die an den Hacken schon etwas abgetretenen braunen Cowboystiefel, die abgeschabte cognacfarbene Wildlederjacke mit den speckigen Ärmeln und einem Innenpelz aus imitiertem Schaf und spurtete zur Bank. Es war nicht weit. Nur über die Straße. Wenn er sich beeilte, dann konnte er es gerade noch schaffen, bevor die Filiale schloss. Am Fasnachtsdienstag wurde hierzulande nachmittags nicht gearbeitet.

Max hatte kein Auge mehr für den klaren, schon mild-warmen Februartag.

Die nette Dame in der Bank konnte ihm allerdings nur wenig weiterhelfen. »Ich frage mal nach«, antwortete sie auf die Frage, ob von seinem Konto Geld auf das Konto seines Vermieters überwiesen worden sei, und verließ das Plastikpult im ziemlich neuen Service-Center der Bank. Service-Center, das hieß einfach, die Kunden wurden ermutigt, ihre Bankgeschäfte mit Hilfe von Automaten zu erledigen. Die lange Holztheke hatte zwei zerbrechlich wirkenden Plastikpulten Platz gemacht, der Teppichboden breitete sich jetzt vornehm blau aus, und der Personalbestand war verschlankt, also verringert worden. Max hatte bis jetzt noch nicht feststellen können, wer oder wie viele der Angestellten entlassen worden waren. Er ging momentan nicht sehr oft in die Bank. Mangels Geldes gab es keinen Grund.

Die Angestellte kam zurück und hielt ihm mit der bedruckten Oberfläche nach unten einen Kontoauszug entgegen. Er drehte ihn um. Dann las Max die Summe und begriff überhaupt nichts mehr. Die Zahl war einfach zu utopisch. Er betrachtete sie wie in Trance. Die Nullen brauchten eine Weile, bis sie in seinem Verstand angekommen waren. Laut Auszug hatte ihm ein Axel Freudenreich, Rechtsanwalt, Lörrach, zweihundertfünfzigtausend Euro überwiesen. Das konnte nicht sein.

»Sie sollten das Geld gut anlegen«, riet ihm die Bankdame. Diese Worte waren wohl das Ende einer längeren Rede mit guten Ratschlägen. Max hörte den Satz nur noch im Hinausgehen.

Zu Hause öffnete er die Flasche Wein, die sein Vermieter Emil Steinbrenner mitgebracht hatte. Dann machte er sich daran, seine Wohnung aufzuräumen. Er musste Klarheit in seine Gedanken bringen, überlegen, was er jetzt tun sollte. Einfach stillhalten und abwarten? Oder das Geld sofort abheben und nach Brasilien auswandern, bevor jemand den Irrtum bemerkte? Oder sich mit dem Anwalt in Verbindung setzen? Vielleicht war es ja gar kein Irrtum, und er wäre dann umsonst für den Rest seines Lebens auf der Flucht! Max hatte Schreckliches über das Seelenleben von Menschen gehört, die auf der Flucht waren. Er räumte und wienerte, saugte und putzte. Sogar die Fenster. Am Ende war die Wohnung ordentlich. Seine Gedanken nicht.

Da fasste Max einen heroischen Entschluss – auch in Anbetracht des Umstandes, dass Margit sicher Anspruch auf einen gehörigen Teil der Summe erheben würde, sobald sie davon erfuhr. Und das würde sie, Max war sich sicher. Selbst auf die Gefahr hin, das Geld wieder zu verlieren, er würde bei diesem Anwalt anrufen. Obwohl er eine Allergie gegen Anwälte hatte und obwohl Fasnacht war. Die Nummer stand im großen Telefonbuch, in dem die Landkreise Waldshut und Lörrach aufgeführt waren. Da: Axel Freudenreich, Rechtsanwalt.

Er zögerte, ehe er zum Telefonhörer griff. Doch. Es war schon richtig so. Auch um den Ausdruck der Enttäuschung auf Margits Gesicht zu sehen, wenn er ihr erklärte, dass das Geld nicht für ihn bestimmt gewesen war. Und überhaupt, wer hatte eigentlich seine Miete bezahlt? Auf dem Kontoauszug stand davon nichts.

Ein Teil von ihm hoffte inständig, dass der Anwalt nicht abnehmen würde. Max war sich durchaus nicht sicher, ob er einen zweiten Anlauf schaffen würde, ein ehrlicher Mensch zu bleiben.

Die Sekretärin am Telefon klang völlig desinteressiert. Sie war offensichtlich nicht erpicht darauf, Arbeit mit einem neuen Klienten zu bekommen. Vielleicht überlegte sie schon, welches Fasnachtskostüm sie an diesem Abend anziehen würde. Als sie jedoch den Namen Trautmann hörte, wurde ihre Stimme sofort sehr freundlich.

»Ach ja, Herr Trautmann, Herr Freudenreich hat schon versucht, Sie zu erreichen, aber Sie sind nicht ans Telefon gegangen. Bitte kommen Sie doch so schnell wie möglich in der Kanzlei vorbei.«

Anderthalb Stunden später saß er Axel Freudenreich gegenüber. Dessen Kanzlei lag in der Lörracher Fußgängerzone, ganz in der Nähe des Marktplatzes. Der Mann musste mindestens schon an die siebzig sein. Er wirkte wie ein Advokat der alten Schule und musterte Max väterlich-wohlwollend, als er hörte, dass dieser nicht die mindeste Ahnung hatte, von wem das Geld auf seinem Konto stammen könnte.

»So, da gibt es also doch noch ehrliche Menschen. Aber das Geld ist wirklich für Sie bestimmt. Als mir der Umschlag übergeben wurde, geschah das mit der Anweisung, die Summe von zweihundertfünfzigtausend Euro sofort an die beigefügte Kontonummer zu überweisen und ein Jahr Miete für sie zu bezahlen, sobald ich vom Tod der Erblasserin erfahren sollte. Die Dame bestand jedoch darauf, auch nach ihrem Tod anonym zu bleiben.« Axel Freudenreich reichte Max einen verschlossenen Briefumschlag »Hier, den soll ich Ihnen geben. Darin wird wohl die Erklärung stehen.«

Max drehte den Umschlag hin und her.

»Interessiert Sie nicht, was darin steht?« Freudenreich war anzusehen, dass er zumindest sehr neugierig war. »Entschuldigen Sie, das geht mich natürlich nichts an.«

Der Briefumschlag war aus Büttenpapier. Er roch ganz leicht nach einem duftigen Parfüm. Max hatte schon lange kein Büttenpapier mehr in der Hand gehalten. Er öffnete den Umschlag ganz vorsichtig.

Heraus kam ein Blatt mit einer Zeichnung. Zwei Strichmännchen, die einander an der Hand hielten. Sie waren mit blauer Tinte gemalt. Darunter stand ein Haiku.

Nur der Mond und ich
sind zurückgeblieben
im kühlen Wind auf der Brücke.

Max bekam eine Gänsehaut. Dieses Gedicht kannte er. Oh, wie gut er es kannte. Es war von Kikusha-ni. Klara und er hatten es einst nachts auf der Brücke deklamiert. Damals hatte er sich noch lebendig gefühlt. Nun war es ein Gruß aus dem Grab. Darunter hatte eine Frauenhand schwungvoll zwei Worte geschrieben. Er erkannte die etwas kindliche Schrift sofort wieder. »*Räche Lara.*«

Max wurde wieder einmal in eine längst vergangene Zeit zurückkatapultiert. Er sah ein junges Mädchen im hellen blauen Sommerkleid, einen dunklen lockigen Kopf, der sich über einen Gedichtband mit Haikus beugte. Er sah, wie die Gardine vor dem offenen Fenster warmen Wind blähte. Er hörte ein fröhliches Lachen. Und er spürte wieder das Glück, das er damals empfunden hatte. Es war begleitet von einem Gefühl der Wunschlosigkeit, von Verbundenheit mit dem ganzen Kosmos. Ja, er erinnerte sich gut. Damals hatte er sich gewünscht, in diesem Moment zu sterben.

Und jetzt wünschte er sich immer noch, er wäre damals gestorben. In gewissem Sinne war er das auch. Nur wenige Wochen später. Als sie verschwand. Und nun war sie tot. Sein Dämon und seine Liebe. Ausgelöscht. Lebte nur noch durch ihn. Durch die Geschichte, die er schreiben würde. Räche Lara. Das war ein Auftrag.

Er musste mit dem Alten sprechen. Franz Satorius wusste mehr über die Geschehnisse. Er konnte ihm bestimmt sagen, warum Klara sich umgebracht hatte. Je mehr Max darüber nachdachte, desto sicherer wurde er sich in diesem Punkt. Irgendetwas rumorte da an jener Stelle, am Rande jenes Abgrundes, an dem das Bewusstsein ins Dunkel des Unbewussten abstürzt. Es war wie ein Name, den man kennt, aber an den man sich einfach nicht erinnern kann, obwohl er furchtbar wichtig ist. Irgendwo, tief in ihm, lauerte ein Krake in einem Morast ohne Grund, ein Wesen, das Bilder von Ereignissen gefangen hielt, an die er sich unbedingt erinnern sollte. Manchmal blubberte aus diesem Sumpf das Bruchstück einer Erinnerung hoch. Doch er konnte es nicht einordnen.

Als er zurück in seiner Wohnung war, griff Max als Erstes zum Telefonhörer. Er wollte Iris Terheyde zum Essen einladen. Sie konnte ihm mehr darüber erzählen, wie Klara gestorben war. Nach diesem Treffen würde er dann den Alten zur Rede stellen. Und wenn sie absagte? Er hatte nicht viel vorzuweisen. Weder an Schönheit noch jugendliche Frische. Geld, ja, das schon inzwischen. Doch das wusste das Gänseblümchen schließlich nicht.

Max musste sich eingestehen: Etwas an ihr faszinierte ihn, sie hatte so eine Art, die ihn berührte. Zum ersten Mal seit langer Zeit fühlte er sich in der Gegenwart einer Frau wieder als Mann.

Er wählte die Nummer der Polizeidirektion Lörrach. Eine

Sekretärin stellte ihn durch. Iris Terheyde ging sofort ans Telefon. Sie klang sehr müde.

»Sind Sie betrunken?«, erkundigte sie sich. Max stritt das ab und brachte sein Anliegen vor. Zu seiner Überraschung sagte sie zu. Und zu seiner noch größeren Verwunderung freute er sich wirklich darüber.

Am Abend des Fasnachtsdienstags um einundzwanzig Uhr ging auf dem Vorplatz des Laufenburger Rathauses der Böög in Flammen auf. Das mit Stroh fett gestopfte Symbol der Fasnacht brannte lichterloh. In der Laufenburger Altstadt kehrte wieder der Alltag ein. Die Männer vom Bauhof fingen an, das Konfetti wegzukehren. Am nächsten Morgen würden die Mitglieder der Narro-Altfischerzunft damit beginnen, die bunten Fasnachtsfähnchen abzunehmen, die an Leinen hoch oben zwischen den Häuserfronten flatterten. Max Trautmann schlief unruhig in dieser Nacht.

13

Es herrschte Aschermittwochstimmung. Der große M. blickte einigermaßen hilflos auf seine einstige Lieblingsschülerin Iris Terheyde und ihren Partner. »Glücklicherweise ist nichts passiert, und wir wissen jetzt, wer es auf Sie abgesehen hat. Doch ehrlich gesagt, ich kann mich nicht so richtig freuen. Das hätte auch schiefgehen können. Wie kommen Sie dazu, sich so in Gefahr zu begeben? Wenn Ihr junger Kollege Martin Felix mir bei meinem Anruf nicht gesagt hätte, wo Sie stecken, hätten Sie auch tot sein können. Sie sind eine erfahrene Beamtin, Sie sollten sich nicht benehmen wie eine blutige Anfängerin. Wahrscheinlich hat Ihnen Felix zum zweiten Mal das Leben gerettet. Kompliment, Kollege, das haben Sie gut gemacht. Der Leitende aus Waldshut schreit übrigens Zeter und Mordio. Leider zu Recht.«

Iris Terheyde nickte. »Ich weiß, dass wir Bescheid sagen und den Leitenden aus Waldshut informieren müssen. Aber ich habe doch beim Staatsanwalt angerufen … Und meine beiden Schutzengel haben mich ja gefunden. Zusammen mit Martin Felix haben sie es ja auch ohne Verstärkung geschafft.«

Sie war für ihre Verhältnisse ziemlich kleinlaut, stellte der große M. fest.

»Doch Sie haben den Leitenden nicht erreicht, und die Büros und Sekretariate der PD Lörrach waren ebenfalls verwaist, oder? Eine bessere Ausrede können Sie sich nicht einfallen lassen? Glücklicherweise war Ihr junger Kollege klüger als Sie und hat uns informiert. Das machte es aber auch nicht viel besser. In der überfüllten Laufenburger Altstadt hätte sonst was passieren können. Wir hatten mehr Glück als Verstand, dass bei der Aktion niemand verletzt worden ist.«

Sie schüttelte den Kopf, streckte dann kämpferisch das Kinn vor: »Es ist doch sowieso unser Fall. Na ja, in gewisser Weise. Die Sache mit der Selbstmörderin von der Brücke und der Tod des Anwalts in Rheinfelden hängen zusammen. In beiden Fällen taucht jedenfalls der Name Max Trautmann auf. Außerdem: War ich nun der Lockvogel oder nicht? Mit einem Rattenschwanz von Beamten an meinen Hacken hätte der Killer mich nie und nimmer angegriffen. Immerhin wissen wir jetzt, dass wir wahrscheinlich nicht nach einem Terroristen suchen, sondern nach einem Mann, der es auf mich abgesehen hat. Nach einem Selbstmordattentat sah das auf keinen Fall aus. Wenn ich mir auch beim besten Willen nicht vorstellen kann, warum dieser Mann mich umbringen will. Er hat mir irgendwas ins Ohr geflüstert, aber das konnte ich nicht richtig verstehen. Es muss jedoch etwas mit Drogenkurieren zu tun haben. Ich habe allerdings noch nie gegen einen Zirkusartisten ermittelt, schon gar nicht in einem Drogenfall.«

Der Leiter der Lörracher Mordkommission musste unwillkürlich grinsen. »Wir haben in Ihren alten Fällen auch keinen Hinweis darauf gefunden. Und die Akten der Schweizer geben dazu ebenfalls nichts her. Es ist schon alles durchforstet worden. Aber irgendetwas hat er gegen Sie, das ist klar. Es muss einen Zusammenhang mit einer Drogenfestnahme geben, bei der Sie irgendwie beteiligt waren. Denken Sie nach! Haben Sie vielleicht Informationen an Kollegen weitergegeben?«

»Informationen? Nein. Wann sollte das gewesen sein? Wenn, dann dürfte der Fall noch nicht allzu lange zurückliegen. Sonst wäre dieser Messerwerfer ja früher aufgetaucht. Mir fällt in diesem Zusammenhang nur der Fall ein, an dem Sie vor drei Jahren gearbeitet haben. Damals habe ich doch diesen Tipp bekommen, wann die Kuriere über die Grenze kommen sollten. Aber an einen Messerstecher erinnere ich mich nicht. Die Informantin war eine Frau.«

»Sie meinen, als wir die Drogenkuriere an der Grenze festgenommen haben. Darunter war, glaube ich, ein gesuchter Mörder, ein Serbe. Es ging um einen europaweit agierenden Schieber-, Drogenschmuggler- und Menschenhändlerring, aufgezogen von Ex-Soldaten aus dem Jugoslawien-Krieg. Die Drogen sollten offenbar über die Schiene Balkan, Italien und Schweiz, dann über die grüne Grenze am Rhein nach Deutschland und weiter nach Norden transportiert werden. Bei Razzien in Italien wurde jede Menge Heroin, kiloweise Hasch und Tüten voll Pillen gefunden.

Ein Messerwerfer? Ich werde mir die Akte noch mal anschauen. Aber noch etwas anderes, haben Sie endlich mit den Leuten vom LKA geredet?«

Sie schüttelte den Kopf. »Die haben aber auch nicht angerufen.«

»Und wann bitte hätten die Leute vom LKA das tun sollen? Ohne die regelmäßigen Positionsmeldungen des Kollegen Felix hätten wir überhaupt nicht gewusst, wo Sie stecken. Es gibt Regeln für die Polizeiarbeit, und das nicht ohne Grund. Auch Sie sollten das langsam beherzigen.«

Sie schaute hinüber zu Martin Felix und versuchte ein dankbares Lächeln. Es glückte nicht so recht. Vielleicht hatte er ihr ja tatsächlich das Leben gerettet. Trotzdem. Der Gedanke, dass er hinter ihrem Rücken den großen M. über ihre Aktionen informiert hatte, gefiel ihr nicht.

»Übrigens, in Waldshut-Tiengen können sie die Akte im Fall Lara nicht finden. Wissen Sie vielleicht zufällig, wo sie ist?«

Iris setzte ihren unschuldigsten Blick auf.

»Wo immer Sie künftig hingehen, Sie informieren alle, die es angeht, und halten sich an die Dienstordnung. Ich verlasse mich auf Sie«, polterte der große M. »Sie beide nehmen außerdem für den Rest des Tages Urlaub«, erklärte er Martin Felix und seiner Chefin, als mache er einen Vorschlag. Aber es war kein Vorschlag. Es war eine Anordnung. Iris Terheyde hatte trotzdem keineswegs vor, heimzugehen. Und das Treffen mit Max Trautmann war wieder haarscharf am Dienstweg vorbei. Vielleicht gelang es ihr ja in lockerem Rahmen, ihn aus der Reserve zu locken.

Sie ging in ihr Büro und setzte sich gedankenverloren an ihren Schreibtisch. Der ergonomisch wertvolle Drehstuhl wackelte. Sie versuchte, ihren erschöpften Geist dazu zu bewegen, klar zu denken. Auch mit Routine war Todesangst nicht einfach wegzudrücken. Das Zittern begann immer erst hinterher – sobald Zeit war, darüber nachzudenken, was alles hätte passieren können.

Nichts da. Sie musste sich mit der Gegenwart beschäftigen. Zunächst zu Schneider. Eines war inzwischen klar: Ein Herzschrittmacher konnte mithilfe eines starken elektromagnetischen Feldes aus dem Takt gebracht werden, zumindest wenn er älteren Datums war, so wie der des Rheinfelder Anwalts. Theoretisch. Martin Felix hatte auf der Internetseite des Bundesamtes für Strahlenschutz jedenfalls einen interessanten Hinweis gefunden. Das Blatt lag vor ihr. Sie studierte den Text zum wiederholten Mal, dankbar über die Ablenkung. Aber so ganz begriff sie die Zusammenhänge immer noch nicht. Also, ganz langsam.

Das Bundesamt für Strahlenschutz machte jedenfalls folgende Aussage: *»Starke elektromagnetische Felder können elektronische Implantate, beispielsweise Herzschrittmacher, in ihrer Funktion beeinflussen. In der Regel werden Herzschrittmacher dabei auf eine feste Frequenz umgeschaltet. Der Schrittmacherpatient spürt meist eine solche Beeinflussung nicht. Eine Lebensgefährdung durch Störbeeinflussung ist sehr selten; sie kann im Alltag nur beim Zusammentreffen mehrerer ungünstiger Einflüsse auftreten.«*

Martin Felix kam ins Büro. »So, noch immer da?«

Sie ließ sich nicht ablenken. »Was könnte das heißen, ›Zusammentreffen mehrerer ungünstiger Einflüsse‹? Falls es bei Paul Schneider wirklich dazu gekommen ist, welche könnten das sein?«

»Hat jemand diese Umstände für ihn hergestellt, meinen Sie wohl? Ich habe mit einigen Kardiologen telefoniert. Von solch einem Mord oder Selbstmord hat jedenfalls noch keiner der befragten Mediziner gehört. Ich werde aber noch in der Herzklinik in Bad Krotzingen nachfragen.«

»Gute Arbeit, Kollege.«

Martin Felix musterte sie verblüfft.

»Na ja, und – danke. Vielleicht werden wir ja doch noch ein gutes Team. Jedenfalls hätte ich ohne Sie ziemlich in die Bredouille kommen können.« So, das war aber nun wirklich das höchste der Gefühle an Entschuldigung. Sie lächelte ihm zu.

Martin Felix sagte glücklicherweise nichts. Iris las weiter.

»Es gibt dabei zwei grundsätzliche Möglichkeiten der Störung: elektrische, magnetische und elektromagnetische Felder wirken direkt auf die Elektronik des implantierten Gerätes ein und verursachen eine Fehlfunktion, Blockierung oder Zerstörung des Gerätes.

In den Elektroden, die mit dem Implantat verbunden sind, wird durch die Felder oder durch die Felder erzeugten Körperströme eine Spannung induziert, die zu einer Fehlfunktion oder Blo-

ckierung des Herzschrittmachers führt. Elektrische Signale dieser Art werden als Störspannung bezeichnet.

Herzschrittmacher sind funktionsbedingt speziell für pulsförmige Signale empfindlich, und zwar besonders im Frequenzbereich des Herzschlages. Die im Körper verlegte Elektrode des Schrittmachers wirkt gegenüber elektromagnetischen Feldern als Antenne. Die Elektronik von Herzschrittmachern ist für die Verarbeitung schwacher, niederfrequenter elektrischer Signale ausgelegt. Von außen einfallende Hochfrequenzfelder werden jedoch je nach Gerät unterschiedlich stark intern gleichgerichtet. Dies kommt einer Demodulation, d.h. Trennung eines Signals von seinem hochfrequenten Trägersignal, gleich. Durch derartige Überlagerungen kann es zur Beeinflussung der Funktion von Herzschrittmachern kommen.«

»Es ist also möglich, einen Herzschrittmacher zu stören. Durchaus möglich. So viel verstehe ich.« Iris Terheyde kaute am Nagel ihres Ringfingers.

Martin Felix nickte. »Ja, laut gängiger Meinung der Wissenschaft ist das durch die sogenannten pulsmodulierten hochfrequenten Felder möglich. Also auch durch digitalen Mobilfunk. Experimente haben offenbar gezeigt, dass die Häufigkeit der Störfälle mit der Empfindlichkeit des Herzschrittmachers und der Verringerung der Distanz zwischen Schrittmacher und Handy zunimmt.«

»Stimmt, hier steht: ›*Bei der Einstellung der maximalen Empfindlichkeit der Herzschrittmacher kommt es in 40 Prozent der Fälle zu einer Störung durch das Handy.*‹ Es wurden demnach zweihunderteinunddreißig Typen von Herzschrittmachern daraufhin getestet, wie sie durch unterschiedliche Mobilfunknetze gestört werden können. Und dabei kam unter anderem heraus, dass das D-Netz gefährlich werden könnte, zumindest bei einem Drittel der Geräte und besonders in der Phase des Gesprächsaufbaus.«

Martin Felix hakte ein. »Deshalb die Empfehlung, dass der Abstand zwischen Handy und Herzschrittmacher mindestens zwanzig Zentimeter betragen sollte. Aber hören Sie auf, an den Nägeln zu kauen.«

Iris kaute trotzdem an den Nägeln. »Halten Sie sich da raus. So kann ich besser denken. Das Handy, das wir gefunden haben, lag aber weiter als zwanzig Zentimeter von Schneider weg. Meinen Sie, er könnte es doch im Todeskampf von sich geworfen haben?«

»Ausgeschlossen ist das nicht. Dazu müssten wir noch einmal den Gerichtsmediziner fragen. Bleibt aber immer noch die Frage, woher das Handy gekommen sein soll. Und wie dann der Abschiedsbrief in seine Hand geraten ist.«

»Fassen wir mal zusammen. Theorie eins, Selbstmord. Die Sekretärin täuscht sich, der Anwalt hatte ein Handy. Um sich umzubringen, müsste er es also nahe an seinen Herzschrittmacher gehalten haben. Der Schrittmacher kam aus dem Tritt, das Herz blieb stehen, und Schneider schleuderte das Telefon dann im Todeskampf von sich, sodass es bis unter das Sofa flog. Aber kann denn ein Handy allein ausreichen, einen solchen Schrittmacher außer Funktion zu setzen? Kennen wir überhaupt den genauen Typ von Schneiders Schrittmacher? Theorie zwei können wir ausschließen: Der Tod von Paul Schneider ist genau zu diesem Zeitpunkt durch ein zufälliges Zusammentreffen von Umständen nach dem Motto ›dumm gelaufen‹ eingetreten.

Also Theorie drei: Da hat jemand manipuliert. Schneider selbst? Trautmann, weil er Angst hatte, wegen Mordversuchs an seiner Frau angezeigt zu werden? Jemand anders? Doch wie sollen wir das beweisen, wenn uns selbst die Wissenschaft keine gesicherten Erkenntnisse dazu liefern kann, weil es einen solchen Fall einfach noch nicht gegeben hat? Verdammt, wir drehen uns im Kreis.« Dieses Mal kaute sie an der Lippe und nicht an den Fingernägeln, während Martin Felix weiterlas.

»Moment mal. Nach Einschätzung eines gewissen Silny ›*können unter praktischen Bedingungen zirka zehn Prozent der bisher implantierten Herzschrittmacher durch Handys gestört werden, wenn das Handy in der Brusttasche oder in der unmittelbaren Nähe von weniger als zehn Zentimetern zum Herzschrittmacher getragen und genutzt wird*‹. Aha, da steht, es soll sogar ein Forschungsvorhaben geben zum ›*Schutz von Personen mit Implantaten und Körperhilfen vor elektromagnetischen Feldern des Mobil-*

funks, UMTS, DECT, Powerline und Induktionsfunkanlagen ... Dabei werden insbesondere die neuen Modulationsarten bei UMTS und die Häufung von Feldquellen (Mehrfachnutzung eines Standortes) berücksichtigt‹«, zitierte Felix.

»Das bringt uns auch nicht weiter. Theorie vier: Ich tippe auf Mord, und zwar absurderweise wegen des Abschiedsbriefes, den Schneider in der Hand hielt. Den hätte er im Todeskampf nämlich ebenso wie das Handy loslassen müssen. Es ist für mich jedenfalls schwer vorstellbar, dass er das Telefon im Todeskampf mit einem gewissen Drive unters Sofa wirft, während seine andere Hand weiter den Brief umkrallt. Wenn, dann hätten sich beide Hände öffnen müssen. Machen Sie der Gerichtsmedizin Dampf. Ich will wissen, ob es dabei bleibt, dass Schneiders Herz einfach stehen geblieben ist, trotz Herzschrittmacher. Und was passiert, wenn bei einem Schrittmacher die Batterie leer ist. Dann werden wir alle Leute abklappern, die gewusst haben könnten, dass Schneider einen Herzschrittmacher hatte.«

Er nickte eifrig. »Es spricht noch etwas für die Mordtheorie.«

»Und was?«

»Diese Post, die verschwunden ist. Jemand muss den Briefumschlag weggenommen haben. Und falls das so war, hatte dieser Jemand dafür einen guten Grund. Vielleicht finden wir ein Mordmotiv, wenn wir den Brief finden.«

»Natürlich, daran hatte ich im Moment nicht gedacht. Es gibt allerdings auch hier eine zweite Möglichkeit. Dieser Umschlag existiert überhaupt nicht, und die Sekretärin hat gelogen.«

»Warum hätte sie das tun sollen?«

»Kollege, das ist eine sehr gute Frage. Vielleicht kam sie ja aus einem ganz anderen Grund zurück. Wir werden sie fragen.« Iris stand auf.

»Und was tun wir jetzt?«

Sie strahlte ihn an. »Wir? Was Sie zu tun haben, wissen Sie ja. Ich nehme mir frei. Sie haben doch gehört, was der große M. gesagt hat.«

Sie hatte zwar ihre Bedenken, aber dennoch beschlossen, sich privat mit Max Trautmann zu treffen. In inoffiziellem Rahmen. Er war und blieb ein Verdächtiger, eigentlich die einzige greifbare Spur, die sie bisher hatten. Doch sie hatte nichts Konkretes gegen ihn in der Hand. Irgendwie sollte es einer in Psychologie geschulten Kommissarin aber möglich sein, ihn zum Sprechen zu bringen. Das LKA – sie schaute auf die Uhr. Es war schon zu spät. Sie würde morgen dort anrufen.

Iris war erstaunt, als sie merkte, dass sie sich auf die Begegnung mit Max Trautmann freute. Und zwar nicht aus dienstlichen Gründen. Sie schob diesen Gedanken schnell wieder beiseite. Hier ging es um Ermittlungen gegen einen Verdächtigen. Privates war fehl am Platz, Gefühle sowieso. Irgendwo erklangen die leisen Schläge einer Kirchturmuhr. Sie schlug sechsmal. Schon so spät. Feierabend. Sie wollte heim, sich noch kurz frisch machen. Heim, wie sich das anhörte. Zurzeit saß sie zwischen allen Stühlen. Morgen musste sie sich eine Bleibe in Lörrach suchen. Sie konnte nicht ewig die Wohnung blockieren, die für das Zeugenschutzprogramm gebraucht wurde. Der Gedanke an einen Umzug machte ihr nicht mehr so sehr zu schaffen wie noch vor wenigen Tagen.

Sie trafen sich wie verabredet um neunzehn Uhr im Restaurant Salmegg im badischen Teil von Rheinfelden, ganz in der Nähe des Grenzübergangs zur Schweiz. Das Haus diente im oberen Teil auch als Stätte für Veranstaltungen und Ausstellungen. Es lag idyllisch am Rhein, direkt neben der alten Rheinbrücke, und bot von oben aus eine wunderbare Aussicht auf den sogenannten Stein, eine Felsenformation im Fluss, auf der früher einmal eine Burg gestanden haben sollte. Besonders bei Dunkelheit war es schön hier. Man konnte hinunter an den Fußgängerweg am Fluss, beobachten, wie sich die Lichter der Häuser im Wasser spiegelten. Wie Laufenburg auch war Rheinfelden eine Doppelstadt, gegründet irgendwann im 13. Jahrhundert, wenn sie sich richtig erinnerte. Die verwinkelte und noch wunderbar erhaltene Altstadt lag in der Schweiz. Sie war um einiges größer als die von Laufenburg. Trautmann hatte den Ort vorgeschlagen.

Er wartete vor dem Lokal auf sie. In der Hand hielt er eine langstielige weiße Rose, mit etwas Asparagus-Grün in einer durchsichtigen Folie arrangiert. Er wirkte verlegen wie ein Konfirmand, als er ihr die Blume entgegenstreckte, den Ellbogen durchgedrückt. Dadurch wurde sein Handgelenk sichtbar, das aus einer ziemlich alten Wildlederjacke ragte. Er sah rührend unbeholfen aus.

Iris nahm die Blume ebenso verlegen in Empfang. Es war lange her, dass sie eine Rose bekommen hatte.

»Weiß ist die Farbe der Unschuld«, sagte sie.

Max Trautmann zog ein betretenes Gesicht. »Oh. Ich wollte weder auf Ihren Beruf anspielen noch auf meine weiße Weste. Ich dachte einfach, eine rote Rose wäre nicht passend, Rosa vielleicht auch nicht. Da habe ich eben Weiß ausgewählt«, erklärte er etwas unglücklich.

Iris fand seine Verwirrung rührend. Endlich einmal ein Mann, der nicht glaubte, er habe die Weisheit mit Löffeln gefressen. Sie lächelte ihn an. »Ich finde, Weiß ist eine gute Wahl.«

Er strahlte. »Da bin ich aber erleichtert.« Genauso sah er auch aus. Mit seinen dicken Brillengläsern wirkte er wie ein kleiner Junge, der bei einer Missetat ertappt worden war und glücklich davongekommen ist. Iris verkniff sich gerade noch ein Grinsen. »Sollen wir nicht hineingehen?«, schlug sie stattdessen vor.

Wieder machte Max Trautmann dieses betroffene Gesicht. »Ja, natürlich, verzeihen Sie«, sagte er eifrig und fasste sie am Ellbogen. Ihr gefiel diese Berührung, sie war so angenehm konservativ.

Max Trautmann ließ sie sofort wieder los. Sie bemerkte, dass er sie von der Seite beobachtete, während sie die Steinstufen zum Eingang des Restaurants hinunterhumpelte. Iris hielt den Kopf gesenkt. Die Haare hatte sie zu einem Mozartzopf zusammengebunden, sie hatte sich sogar die Wimpern getuscht. Sie stolperte und verbiss sich gerade noch einen Schmerzensschrei. Sie hätte doch wieder die Birkenstocksandalen anziehen sollen und nicht die eleganteren Stiefeletten mit den kleinen Absätzen. Auch wenn der Knöchel schon etwas abgeschwollen war. »Gott straft die Eitlen«, hatte ihre Mutter immer gesagt. Zum Teufel mit klugen Sprüchen.

Max Trautmann hielt sie geistesgegenwärtig am Arm fest.

Iris lächelte ihn an. »Das war schon immer so«, stellte sie ohne eine Spur von Selbstmitleid fest. »Ich bin einfach ungeschickt. Ständig habe ich überall blaue Flecke, weil ich gegen jede Ecke renne. Wenn ich einen Knopf annähen will, dann steche ich mich garantiert in den Finger. Wenn ich koche, fällt mir mindestens ein Teller zu Boden. Wenn es nicht der ganze Topf ist ...«

Max Trautmann lachte laut. »Wahrscheinlich sind Sie nur zur Mordkommission gegangen, um keine Zeit zum Kochen zu haben«, flachste er.

Iris nickte. »Wahrscheinlich«, erklärte sie nach einem Seitenblick mit einem undefinierbaren Gesichtsausdruck knapp.

Max Trautmann machte erneut ein betretenes Gesicht. »Oh, ich tappe dafür von einem Fettnäpfchen ins andere.« Er hob das linke Bein und betrachtete die Sohle seines Cowboystiefels. »Es wundert mich, dass meine Füße noch nicht vor Fett triefen.«

»Wenn, dann könnte ich damit bestimmt Schritt halten«, konterte Iris. »Zumindest wenn ich mir nicht gerade den Knöchel verstaucht habe.«

Lachend betraten sie das Restaurant. Ein Kellner kam ihnen entgegen und wies ihnen den reservierten Tisch zu. Er war wie die anderen weiß gedeckt. Die Fenster zeigten zur Rheinpromenade hin. Der Service war ebenso herzlich wie das Essen hervorragend. Sie aßen Rheinsalm. Dazu tranken sie einen ausgezeichneten Grauburgunder.

Das Essen verlief eher schweigsam. Hin und wieder lächelten sie einander über die weiße Rose hinweg zu; der Kellner hatte sie in eine schmale gläserne Vase gestellt. Sie sprachen kurz über das Wetter und kamen überein, dass der kommende Frühling besonders schön werden würde. Falls es weiter sonnig blieb.

»Wie weit sind Sie mit Ihrem Text gekommen?«, fragte Iris schließlich in die Stille hinein.

»Welcher Text?«

»Die Kurzgeschichte, von der ich das letzte Mal bei Ihnen ein Stück gelesen habe. Es klang spannend. Ich würde gerne den Rest lesen.«

Das Gesicht von Max Trautmann verschloss sich. »Ich gebe meine Manuskripte grundsätzlich niemandem zu lesen.«

»Aber als Buch dann schon?«, neckte sie ihn lächelnd.

Sein Gesicht wurde etwas weicher. »Ja, als Buch dann schon.«

»Und wie weit sind Sie? Ist die Geschichte fertig? Der Anfang war zumindest vielversprechend. ›*Sie starb an seinem Begehren*‹«, zitierte sie.

Er schien aufzutauen, wurde plötzlich eifrig wie ein Schuljunge. »Noch nicht weit. Eher ... Na ja, eine kurze Liebesgeschichte, in der ein Mord geschieht. Ich scheitere im Moment daran, dass mir keine gute Mordmethode einfällt. Hätten Sie nicht eine Idee? Sie sind schließlich bei der Mordkommission.«

Sie lachte, scheinbar unbefangen, innerlich jedoch aufs Äußerste konzentriert. »Ich glaube nicht, dass ich eine gute Mordmethode zu bieten habe. Die meisten Fälle, in denen ein Mensch einen anderen umbringt, zumindest die, mit denen ich bisher zu tun hatte, geschahen im Affekt, aus Eifersucht oder im Zorn, um recht zu behalten, das Gesicht oder den guten Ruf nicht zu verlieren. Fast immer ging es um Beziehungen. Insofern ist die Liebesgeschichte keine schlechte Wahl.«

Er nickte, ohne auf ihre letzte Feststellung einzugehen. Er wirkte enttäuscht. »Das bringt mich auch nicht viel weiter. Ich dachte, Sie könnten mir helfen. Aber ich sehe schon, daraus wird nichts.«

»Also deshalb haben Sie sich mit mir treffen wollen? Um mich über Mordmethoden auszuhorchen?«, stichelte sie und hatte den Eindruck, als habe sie mit diesem Satz einen wunden Punkt getroffen. Sie konnte sich nur nicht erklären, welcher das sein könnte. »Haben Sie denn wenigstens weitere Haikus geschrieben?«, fragte sie, um das Gespräch unverfänglich weiterzuführen.

Zu ihrer Überraschung stieg ihm eine leichte Röte in die Wangen. Das war selbst im gedimmten Licht des Restaurants zu sehen. Er nahm seine Serviette vom Schoß und knetete sie. »Ich habe nur eines geschrieben in der letzten Zeit.«

»Das, was Sie mir gezeigt haben, das über das Gänseblümchen?«

»Ja«, bestätigte er und wand sich wie der Stoff in seinen Händen. »Wissen Sie, ich wollte es Ihnen ja nicht sagen. Ich habe es nach unserer ersten Begegnung verfasst. Es ist über Sie.«

»Oh«, meinte dieses Mal Iris Terheyde und errötete wie ein Teenager. »Sie ist bald eine Ziehharmonika«, lenkte sie dann ab und deutete auf die Serviette zwischen seinen Fingern.

Max Trautmann schaute nach unten. »Sie haben recht«, räumte er ein und verstaute das gelb-weiße, einst so glatt gestärkte und nun ziemlich zerknitterte Leinenviereck schleunigst wieder außer Sichtweite auf seinen Knien.

Iris versuchte, das Gespräch in Gang zu halten und es gleichzeitig auf das Thema Mord zurückzuführen. »Aber Sie können mir helfen. Sie sind schließlich Schriftsteller und haben Fantasie. Ich hänge da gerade an einem Fall fest und komme nicht weiter. Vielleicht geht es dabei sogar um Mord.«

Er schaute sie erwartungsvoll an.

»Sie wissen doch, der Anwalt Ihrer Frau, den wir tot aufgefunden haben.«

»Ich dachte, das war Selbstmord. Haben Sie mir das nicht selbst erzählt?«, wandte er erstaunt ein.

»Ja, das dachten wir zunächst auch. Aber inzwischen haben sich einige Zweifel ergeben. Eigentlich dürfte ich ja nicht aus dem Nähkästchen plaudern, aber Sie werden mich bestimmt nicht verraten ...«

»Bestimmt nicht«, versicherte er mit ernster Miene.

»Wir wissen einfach nicht, wie er das angestellt haben könnte. Also, dieser Paul Schneider hatte einen Herzschrittmacher. Trotzdem ist sein Herz einfach stehen geblieben. Ohne einen erkennbaren Grund.«

»Vielleicht war die Batterie leer. Ich vermute doch, dass Herzschrittmacher eine Batterie haben«, antwortete er trocken.

»Hm. Meinen Sie nicht, das ist etwas zu einfach?«

»Keineswegs. Manchmal braucht es keine Fantasie. Manchmal ist der nächstliegende Einfall auch der beste.«

Iris kaute an ihrer Lippe und schnitt sich ein Stück von dem Camembert ab, der auf der üppigen Käseplatte lag.

»Wie stehen Sie zu Franz Satorius?« Bei diesen Worten musterte sie ihn angespannt. Sie hatte den Eindruck, dass er leicht zusammenzuckte. Doch das konnte auch eine Täuschung gewesen sein.

»Wie kommen Sie jetzt auf Satorius?«

»Er hat etwas mit dem anderen Fall zu tun, in dem ich ermittle. Der Toten, die sich von der Brücke gestürzt hat.« Sie bemühte sich, möglichst harmlos zu klingen.

»Haben Sie mich nicht bereits dazu befragt? Klara wird demnächst beerdigt. Können wir die Angelegenheit nicht endlich ruhen lassen? Langsam kommt es mir so vor, als wären wir mitten in einem Verhör.«

Er bemühte sich offenbar sehr, diesen Worten einen unverbindlichen, halb scherzhaften Klang zu geben.

Sie unterstützte ihn mit einem kurzen Kichern. »Wer hat denn hier wen angerufen?«

Er wirkte erleichtert. »Ja, da haben Sie recht.«

»Also, wie stehen Sie zu ihm?«

»Wem?«

Er wirkte irritiert, dass sie nachgebohrt hatte. »Er ist mein Stiefvater. Mehr gibt es dazu nicht zu sagen.«

Seine Stimme klang kalt.

»Sie mögen ihn nicht?«

»Nein, das müsste inzwischen doch klar sein. Was soll das alles?« Er beabsichtigte offenbar nicht, etwas hinzuzufügen.

Da beschloss sie, ihn zu provozieren.

»Wussten Sie, dass Klara schwer krebskrank war? Ich habe gehört, Sie standen sich sehr nahe.«

Für eine Millisekunde sah sie den Schock in seinen Augen.

»Hat der Alte Ihnen von ihr erzählt?«

»Ich weiß auch, dass sie schwanger war, als sie aus Laufenburg verschwunden ist. Warum haben Sie mich angelogen, als ich sie fragte, was der Name Lara bedeutet?«

»Weil ich es wirklich nicht sicher wusste, höchstens ahnte. Der Alte hatte kein Recht, mit Ihnen über sie zu sprechen. Nicht das mindeste Recht.«

»Warum sagen Sie das?«

»Fragen Sie ihn selbst«, erklärte er scharf. Aus dem eben noch zugänglichen, fast fröhlichen Max Trautmann war plötzlich ein verschlossener Mensch geworden, dem man ansah, dass er in diesem Moment nichts anderes wollte als aufstehen und gehen.

Sie hatte es mit ihrer Direktheit vermasselt. Aber eine Frage musste sie noch stellen. Warum sperrte er sich so? Warum blockte er? Wovor versuchte er, sich zu schützen? Oder Klara? Vor verletzten Gefühlen? Sie erinnerte sich daran, was Satorius erzählte hatte: Trautmann sei ihr nachgelaufen. »Haben Sie sie sehr geliebt?«

Er hob den Kopf und schaute sie voll an. In seinen Augen spiegelte sich eine Qual, die sie schmerzte. Sie hätte ihn am liebsten in den Arm genommen und wusste doch, dass er das niemals gestatten würde. Nicht nach diesem Gespräch.

Er fixierte sie noch immer. Seine Stimme klang gepresst. »Und ich dachte, Sie wollten mit mir essen, weil ich Ihnen sympathisch bin. Dabei haben Sie nur die Gelegenheit ergriffen, um mich auszuhorchen. Ich war ein Narr, und ich bleibe ein Narr. Ich dachte, Sie meinen es ehrlich mit mir.« Er machte eine Pause. »Die Antwort ist ja.«

»Haben Sie versucht, Ihre Frau umzubringen?«

»Sind Sie jetzt ganz verrückt geworden? Warum sollte ich das tun?«

»Weil sie Ihre Haikus zerstört hat, weil Sie sie hassen.«

»So ein Blödsinn. Wenn ich mich recht erinnere, habe ich Ihnen das doch selbst erzählt. Ich war einfach nur wütend.«

»Paul Schneider wollte Sie aber wegen Mordversuchs verklagen.«

Seine Stimme war eisig. »Und deshalb habe ich ihn umgebracht, nicht wahr, das wollten Sie doch sagen?«

Iris schob ihre rechte Hand über den Tisch und versuchte, seine linke zu greifen. Er zog sie weg. Seine Augen waren jetzt ausdruckslos.

»Bitte, ich *bin* mit Ihnen in dieses Restaurant gegangen, *weil* ich Sie wirklich sympathisch finde«, sagte sie eindringlich.

»Geben Sie sich keine Mühe. Ich glaube Ihnen nicht.« Er griff in seine Hosentasche und legte einen Hunderteuroschein auf den Tisch. »Sie kommen sicher auch allein nach Hause.«

»Ich wollte für mich selbst zahlen«, erwiderte sie kläglich.

Er drehte sich im Hinausgehen noch einmal um. »Ich habe Sie eingeladen. Keine Angst, ich kann es mir leisten. Ich habe geerbt.«

Iris Terheyde sah, dass er sich darüber ärgerte, die letzte Bemerkung gemacht zu haben. Ihr Geist speicherte sie in jener Kammer ihres Gedächtnisses, in die alle Eindrücke wanderten, in der sie dann durcheinandergewirbelt wurden wie Laub, um irgendwann neu geordnet wieder an die Oberfläche zu kommen.

Sie beobachtete, wie er den Gang zwischen den Tischen entlangging, dann die Treppe zur oberen Ebene des Restaurants hinauf und ohne einen Blick zurück hinaus. Sie hatte alles verdorben. Und wusste noch nicht einmal, was dieses Alles war. Diesen Abend, die Ermittlungen oder … Sie verbot es sich, den Gedanken weiterzuverfolgen. Sie hatte nichts erfahren, was sie nicht schon wusste. Bis auf die Geschichte mit der Erbschaft.

Seltsam, wieder waren beide nicht darauf zu sprechen gekommen, dass sie sich von früher kannten. Hatte er etwas zu verbergen? Oder den gleichen Grund wie sie? Wollte auch er diese Zeit der Kindheit und Jugend am liebsten vergessen, weil dann quälende Erinnerungen hochkamen?

Sie ahnte nicht, dass in Max Trautmann inzwischen ähnliche Gefühle tobten. Es war nicht leicht, so zu tun, als sei Iris Terheyde »nur« eine Polizistin, eine Feindin. Die Flucht aus dem Restaurant war seine einzige Rettung gewesen. Sonst hätte er ihr vielleicht noch alles erzählt.

Alles? Er musste selbst erst alles erfahren. Er konnte nicht länger vor der Wahrheit davonlaufen, vor dem Grauen, das seit so vielen Jahren auf ihn lauerte, an ihm zehrte, drohte, ihn zu verschlingen. Auch wenn er es nicht benennen, nicht beschreiben konnte, es war da. Er war davongelaufen, hatte sich in Drogen geflüchtet. Nun musste er sich endlich der Wahrheit stellen. Sonst hatte diese Qual, dieses nagende Gefühl des Versagens nie ein Ende.

Er würde mit dem Alten reden, ihn mit seinem Verdacht konfrontieren, mit jenem Schrecklichen, das nicht sein durfte.

14

»Sag mir, was damals geschehen ist. Sag mir endlich die Wahrheit.«

Der Alte lachte schallend. »So, du willst also die Wahrheit wissen, mein Sohn?«

»Nenn mich nicht mein Sohn. Das war ich nie, und das werde ich auch nie sein.«

»Soll ich dich lieber Großkotz nennen, Möchtegern-Held oder Versager? Du warst immer nur ein Nichts. Auch in ihren Augen. Und als sie dich brauchte, da hast du sie im Stich gelassen.«

»Das ist nicht wahr!« Max war entschlossen, sich nicht provozieren zu lassen. »Du hast sie doch aus dem Haus geworfen. Du hast sie fortgetrieben, weggejagt wie ein Tier, direkt in die Arme dieses reichen Schweizers.«

»Mit deinem Kind im Bauch.« Der Alte beäugte Max lauernd.

»Es war nicht mein Kind!«

»Glaubst du, du kannst mich täuschen? Ich habe doch gesehen, wie du hinter ihr hergehechelt bist. Und du willst mir erzählen, das Kind war nicht deines? Mit diesem Arzt hat sie jedenfalls nicht geschlafen.«

Max senkte den Kopf, er brachte das Eingeständnis kaum über die Lippen. »Wir haben auch niemals miteinander geschlafen.«

Der Alte sah ihn fassungslos an. Dann bekam er einen Lachkrampf. »Du willst mir also sagen, sie hat dich nicht rangelassen? Ihr habt nur diese dämlichen Haikus zusammen gedichtet, du hast sie angesülzt, aber niemals berührt?«

In Max zog sich alles zusammen, der Zorn ballte sich zu einer Kugel, die ihm die Luft abdrückte. Doch er behielt sich eisern im Griff. »Sie war – sie war rein. Nicht so eine.«

»Du hast sie also wirklich geliebt! Mein Gott, du bist ja noch ein größerer Narr, als ich dachte. Rein! Wirklich, es ist einfach zu komisch.«

»Du bist doch nichts anderes als ein seniler alter Bock, der keinen mehr hochkriegt und auf andere eifersüchtig ist, die das noch können«, presste Max zwischen den Zähnen hervor.

»Soso, denkst du. Und auf wen soll ich eifersüchtig sein? Auf dich vielleicht? Selbst deine Frau konntest du nicht befriedigen. Sie musste sich einen Liebhaber suchen, um ein bisschen Spaß im Leben zu haben. Du kennst ihn übrigens. Paul Schneider, Margits Scheidungsanwalt. Ist das nicht sinnig? Und du hast von allem nichts gewusst. Wie haben Margit und ich über dich gelacht. ›Ich ziehe ihm die Hosen runter‹, hat sie gesagt. ›Ansonsten schafft er es ja nicht.‹ Ist das nicht ein guter Witz? Ich sage doch, du bist ein Versager, ein lächerlicher, Verse sabbernder Versager. Ach, du willst auf mich losgehen? Mir an die Gurgel? Mach es doch! Du tust mir sogar einen Gefallen.«

Max atmete tief durch. Mein Gott, wie er diesen Mann hasste. Seit er die Mutter und ihn verlassen, seit er wieder geheiratet hatte. Es gab nur ein Gutes, das dieser Mann in sein Leben gebracht, das er jemals für ihn getan hatte: Klara.

»Du bist hier der Versager. Was glaubst du denn, was wir alle von dir gehalten haben? Erika ist schon zusammengezuckt, wenn sie nur deine Schritte hörte, so sehr hat sie sich vor dir gefürchtet. Und Klara hat dich verabscheut. ›Ich kann es kaum ertragen, wenn er mich nur ansieht. Er ist ein widerlicher alter Bock.‹ Das hat sie gesagt. Sie hat sich vor dir geekelt. ›Ich bin nur glücklich, wenn ich bei dir sein kann, Max‹, das hat sie auch gesagt. Ja, ich liebte sie. Und sie liebte mich.«

»Sie dich geliebt! Dass ich nicht lache. Sie war eine kleine, durchtriebene Hure. Du warst ein schwammiger, sentimentaler Pudding, zu nichts zu gebrauchen. Während ich ...!«

»Was, ich? Was hast du denn schon zuwege gebracht! Du konntest einen kleinen Jungen einschüchtern und ihn verprügeln, ebenso wie deine Frau. Es gab niemanden, der dich jemals geachtet, geschweige denn geliebt hat.«

Das Gesicht von Franz Satorius versteinerte. »Nun, wenn du das denkst, dann solltest du wirklich die Wahrheit erfahren, du selbst ernannter Moralapostel. Ein Heuchler bist du. Nichts als ein Heuchler, der haben wollte, was ich hatte.«

Max legte alle Verachtung in seine Stimme, die er für diesen Mann empfand. »Du hattest nichts. Nur deine eigene Rohheit.«

Der Alte lachte auf. »Oh doch. Ich hatte, was du mehr als alles auf der Welt begehrt hast.« Er zischte jetzt, spuckte Max die Worte förmlich ins Gesicht. »Du willst die Wahrheit? Hier hast du sie. Ich hatte Klara. Ich hatte sie, wann immer ich wollte. Immer und immer wieder. Sie gehörte mir. Mit ihrem ganzen Körper, seit sie zwölf Jahre alt war. Klara liebte mich. Mich. Willst du wissen, wie sehr sie mir gehörte, wie sehr sie mich liebte? Erika hat unser Verhältnis entdeckt, als Klara schwanger wurde. Da wollte sie mich anzeigen. Klara sagte, sie könne es nicht ertragen, wenn ich ins Gefängnis müsse. Sie liebe mich doch. Deshalb haben wir die alte eifersüchtige Ziege zusammen aus dem Weg geräumt. Du erinnerst dich sicher. Der Treppensturz! Klara hat sie von unten gerufen, und ich habe Erika von oben gestoßen. Niemand ist uns auf die Schliche gekommen. Jeder dachte, es sei ein Unfall gewesen. Mich liebte sie, mich, mich, mich! Sie hat mir geholfen, ihre eigene Mutter umzubringen. Das ist die Wahrheit!« Die letzten Worte schrie er.

Max hatte regungslos zugehört. Fast gleichzeitig mit dem Verklingen des Wortes »Wahrheit« hob sich seine rechte Faust wie von selbst. Er drosch mitten hinein in diese Fratze. Die ganze Anspannung der letzten Tage ballte sich zu tödlicher Aggression zusammen. Satorius versuchte, sich zu wehren. Doch gegen das Rasen seines Stiefsohnes kam er nicht an. Max schlug zu, immer und immer wieder.

Schwer atmend setzte sich Max schließlich neben den leblosen Alten. Nur langsam begriff er, was gerade geschehen war. Auf dem braun melierten Fünfziger-Jahre-Küchenboden breitete sich eine Blutlache aus. Nach und nach registrierte sein Gehirn die Botschaft. Er hatte seinen Stiefvater niedergeschlagen. Vorsichtig legte er Zeige- und Mittelfinger an die Halsschlagader des Alten. Er brachte es kaum über sich, ihn zu berühren, so groß war sein Ekel bei dem Gedanken, dass dieser widerliche Greis Klara angefasst hatte, sie gestreichelt, dass er in diesen unberührten Mädchenkörper eingedrungen war, sie vergewaltigt hatte.

Der Alte lebte noch.

Die Realität, die er so lange verdrängt hatte, brach sich nun mit Gewalt Bahn. Max setzte sich neben den bewusstlosen Satorius und stöhnte auf. Er legte die Hände vor die Augen. Der Alte hatte recht. Er war ein Versager. All die Jahrzehnte über war er vor der Wahrheit geflohen, weil er sie nicht ertragen konnte. Er hatte es nicht wahrhaben wollen, alles verdrängt, und hatte Klara im Stich gelassen, anstatt sie aus ihrer Hölle zu holen. Und nun war sie nach all den Jahren wiedergekommen, um ein Zeichen zu setzen, hatte sich von der Brücke gestürzt. Die letzte Botschaft einer Todgeweihten. Sie wollte Rache, dass ihr und ihrer Tochter endlich Gerechtigkeit widerfuhr. Sie hatte es ja selbst geschrieben: »Räche Lara.« Er hatte ihr damals nicht geholfen. Es war an der Zeit, dass er es jetzt tat.

Etwas zerriss in Max. Es fühlte sich an, als würde ein festes Stück Leinen von Klauen zerfetzt. Er hatte nur die Schemen dahinter gesehen, das Leid eines hilflos ausgelieferten Mädchens im Schattenriss. Nun gab der Vorhang den Blick frei auf die wirklichen Bilder.

Max weinte, wie er zum letzten Mal geweint hatte, als Klara gegangen war. Er sah noch ihren verständnislosen, verletzten Blick, als er sie zurückgestoßen hatte, rasend vor Eifersucht. Damals, als sie schwanger war. Damals, als sie seine Hilfe brauchte, als sie ihm nicht sagen wollte, wer der Vater war, als sie das Fremde in ihrem Bauch nicht wegmachen wollte, das zwischen ihnen stand, das sich zwischen sie gedrängt hatte.

Die Tränen flossen zwischen Max' Fingern hindurch und tropften auf den Boden. Träne für Träne kamen die Bilder, Träne für Träne flossen sie an Max vorbei. Er hätte sie in den Arm nehmen müssen, damals, sie schützen. Das hatte er ihr doch immer versprochen, seit sie Kinder gewesen waren. Er würde sie vor allem Übel dieser Welt bewahren. Jetzt verstand er den traurigen Blick, mit dem sie ihn immer angeschaut hatte, wenn er ihr dies wieder einmal schwor. Sie hatte so verloren gewirkt. Sie war verloren gewesen. Weil er ihr nicht geholfen hatte.

Und wie gut erinnerte er sich auch noch an ihr Lachen. Wenn sie es geschafft hatten, ein neues Haiku zu dichten. Über einen kleinen Vogel im Nest. Wenn er sie beim Baden im Rhein nass spritzte. Er erinnerte sich, wie sie ihr Kindergesicht mit den großen melancholischen Augen der Sonne entgegengehalten hatte, als wolle sie die Wärme in sich aufsaugen. Klara hatte so oft gefroren. Selbst im Sommer. Nun fror sie für immer. Zuerst in den Tiefen dieses dunklen Flusses, dann in ihrem Grab. Ihre Seele würde für immer frieren. So lange, bis Gerechtigkeit geschehen war.

Franz Satorius stöhnte. Max nahm die Hände von den Augen und schaute ihn an. In ihm breitete sich Eis aus. Starr und kalt, so, wie Klara sich fühlen musste. Die Erinnerung an das Geständnis des Alten schnitt in seinen Verstand wie eine Machete in Urwald-Unterholz. Das Kind musste also von Satorius gewesen sein. Dieser Mann war ein Teufel. Er verdiente es nicht zu leben, er beschmutzte die Erde, auf der sie einst gegangen war.

Er suchte eine Decke, wickelte seinen Stiefvater hinein und warf ihn sich über die Schulter. Max war es egal, ob ihn jemand sah. Er dachte noch nicht einmal darüber nach, als er die enge Holztreppe des Altstadthauses hinunterstieg. Er spürte die Last kaum.

Die Nacht war sternenklar. Es waren nur wenige Schritte bis zur Brüstung der steinernen Brücke, vielleicht vierhundert Quader des Kopfsteinpflasters der Altstadtstraße weit. Er nahm jeden Stein wie mit einem Vergrößerungsglas wahr.

Bedächtig ging er Schritt für Schritt. Die Zollhäuschen auf beiden Seiten der Brücke waren verlassen. Die mittelalterlichen Häuser links und rechts des Rheins beobachteten sein Tun mit ihren dunklen Augen. Der Wind strich mit einem leisen Stöhnen durch die noch kahlen Kastanienbäume der kleinen Parkanlage westlich der Brücke direkt am Ufer.

Max war jetzt an der kleinen Ausbuchtung etwa in der Mitte der Brücke angekommen. Er grüßte den heiligen Nepomuk, der dort auf seinem Sockel stand, mit einem Nicken. Die Statue hatte gesehen, wie Klara starb. Der Alte bewegte sich. Er kam wieder zu Bewusstsein. Mit einem letzten Schritt trat er an die Brüstung, nahm den einen Rand der Wolldecke so, dass sie sich aufrollte, und ließ Satorius darüber hinweg in den Fluss gleiten. Er konnte einen Schrei hören, als er auf dem Wasser aufschlug, und er genoss ihn. Er hoffte, der Alte würde noch lange leiden.

»Schlafe wohl, meine Liebste, wo immer du auch bist«, flüsterte Max zu den Sternen hinauf.

Dann faltete er die Wolldecke sorgsam zusammen. Er würde sie später verbrennen. Zuerst musste er jedoch das Blut des Alten vom Küchenboden waschen. Er war völlig ruhig, hatte das Gefühl, eine Mission zu erfüllen. Er ging zum Haus des Alten zurück.

Aus dem Schatten des Zollhäuschens auf der badischen Rheinseite löste sich eine hagere Männergestalt. Der Mann im Kaschmirmantel sah Max gedankenverloren nach. Dann wandte er sich zu der kleineren älteren Frau um. Die beiden begannen, heftig miteinander zu diskutieren.

Drei Stunden später betrat Max seine Wohnung. Er fühlte nichts. Kein Bedauern, keine Reue. Er war einfach nur müde und leer. Was geschehen war, hatte seine Richtigkeit. Ein Leben für ein Leben. Nun konnte Klara in Ruhe schlafen. Und er konnte sie gehen lassen. Nach fast dreißig Jahren war er frei von Schuld. Er hatte die Aufgabe erfüllt, die sie ihm zugedacht hatte: »Räche Lara.« Nun blieb nur noch eines zu tun. Er musste ihre Geschichte zu Ende schreiben. Bis zum bitteren Ende, dem Tag, als sie auf der Brücke stand und sprang. Die wahre Geschichte.

Ein Haiku von Ki Tsurayuki fiel ihm ein.

Über unbekannte Felsenstege
treibt der Wind die Wolken
Die Berge im Westen –
heute überschreite ich sie wohl.

Er lachte glücklich.

Max schlief tief und traumlos. Er versank ins Unbewusste mit dem Gedanken, dass er Klaras Geschichte einem Verlag anbieten müsste. Auf diese Weise würde die ganze Welt von ihrem Tod erfahren. Und sie konnte niemals wieder zurückkehren. Ihre anklagende Stimme in seinem Kopf war für immer verstummt. Frei, endlich frei von Schuld, frei von Versagen.

Am nächsten Morgen angelte er ein Schreiben aus seinem Briefkasten. Es war ein weißes Blatt Papier, beklebt mit Buchstaben, ausgeschnitten aus einer Zeitung.

»Du Mörder

Ich gesehen

Du zahlen 250.000 Euro«, stand darauf.

Zunächst war Max verwirrt. Welcher Mord? Dann wurde ihm klar, dass jemand mit angesehen hatte, wie er den Alten in den Rhein geworfen hatte. Die verlangte Summe entsprach außerdem genau der Höhe seiner Erbschaft. Max musste sich setzen.

Er fasste einen Entschluss. Er war endlich frei. Er würde sich von niemandem erpressen lassen.

15

Iris schoss aus dem Schlaf hoch. Vor ihren Augen stand noch die Fratze des Teufels, der sie verfolgt hatte. Sie versuchte, zu sich zu kommen, den Alptraum abzustreifen. Als sie sich die Augen rieb, fiel ihr auf, dass die Gesichtszüge des Teufels Ähnlichkeit mit denen Max Trautmanns hatten. Langsam drang das Schrillen des Telefons in ihr Bewusstsein. Sie schaute auf den Wecker und stöhnte: halb fünf Uhr morgens. Sie überlegte kurz, ob sie sich tot stellen sollte. Doch das Telefon im Wohnzimmer gab nicht auf. Es musste etwas Dringendes sein. Seufzend beschloss sie, doch nicht tot zu sein.

»Na, endlich gehen Sie dran, ich dachte schon, Sie sind verschollen«, schnarrte am anderen Ende der Leitung die Stimme von Polizeihauptmeister Erich Buchmann.

»Jetzt sagen Sie aber nicht, wir haben schon wieder einen Selbstmord!«, versuchte sie zu scherzen.

Es war ein kleiner Schock, als er trocken erwiderte: »Jedenfalls haben wir einen Toten. Ein alter Mann. Und wieder ist der Laufenburger Kraftwerksrechen der Fundort.«

»Das ist nicht mein Zuständigkeitsgebiet.«

»Es ist Franz Satorius. Der Stiefvater von Trautmann. Der Kollege vom Revier Laufenburg hat ihn sofort erkannt. Die Sache könnte also etwas mit Ihren laufenden Ermittlungen zu tun haben. Ich dachte, ich sage Ihnen besser Bescheid. Dann können Sie selbst aushandeln, wer denn nun den Fall übernimmt.«

»Danke. Wer hat ihn denn gefunden?«

»Ein Liebespärchen, das offenbar bereits Frühlingsgefühle hatte.«

»Hätten die beiden nicht wenigstens noch ein paar Stunden warten können?«, knurrte Iris Terheyde.

»Wie bitte?«, fragte Erich Buchmann.

»Ach nichts. Ich komme.«

Eine halbe Stunde später kletterte Iris die schmale Eisenleiter hinunter, die zu dem kleinen betonierten Plateau im Bereich des

Oberwassers des Kraftwerks führte. Die Mauer, die den Hang hier absicherte, ragte etwa zwei Meter hoch. Iris war nicht schwindelfrei. Doch sie schaffte es, hinunterzuklettern, ohne von der Leiter zu fallen. Am Hang über der Mauer wuchsen Büsche und Bäume. Die Stelle am Flussufer war von oben durch das Gewirr der Äste und Zweige nicht zu erkennen, schon gar nicht im Dunkeln. Man musste sich schon auskennen, um dieses lauschige Plätzchen zu finden. Es war nur erreichbar, wenn man vom Kraftwerkstor aus nach Osten über eine Wiese in Richtung eines Wäldchens ging.

Das Liebespärchen stand ganz in der Nähe der Leiche, die halb mit einer Plane bedeckt war. Am unbedeckten Teil kauerte ein älterer hagerer Mann mit einer Nase wie ein Kakaduschnabel, wohl der Notarzt. Die Kollegen der PD Tiengen und von der Inspektion IV, der Spurensicherung, waren auch schon vor Ort. Es herrschte ein ziemliches Gedränge auf der kleinen Plattform, die mit grellen Lampen ausgeleuchtet war. Die beiden jungen Leute waren vielleicht siebzehn oder achtzehn Jahre alt. Sie hatte ihren Kopf an seine Brust geschmiegt und schluchzte erbärmlich, er hatte die Arme in männlicher Beschützerpose um sie gelegt und starrte ins Wasser. Auch in seinen Augen glitzerte es verdächtig feucht.

»So, Kollegin, auch schon da? Sie müssen ja einen gesegneten Schlaf haben«, sagte Martin Felix in ihre Gedanken hinein.

»Was machen Sie denn hier?«

»Buchmann hat mich auch angerufen. Ich dachte mir, dass Sie kommen würden und sicher meine Unterstützung brauchen könnten. Oder wollen Sie die Sache so einfach Ihren ehemaligen Kollegen überlassen? Das glaube ich nicht.«

Iris glaubte das auch nicht. Sie nickte ihrem Partner anerkennend zu. »Bringen Sie die jungen Leute nach oben. Sie sehen doch, dass sie völlig fertig sind. Und dann nehmen Sie ihre Aussage auf. Danach können die beiden nach Hause gehen. Sie werden auch so noch lange genug von ihrem missglückten Liebeserlebnis träumen.«

Martin Felix grinste seine Chefin an. Sie lächelte verschwörerisch zurück.

»Sie haben hier gar keine Befehle zu geben.«

Oh nein, ihr ehemaliger Chef. Mathias Bleich war offensichtlich wütend.

Iris ignorierte ihn und ging die drei Schritte hinüber zu dem Toten. Der Notarzt blickte auf und schaute sie fragend an. »Iris Terheyde, Kriminaloberkommissarin, Inspektion I, Lörrach«, stellte sie sich vor.

Der Mann nickte, als wäre es selbstverständlich, sie hier zu sehen. »Er ist noch nicht lange tot. Sein Gesicht weist schwere Verletzungen auf. Ich kann aber nicht sagen, ob sie vor oder nach dem Exitus entstanden sind, jedenfalls in kurzem Abstand. Ob er ertrunken ist oder schon tot war, als er ins Wasser fiel, muss die Obduktion ergeben. Nach dem Zustand der Leiche zu urteilen kann er aber nicht allzu lange im Rechen gehangen haben.«

Iris hob die Plane, um sich den Körper anzusehen. »Sorgen Sie dafür, dass seine Zahnabdrücke genommen und abgeglichen werden«, sagte sie zu den beiden Kollegen von der Spurensicherung. »Die Gesichtszüge sind kaum noch zu erkennen. Wir müssen ganz sichergehen, dass es Satorius ist. Falls dem so ist, informieren Sie seinen Stiefsohn, er soll ihn zusätzlich identifizieren. Ach ja, und schauen Sie, ob Sie etwas unter seinen Nägeln finden – Hautpartikel, Gewebe, was auch immer. Vielleicht hat er sich gegen einen Angreifer gewehrt.« Polizeihauptwachmeister Buchmann schrieb fleißig mit.

»Wir wissen, was wir zu tun haben«, kam die barsche Antwort. Mathias Bleich hatte aufgeschlossen. »Was machen Sie hier? Sie haben hier nichts zu suchen.«

»Leuchten Sie doch einmal dorthin«, forderte sie Bleich auf. Das Licht seiner Taschenlampe fiel auf einen goldenen Siegelring mit Gemme, in die ein springendes Pferd eingraviert war. »Das ist mit ziemlicher Sicherheit Franz Satorius. Auch wenn sein Gesicht völlig entstellt ist, seine Hand ist es nicht. Ich erkenne den Ring wieder. Das ist doch mein Fall.«

»Sind Sie jetzt vollkommen verrückt geworden?«

»Sie erinnern sich sicher an die Frau, die vor einigen Tagen hier von der Brücke gesprungen ist. Sie hieß Klara und war die Stieftochter von Franz Satorius sowie die Stiefschwester von Max Trautmann. Wir haben außerdem einen weiteren Toten in

Rheinfelden. Ein Anwalt. Bei allen diesen Todesfällen taucht der Name Max Trautmann auf. Er ist nämlich außerdem der Stiefsohn unserer heutigen Leiche. Auch Satorius' Schwiegertochter, Margit Trautmann, kannte den Anwalt, sie hatte ihn in ihrem Scheidungsverfahren engagiert. Sie lebt in Rheinfelden. Vielleicht hat Trautmann mit diesem Todesfall ebenfalls etwas zu tun. Es ist also durchaus mein Fall.«

»Das werden wir noch sehen«, giftete Mathias Bleich. »Sie haben sich in der Vergangenheit schon genug angemaßt.«

»Ja, das werden wir noch sehen«, gab KOK Terheyde zurück.

Sie winkte Martin Felix. »Lassen Sie uns gehen. Franz Satorius wohnte gleich über dem ehemaligen Zollbüro. Ich denke, wir sollten uns seine Wohnung anschauen, vielleicht finden wir dort Hinweise darauf, was hier geschehen ist. Schnell. Bevor Bleich etwas mitbekommt. Bis die Kollegen der Spurensicherung dort eintreffen, sind wir schon längst wieder weg.«

»Wie wollen Sie da reinkommen? Das ist ungesetzlich.« Martin Felix war keineswegs entzückt.

»Ja, das ist sogar sehr ungesetzlich«, erwiderte Iris Terheyde aufgeräumt. Das Jagdfieber hatte sie gepackt. Sie war jetzt ganz in ihrem Element. »Ich werde allen erklären, dass ich Sie per Dienstanweisung dazu gezwungen habe.«

Er kannte ihren berühmt-berüchtigt sicheren Instinkt aus vielen Anekdoten. Die Geschichten von den unorthodoxen Ermittlungsmethoden der Iris Terheyde kursierten inzwischen auch schon in Lörrach. »Haben Sie einen Verdacht?«, fragte er nach. Er erhielt keine Antwort.

Sie kamen ganz einfach in die Wohnung: Die Tür stand offen. Iris und Felix schauten sich genau um, ohne etwas zu berühren.

Jemand schien hier sorgsam aufgeräumt zu haben. Max Trautmann, der Stiefsohn des Toten? Er hatte ihn gehasst. Alles hatte mit dem Tod dieser Klara begonnen, ihrem Sprung von der Brücke. In Iris verdichtete sich das Gefühl, dass diese Frau genau gewusst hatte, was nach ihrem Selbstmord geschehen würde. Als liefen die Ereignisse nach einem exakt ausgeklügelten Plan ab, dessen Logik sie einfach nur entdecken musste.

Inzwischen dämmerte der neue Tag herauf. Iris fuhr in ihre

Übergangswohnung, um zu duschen. Eine halbe Stunde später war sie im Büro. Es war halb acht.

Kollege Martin Felix war schon vor ihr eingetroffen.

»Der Chef will Sie sprechen.«

»Der große M. ist schon im Haus?«

Felix nickte. »Offenbar hat die Presse von dem Toten Wind bekommen. Es gibt, wie es scheint, Journalisten, die Frühaufsteher sind«, fügte er dann nicht ohne Sarkasmus hinzu. »Jedenfalls haben die jungen Leute geplaudert. Der Vater des Mädchens schreibt nämlich ab und an für die Badische Zeitung. Und da er den Chef gut kennt, hat er ihn aus dem Bett geworfen. Nun will der von Ihnen wissen, was Sache ist.«

»Wenn ich das wüsste«, fauchte Iris.

Martin Felix hob in gespielter Verzweiflung die Arme. »Ich bin nur der Überbringer der Nachricht. Und ich schätze, Mathias Bleich wird sich auch bald hier melden.«

Vielleicht ist es besser so, dachte Iris. Sie musste den großen M. überzeugen. Davon, dass Max Trautmann möglicherweise ein Mörder sein könnte. Davon, dass das ihr Fall war.

Das würde nicht leicht sein, sie musste gut argumentieren. Der Leiter der Inspektion I der Polizeidirektion Lörrach war kein bequemer Vorgesetzter. Doch sie würde ihn vermissen, wenn er in fünf Jahren in den Ruhestand ging. Sie machte sich jedoch keine Illusionen, was seine Nachfolge anbetraf. Es war bei der Mordkommission Lörrach ebenso wie in Waldshut nicht üblich, dass eine Frau in eine solche Führungsposition kam. Dafür waren die psychologischen Hürden in den männlichen Köpfen noch zu hoch. Ihr war außerdem durchaus klar, dass sie nicht allzu viel dazu beitrug, es den Kollegen und den Vorgesetzten leichter zu machen.

Der große M. lief in seinem Büro auf und ab wie ein Tiger im Käfig. Fünfzehn Schritte zur Tür, fünfzehn in Richtung Fenster. Als sie eintrat, kam er gleich zur Sache. Die innere Anspannung war ihm deutlich anzumerken, auch wenn er sich darum bemühte, Ruhe zu bewahren.

»Ich muss über zwei Dinge mit Ihnen sprechen. Die erste Angelegenheit ist diejenige, die mir auch am meisten Sorgen bereitet. Der Mann, der es auf Sie abgesehen hat, ist immer noch nicht gefunden. Das heißt, Sie schweben weiter in Lebensgefahr. Das Landeskriminalamt hat sich außerdem wieder gemeldet. Einer der Ermittler dort, ein Fan der alemannischen Fasnacht, hat zufällig einen Mitschnitt der Fernsehübertragung des Laufenburger Fasnachtsumzuges am Sonntag im dritten Programm des SWR gesehen. Er hatte die Sendung aufgezeichnet, weil er arbeiten musste, als sie lief. Dabei ist ihm der Schatten eines Menschen im Clownskostüm aufgefallen, der an dem Balkon eines Altstadthauses hochgeklettert und dann, wie wir jetzt wissen, in der Wohnung eines gewissen Max Trautmann verschwunden ist. Die Leute vom LKA sind sich nicht sicher, ob es dieser Messerartist Bowie war, zur Fasnachtszeit laufen viele in Clownskostümen herum. Es ist aber auch nicht auszuschließen. Ach übrigens, haben Sie sich endlich beim LKA gemeldet?«

Iris ignorierte die letzte Frage. Sie war alarmiert. »Sie können mich nicht wieder beiseiteschieben und ruhigstellen, Killer hin oder her. Das ist mein Fall. Ist das zu fassen! Was hat dieser Max Trautmann mit diesem Messerstecher zu tun? Der Mann ist offensichtlich lange nicht so harmlos wie er tut. Da passt der neue Tote ins Bild.«

»Genau, das ist Punkt Nummer zwei. Sind Sie denn verrückt geworden! Nach allem, was geschehen ist, mischen Sie sich jetzt schon wieder in einen Fall ein, der in den Zuständigkeitsbereich der Direktion Waldshut-Tiengen fällt! Und dann brechen Sie auch noch in die Wohnung des Toten ein.«

»Die Tür stand offen. Wir hatten gute Gründe. Zumindest ich. Mein Partner Martin Felix hat mich übrigens ausdrücklich gewarnt. Er ist nur aufgrund einer Dienstanweisung mitgekommen. Ich brauchte ihn. Außerdem, wie hätte ich mitten in der Nacht den Staatsanwalt erreichen sollen?« Iris streckte wieder einmal kampfeslustig das Kinn nach vorne.

»Erzählen Sie mir von diesem Todesfall. Und von Ihren Gründen.«

Sie sah, dass der große M. Mühe hatte, sie nicht zu packen und zu schütteln. Sie schien diese Auswirkung auf Chefs zu haben. Trotzdem, mit diesem hier war das anders, sie respektierte ihn.

Für einen kurzen Moment wünschte sie sich, sie hätte wirklich einen Vater wie ihn gehabt. Komisch, trotz aller gegenseitigen Zuneigung – oder vielleicht gerade deshalb – waren sie immer beim Sie geblieben.

»Der leitende Oberstaatsanwalt will Näheres wissen, bevor der Ö eine Mitteilung an die Redaktionen mailt«, fuhr der große M. fort. »Also: Wieso haben Sie sich da schon wieder eingemischt? Sie müssen doch gewusst haben, dass der Leitende in Waldshut toben würde, wenn er davon erfährt. Sie können doch nicht im Ernst geglaubt haben, dass Bleich ihm nichts erzählen würde, oder? Ich hoffe, Sie hatten einen guten Grund.«

Iris nickte. »Den habe ich. Dieser Todesfall in Laufenburg hängt mit ziemlicher Sicherheit mit dem Fall des Anwalts aus Rheinfelden zusammen, in dem wir gerade ermitteln. Sie müssen dafür sorgen, dass mir auch diese Untersuchungen übertragen werden. Bitte. Ich bin außerdem die Einzige, die sich in beiden Zuständigkeitsbereichen gut auskennt.«

»Das reicht nicht. Haben Sie denn nichts Besseres zu bieten als eine ziemliche Sicherheit? Bleich wird ablehnen.«

Sie nickte. »Ich weiß. Er ist unsäglich borniert. Sie müssen mir einfach helfen.« Iris zögerte. »Die Fakten sprechen doch für sich: Drei Leichen innerhalb weniger Tage: die Tote im Fluss, der Anwalt in Rheinfelden und nun Franz Satorius, der wie die Frau im Rhein bei Laufenburg gefunden worden ist. Ich kann es noch nicht beweisen, aber ich glaube, wir haben es hier mit mindestens zwei gewaltsamen Todesfällen zu tun, die irgendwie zusammenhängen. Und es gibt für mich einen dringend Verdächtigen, zumindest einen wichtigen Zeugen, sein Name taucht jedenfalls auf, wohin auch immer ich mich bei meinen Ermittlungen wende. Max Trautmann, ich habe Ihnen schon von ihm erzählt. Nun scheint er auch noch den Mann zu kennen, der es auf mich abgesehen hat. Es ist nicht zu fassen!«

Der Chef setzte sich auf. Seine Augen wurden wach. Eine Viertelstunde später hatte sie den großen M. überzeugt.

»Also gut, ich helfe Ihnen. Aber all das will ich schriftlich und schnellstens auf meinem Schreibtisch. Was haben Sie jetzt vor?«, erkundigte er sich.

»Wir brauchen bald einen Haftbefehl. Dann werde ich mich eingehend mit der Person Trautmanns beschäftigen, herausfinden, was der Computer über seine Vergangenheit hergibt. Ich denke, wir sollten jetzt außerdem gezielt noch einmal die Personen befragen, die zu seiner Umgebung gehören. Seine Exfrau, seine Freunde abklappern. Seine Ex hat eine ziemliche Wut auf ihren Mann. Da können wir ansetzen. Und das sollten wir schnell tun. Was den toten Anwalt betrifft, so hätte Trautmann jedenfalls aufgrund der drohenden Anzeige durch seine Ex ein wirklich schönes Mordmotiv. Möglicherweise ist sie sogar ebenfalls in Gefahr. Ich kann das nicht ausschließen. Und vielleicht hat er ja noch andere Feinde, die er beseitigen muss. Als ich ihn das letzte Mal gesehen habe, sah er übel lädiert aus, als ob ihm jemand die Nase eingeschlagen hätte. Er hat mir eine Ausrede aufgetischt. Der Alte und Trautmann haben sich gehasst. Es spricht also einiges dafür, dass Trautmann auch hinter diesem Todesfall stecken könnte.«

Sie machte eine Pause und kaute am Nagel ihres Mittelfingers. »Diese Sekretärin, Herta Döbele, hätte ich mir längst noch einmal vornehmen müssen. Da gibt es Widersprüche zwischen ihrer Aussage und den Fakten. Zum Beispiel hat sie behauptet, der tote Anwalt habe kein Handy gehabt, weil er Angst hatte, die Funkwellen könnten seinen Herzschrittmacher stören. Wir haben aber eines gefunden.«

Der große M. runzelte die Stirn. »Ein Handy, das einen Herzschrittmacher aus dem Takt bringt? Das wäre das erste Mal, dass ich davon höre.«

»Die befragten Ärzte auch. Laut der Homepage des Bundesamtes für Strahlenschutz liegt das aber durchaus im Bereich des Möglichen, es soll sogar eine Studie dazu erstellt werden. Ich habe leider noch keinen endgültigen Obduktionsbericht. Da muss ich noch einmal nachhaken. Das heißt, wenn Sie mit Ihrer Autorität …«

Er lachte. »Gibt es sonst noch etwas, das ich für Sie tun könnte?«

Sie gab sich große Mühe, möglichst harmlos auszusehen. »Da wäre …«

Der große M. hob abwehrend beide Hände. »Das war ein Scherz, Kollegin Terheyde.«

»Ich weiß.« Nun lachte auch sie. Gleich darauf wurde Iris jedoch wieder ernst. »Es gibt so viele lose Enden. Sorgen Sie nur bitte dafür, dass ich im Todesfall Satorius ermitteln darf.« Sie schaute den großen M. flehend an.

»Ist das alles?«

»Wir sollten auf jeden Fall sichergehen und Max Trautmann beobachten lassen.«

»Also gut. Ich werde mit der Staatsanwaltschaft reden. Ich denke, wir können es deichseln, dass der Leitende aus Waldshut uns den Fall überträgt. Mein geschätzter Kollege Bleich wird allerdings toben. Übrigens, ich tue das nur, wenn Sie mir versprechen, sich endlich mit dem LKA in Verbindung zu setzen.«

Iris grinste. »Ja, Bleich wird toben. Und: Ich verspreche es.«

»Na, sind hier etwa persönliche Animositäten im Spiel?«

Sie zog ein harmloses Gesicht. »Wie kommen Sie darauf, Chef?«

Nun lachte er ebenfalls. »Benötigen Sie Hilfe?«

Iris nickte. »Ich brauche Kollegen, die Max Trautmann beschatten, und besonders erfahrene Kollegen, die Martin Felix und mir helfen, die Personen in seinem Umfeld abzuklappern.« Das Thema Personenschutz für sich selbst erwähnte sie noch nicht einmal.

Der große M. zeigte wieder einmal, warum er so genannt wurde. »Ich sorge dafür, dass Sie von den Kollegen unterstützt werden. Sie übernehmen die Leitung der Ermittlungen«, entschied er kurzerhand. »Martin Felix wird wieder auf Sie aufpassen. Das hat er bisher schon ganz gut gemacht.«

Sie waren im Spiel. Iris lächelte dem großen M. zu. Sie wusste, was das hieß. Er vertraute auf ihre Fähigkeiten. Und wenn sie den Fall löste, dann war es durchaus möglich, dass sie sich so viel Respekt unter den Kollegen verschaffte, dass sie doch noch Chancen auf Beförderung und damit irgendwann auf den Posten der Leiterin der Mordkommission Lörrach hatte.

»Was sagen wir nun der Presse zu diesem Todesfall in Laufenburg?«

Sie schüttelte den Kopf. »Ich denke, wir sollten mitteilen, dass bei Satorius alles auf Selbstmord hindeutet. Damit sind die Zeitungen erst einmal ruhiggestellt. Es gibt ja die Vereinbarung, dass sie über Selbstmorde nicht berichten. Ich habe es noch nie erlebt, dass sich eine Redaktion später erkundigt hat, ob der Selbstmord auch einer war.«

»Und was sagen wir dem Staatsanwalt?«

»Dass ich wahrscheinlich bald einen Haftbefehl für Max Trautmann brauche. Er kann ihn schon mal ausfüllen. Ich wette, dass wir im Fall von Franz Satorius früher oder später einen handfesten Hinweis auf Mord finden. Wenn nicht, dann ist da noch immer der Schriftsatz des toten Paul Schneider, in dem steht, dass Max Trautmann versucht haben soll, seine Exfrau umzubringen. Das, der Besuch des Messerstechers und die übrigen Hinweise müssten für einen Haftbefehl reichen. Und wenn wir ihn einmal haben, dann wird er uns irgendwann auch erzählen, was er mit diesem Bowie zu tun hat. Wetten?«

Iris Terheyde behielt recht. Zumindest was den Fall des toten Franz Satorius betraf. Sie fanden einen handfesten Hinweis auf Mord. Die Kollegen von der Spurensicherung entdeckten frische Blutspuren auf dem Linoleumfußboden der Küche. Das Blut stammte eindeutig von dem Alten. Außerdem hatte sich offenbar jemand viel Mühe gegeben, es wieder wegzuwischen. Das hatte Satorius bestimmt nicht selbst getan.

Iris hielt es nicht mehr im Büro. Sie fuhr noch einmal zur Wohnung von Franz Satorius. Sie wollte den Ort auf sich wirken lassen, hoffte, es würde ihr helfen, Klarheit zu gewinnen und die Verbindung zu jenem Bauchgefühl, das ihr schon so oft in einer Ermittlung die richtige Richtung gewiesen hatte. Dieses Mal blieb ihr Bauch stumm, meldete sich erst wieder, als sie auf dem Rückweg zu ihrem Auto an der Wohnung von Max Trautmann vorbeikam. Auch Kommissarinnen waren offenbar nicht davor gefeit, im falschen Moment Sympathien zu entwickeln. Zum Beispiel für die Verfasser von Haikus.

Sie wandte sich ab und ging weiter Richtung Rathaustor. Im Augenwinkel sah sie einen Mann an einem Pfeiler der Arkaden auf der gegenüberliegenden Straßenseite lehnen. Gleich darauf verdeckte ihr ein Auto die Sicht. Ein Bild blieb jedoch in ihrem Gedächtnis haften. Der Mann trug einen Kaschmirmantel. Sie schaute auf die Uhr. Sie musste zurück ins Büro, den Bericht schreiben. Und beim LKA anrufen. Sie hatte es versprochen.

Der Computer hatte inzwischen die Daten von Trautmanns Verhaftungen wegen unerlaubten Drogenbesitzes und Dealens ausgespuckt. Er hatte Bewährung bekommen. Das war fast dreißig Jahre her. War das die Verbindung zwischen dem Messerstecher und Trautmann? Letzterer war seit damals jedoch nie wieder einschlägig aufgefallen. Sie rechnete nach. Die »Drogenkarriere« Trautmanns musste begonnen haben, nachdem Klara aus Laufenburg verschwunden war.

Sie rief beim LKA an und handelte sich einen Rüffel ein. Nachdem der Kollege ausgebrüllt hatte, erzählte sie ihm, was der Messerstecher ihr ins Ohr geflüstert beziehungsweise was sie davon verstanden hatte: »Drogenkurier.«

»Haben Sie sich eigentlich mal das Fahndungsfoto des Mannes angeschaut, der Sie angegriffen hat?«, erkundigte sich der Kollege.

»Welches Foto?«

»Jetzt sagen Sie aber nicht, Sie haben es noch nicht gesehen.« Die Antwort klang ärgerlich.

Iris konnte das sogar verstehen. »Doch«, räumte sie etwas kleinlaut ein. »Aber ich werde es sofort suchen. Vielleicht hat es ein Kollege hier irgendwo hingelegt. Ich bin noch nicht lange umgezogen, und in meinem neuen Büro herrscht ein heilloses Durcheinander.«

»Gut, aber dann melden Sie sich sofort. Vielleicht erkennen Sie den Mann ja und können sich erinnern, ob Sie schon einmal mit ihm zu tun hatten, Kollegin. Das würde uns die Suche nach dem Motiv erheblich erleichtern. Vielleicht gibt es ja Hintermänner oder sogar einen Auftraggeber für den Mord an Ihnen. Bisher haben Sie Glück gehabt, aber das muss nicht so bleiben. Übrigens, das Foto wird außerdem demnächst im Fernsehen in den Regionalnachrichten von SWR 3 ausgestrahlt, allerdings haben wir noch keinen genauen Termin. Wir hoffen auf weitere Hinweise.«

Iris Terheyde versprach, sich sofort darum zu kümmern. Doch Anna Schädel, die Sekretärin der Inspektion I, wusste von keinem Fax. Auch von keiner Mail mit Foto im Anhang. Iris Terheyde gab ihr die Telefonnummer des LKA-Kollegen. »Bitten Sie ihn, das Foto noch einmal zu schicken – als Mail oder als Fax. Egal. Jedenfalls muss ich es mir so schnell wie möglich anschauen. Ich melde mich bei Ihnen, sobald ich von den Vernehmungen im Fall Schneider zurück bin.«

Bowie sah sie ins Gebäude der Polizeidirektion gehen und zusammen mit ihrem Kollegen wieder davonfahren. Er zitterte am ganzen Körper. Er hatte hohes Fieber und Schüttelfrost, wohl von dem langen Aufenthalt im kalten Rheinwasser. Er konnte kaum noch klar denken. Nur das Heroin half ihm, weiterzumachen. Er hatte einige Gramm verkaufen müssen, um sich in der Lörracher Fußgängerzone in einer kleinen Pension ein Zimmer nehmen zu können. An sein Gepäck im Laufenburger Rebstock würde er nicht mehr herankommen, das war ihm klar. Dort wartete mit Sicherheit schon die Polizei auf ihn.

Bowie versuchte, die Angst zu verdrängen. Sie war schuld, nur sie war an allem schuld. Es war also nur gerecht, dass sie starb. Und wenn er *ihnen* die Nachricht von ihrem Tod brachte, dann würden *sie* erkennen, dass er so hatte handeln müssen, dann würden *sie* ihm verzeihen. Seinen Fehler – und dass er ohne *ihre* Zustimmung gehandelt hatte.

Polizeikommissar Martin Felix und seine Vorgesetzte begannen mit ihren Verhören am Nachmittag bei Margit Trautmann – auch in der Hoffnung, dass sie wirklich gegen ihren Mann Anzeige erstattete. Damit wäre ein sicherer Boden für die schnelle Verhaftung bereitet. Iris hoffte, von ihr mehr über die Person Max Trautmann zu erfahren, seine Vorlieben, seine Freunde, seine Vorgeschichte. Sie kannte ihn nun schon so lange und wusste dennoch fast nichts von ihm. Sie musste die Persönlichkeit dieses Mannes einfach besser verstehen lernen, bevor sie ihn noch einmal verhörte.

Margit Trautmann wirkte verhärmt, als sie die Wohnungstür

öffnete. Sie lebte wie ihr Anwalt in Rheinfelden. Sie hatte geweint, man konnte die Spuren der hastig abgewischten Tränen noch sehen. Sie war ansonsten eine attraktive Blondine um die vierzig, gepflegt, vielleicht ein wenig streng. Ihr schwarzer Rock und ihre weiße Bluse vermittelten Iris jedenfalls den Eindruck einer Lehrerin. So ganz verkehrt lag sie mit ihrer Einschätzung nicht. Wie sich herausstellte, war Margit Trautmann Dolmetscherin und hatte nach der Trennung von ihrem Mann eine Sprachenschule mit Nachhilfedienst gegründet.

Ihr Gesicht verschloss sich, als sie die Namen der Besucher hörte und die Dienstausweise musterte. Das machte ihre Züge noch härter. Widerwillig ließ sie die beiden in die Wohnung. Sie bot ihnen noch nicht einmal einen Platz an.

»Was wollen Sie?«

Martin Felix setzte sein charmantestes Lächeln auf und versuchte, das Eis zu brechen. »Es tut uns leid, dass wir Sie stören müssen. Wir kommen offenbar in einem ungünstigen Moment. Sie scheinen in Trauer zu sein.«

Margit Trautmann neigte den Kopf. Sie wirkte dabei wie eine Eule, die nach einer Maus Ausschau hält, fand Iris. Doch sie gab keine Antwort.

»Wir kommen wegen des Todes von Franz Satorius, Ihrem Schwiegervater. Wir haben gehört, Sie haben sich gut verstanden. Vielleicht können Sie uns bei unseren Ermittlungen helfen«, hakte sie sich in das Gespräch ein.

Zu ihrer Überraschung begann Margit Trautmann zu schluchzen. Sie zog ein bereits ziemlich zerknittertes Stofftaschentuch aus ihrer Rocktasche.

»Ich habe davon gehört«, schluchzte sie und schnäuzte sich. »Bitte setzen Sie sich doch. Er war ein so wunderbarer Mann. Ich verstehe das alles nicht.«

Iris beobachtete, wie sich Margit Trautmann auf die äußerste Kante ihres pastellig geblümten Sofas setzte. Sie und ihr Kollege Martin Felix sanken in die beiden weichen Sessel auf der anderen Seite des Couchtisches.

»Das geht Ihnen wohl alles sehr nahe.« Sie gab ihrer Stimme einen mitfühlenden Klang.

Martin Felix zog sein Diktiergerät heraus. »Sie gestatten doch?«

Margit Trautmann nickte abwesend. Ihre Aufmerksamkeit war voll auf Iris Terheyde gerichtet. Diese lächelte sie verbindlich an. »Können Sie uns etwas mehr über ihn erzählen? Etwas, das uns hilft, herauszufinden, warum er starb und wie?«

Margit Trautmanns Misstrauen erwachte. Wieder sah sie aus wie eine Eule. »Ist das ein Verhör?«

Iris schüttelte den Kopf.

»Wir suchen nur nach Hinweisen und befragen alle, die Franz Satorius gekannt haben«, schaltete sich Martin Felix ein und strahlte erneut. Dieses Mal schien sein Charme zu wirken, Margit Trautmann lächelte verschämt zurück. Dann erinnerte sie sich, dass sie in Trauer war, und schnäuzte erneut in ihr Taschentuch.

Sie weint nicht wegen Franz Satorius, sie weint aus einem anderen Grund, schoss es Iris Terheyde durch den Kopf. Mit einem Augenzwinkern bedeutete sie Martin Felix, dass er die Befragung übernehmen sollte. Margit Trautmann schien zu jenen Frauen zu gehören, die besonders empfänglich für männlichen Charme waren, auch wenn der Mann ihr Sohn hätte sein können.

Sie entspannte sich etwas, als Martin Felix weiterfragte. »Sie kannten Franz Satorius schon lange? Was war er für ein Mensch? Hatte er Feinde?«

Margit Trautmann schüttelte energisch den Kopf. »Er war einfach wunderbar. Jemand, der zuhören, mit dem man über alles reden konnte. Er war für mich mehr als ein Schwiegervater, er war fast wie mein eigener Vater. Meine Eltern sind schon gestorben, als ich ein kleines Mädchen war. Ich hätte ihn damals heiraten sollen und nicht seinen Stiefsohn Max.«

Das war eine erstaunliche Feststellung, fand Iris. Doch sie schwieg, blieb bei ihrer Rolle als Beobachterin.

Felix ging nicht auf diese letzte Bemerkung ein. Iris kannte ihn inzwischen jedoch gut genug, sie wusste, dass er sie sehr wohl registriert hatte und darauf zurückkommen würde.

»Wenn er keine Feinde hatte – glauben Sie, er hatte einen Grund, sich umzubringen? War er krank?«

Diese Taktik war nicht schlecht, dachte Iris anerkennend.

Vielleicht lockte die These vom Selbstmord die trauernde Schwiegertochter aus der Reserve.

Wieder schüttelte Margit Trautmann den Kopf. Sie zögerte einen Moment, dann richtete sie sich noch gerader auf. Sie hatte offenbar eine Entscheidung getroffen. »Mein Stiefvater hatte nicht den kleinsten Grund, sich umzubringen. Er war herzkrank, aber damit hätte er noch eine ganze Weile gut leben können. Außerdem hatte er ja mich. Ich …«

»Was wollen Sie uns sagen, gnädige Frau? Ich sehe doch, dass Sie etwas bedrückt.«

Alter Sülzer, dachte Iris Terheyde. Doch die Masche von Martin Felix wirkte. Er hatte offenbar genau den richtigen Ton getroffen, denn Margit Trautmann lächelte ihn erneut schüchtern an. Eine Verklemmte, die gern würde und darauf wartet, dass man sie erobert, dachte Iris Terheyde boshaft.

»Ich glaube nicht an Selbstmord. Ich glaube, Franz Satorius ist ermordet worden«, sagte Margit Trautmann. Die Strategie von Felix hatte gewirkt.

Iris konnte sich nicht zurückhalten. »Und wer könnte das gewesen sein?«

Die Frau auf dem Sofa würdigte sie keines Blickes mehr, ihre Augen hingen weiter an Martin Felix. Sie hatten jetzt etwas Lauerndes. »Mein Mann. Mein Exmann, um genau zu sein. Wir leben in Scheidung. Aber mein Anwalt …«

»Der verstorbene Paul Schneider?«, hakte Martin Felix nach. Da begannen die Tränen erneut zu fließen.

Schau an, dachte Kriminaloberkommissarin Terheyde. Es ist also gar nicht Franz Satorius, um den diese Frau trauert, sondern der tote Rechtsanwalt. Bei der ersten Vernehmung war dies noch nicht so klar geworden. Irgendetwas musste in der Zwischenzeit geschehen sein. Das konnte sie förmlich riechen. Doch sie sagte nichts. Wenn Martin Felix fragte, erfuhren sie mehr. So langsam war sie beeindruckt vom Glücklichen.

»Aber Ihr Anwalt hat Selbstmord begangen, nicht wahr?«

Wieder schüttelte Margit Trautmann energisch den Kopf. »Daran glaube ich ebenso wenig wie an den Selbstmord von Franz Satorius.« Dann brach es aus ihr heraus. »Das war Max. Er hat beide umgebracht. Paul Schneider war ein gläubiger Mensch, einer, der für die Gerechtigkeit kämpfte. Nie, niemals hätte er sich umgebracht. Das war mein Exmann. Er hat sie beide getötet.« Sie brach in wildes Schluchzen aus.

Iris richtete sich auf. »Das ist eine schwerwiegende Beschuldigung, das wissen Sie sicher. Haben Sie Beweise dafür? Warum hätte er das tun sollen?«

Sie war noch immer Luft für Margit Trautmann. Diese tat, als habe sie die Zwischenfrage überhaupt nicht gehört. »Er ist wahnsinnig, ein Verrückter. Schon als Sechzehnjähriger wurde er in die Psychiatrie eingeliefert. Er hätte beinahe seinen Stiefvater umgebracht. Das war, nachdem diese Klara verschwunden ist. Mein Schwiegervater hat mir davon erzählt. Und Drogen genommen hat er auch. Mein Exmann ist abgrundtief böse. Und er hasst seinen Stiefvater bis aufs Blut. Es muss dabei um eine alte Geschichte gehen. Aber keiner von beiden hat mir jemals Einzelheiten erzählt. Ich weiß nur, dass es irgendetwas mit seiner Stiefschwester und ihrem Verschwinden vor etwa dreißig Jahren zu tun hat. Inzwischen glaube ich, dass Satorius recht hatte, als er sagte, sein Stiefsohn sei zu allem fähig. Lassen Sie sich von seiner harmlosen Fassade nicht täuschen.«

»Warum glauben Sie, dass Ihr Exmann ein gefährlicher Verrückter ist?« Die Stimme von Martin Felix klang so sanft wie die eines liebevollen Beichtvaters.

»Weil er mit dem Messer auf mich losgegangen ist. Dabei wollte ich ihm doch bloß helfen. Er hat Ärger mit seinem Verleger, und ich habe den Mann besänftigt. Er hat getobt wie ein Irrer, weil ich mich eingemischt habe. Da sehen Sie, dass er ein Verrückter ist. Unberechenbar.«

Iris erinnerte sich daran, dass Max Trautmann ihr von einem Streit mit seiner Frau erzählt hatte. Sie hatte alle seine Haikus vernichtet, sein Lebenswerk.

Margit Trautmann schluchzte wie zur Bestätigung ihrer Worte erneut auf. »Er ist ein Verrückter«, wiederholte sie. »Ich habe Angst vor ihm.«

Martin Felix ging zu ihr und legte ihr den Arm um die Schulter. Sie lächelte unter Tränen zu ihm auf.

»Wären Sie bereit, das alles noch einmal in einer offiziellen Vernehmung in der Polizeidirektion zu erzählen, sodass wir ein Protokoll Ihrer Aussage machen können? Dann haben wir einen guten Grund, ihren Exmann zu verhaften, und Sie brauchen keine Angst mehr vor ihm zu haben. Wie wäre es denn mit morgen früh, zehn Uhr?« Er zückte seine Karte. »Hier, Sie können mich jederzeit anrufen, wenn Ihnen noch etwas einfällt und Sie sich fürchten«, erklärte er großspurig wie der Leiter der Mordkommission in einem Fernsehkrimi.

Das war eins zu viel, diese Frau ruft dich unter Garantie an, dachte Iris. Dann kannst du sehen, wie du sie wieder loswirst. Und sie lügt. Jedenfalls erzählt sie uns nur die halbe Wahrheit.

»Ich komme, natürlich«, erklärte Margit Trautmann eifrig. »Sie sind so einfühlsam«, schob sie dann mit einem neckischen Neigen ihres Kopfes nach. Sie hatte die Schau von Martin Felix geschluckt.

Iris beschloss, ihn morgen die Vernehmung führen zu lassen.

»Kann ich denn für einige Tage wegfahren, oder muss ich mich jetzt immer zu Ihrer Verfügung halten?«, fragte Margit Trautmann noch. Ihr Versuch, es wie einen Scherz klingen zu lassen, misslang gründlich. Sie würde dir gern zur Verfügung stehen, lieber Kollege, dachte Iris nicht ohne eine gewisse Schadenfreude.

Martin Felix und sie wechselten einen kurzen Blick. »Wo wollen Sie denn hin?«

»Mit einer Freundin in Richtung Berner Oberland. Wir haben vor, dort ein wenig in den Bergen zu wandern. Nur über ein Wochenende. Um auf andere Gedanken zu kommen.«

»Ich denke, das ist kein Problem«, befand Martin Felix. Iris nickte ihm zu. »Sie sollten uns vielleicht sicherheitshalber Ihre Adresse dalassen«, empfahl sie und stand auf.

Margit Trautmann krakelte etwas auf einen Zettel und reichte ihn Martin Felix. Dann begleitete sie ihre beiden Besucher zur Tür.

Im Hinausgehen drehte sich Iris noch einmal um. »War Paul Schneider Ihr Geliebter?«, fragte sie mit Eis in der Stimme. Sie konnte sich nicht helfen, sie mochte diese Frau nicht. Und sie konnte verstehen, warum Max Trautmann sie auch nicht mochte. Aber irgendwann musste er sie ja geliebt haben. Jedenfalls hatte er sie geheiratet. Verstehe einer die Männer. Ihr würde das wohl nie gelingen.

Margit Trautmann prallte förmlich zurück, ihre Gesichtszüge entgleisten völlig. »Wie können Sie es wagen! Er war mein Anwalt. Sonst nichts.« Damit knallte die Wohnungstür hinter ihnen zu.

Sieh an, getroffene Hunde beißen, dachte Iris.

»Wow, was für eine Frau, was für ein Temperament«, stellte Felix nicht ohne einen gewissen Sarkasmus fest.

»Haben Sie Ihr Handy dabei?«

Der Glückliche griff in seine Brusttasche. »Wen soll ich anrufen?«

»Den Chef. Er soll den Leitenden anrufen. Wir brauchen jetzt schnellstens den Haftbefehl für Max Trautmann. Es besteht Fluchtgefahr und Gefahr für das Leben seiner Ex. Und dann sagen Sie den Kollegen, die Trautmann überwachen, sie sollen ihn sofort vorläufig festnehmen.«

16

John Benson schwang sich auf seinen Rappen. Er war müde. Vor ihm lagen noch drei Stunden Ritt bis Tombstone. Doch er wusste, sein Rappe würde ihn nicht im Stich lassen, so erschöpft er auch sein mochte. »Hey, gib nicht auf, Alter, bald haben wir es geschafft«, flüsterte er sanft. Und als hätte er seinen Herrn verstanden, verfiel der Wallach erneut in diesen leichten, kräftesparenden Trab, mit dem er ihn schon so viele Meilen weit getragen hatte. Als wittere er den Stall, als kenne er die Wichtigkeit der Mission, die John Benson nach Tombstone rief.

Max nahm seine Lesebrille ab und rieb sich die Augen. Er hatte nach den Ereignissen der letzten Tage Mühe, sich wieder auf den Western zu konzentrieren. Er hatte keine Ahnung, wie oft er die ersten Sätze neu geschrieben hatte. Klaras Geschichte war beendet. Nun würde John Benson endlich seine Mission erfüllen können. So ganz genau wusste er zwar noch nicht, in welche Schwierigkeiten Benson dabei geraten würde, aber am Schluss wäre alles gemeistert. Max war schon mehrmals in Versuchung geraten, seinen Helden über den Jordan zu schicken. Andererseits hätte er in den letzten Tagen gern etwas von seiner Unbesiegbarkeit gehabt.

Eigentlich mochte er keine Helden. Sie gingen ihm auf die Nerven. Doch wer schlachtete schon eine Kuh, die Milch gab. John Benson genoss die Gunst eines kleinen, aber beständigen Leserkreises. Damit war zwar nicht das große Geld zu machen, aber sein Verleger fand den Erfolg zufriedenstellend. Und wenn mein Verleger zufrieden ist, bin ich es auch, dachte Max.

Er ging zum Fenster, um sich die nächsten Sätze zu überlegen. Seine Gedanken waren in der Prärie vor Tombstone. Das Bild einer sandigen und mit Steinen übersäten, leicht welligen Ebene entstand vor seinem inneren Auge. Der böige Wind blies trockene, dornige Zweige über das Land. Er sah John Benson nur von hinten. Jetzt noch ein Sonnenuntergang dazu, und das Klischee wäre perfekt. Peter-West-Leser mochten solche Bilder. Bilder, die sie schon aus unzähligen Western kannten, das wusste er. Offenbar gab es den Geschichten etwas Vertrautes. Sie fanden sich dann leichter zurecht. So wie in einem Haus, in dem man schon lange lebt.

Langsam schob sich ein anderes Bild davor und forderte seine Aufmerksamkeit: Unten, an den Arkaden, stand ein Mann mit einem Stetson. Er war hager und trug einen Kaschmirmantel. Er sah irgendwie interessant aus. Max musste an den Erpresserbrief denken, der noch immer neben dem Computer auf seinem Schreibtisch lag. Er hob ihn hoch und las die Zeilen zum hundertsten Mal.

»Du Mörder
Ich gesehen
Du zahlen 250 000 Euro.«

Er wusste, dass er gemeint war. Trotzdem hatte er noch immer das Gefühl, der Brief sei eigentlich an einen anderen gerichtet, betreffe ihn in keiner Weise.

Max schüttelte sich. Damit würde er sich später befassen. Eines war jedenfalls klar: Was immer der Erpresser von ihm wollte, er würde es nicht bekommen. Max fand es selbst erstaunlich, dass er keinerlei Angst empfand bei dem Gedanken, der oder die Briefschreiber könnten mit ihren Neuigkeiten zur Polizei gehen. Mord war etwas Böses, Verbotenes. Der Tod von Franz Satorius war nichts Böses, im Gegenteil. Er hatte Gerechtigkeit geschaffen.

Im Augenwinkel bemerkte Max zwei weitere Männer. Von Weitem sahen sie aus, als wären sie etwa dreißig und vierzig Jahre alt – ein etwas größerer Jüngerer und ein etwas älterer Rundlicher mit Halbglatze. Er wunderte sich etwas über den Andrang in den Arkaden. Es gab nicht viel zu sehen, dort, wo sie standen.

Der Jüngere holte etwas aus der Brusttasche seiner schwarzen Lederjacke. Max konnte nicht sehen, was es war, nahm aber an, es könnte sich um ein Handy handeln. Jedenfalls hielt sich der Mann die rechte Hand jetzt ans rechte Ohr und bewegte seinen Mund. Noch während des Sprechens schaute er nach oben zu den Fenstern von Max' Wohnung.

Komisch. Doch Max hatte keine Zeit, länger darüber nachzudenken. John Benson kam auf seinem Weg nach Tombstone nicht vom Fleck. Er kehrte zu seinem Computer zurück, setzte seine Brille auf und schrieb weiter.

Der Rappe schnaubte und stellte die Ohren hoch. John Benson wusste, was der Wallach ihm damit sagen wollte. Lange bevor er selbst ihn sah, signalisierte das Tier, dass sich ein Reiter näherte. Fünf Minuten später konnte er auch schon eine kleine, dunkle Gestalt auf einem Braunen erkennen, der gegen seinen Reiter riesig wirkte. Das Pferd galoppierte wie wild, die Augen weit aufgerissen vor Panik. Da ging offenbar ein schweres, völlig verstörtes Kutschpferd mit seinem Reiter durch, der sich verzweifelt auf dem mächtigen Rücken des Pferdes festklammerte. John Benson gab seinem Rappen die Sporen. Er musste etwas unternehmen. Beim Näherkommen erkannte er, dass der Reiter eine junge Frau war. Die Haare hatten sich teilweise gelöst. Ein kleiner lila Hut mit einer grünen Feder hing nur noch halbherzig über ihrem linken Ohr. Er hörte einen verzweifelten Hilfeschrei. Ein Stück weiter hinten sah Benson eine Wolke von Staub aufsteigen. Die Frau wurde offenbar von einer ganzen Gruppe von Reitern verfolgt. Nach der Größe der Staubwolke zu urteilen, waren es mindestens zehn. Er hätte seinen Rappen am liebsten …

In diesem Moment läutete es an der Wohnungstür. Max stand fluchend auf. Er konnte jetzt gerade gar keine Störung vertragen. Es lief im Moment so gut. Und seit er wusste, dass er das Geld eigentlich nicht brauchte, machte das Schreiben sogar wieder Spaß. Im Grunde war er ein glücklicher Mann.

Er fand das nicht lange. Als er die Wohnungstür öffnete, sah er sich den beiden Männern gegenüber, die er eben noch an den Arkaden halb unbewusst wahrgenommen hatte. Sie fixierten ihn mit ihren Blicken wie zwei Schlangen ein Kaninchen. Kurz danach begriff Max, dass er tatsächlich das Kaninchen war. Sie hielten ihm ihre Ausweise unter die Nase.

»Polizei. Sie sind vorläufig festgenommen«, schnauzte der kleinere Ältere.

Max starrte ihn an, als stünde ein grünes Marsmännchen vor seiner Wohnungstür. »Warum?«, brachte er schließlich hervor.

»Das erfahren Sie in der Polizeidirektion in Lörrach. Dort werden Sie auch über Ihre Rechte informiert.«

Ehe Max es sich versah, hatte der Jüngere ihn in einem äußerst unangenehmen Klammergriff und bugsierte ihn gegen die Wand des Flurs. »Hände an die Wand«, befahl er dann. Max tat, wie ihm geheißen. Der Ältere tastete ihn am ganzen Körper ab. Max empfand diese Berührungen wie ein Eindringen in seine Intimsphäre.

»Keine Waffen«, erklärte der Ältere schließlich und ließ von ihm ab.

Max' Gehirn arbeite fieberhaft. Er hatte eine solche Situation schon oft im Fernsehen gesehen. Was tat, was dachte ein Verhafteter in einem solchen Moment? Wie verhielt er sich, um möglichst unverdächtig zu erscheinen? Da fiel ihm etwas ein. »Kann ich noch meinen Computer ausschalten?«, fragte er.

Die beiden Männer warfen sich einen bedeutungsvollen Blick zu. Sie hatten wohl mit einer anderen Reaktion gerechnet, vermutete Max. Während er zum Computer ging, kam ihm eine andere Idee. Sie passte wohl besser zu seiner Situation. »Darf ich meinen Anwalt anrufen?«

Der Jüngere nickte. »Das dürfen Sie. Später. Selbstverständlich. Ach, und Sie sollten etwas einpacken. Zum Anziehen, meine ich.«

Max schaute ihn verwirrt an. »Wieso?«

»Es könnte länger dauern«, erklärte der Ältere trocken.

Max nickte. Er ging ins Schlafzimmer und packte mit fliegenden Händen in seinen Rucksack, was ihm gerade in die Finger kam. Rasierzeug, Rasierschaum, Unterhosen, einen Pullover. Dann stockte er. »Wie lange?«

Die beiden Männer waren mitgekommen, sie ließen ihn keinen Moment aus den Augen. Der Ältere mit der Glatze zuckte nur die Schultern.

Max wurde hinten in einen grün-weißen Streifenwagen gesetzt. Er hörte das Klacken der Türverriegelung. Die Situation nahm immer groteskere Formen an. Die ganze Zeit überlegte er fieberhaft, was denn der Grund für seine Verhaftung sein könnte. Ihm fiel nur der Tod von Franz Satorius ein. Sein unbekannter Erpresser musste geredet haben. Musste er nun alles genau erzählen und es damit aufs Neue durchleben? Das würde er nicht durchstehen.

In der Polizeidirektion wurde Max ins Untergeschoss expediert. Die Zelle hatte ein kleines, vergittertes Fenster. Es hing fast unter der Decke. Ein großes Neonkarree verströmte ein fahles Leuchten. Das kalte Licht verdrängte den warmen Schimmer der Straßenlaternen, der bisher in die Zelle geschienen hatte. Die metallene Kloschüssel hatte keinen Deckel. Sie stank nicht. Sie sah aber so aus, als würde sie stinken. Die Wände rund um die Kloschüssel waren in etwa bis Schulterhöhe mit rostroten Fliesen gekachelt. Der Rest der Wand war ohne Putz, dafür aber in einem schmutzigen Lindgrün gestrichen, der Betonboden grau.

Max' Blick fiel auf den hölzernen Tisch, der an der Wand befestigt war. Offenbar konnte er auch hochgeklappt werden. Einen Stuhl gab es nicht. Dafür an der anderen Wand auf einem Betonpodest eine Holzfläche mit erhöhtem Rückenteil. Das war, den Maßen nach zu urteilen, offenbar ein Bett. Ein Kissen war nicht vorhanden. Nur die Wolldecke, die man ihm in die Hand gedrückt hatte. Er hörte, wie die Tür hinter ihm ins Schloss fiel und der Schlüssel sich umdrehte.

Erst in diesem Moment begriff er wirklich, dass er gemeint war. Dass jemand ihn für einen Verbrecher hielt, der eingesperrt werden musste. Er wollte protestieren, laut schreien. Doch er fand keine Worte. Er wollte sich die Brille aufsetzen, um zu lesen, was andere vor ihm auf die Wände geschrieben hatten. Vielleicht lag darin etwas Trost. Dann erinnerte er sich. Sie hatten ihm die Brille weggenommen.

Vier Stunden später wurde Max aus der Zelle geholt. Er hatte sich inzwischen einen Plan zurechtgelegt. Er würde den Erstaunten spielen, den völlig zu Unrecht Beschuldigten. Er würde nichts sagen, was sie nicht schon wussten. Außerdem hatte er sich genugend Kriminalfilme angeschaut, um zu wissen, dass er eigentlich gar nichts sagen, nur seine Personalien angeben musste. Und er würde einen Anwalt fordern. Und zwar Axel Freudenreich, den Mann, der ihm die Nachricht von der Erbschaft gebracht hatte.

Iris Terheydes Gesicht war nicht zu entnehmen, was sie dachte, als Max Trautmann ins Büro geführt wurde. Dann versuchte sie ein Lächeln, es wirkte verkrampft. Max, der nach der letzten Begegnung im Restaurant schon halb damit gerechnet hatte, sie als seine Jägerin wiederzutreffen, fand sie trotzdem sympathisch. Sie machte ihm jedenfalls noch immer keine Angst.

»Sie werden des versuchten Mordes beschuldigt«, erklärte Iris Terheyde ihm nach der Belehrung, dass er das Recht habe, die Aussage zu verweigern. »Und der Verbindung zu einer kriminellen Vereinigung.«

Max wurden die Knie weich, er ließ sich auf den Stuhl vor ihrem Schreibtisch sinken. Hinter sich spürte er die Gegenwart einer zweiten Person im Raum. Er drehte sich um. An der Wand neben der Tür lehnte in lässiger Pose Martin Felix. Er sah müde, gleichzeitig aber auch zufrieden aus.

Iris Terheyde machte keine Umschweife. »Was hat dieser Mann am Fasnachtssonntag in Ihrer Wohnung gemacht? Hat er Sie so zugerichtet? Versuchen Sie nicht, zu leugnen, dass ein Mann in Ihre Wohnung eingedrungen ist. Es gibt entsprechende Fernsehbilder. Die Kamera des SWR hat alles aufgenommen.«

Max blickte betreten zu Boden. Sein Gehirn suchte fieberhaft nach einer plausiblen Erklärung. »Ja. Plötzlich war er da. Durch die Balkontür. Ein Einbrecher. Er hat die Gelegenheit des Umzugs, das Durcheinander genutzt. Er dachte wohl, ich wäre auch beim Fasnachtsumzug und hätte aus Versehen die Balkontür offen gelassen.«

»Und warum haben Sie keine Anzeige erstattet?«

»Er hatte ja keine Gelegenheit, etwas zu stehlen. Es kam zu einem ziemlich heftigen Kampf. Am Ende hatte er auch einige Blessuren. Da ist er dann abgerückt. Ich dachte, vielleicht bekomme ich noch Ärger, wenn ich ihn anzeige. Weil ich ihn doch verprügelt habe. Gilt so etwas nicht als Körperverletzung? Deswegen habe ich auch nichts davon gesagt, als Sie mich nach meinen Verletzungen fragten.« Er zog ein möglichst harmloses Gesicht.

»Können Sie den Mann beschreiben? Wie sah er aus? Was hatte er an?«

Max Trautmann zögerte. »Nein, eigentlich nicht. Er war ziemlich kräftig. Er hatte ein Clownskostüm an, eines mit Punkten, und trug eine Maske. Ich konnte sein Gesicht nicht erkennen.«

»Was glauben Sie, wie alt könnte der Einbrecher gewesen sein, ganz jung, schon älter? Das erkennt man doch an den Bewegungen.«

Max Trautmann schüttelte den Kopf. »Ich weiß es wirklich nicht. Es ging alles so schnell.«

Iris hielt Max Trautmann ein Fahndungsfoto unter die Nase. »Ist er das?«

Er zuckte zusammen. »Nein, das heißt, ich weiß es nicht. Ich habe das Gesicht nicht gesehen.«

»Außerdem behauptet Ihre Frau, dass Sie versucht hätten, sie umzubringen«, klinkte sich ihr Kollege ein.

Max konnte nicht anders. Er lachte laut heraus. »Das ist absurd«, erklärte er, nachdem er sich wieder beruhigt hatte.

Iris Terheyde verzog keine Miene. »Ihre Frau hat uns die ganze Situation geschildert. Und Sie haben mir ebenfalls von dem Streit zwischen Ihnen berichtet. Erinnern Sie sich noch? Damals, als wir über die Haikus sprachen?«

Max schaute sie einen Moment lang an. Er erinnerte sich. Auch daran, dass er mit dem Küchenmesser auf Margit losgegangen war. Nein. Von dem Küchenmesser hatte er nichts erzählt. Nur davon, dass Margit seine Haikus zerstört hatte. Ja, wenn er es sich recht überlegte, beinahe hätte er Margit damals umgebracht. Es war aber nichts passiert. Er hatte ihr noch nicht einmal ein Haar gekrümmt. Irgendwie bedauerlich, aber momentan doch von Vorteil. »Wenn meine Frau behauptet, ich hätte versucht, sie umzubringen, dann lügt sie«, erklärte er schließlich. »Darf ich meine Brille wiederhaben? Ich fühle mich nackt ohne sie.« Er musste Zeit gewinnen, um nachzudenken. Es ging also nicht um Franz Satorius.

Iris Terheyde musterte ihn nachdenklich. »Sie bekommen Ihre Brille. Später. Zurück zum Streit mit Ihrer Frau. Sie haben mir erzählt, sie habe Ihre Haikus vernichtet. Ganz klar, dass Sie wütend waren und auf sie losgegangen sind.«

Max zuckte die Schultern. »Natürlich war ich wütend. Aber deswegen bringe ich meine Frau doch nicht um. Ich habe zurzeit Wichtigeres im Kopf als Haikus.«

Iris Terheyde richtete sich auf. »Und was?«

»Ich schreibe gerade an einem neuen Roman, da blende ich alles andere aus. Sonst kann ich mich nicht konzentrieren.«

»Reden Sie von dem Erotikkrimi, den ich mal bei Ihnen angelesen habe?«

»Oh nein. Ich sagte doch, das war eine Kurzgeschichte. Sie ist fertig. Das war nur ein Versuch. Ein wirklich schlechter obendrein. Ich habe die Geschichte längst wieder gelöscht.« Er hoffte, dass sie nun nicht seinen Computer beschlagnahmen und die Geschichte von Klara finden würden.

Iris Terheyde biss sich nachdenklich auf die Lippen.

»Ich weiß beim besten Willen nicht, wie Margit dazu kommt, so etwas zu behaupten«, bekräftigte Max Trautmann.

»Wie bitte?«

Max wiederholte seinen Satz. »Außerdem würde ich jetzt gerne meinen Anwalt anrufen. Ich verstehe das alles nicht. Diese ganzen Anschuldigungen sind nichts als pure Verleumdung. Margit hasst mich. Ich weiß auch nicht, warum. Außerdem hatte sie einen Geliebten.«

»Ach?«, sagte Iris Terheyde.

»Wen denn?«, erkundigte sich Martin Felix von hinten.

Max hob die Hände. »Ich weiß es nicht. Das mit dem Geliebten vermute ich auch nur. Sie hat nie etwas gesagt, und ich habe auch keine Beweise. Es war nur so ein Gefühl.« Dann beschloss er, die Flucht nach vorne anzutreten. »Vielleicht sollten Sie meinen Stiefvater fragen, Franz Satorius. Meine Frau und er verstehen sich blendend.«

»Franz Satorius ist tot«, sagte Iris Terheyde.

»Ach«, erwiderte jetzt er.

»Ja, wir haben ihn aus dem Kraftwerksrechen geholt«, bestätigte Martin Felix in Max' Rücken. »Ebenso wie vor wenigen Tagen die Frau. Ihre Stiefschwester Klara.«

»Das ist ja furchtbar. Und wie ist er dorthin gekommen?«

»Das wüssten wir auch gerne«, antwortete Iris Terheyde.

Plötzlich stand Martin Felix neben ihr auf der anderen Seite des Schreibtisches. »Spielen Sie hier nicht den Unschuldigen!«, brüllte er.

»Wie meinen Sie das?«, fragte Max.

Iris Terheyde gab die Antwort. Sie sprach so leise, dass Max sie kaum verstehen konnte. »Der Mann, der in Ihre Wohnung kam, war kein Einbrecher, sondern ein Krimineller aus dem Drogenmilieu, ein Dealer und Kurier, ein Killer und Mitglied eines Drogenhändlerrings.«

Sie stockte, als wäre ihr eben etwas eingefallen, fuhr aber dann fort. »Soweit wir wissen, hat er früher als Messerwerfer im Zirkus gearbeitet. Was wollte er von Ihnen? Bevor Sie antworten: Wir wissen von Ihren früheren Verurteilungen wegen des unerlaubten Besitzes von Betäubungsmitteln. Außerdem haben wir drei Todesfälle. Die ertrunkene Frau, Paul Schneider und nun Franz Satorius. Das einzige Bindeglied zwischen diesen drei Menschen sind Sie. Klara Bernauer war Ihre Stiefschwester. Paul Schneider der Anwalt Ihrer Frau, die wiederum, offenbar mit seiner Hilfe, eine Anzeige wegen versuchten Mordes gegen Sie vorbereitet hat, was sie uns gegenüber auch bestätigte. Ihr Stiefvater und Sie haben sich gehasst. Jetzt ist er auch tot. Finden Sie nicht auch, dass das zu viele Zufälle auf einmal sind?«

»Und?«

»Haben Sie nicht mehr dazu zu sagen?«

»Was sollte ich sagen? Ich verstehe nicht, was Sie von mir erwarten.«

Iris Terheyde musterte ihn eindringlich. »Haben Sie etwas mit diesen Todesfällen zu tun? Und woher kannten Sie den Clown?«

Max richtete sich auf und schaute ihr voll in die Augen. »Ich kannte den Clown nicht. Ich kenne auch keinen Drogenhändlerring. Und mit den Todesfällen habe ich nichts zu tun. Halten Sie mich denn für einen rasenden Irren, der reihenweise Menschen ins Jenseits befördert?«

»Haben Sie denn dann einen Verdacht, wer Franz Satorius umgebracht haben könnte?«

»Ich wusste ja noch nicht einmal, dass er tot ist, bis Sie es mir gesagt haben.«

»Erzählen Sie uns doch hier keine Märchen«, fuhr Felix dazwischen. »Sie wollen uns doch wohl nicht allen Ernstes weismachen, dass Sie nichts vom Tod Ihres Stiefvaters wussten! Das ist doch Stadtgespräch.«

Max Trautmann riss die Augen auf. »Nein. Ich habe von niemandem etwas erfahren. Wirklich nicht. Wie ich gesagt habe, ich bin gerade mitten in einer Geschichte. Da blende ich alles andere aus.«

Sie bohrten immer wieder nach, spielten das alte Spiel vom Guten und von der Bösen. Oder umgekehrt. Doch Max Trautmann verwickelte sich in keinerlei Widersprüche.

»Bringt ihn in seine Zelle«, ordnete Iris Terheyde schließlich an. »Aber vorher erlaubt ihm, seinen Anwalt anzurufen. Und gebt ihm seine Brille zurück.« Sie schaute auf die Uhr. »Obwohl ich glaube, dass der jetzt nicht zu erreichen sein wird. Es ist bereits halb elf abends.«

»Wer ist Ihr Anwalt?«, fragte Martin Felix.

»Axel Freudenreich.«

»Ich dachte, der ist schon längst in Rente. Wir haben ihn jedenfalls lange nicht mehr bei uns gesehen.«

»Ich kenne keinen anderen«, erklärte Max wahrheitsgemäß.

»Und wie haben Sie ihn kennengelernt?«

»Ehrlich gesagt, ich kann mich nicht mehr erinnern.«

»Ach«, sagte Iris Terheyde. »Gut. Bring ihn in seine Zelle.« Sie nickte ihrem Kollegen zu.

An der Tür wandte sich Max noch einmal um. »Ich habe den Abend mit Ihnen sehr genossen. Auch wenn wir am Ende eine Meinungsverschiedenheit hatten. Es tut mir leid, dass ich so schroff reagiert habe. Sie tun ja nur Ihre Arbeit. Selbst in Ihrer Freizeit.«

»Ach?«, meinte dieses Mal Martin Felix und warf seiner Chefin einen erstaunten Blick zu. Diese wurde hinter ihrem Schreibtisch tatsächlich ein wenig rot.

Iris beobachtete, wie sich die Tür hinter Max Trautmann schloss. Verdammt, nun würde sie sich dem Glücklichen gegenüber rechtfertigen müssen. Das war eine unangenehme Situation. Doch zuerst musste sie hören, was der Chef beim Leitenden erreicht hatte.

Der große M. nahm schon nach dem dritten Klingeln ab. »Und, habe ich den Fall?« Iris Terheyde kam schnell zur Sache.

»Habt ihr ihn schon festgenommen?«

»Ja, wir haben ihn vorläufig festgenommen. Es kann durchaus sein, dass Trautmanns Verflossene in Lebensgefahr schwebt. Warum?«

»Der leitende Oberstaatsanwalt der Staatsanwaltschaft Waldshut weigert sich, Ihnen den Fall offiziell zu übertragen und einen Haftbefehl zu beantragen, bevor er nicht einen schriftlichen Bericht von Ihnen hat. Die Männer vom LKA haben dem Staatsanwalt außerdem nahegelegt, Trautmann laufen zu lassen. Sie hoffen wohl, dass er sie zu irgendwelchen Hintermännern führt.«

»Und der Leitende hat eiligst den Kopf eingezogen, als er hörte, dass sich das LKA für den Fall interessiert. Dieses Weichei.« Iris Terheyde war die Bitterkeit deutlich anzuhören.

»Na, na, verderben Sie es sich nicht mit ihm. Er kann Ihnen noch einige Schwierigkeiten bereiten. Also, liefern Sie ihm den Bericht inklusive handfester Gründe, diesen Trautmann in Haft zu behalten. Sie können ja den Bericht nehmen, den Sie für mich schreiben sollten. Damit sind Sie doch sicher fertig, oder?«

Iris schluckte trocken, sie hatte höchstens zehn Sätze. »Fast.«

Der Chef lachte. »Na, dann machen Sie sich mal an die Arbeit. Sie haben nicht viel Zeit.«

»Ich weiß«, sagte Iris. Laut Gesetz hatte sie genau vierundzwanzig Stunden vom Augenblick der vorläufigen Festnahme an. Dann musste der Haftbefehl beantragt und der Verhaftete zum Prüfungstermin dem Haftrichter vorgeführt worden sein. Andernfalls mussten sie Max Trautmann wieder freilassen. Sie brauchte aber mehr Zeit. Dieser Mann war ein harter Brocken. Sie musste ihn weichkochen, und sie hoffte, dass die Haft das ihre dazu beitragen würde. Und wenn er nicht schuldig war? Dann würde sie sich davon überzeugen. Ganz sichergehen. Auch dazu brauchte sie mehr Zeit. »Ach, noch was. Haben Sie sich mal die Akte des alten Falles angeschaut, ich meine den, bei dem ich Ihnen einen Tipp gegeben habe?«, fragte sie schließlich.

»Ja, habe ich. Und die Leute vom LKA haben die in Frage kommenden Personen auch noch einmal überprüft. Die Verhafteten sitzen immer noch im Gefängnis. Wobei das natürlich nichts heißen will. Es gibt Leute, die es sogar vom Gefängnis aus schaffen, einen Auftragskiller in Marsch zu setzen. Aber auf einen ehemaligen Messerwerfer sind weder die Leute vom LKA noch ich gestoßen. Auch das muss natürlich nichts bedeuten. Es kann durchaus sein, dass wir damals nicht alle erwischt haben. Wir hatten uns auf die Hintermänner konzentriert. Gut möglich, dass der eine oder andere Kurier noch unterwegs ist. Die Organisation an sich ist aber meiner Meinung nach zerschlagen. Außerdem wüsste ich nicht, wie jemand davon erfahren haben könnte, dass der Tipp von Ihnen kam. Warum fragen Sie überhaupt?«

»Stichwort kriminelle Vereinigung: Mir ist bei der Vernehmung von Trautmann plötzlich wieder eingefallen, wie die Frau hieß, von der ich damals die Information bekommen habe. Maria, eine Prostituierte. Sie gab mir den Tipp, weil ich ihr in einer anderen Sache einmal geholfen habe. Eigentlich dürfte ich den Namen der Informantin ja nicht preisgeben. Könnten Sie sich vielleicht diskret kundig machen, ob sie mit dem Fall vor drei Jahren etwas zu tun hatte beziehungsweise was aus ihr geworden ist? Vielleicht kennt sie ja diesen Messerwerfer.«

Der Morgen dämmerte, als sie endlich den Schlusspunkt unter den geforderten Bericht setzte. Iris beschloss, heimzugehen, eine Dusche zu nehmen und einen Kaffe zu trinken. Sie hatte schon wieder keine Zeit zu schlafen.

Sie war zurück, bevor Margit Trautmann im Revier auftauchen sollte. Als sie einen weiteren Kaffee aus dem Automaten ließ, dachte sie darüber nach, dass Margit Trautmann ein Rückzieher durchaus zuzutrauen war. Sie bekreuzigte sich innerlich. Nur nichts beschreien.

Der Kaffee im Plastikbecher war siedend heiß, aber nicht schlecht. Es kam aus einer jener Maschinen, in denen die Bohnen für jeden Becher frisch gemahlen wurden. Iris hatte allerdings den Verdacht, genau das könnte der Grund dafür sein, dass der Automat ständig defekt war. Vielleicht blieb immer mal wieder eine Kaffeebohne stecken.

Martin Felix empfing sie mit der Nachricht, dass Max Trautmann nun einen Anwalt hatte. Es war tatsächlich Axel Freudenreich, und er würde seinen Mandanten demnächst besuchen. Kurz danach rauschte Margit Trautmann in ihr Büro wie eine Fregatte zu Lord Nelsons besten Zeiten. Sie stand unter vollen Segeln und durchschnitt die Luft förmlich, die mit ihrem Eintreffen fühlbar dicker wurde.

»Ich werde nichts unterschreiben«, erklärte sie, noch bevor Iris Terheyde und Martin Felix guten Tag sagen konnten. »Ich mache von meinem Aussageverweigerungsrecht als Ehefrau Gebrauch. Ich habe mich erkundigt. Sie dürfen meine Aussage von gestern dann auch nicht verwenden.«

Iris hatte Mühe, sich zurückzuhalten. Das war eine Katastrophe. Unter diesen Umständen würde der Leitende niemals einen Haftbefehl beantragen. So langsam konnte sie wirklich nachfühlen, warum Max Trautmann offenbar manchmal den Drang verspürte, dieser Frau den Hals umzudrehen. Doch sie beherrschte sich.

»Warum?«, fragte sie mit möglichst ruhiger Stimme.

»Ich bin eine kranke Frau«, jammerte Margit Trautmann. Das Selbstmitleid triefte förmlich aus jedem Knopfloch ihrer Seidenbluse. Sie musste teuer gewesen sein. »Mein Arzt hat mir geraten, jede Aufregung zu vermeiden. Ich möchte nur noch in Frieden mit meiner Umwelt leben. Auch mit meinem Mann.« Ihre Stimme begann zu zittern.

Eine gute Schau, dachte Iris trotz ihrer Verärgerung.

»Und vielleicht kommen wir ja eines Tages doch wieder zusammen. Wissen Sie, ich liebe ihn noch immer. Trotz allem, was er mir angetan hat.« Margit Trautmann presste eine Träne aus dem Augenwinkel.

Diese Frau ist stahlhart, dachte Iris.

»Er stand ja in der letzten Zeit so unter Druck. Die Geldsorgen, die angedrohte Pfändung. Das kann schon an den Nerven zehren. Das muss man verstehen. Männer sind eben nicht so stark wie Frauen. Ich will ihn jetzt nicht noch mehr belasten. Doch es wird besser, er hat ja auch finanziell wieder Fuß gefasst. Das hat mir sein Vermieter erzählt. Dann hat er weniger Stress.« Margit Trautmann schlug die Augen nieder, ganz die treue, opferbereite Ehefrau.

Martin Felix schaltete sich ein. »Sie können nicht von Ihrem Aussageverweigerungsrecht Gebrauch machen«, stellte er sachlich fest. Iris kannte ihn allerdings inzwischen gut genug, um zu wissen, dass auch er innerlich fast platzte. »Sie sind nicht mehr die Frau von Max Trautmann, sondern seine Exfrau.«

Margit Trautmann blickte ihn treuherzig an. »Oh nein«, sagte sie dann senfsüß. »Wir sind noch nicht offiziell geschieden. Und ich habe heute Morgen meine Scheidungsklage zurückgezogen. Ich gebe die Hoffnung einfach nicht auf, ich möchte meinem Mann eine zweite Chance geben.«

Als sie draußen war, herrschte eine Weile Schweigen im Raum.

»Sie müssen den Leitenden davon in Kenntnis setzten«, sagte Martin Felix.

»Dann wird er den Haftbefehl niemals unterschreiben. Er mag mich sowieso nicht. Weiß der Teufel, warum.«

»Vielleicht sind Sie ihm einfach zu eigenwillig und widersprechen zu viel«, antwortete Martin Felix.

»Sparen Sie sich Ihre Analysen. Ich kann jetzt nichts weniger brauchen als Klugscheißerei. Helfen Sie mir lieber zu überlegen, wie wir reagieren können. Ich untersuche den Fall Trautmann. Ob er mitzieht oder nicht.«

Martin Felix grinste. Iris Terheyde fand dieses Grinsen unverschämt. Es gab ihm eine Überlegenheit, die ihm nicht zustand und die sie eigentlich noch wütender machte.

»Sehen Sie, genau dieses Verhalten meine ich.« Er konnte es nicht lassen, er musste auch noch eins draufsetzen. Tief durchatmen, schön tief durchatmen und auf zehn zählen, ermahnte sie sich. Und sachlich bleiben. »Diese Frau will nicht ihren Mann zurück, sondern sein Geld.«

»Welches Geld?«

»Max Trautmann hat eine Erbschaft gemacht.«

»Das ist ja das Neueste. Davon haben Sie mir noch gar nichts erzählt. Woher wissen Sie das?«

»Er hat es mir gesagt.« Sie stockte. Die Erinnerung an die missglückte Begegnung im Rheinfelder Haus Salmegg wurde wieder lebendig.

»Und wann?«

Wenn dieser Martin Felix doch nur nicht so penetrant wäre. »Ich kann mich nicht mehr erinnern«, schwindelte sie. Manchmal, zum Beispiel zur Selbstverteidigung, waren Notlügen erlaubt. Sie wollte vermeiden, dass die Sprache wieder auf dieses Treffen kam.

»Aber etwas ganz anderes: Franz Satorius. Liegt das Obduktionsergebnis vom Gerichtsmedizinischen Institut in Freiburg schon vor?«

»Auf Ihrem Schreibtisch.« Martin Felix deutete auf den Ordner.

»Dann werde ich mich jetzt mal an die Arbeit machen.«

»Ach übrigens, bevor ich es vergesse: Die Kollegen, die Max Trautmann festgenommen haben, haben eine merkwürdige Beobachtung gemeldet. Er wurde außer von uns offenbar noch von einem weiteren Mann überwacht, den dann eine ältere Frau abgelöst hat. Als die beiden bemerkten, dass die Kollegen sie gesehen haben, sind sie verschwunden.«

Iris nickte. »Wer sind die beiden, ist das bekannt?«

»Die Kollegen wissen es nicht. Sie hatten die Aufgabe, Max Trautmann zu beobachten, und konnten seinen Beschattern deshalb nicht folgen.«

Iris stöhnte. »Warum haben die Kollegen denn keine Verstärkung gefordert? Nun haben wir noch ein weiteres Rätsel dazubekommen. Was zum Teufel hat es mit diesen beiden auf sich? Kümmern Sie sich drum. Die Kollegen sollen alle Detekteien der Region abtelefonieren.«

Sie verabschiedete Martin Felix mit einem resignierten Kopfnicken. Dann griff sie zum Telefonhörer und informierte den Chef über die neuesten Entwicklungen. Der hatte bezüglich des Haftbefehls wenig Ermutigendes zu sagen, versprach aber, sein Bestes zu tun. Eine Maria hatte er in den alten Akten auch nicht gefunden. »Haben Sie dem Leitenden denn wenigstens Ihren Bericht geschickt?«

»Habe ich.«

»Gibt es denn keinen anderen Ansatzpunkt, an dem Sie weitermachen können?«

Sie erzählte ihm vom Mann und der Frau, die Max Trautmann offenbar beobachtet hatten.

»In diesem Fall hätte es allerdings etwas Gutes, wenn Trautmann entlassen würde«, argumentierte der Chef.

»Und was?«, fragte Iris skeptisch.

»Wenn er draußen ist, kommen seine beiden Bewacher vielleicht wieder, und ihr könnt sie verfolgen.«

Das klang logisch. Es war wenigstens ein Strohhalm.

Kurz danach war Viktor, der Kollege der Kantonspolizei, am Telefon. »Dä Pelzpaleto der Klara Bernauer isch ussm Tessin, Spezialarbeit, het dä Kürschner gsait.«

»Wie bitte? Ach ja, danke.«

»Jetzt han ich gschafft wia verruckt, und du saisch ganz cool danke.«

»Es tut mir leid. Viktor. Danke. Du hast recht. Aber inzwischen weiß ich, dass sie im Tessin gelebt hat, und wir haben im Zusammenhang mit diesem Selbstmord noch zwei weitere Todesfälle. Ehrlich gesagt, die Herkunft des Pelzmantels ist im Moment mein geringstes Problem. Trotzdem, du hast etwas gut bei mir.«

»Wenn gömmer esse?«

Iris musste lachen. »Bald. Aber nicht in einem Schweizer Restaurant, die sind mir zu teuer. Ich melde mich.«

Der Obduktionsbericht aus Freiburg zum Tod von Franz Satorius bestätigte ihre bisherigen Vermutungen. Die schweren Gesichtsverletzungen stammten nicht vom Kraftwerksrechen, jemand hatte Satorius brutal zusammengeschlagen. Das passte zu den Spuren in der Wohnung. Zusammen mit den Brüchen und Prellungen waren ihm die Blessuren höchstens eine Viertel- bis eine halbe Stunde vor seinem Tod zugefügt worden. In diesem Zustand hatte der Alte sich aber mit Sicherheit nicht zur Brücke schleppen und über die Brüstung stürzen können. Falls er da überhaupt noch gelebt hatte. In diesem Punkt war der Obduktionsbericht nicht ganz eindeutig. Jedenfalls blieb nur eine Folgerung: Es war Mord.

17

Das Klirren eines Schlüsselbundes und das Geräusch eines schweren Schlüssels, der sich drehte, holten Max in die Wirklichkeit zurück. Er hatte die Nacht in der Zelle zwischen Tag und Traum verbracht, in einem Gefühlschaos: Panik, Alpträume, Zuversicht und der Versuch, die Geschehnisse der letzten Tage zu begreifen, wechselten sich ab.

Durch das vergitterte Fenster drangen Tageslicht und das Geräusch der vorbeifahrenden Autos. Er musste doch noch irgendwann eingeschlafen sein, stellte er fest. Jedenfalls hatte er nicht bemerkt, dass es inzwischen hell geworden war. Er wollte auf die Uhr schauen. Dann erinnerte er sich. Man hatte sie ihm abgenommen.

Als sich die Tür öffnete, schob sich zuerst die Gestalt eines uniformierten Schutzpolizisten in die Zelle, dann dieser Martin Felix, der ständige Begleiter des Gänseblümchens.

»Ihr Anwalt ist gekommen«, teilte Felix ihm mit.

Axel Freudenreich hatte seinem neuen Mandanten eine gute Nachricht zu überbringen. Trautmann war frei. »Der Leitende Oberstaatsanwalt hat sich geweigert, den Haftbefehl zu beantragen. Es ist zwar nicht gerade üblich, aber es hilft manchmal, den direkten Weg zu gehen. Ich kenne den Leitenden schon, seit er als junger Referendar an das Amtsgericht Waldshut gekommen war, und habe ihm so manchen Tipp gegeben. Das zahlt sich jetzt aus.«

Max Trautmann schaute seinen Rechtsanwalt unsicher an.

»Sie können es ruhig glauben, Sie sind frei. Was halten Sie von einem anständigen Frühstück und einer großen Tasse Kaffee?«, fragte Freudenreich in seiner bedächtigen Art.

Max hielt viel davon. Er fuhr sich übers Kinn. Es war bereits ziemlich stoppelig. Er hatte sich auch am Morgen vor seiner Festnahme nicht rasiert.

Eine halbe Stunde und einige Formalitäten später saßen sie in der italienischen Eisdiele am Alten Markt, nicht weit vom Lörracher Marktplatz entfernt. Max genoss den hervorragenden

Milchkaffee und überlegte, wann er das letzte Mal in dieser Gegend gewesen war. Genau, letzten Sommer, bei einem Konzert des jährlichen Stimmenfestivals, das der Burghof ausrichtete, Sezen Aksu, die türkische Popdiva, hatte es auf dem Marktplatz gegeben. Damals hatte ihn noch niemand des Mordes beschuldigt. Durchs Fenster beobachtete er, wie der Wind die Wolken über den Himmel trieb, es war föhnig und warm, Regenschauer und Sonnenschein wechselten einander ab, fast wie im April.

Er sprach mit Freudenreich zunächst über Unverbindliches. Jeder der beiden Männer versuchte zu ergründen, worauf er sich mit dem anderen eingelassen hatte.

»Wie geht es jetzt weiter?«, fragte Max nach einer Portion Spiegeleiern mit Speck und der zweiten großen Tasse Kaffee.

»Sie erzählen mir, wieso die Polizei Sie überhaupt verdächtigt, etwas mit der organisierten Drogenkriminalität sowie dem Tod von Franz Satorius und Paul Schneider zu tun zu haben.«

Max Trautmann starrte seinen Rechtsanwalt an. »Ehrlich gesagt, ich habe keine Ahnung. Paul Schneider ist der Anwalt meiner Frau. Ich hatte nur einmal telefonisch mit ihm zu tun, und einmal habe ich mich mit meiner Frau in seiner Kanzlei getroffen, ansonsten haben wir nur über Schriftsätze bezüglich meiner Scheidung miteinander kommuniziert. Franz Satorius ist mein Stiefvater. Ich mochte ihn nicht. Aber deshalb habe ich ihn noch lange nicht umgebracht. Und die Drogen: Vor etwa dreißig Jahren habe ich da einige Dummheiten gemacht. Doch das ist längst vorbei. Ich verstehe das nicht, ich glaube, das passiert alles nur, weil mein Name bei allen drei Todesfällen aufgetaucht ist.«

Freudenreich musterte ihn aufmerksam. »Moment, Sie sagen, drei Todesfälle?«

»Ja, die Frau, die sich kurz vor Fasnacht von der Laufenburger Brücke in den Tod gestürzt hat, war meine Stiefschwester Klara. Das ist die Frau, die mir die zweihundertfünfzigtausend Euro hinterlassen hat.«

Der Anwalt schaute ihn forschend an. »Und Ihr Stiefvater?«

»Sie meinen, das wäre ein Mordmotiv? Er lebte noch, als ich das Geld geerbt habe. Außerdem hat er meine Stiefschwester aus dem Haus geworfen.«

»Es ist schon ein seltsames Zusammentreffen, drei Tote in Ihrem direkten Umkreis. Jetzt verstehe ich. Aber erzählen Sie mir von den Drogen. Haben Sie damals einer kriminellen Vereinigung angehört?«

»Das ist lächerlich. Ich habe das gemacht, was viele junge Leute in diesen Jahren gemacht haben. Ich war als Rucksacktourist unterwegs, habe in einem Aschram in Indien gelebt und mich danach in Japan mit der Lehre des Zen beschäftigt. Haschisch und andere Drogen gehörten einfach dazu. Einige Male habe ich etwas an andere weiterverkauft. Doch das waren geringe Mengen.«

Axel Freudenreich nickte. »Noch eine gute Nachricht: Ihre Frau ist heute bei der Polizei gewesen und hat ihre belastende Aussage zurückgezogen. Sie beruft sich auf ihr Zeugnisverweigerungsrecht als Ehefrau. Sie sind wohl noch verheiratet?«

Max' Miene wurde düster. »Ja, nächste Woche ist der Scheidungstermin.«

»Ist er nicht«, sagte Axel Freudenreich.

»Jetzt verstehe ich gar nichts mehr. Ich habe doch Nachricht vom Gericht bekommen.« Max wusste wirklich nicht mehr, wie ihm geschah.

»Soweit ich weiß, hat Ihre Frau die Scheidungsklage ebenfalls zurückgezogen. Können Sie sich diesen plötzlichen Sinneswandel erklären?«

Spontan fiel Max nur eine Begründung ein. »Sie muss von der Erbschaft erfahren haben.«

»Das wäre eine Möglichkeit. Geld hat schon bei vielen große Meinungsänderungen bewirkt. Doch wie könnte sie von Ihrem Erbe erfahren haben? Haben Sie ihr etwas gesagt?«

»Gott behüte! Ich habe keine Ahnung, woher sie das wissen könnte. Vielleicht hat sie mit meinem Vermieter gesprochen. Der weiß, dass ich wieder Geld habe, aber nicht, wie viel. Der Kommissarin habe ich vor einigen Tagen auch davon erzählt. Wir haben uns privat zum Essen getroffen. Vielleicht hat sie mit meiner Frau gesprochen.«

»Das kann ich mir nicht vorstellen.« Der Anwalt schüttelte den Kopf. »Vielleicht hat ja auch die Sekretärin von Paul Schneider geplaudert. Diese Herta Döbele hatte auf jeden Fall die Gelegenheit zur Akteneinsicht.«

Für Max war es wirklich die Stunde der Überraschungen. »Was hat Herta Döbele denn damit zu tun?«

»Oh, die Erbschaftsangelegenheit lief ursprünglich über den verstorbenen Kollegen. Er wollte aber nicht selbst in Erscheinung treten, deshalb hat er mir sozusagen einen Unterauftrag erteilt. Hatte ich Ihnen das nicht gesagt? Er kannte die Erblasserin. Sie war wohl seine Klientin. Genaues hat er mir dazu nicht mitgeteilt. Ich hatte aber bei unserem Gespräch das Gefühl, er wollte aus irgendeinem Grund nicht mit Ihrer Stiefschwester in Verbindung gebracht werden. Können Sie sich vorstellen, warum?«

»Nein, Sie hatten mir überhaupt nicht gesagt, wie die Sache gelaufen ist. Macht mich das zusätzlich verdächtig, diesen Anwalt ermordet zu haben?«

»Ich meine, mich zu erinnern, dass ich das eigentlich auch nicht erwähnen sollte«, schob der Anwalt nach und schmunzelte. »Aber jetzt sind Sie ja mein Mandant, nicht wahr? Und Paul Schneider ist tot. Ich glaube, das entlastet Sie eher. Warum sollten Sie einen Mann umbringen, der Ihnen Geld zukommen lassen wollte? Aber vielleicht ist es gut, wenn wir diese Information als kleinen Trumpf im Ärmel behalten. Wir können ja so tun, als hätte ich Ihnen die Zusammenhänge erklärt, wenn es hart auf hart kommt. Denn aus dem Schneider sind Sie noch nicht, wenn ich es einmal so ausdrücken darf.« Freudenreich kicherte über sein eigenes Wortspiel.

»Ein Prosit auf die Lebenden!« Max hob seine Kaffeetasse. Er hatte langsam das Gefühl, dass es ein guter Einfall gewesen war, Axel Freudenreich zu engagieren. Der Mann war zwar schon über siebzig und redete ziemlich langsam, sein Geist schien aber wendig zu sein.

Freudenreich trank ebenfalls einen Schluck Kaffee. »Ich hatte Einsicht in die Akten. Im Fall von Paul Schneider stochert die Polizei bezüglich der Todesursache übrigens noch im Dunkeln. Wie mir scheint, gibt es wohl einige Hinweise, dass es genauso gut Mord wie Selbstmord gewesen sein könnte. Ich glaube, dass diese Kommissarin nicht allzu viel in der Hinterhand hat. Schon gar nichts, was beweist, dass Sie möglicherweise ein Mörder sind. Da kam ihr die Anzeige Ihrer Frau gerade recht. Die ist nun aus der Welt. Dennoch, die Ermittlungen gehen weiter.«

Max hatte Mühe, seine Erleichterung zu verbergen. »Ich mache mir keine Sorgen. Ich habe mit all diesen Todesfällen nichts zu tun. Auch nicht mit der organisierten Kriminalität oder der Drogenszene. Das wird sich erweisen.«

»Ihr Vertrauen in die deutsche Gerechtigkeit ehrt Sie«, meinte Axel Freudenreich leicht sarkastisch. »Für heute habe ich noch eine letzte Frage an Sie: Können Sie sich vorstellen, wer einen Grund haben könnte, Ihnen nachzuspionieren? Die Polizei spricht jedenfalls davon, dass ein Mann und später auch eine Frau gesehen worden sind, wie sie Ihre Wohnung beobachtet haben. Wir müssten bei Gelegenheit mal nachschauen, ob es in Ihren vier Wänden Wanzen gibt.«

Max war erneut völlig verblüfft. Auch davon hatte ihm Iris Terheyde nichts erzählt. »Ich weiß von nichts«, erklärte er wahrheitsgemäß.

»Der Mann trug offenbar einen Kaschmirmantel. Noch nie gesehen?«, hakte Freudenreich nach.

Max machte große Augen. »Doch, jetzt wo Sie es sagen. Ich habe in den letzten Tagen mehrmals ein und denselben Mann gegenüber dem Haus stehen sehen. Aber wer kommt dabei schon auf die Idee, dass es sich um eine Überwachung handeln könnte! Laufenburg ist klein, da begegnet man den meisten Menschen öfter. Außerdem war Fasnacht. Da kommen ganze Völkerstämme in die Altstadt.«

Axel Freudenreich schob ein Papier über den Tisch. »Hier, unterschreiben Sie die Vollmacht. Ich kann das Mandat gut brauchen. Ich habe vor, viel zu verreisen.«

Max Trautmann hatte an diesem Tag allerdings keinen Cent in der Tasche. So bezahlte Axel Freudenreich das Frühstück. »Ich werde es Ihnen mit einem kleinen Aufpreis auf die Rechung setzen.« Die Quittung steckte er ein, nicht ohne auf der Rückseite sorgfältig den Anlass des Treffens und den Bewirteten zu vermerken.

Axel Freudenreich setzte Max direkt vor dem Haus ab. Als er sich kurz in Richtung der Arkaden drehte, sah er eine ältere Frau vor dem Fenster des Schmuck- und Uhrengeschäftes stehen. Nach der Nachricht über seine Überwacher schaute er genauer hin. Dann erkannte er sie. Es war die Sekretärin des toten Anwalts. Er grüßte höflich. Sie machte ein betretenes Gesicht und wandte sich schnell in Richtung Schaufenster um. So, als wollte sie nicht gesehen werden. Ob sie Margit tatsächlich von der Erbschaft erzählt hatte?

»Sehe ich irgendwie seltsam aus?«, erkundigte er sich sicherheitshalber bei seinem Rechtsanwalt.

»Wieso? Nein, soweit ich das beurteilen kann, so wie immer«, erfuhr er.

Erst unter der Dusche fiel ihm eine weitere mögliche Erklärung für das seltsame Verhalten von Herta Döbele ein. Sollte die Sekretärin von Paul Schneider die Frau sein, die ihn überwachte? Aber warum, um Himmels willen? Der Rechtsanwalt von Margit war doch tot! In wessen Auftrag also sollte sie ihn überwachen? Im Auftrag seiner Verflossenen? Möglicherweise war ja wirklich eine Wanze in seiner Wohnung installiert worden. Margit hatte jedenfalls Gelegenheit und einen Schlüssel gehabt.

Er unterbrach seine Duschaktion abrupt, trocknete sich ab und machte sich auf die Suche. Wie fand man Wanzen? Max erinnerte sich an James-Bond-Filme und beschloss, an genau diesen Stellen nachzusehen, an denen 007 auch immer gesucht hatte. In Lampen und Blumentöpfen, hinter Spiegeln. Er hatte zwar gehört, dass die Wanzen heute sehr viel kleiner waren und in vielen Fällen auch schon ein Mikrofon von außen reichte, aber es bestand ja zumindest die Hoffnung, dass seine Überwacher nicht ganz auf dem neuesten Stand der Technik waren.

So grub er zunächst seine beiden Blumentöpfe um – einen Kaktus und den Bonsai-Ficus. Ohne Ergebnis. Dann schaute er hinter sämtliche Bilder, seinen Wandspiegel, suchte unter Tischplatten und Stühle, unter dem Schreibtisch, in allen Küchen- und Kleiderschränken, tastete die Gardinenstangen ab. Nichts. Anschließend montierte er das Telefon und den Fernsehapparat auseinander, danach das Radio, den Mixer und die Kaffeemaschine.

Schließlich saß er zwischen vielen Einzelteilen, hatte aber noch immer keine Wanze gefunden. Er begutachtete den PC von allen Seiten, sah aber davon ab, ihn ebenfalls auseinanderzubauen. Er brauchte ihn noch. Das galt auch für das alte Modem. Beim Drucker öffnete er alle Klappen, die er finden konnte, und inspizierte das Innenleben genau, nahm sogar die Tonerkassette heraus. Die war sowieso leer.

Die Wohnung glich einem Schlachtfeld. Herausgezogene Schubladen, lieblos in den Raum geworfene Sofakissen, umgeklappte Teppiche, dazwischen Blumentopferde, Schrauben, ein halbes Telefon. Er hatte keine Wanze gefunden.

Nach einer weiteren halben Stunde hatte Max die Kaffeemaschine notdürftig wieder zusammengesetzt und das Telefon so repariert, dass es funktionierte. Er überlegte kurz, ob er der Polizei seinen Verdacht mitteilen sollte. Dann verwarf er den Gedanken wieder. Die Dame Terheyde wusste von der Überwachung und hatte ihm nichts erzählt. Vielleicht waren es ja sogar Polizisten, die ihn da beobachteten. Diese Kommissarin Gänseblümchen arbeitete mit allen Tricks. Unter anderen Umständen hätte ihm diese Frau imponiert, aber in diesem Fall war er selbst der Verdächtige.

Er konnte die Angelegenheit nicht länger schleifen lassen, er musste sich selbst darum kümmern. Die Beweislast lag zwar bei der Staatsanwaltschaft und der Polizei. Aber er sollte im Zweifel in der Lage sein, mögliche Beweise zu entkräften. Und dafür musste er wissen, was seine Feinde wussten. Doch wo sollte er anfangen? Es gab nur eine Lösung: Den Spieß umdrehen, er musste seine Überwacher überwachen.

In diesem Moment fiel ihm der Erpresserbrief ein. Der Unbekannte musste beobachtet haben, wie er Franz Satorius über die Brüstung der Laufenburger Brücke gewuchtet hatte. Steckte die Sekretärin Schneiders dahinter? Klar, darum hatte sie so komisch reagiert. Der Anwalt hatte ihn vermutlich überwachen lassen, und nun machte sie auch nach seinem Tod weiter. Die Geschichte mit der Erbschaft war über Schneiders Kanzlei gelaufen. Daher hatte seine Frau davon gewusst. Der verstorbene Anwalt war schließlich ihr Geliebter gewesen. Und die Sekretärin wusste es auch. Wer sonst hätte die genaue Summe der Erbschaft wissen können? Niemand. Nur Margit und diese Herta Döbele. Gut, dann würde er also bei der Sekretärin des seligen Paul Schneider mit seinen Nachforschungen beginnen.

Er suchte im Online-Telefonbuch nach ihrem Namen. Sie lebte in Rheinfelden, Adresse und Telefonnummer waren angegeben. Er rief an. Es hob niemand ab. Wo konnte sie sein? Vielleicht hatte er ja Glück, und sie räumte die Anwaltskanzlei auf. Jemand musste die Hinterlassenschaften von Paul Schneider schließlich verwalten.

Es dauerte eine Weile, bis sich unter der entsprechenden Telefonnummer jemand meldete. Zunächst konnte Max die Frauenstimme nicht einordnen, dann erkannte er sie. Es war Margit. Sie hatte also nicht nur den Schlüssel zu seiner Wohnung, sondern auch zur Anwaltskanzlei und damit ebenfalls Zugang zu den Akten.

Max zog es vor, nicht mit ihr zu sprechen.

Nun hatte er nur noch eine Idee. Dem Online-Telefonbuch war zu entnehmen, dass der selige Rechtsanwalt Paul Schneider über ein Handy verfügte. Er wählte die Nummer. Am anderen Ende meldete sich ebenfalls eine Frauenstimme. Die von Polizeioberkommissarin Iris Terheyde. »Entschuldigung, verwählt«, nuschelte er in seiner Überraschung ins Telefon und hätte sich gleich darauf dafür ohrfeigen können. Hoffentlich hatte sie seine Stimme nicht erkannt.

Er seufzte. Nun hatte er nur noch eine Wahl. Dass ihm diese Möglichkeit nicht sofort eingefallen war. Er ging ans Fenster. Herta Döbele stand nicht mehr vor dem Uhren- und Schmuckgeschäft, sondern der Mann im Kaschmirmantel. Es hatte wohl wenig Sinn, ihn zur Rede zu stellen. Wahrscheinlich erfuhr er mehr, wenn er ihm heimlich folgte, um zu sehen, wo sein Bewacher herkam. Doch um ihn überwachen zu können, musste er ihm zunächst entkommen. Max schlenderte aus der Tür, hinunter in seine Stammkneipe am Zoll und bestellte sich ein Bier und einen Salat zum Mittagessen. Der Mann folgte ihm, blieb aber vor der Tür.

Zwei Stunden später tauchte Herta Döbele auf. Die beiden

unterhielten sich, das konnte er durchs Fenster beobachten. Also doch. Die Sekretärin und der Mann arbeiteten zusammen. Nun musste er nur noch herausfinden, wer dieser Kerl war.

Max nutzte die Gelegenheit, um sich inmitten einer Gruppe von Fahrradtouristen aus dem Lokal zu schmuggeln, und versteckte sich in einem nahe gelegenen Hauseingang. Kurze Zeit darauf telefonierte der Kaschmirmantel mit seinem Handy, gestikulierte heftig und bewegte sich in Richtung Westbahnhof. Dann holte er etwas aus einem alten weißen VW-Passat, der an der Mauer zur Codmananlage geparkt war, und marschierte zurück zum Roten Gockel. Max notierte sich in Gedanken die Autonummer: LÖ-KD 395. Also ein Wagen aus dem Landkreis Lörrach.

Er beschloss, sich bei der Polizei nach dem Halter zu erkundigen, am besten ging er dazu in den Landkreis Lörrach. In Laufenburg kannte ihn jeder. Er fuhr mit dem Zug nach Rheinfelden und sah, dass Herta Döbele ihm folgte. Doch Max tat so, als bemerke er das nicht, und marschierte schnurstracks zum Rheinfelder Polizeirevier an der Basler Straße. Es lag nicht allzu weit vom Bahnhof entfernt in Richtung Grenzach-Wyhlen, auf der linken Straßenseite etwa fünfhundert Meter nach der Abzweigung zum Schwimmbad. Der Posten war in einem kastenartigen, dreistöckigen Haus untergebracht, das nach Max' Schätzung aus den fünfziger Jahren stammte. Es war zartrosa gestrichen. Dort stellte er sich als reuiger Sünder vor, der beim Einparken einem anderen Verkehrsteilnehmer letzte Nacht aus Versehen eine Schramme verpasst hatte. Doch, ja, er habe einen Zettel hinter die Windschutzscheibe geklemmt. Nun sei er aber dennoch unruhig, wirklich sehr besorgt. Er habe einen Fehler gemacht und müsse nun auch zu dem Schaden stehen. Er wolle sich unbedingt mit dem Halter in Verbindung setzen. Wem denn die Autonummer LÖ-KD 395 gehöre?

Wahrscheinlich war der Beamte froh, dass Trautmann endlich den Mund wieder zumachte. Oder er war im Stress, denn in diesem Moment klingelte das Telefon. Ein schwerer Unfall mit Verletzten auf der B 34. Er musste die Kollegen informieren. »Ich werde mich mit dem Halter in Verbindung setzen«, schlug er vor, hoffte wohl, diesen Spinner loszuwerden. »Am besten, Sie gehen jetzt, Sie hören doch, ein Unfall.«

Da geriet er aber an den Falschen. Max begann wieder mit seiner Litanei, schilderte seine Schuldgefühle in den glühendsten Farben. Er bekam seine Antwort. Der Halter des Fahrzeugs hieß Frank Döbele. Die Adresse bekam er auch gleich mitgeliefert. Das war zwar nicht ganz korrekt, aber der Beamte hatte ob der Redegewalt von Max jeglichen Widerstand aufgegeben. Frank Döbele, Privatdetektiv. Beim Verlassen der Polizeiwache zwinkerte er Herta Döbele zu, das konnte er sich einfach nicht verkneifen.

Dort, wo Frank Döbele, Privatdetektiv, lebte, war auch Herta Döbele zu Hause. Dieser Frank war vielleicht ihr Sohn, jedenfalls irgendwie mit ihr verwandt und mit dem Kaschmirmantel identisch. Diese beiden beobachteten ihn also. Von ihnen musste auch der Erpresserbrief stammen. Nun wusste er wenigstens, aus welcher Ecke ihm noch Gefahr drohte. Er würde sich etwas einfallen lassen müssen.

Als Max in sein heimatliches Chaos zurückkehrte, erlebte er eine Überraschung. Mitten zwischen den herumliegenden Schrauben und Teilen, zwischen Blumentopferde und Sofakissen hockte Kriminaloberkommissarin Iris Terheyde auf dem Fußboden, vor sich einige Aktenordner, die den Weg noch nicht wieder ins Regal gefunden hatten. Neben ihr stand Kollege Martin Felix. Außerdem trat Vermieter Emil Steinbrenner sichtlich unglücklich von einem Bein aufs andere. Womit sich für Max die Frage erledigte, wie die Polizei in seine Wohnung gekommen war. Er vermutete trotzdem Hausfriedensbruch. Aber er freute sich erstaunlicherweise dennoch, das Gänseblümchen wiederzusehen. Damit fiel für ihn auch die Möglichkeit flach, Anzeige wegen Hausfriedensbruchs zu erstatten. Diese Frau machte ihm üble Schwierigkeiten, so viel war klar. Aber sie konnte ihm noch viel üblere bereiten.

»Und, haben Sie in meinen Unterlagen Hinweise auf mein dunkles Mördergemüt gefunden? Was machen Sie überhaupt hier?«, erkundigte sich Max, wie er fand, sehr gefasst.

»Jedes Mal, wenn ich zu Ihnen komme, sieht es in Ihrer Wohnung noch chaotischer aus«, stellte Iris Terheyde statt einer Antwort fest.

Max schaute sie betrübt an, ganz die verfolgte Unschuld. »Ja, Sie haben recht. Es fehlt einfach eine Frau im Haus. Ich wollte ja aufräumen. Aber da kamen zwei Kollegen von Ihnen und haben mir Handschellen angelegt. Ach, übrigens, ich bin Ihnen nicht böse. Ich habe halt eine rachsüchtige Exfrau, die selbst vor Lügen nicht zurückschreckt.«

Iris Terheyde musste offenbar gegen ihren Willen lachen. Max Trautmann beobachtete fasziniert die kleinen Fältchen, die ihre grüngrauen Augen einrahmten, wenn sie lachte. Jedes Auge wirkte dadurch wie eine kleine Blume mit einem Blätterkranz. Außerdem zog sie beim Lachen etwas den Nasenrücken kraus, wodurch die etwas rundliche, leicht kartoffelähnliche Spitze in die Höhe gezogen wurde. Max ertappte sich bei dem Gedanken, dass er sie am liebsten auf ebenjene Nasenspitze küssen würde, und fand sich im gleichen Atemzug ziemlich pervers. Diese Frau hatte ihn schließlich ins Gefängnis bringen lassen und sich bis jetzt noch nicht einmal dafür entschuldigt.

Sein Vermieter ergriff das Wort. »Ich wollte das nicht, wirklich, ich wollte das nicht. Aber die Kommissarin bestand darauf, dass ich sie in Ihre Wohnung lasse. Sie behauptete, sie habe einen Anruf von Ihnen bekommen, sie sei sicher, Sie hätten nichts dagegen, dass ich der Polizei Ihre Wohnungstür öffne. Was ist denn bloß hier los? Sie wissen, ich schätze Sie. Sie wissen, Sie sind mein liebster Mieter, aber wenn die Polizei …«

»Wenn die Polizei dauernd zu mir kommt, dann würden Sie mir lieber kündigen. Ich verstehe das schon. Dies ist ein ehrenwertes Haus«, unterbrach ihn Max.

Dann richtete er einen anklagenden Blick auf Iris Terheyde. »Da sehen Sie, was Sie angerichtet haben. Ich habe Sie überhaupt nicht angerufen.«

KOK Terheyde ließ sich kein schlechtes Gewissen anmerken. Sofern sie überhaupt eines hatte. »Doch, haben Sie.«

»Was habe ich?«

»Mich angerufen. Auf dem Handy von Paul Schneider. Warum wollten Sie mit Paul Schneider telefonieren? Sie wissen doch, dass er tot ist. Wen haben Sie gehofft zu erreichen?«

Sie hatte also seine Stimme erkannt. Leugnen war wohl sinnlos.

Max entschied sich, die Wahrheit zu sagen. »Ich werde beobachtet«, erklärte er. »Deswegen sieht es hier auch so furchtbar aus. Ich vermute nämlich, dass jemand eine Wanze in meiner Wohnung platziert hat. Als ich aus dem Gefängnis zurückkam, habe ich Herta Döbele, die Sekretärin von Paul Schneider, gegenüber vor dem Schmuckgeschäft gesehen. Und da habe ich versucht, sie zu erreichen. Ich dachte, vielleicht weiß sie etwas.«

»Halten Sie mich für blöde, oder halten Sie mich für leichtgläubig?« Iris Terheydes Stimme klang eisig.

»Wieso?«, fragte Max erschrocken zurück. Da sagte er die Wahrheit, und niemand glaubte ihm.

»Wieso sollte Herta Döbele etwas wissen? Wieso sollte ausgerechnet die Sekretärin von Paul Schneider Sie verfolgen? Ich glaube etwas ganz anderes. Ich glaube, Sie wollten Ihre Frau beschimpfen, weil sie Sie ins Gefängnis gebracht hat, und haben gehofft, sie unter dieser Telefonnummer zu erreichen.«

Max riss erstaunt die Augen auf. Die weibliche Logik war manchmal wirklich unbegreiflich. »Ich habe halt vermutet, dass die Sekretärin die Kanzlei ihres verstorbenen Chefs aufräumt. Ich wollte wissen, warum sie mir nachspioniert. Warum hätte ich versuchen sollen, Margit unter der Handynummer von Paul Schneider zu erreichen? Wie Sie schon sagten, verehrte Polizeioberkommissarin Terheyde, der Anwalt meiner Exfrau ist tot.«

»Sie ist noch immer Ihre Frau, wie ich jetzt weiß. Und ich weiß noch etwas anderes. Ihre Frau war die Geliebte von Paul Schneider. Das wussten Sie. Meine Kollegen haben den Wohnungsnachbarn von Paul Schneider das Bild Ihrer Frau gezeigt, und diese haben sie als jene Besucherin wiedererkannt, die des Öfteren bei Schneider übernachtet hat. Eifersucht ist ein feines Mordmotiv, finden Sie nicht?«

Max lachte schallend. »Ich und eifersüchtig! Ich habe schon lange keinen dümmeren Witz mehr gehört. Ich dachte, Ihnen ist klar, dass ich meine Frau nicht mag. Sie glauben doch, dass ich sie umbringen wollte. Und jetzt wollen Sie mir sogar noch einen

Mord aus Eifersucht an ihrem angeblichen Geliebten anhängen.« Max gab den Fassungslosen. Aber offensichtlich nicht überzeugend genug.

»Die Kriminalstatistik ist voll von Morden aus verschmähter Liebe. Sie wirken nicht im Mindesten erstaunt darüber, dass Schneider nicht nur der Anwalt, sondern auch der Geliebte Ihrer Frau war. Sie wussten es. Sie sind ein schlechter Schauspieler.«

Max wusste, wann er geschlagen war. »Sie haben mich ausgetrickst.«

Iris Terheyde lächelte ihn strahlend an. Das machte sie noch immer nicht zu einer Schönheit, aber Max fand sie hinreißend, trotz des Ärgers, dass sie ihn übertölpelt hatte.

»Es macht keinen guten Eindruck, wenn Sie ständig versuchen, uns zu belügen.«

»Darf ich Sie etwas fragen?«

»Bitte, fragen Sie.«

»Glauben Sie wirklich, dass ich dazu fähig wäre, aus Eifersucht einen Menschen umzubringen?«

»Das fragen Sie mich aber nicht im Ernst, oder?«

»Doch.«

»Einem Verbrecher sieht man normalerweise selten an, dass er einer ist. Sie haben das, was man ein lupenreines Motiv nennt. Eigentlich sogar mehrere. Vielleicht war Schneider nicht nur der Geliebte Ihrer Frau, sondern die beiden haben Sie auch ordentlich geschröpft. Zumindest hatte Schneider vor seinem Ableben vor, Sie gehörig unter Druck zu setzen. Vielleicht lieben Sie Ihre Frau noch immer und hassen sie überhaupt nicht, wie Sie immer behaupten, waren deshalb eifersüchtig auf ihren Liebhaber. Es gibt viele Gründe, die Sie verdächtig machen. Suchen Sie sich einen aus. Wo waren Sie denn, als Paul Schneider starb?«

»Wann ist er denn gestorben?«

»In der Nacht zum Fasnachtsmontag, irgendwann zwischen ein und zwei Uhr nachts, sagt die Gerichtsmedizin. Und, wo waren Sie da?«

Max überlegte. »Tut mir leid, ich kann mich nicht erinnern. Doch, Moment, jetzt fällt es mir wieder ein. Ich war beim Biertrinken im Roten Gockel.«

»Und als Franz Satorius in den Fluss fiel?«

Max betrachtete sie ungläubig. »Sie denken wirklich, ich bringe die Leute reihenweise um.«

»Wer weiß«, mischte sich Martin Felix ein.

»Ich glaube, ich spinne«, konstatierte Max Trautmann. »Das darf doch wohl alles nicht wahr sein. Wann ist denn Franz Satorius gestorben?«

»Vorgestern, vor Mitternacht.«

»Da kann ich leider nicht mit einem Alibi dienen, ich habe geschlafen«, erwiderte Max. »Aber ich war es nicht. Auch wenn ich ihn nicht mochte.«

»Es ist schlecht für Sie, wenn Sie für die Todeszeit von Satorius kein Alibi haben. Und wir werden Ihr Alibi im Fall Schneider natürlich überprüfen«, erklärte Martin Felix. Es klang wie eine Drohung. Dann gingen sie.

Max hatte die größten Schwierigkeiten, sich nach diesen Ereignissen wieder auf Tombstone und John Benson zu konzentrieren. Der arme Kerl war immer noch nicht an seinem Ziel angekommen. Er las die letzten Sätze, die er in dieser Geschichte geschrieben hatte.

Die Frau wurde offenbar von einer ganzen Gruppe von Reitern verfolgt. Nach der Größe der Staubwolke zu urteilen, mindestens zehn. Er hätte seinen Rappen am liebsten …

Ah, ja, richtig, die Dame mit den aufgelösten Haaren. *»Er hätte seinen Rappen am liebsten gezügelt und wäre in die entgegengesetzte Richtung geritten. Nicht wegen der Staubwolke, sondern wegen der Frau. John Benson war eigentlich kein Frauenfeind. Aber er mochte sie lieber, wenn sie die Frauen anderer Männer waren oder andere Männer beschäftigten.«*

Max hielt inne. Das war haarscharf an der Grenze dessen, was er seinen Lesern an Schwächen von John Benson zumuten konnte.

Dabei war John Benson keineswegs ein Feigling. Er hatte seinen Mut schon in unzähligen Kämpfen bewiesen. Der Rappe schnaubte. »Ja, mein Alter, ich weiß. Ich denke, da kommt ein Kampf auf uns zu. Und ich denke auch, wir sollten der aufgelösten Dame auf ihrem Brauereipferd dort ein wenig helfen.«

Von irgendwo her schien das müde Tier daraufhin neue Kraft zu schöpfen, die sich auch seinem Reiter vermittelte. Es flog förmlich über die sandige Steppe, ohne dabei in eines der zahlreichen Maulwurflöcher (Gab es in der amerikanischen Prärie eigentlich Maulwürfe? Ach nein, das waren ja Murmeltiere, also:) *Löcher von Murmeltierbauten zu treten. Inzwischen konnte John Benson die Frau auf dem Pferd um Hilfe rufen hören. Bei der Meute von Menschen auf Pferden, die sie verfolgte, waren nun die ersten Gesichter auszumachen. John Benson war überrascht. Es handelte sich …* Das war wirklich eine Menge von schönen Klischees, lobte er sich innerlich. Die Peter-West-Leser liebten das.

In diesem Moment fiel ihm ein Haiku ein. Es stammte von Basho.

Sommergras
ist alles, was geblieben ist
vom Traum des Kriegers.

18

Iris Terheyde hatte weder Augen noch ein Gespür für die Natur und das Geplätscher des Flüsschens Wiese. Sie dachte nach, während sie den Schotterpfad entlangjoggte. Martin Felix trabte stumm neben ihr. Er nahm seine Aufgabe als Beschützer sehr ernst.

»Die Kollegen haben übrigens herausgefunden, wo dieser Messerstecher gewohnt hat. Im Hotel Rebstock in Laufenburg. Sinnigerweise direkt gegenüber der Wohnung von Max Trautmann. Allerdings wissen wir nicht, wo er sich jetzt verkrochen hat. Es werden alle Hotels und Pensionen abgeklappert. Weit kann er nicht sein. Zumindest dann nicht, wenn er seinen Mordplan nicht aufgegeben hat. Denn dann wird er sich irgendwo in Ihrer Nähe aufhalten, Ihnen auflauern. Aber keine Angst. Sie werden rund um die Uhr beschützt. Ich hoffe, dass er in Panik gerät. Sein Bild ist gesendet worden. Bisher sind aber keine brauchbaren Hinweise eingegangen.«

Iris nickte. Es ging gerade leicht bergauf, sie hatte keine Luft für eine Antwort.

Sie betrachtete während des Laufens ihre rechte Hand. Der Verband war inzwischen weg, der Schnitt war verpflastert, und der Knöchel schmerzte kaum noch. Nur ihre Kondition war gleich schlecht geblieben. Sie ignorierte die Botschaft ihrer Beine stoisch, die Muskeln fanden wieder einmal, dass sie langsamer laufen sollte. Ihre Lunge sagte dasselbe. Der Glückliche atmete ruhig und gleichmäßig, auf seinem Kopf war nicht ein Härchen verrutscht.

Iris lenkte ihre Gedanken zurück zu den aktuellen Ermittlungen. Inzwischen lagen die vorläufigen Ergebnisse der Obduktion von Paul Schneider aus dem Institut für Rechtsmedizin vor. Alles deutete auf Mord hin. Der Herzschrittmacher hatte aufgehört, Impulse an das Herz zu senden, obwohl die Batterien nicht leer waren. Und der Tote hatte außergewöhnlich viel Kalium im Blut. Kalium, das wusste Iris, führte in der richtigen, also einer sehr hohen Dosierung schnell und sicher zum Herztod. Es baute sich aber auch schnell wieder ab.

Wie war das Kalium in Paul Schneiders Blut gekommen? Durch eine Injektion? Der Pathologe hatte trotz intensiver Suche keinen Einstichkanal gefunden. Hatte er es sich vielleicht selbst oral verabreicht? Aber kein Mensch konnte so viele Brausetabletten schlucken. Schneider hatte nach dem Befund seines Hausarztes nicht zu jenen Herzpatienten gehört, die man »Langsamschläger« nannte. Also nicht zu jener Spezies Mensch, deren Herz sofort stehen bleibt, wenn der Schrittmacher versagt. Hatte er also mit der Gabe von Kalium sichergehen wollen, dass der Selbstmord auch klappte? Oder hatte jemand anders sicherstellen wollen, dass der Anwalt auch wirklich starb? Womit sie wieder bei der Anfangsfrage war.

In diesem Moment kam ihr noch eine Idee. War Schneiders Tod vielleicht so etwas wie eine doppelte Verneinung? Das würde heißen, er hatte zwar den Abschiedsbrief geschrieben, das Handy aber so unter das Sofa seines Büros platziert, dass es gefunden werden musste, wohl wissend, dass die Angelegenheit der Polizei dann verdächtig vorkommen und sie dann wegen der angedrohten Anzeige Max Trautmann verdächtigen würde. Oder weil er der Liebhaber von Margit Trautmann gewesen war. Doch das war möglicherweise zu sehr um die Ecke gedacht.

Und Franz Satorius? Mit Sicherheit kein Selbstmord. Hatte sie sich hier vielleicht doch zu sehr von ihrem ersten Verdacht lenken lassen, und Trautmann war doch nicht der Mörder? Im Fall Schneider hatte er jedenfalls ein Alibi, im Fall Satorius nicht. Er hatte aber nicht sonderlich beunruhigt gewirkt deshalb. Doch wenn es nicht Trautmann war, wer war es dann? Er blieb nach wie vor der Hauptverdächtige im Fall Satorius. Wer hatte dann aber Paul Schneider umgebracht, falls er denn ungebracht worden war? Gab es einen zweiten Mörder? Eher unwahrscheinlich. Die Fälle hingen irgendwie zusammen, sie wusste nur noch nicht, wie.

Sie musste Max Trautmann einkreisen, ihn in die Enge treiben. Sein Telefon abhören. Vielleicht half ihr das ja weiter. Und vielleicht stellte sich dabei sogar heraus, dass er unschuldig war.

Sie beschloss, den großen M. zu bitten, mit der Staatsanwaltschaft über eine Telefonüberwachung zu verhandeln. Er hatte bessere Karten als sie.

»Glauben Sie, jemand will Max Trautmann vielleicht etwas in die Schuhe schieben?«, fragte Martin Felix.

Iris blieb keuchend stehen. »Gar kein so dummer Gedanke. Was, wenn jemand wollte, dass es aussah, als wäre Max Trautmann ein Mörder? Es gibt mit Sicherheit zumindest einen noch lebenden Menschen, der ihn nicht mag.«

»Margit Trautmann«, stellte Martin Felix fest.

»Ja, ich glaube, sie versucht immer wieder, ihm gehörige Schwierigkeiten zu bereiten. Und auch sie hat mit zwei der drei Todesfälle etwas zu tun, nicht wahr? Zum Fall Lara sehe ich allerdings keine Verbindung.«

»Also, wo fangen wir an?«, erkundigte sich der Glückliche.

»Bei Max Trautmann. Da steht immer noch diese seltsame Einbruchsgeschichte im Raum. In Anbetracht des Umstandes, dass dieser ›Einbrecher‹ versucht hat, mich umzubringen, klingt das doch ziemlich unglaubwürdig. Ich denke, wir sollten in diese Richtung weiterbohren.«

»Stimmt, dass die Anschläge auf Sie ebenfalls etwas mit unseren Mordfällen zu tun haben könnten, daran hatte ich gar nicht gedacht. Auch da ist ja wieder der Name Trautmann im Spiel«, sagte Felix.

»Ich auch nicht. Bis eben. Die Gespräche mit Ihnen sind eben doch immer wieder anregend, Kollege.«

Sie bekam keine Antwort.

Max Trautmanns Miene war ausgesprochen ablehnend, als KOK Terheyde und der Glückliche schon wieder bei ihm auftauchten. »Muss ich meinen Anwalt anrufen?«

»Was haben Sie mit diesem Mann zu schaffen, der zu Ihnen in die Wohnung geklettert ist?« Sie hatte die Sperenzchen satt, diese psychologischen Spielchen. Sie wollte jetzt wissen, woran sie bei ihm war. Wenn es sein musste, mit der Brechstange.

»Das wissen Sie doch. Er ist bei mir eingebrochen.«

»Wie es aussieht, gehört dieser Mann zu einem Drogenhändlerring. Erzählen Sie uns also nicht, das sei ein einfacher Einbruchsversuch unter dem Oberbegriff Beschaffungskriminalität gewesen«, hakte Martin Felix nach.

Max Trautmann war offensichtlich verwirrt. »Wie kommen Sie darauf, ich könnte etwas mit diesem Mann zu tun haben?«

»Er hat genau gegenüber gewohnt. Das war sicher kein Zufall. Wir haben ihn übrigens noch immer nicht erwischt«, antwortete Iris.

Jetzt wirkte Max Trautmann wirklich alarmiert. »Dann sind Sie in Gefahr.«

Dieser Mann machte sich tatsächlich Sorgen um sie, stellte Iris erstaunt und ein wenig geschmeichelt fest. »Noch einmal kann er uns nicht überraschen. Mein Kollege Felix hier und die anderen Kollegen passen gut auf mich auf. Außerdem habe ich gelernt, mich selbst zu beschützen.«

So, wie Max Trautmann den Glücklichen daraufhin musterte, schien er Zweifel an dessen Fähigkeiten als Schutzengel zu hegen. Sie biss sich auf die Lippen, um nicht zu grinsen. Irgendwie fand sie das komisch. Gleich darauf fühlte sie sich wie eine Verräterin an ihrem Partner.

»Also, kannten Sie den Mann nun oder nicht? Angesichts Ihrer Drogenvergangenheit ist der Gedanke ja nicht aus der Luft gegriffen.«

Max Trautmann schüttelte den Kopf. »Wie oft soll ich das noch sagen! Ich habe nichts mit ihm zu schaffen. Ich nehme seit Jahrzehnten keine Drogen mehr. Diese Anschuldigungen sind einfach lächerlich.«

»Er hat Sie jedenfalls ziemlich übel zugerichtet für einen Menschen, den Sie so gar nicht kennen, der nur mal eben ein paar Euro stehlen wollte, um sich selbst Drogen zu besorgen«, wandte der Glückliche ein.

Iris klinkte sich ein. »Werden Sie vielleicht erpresst? Sollte da Druck ausgeübt werden? Kommen Sie, die Geschichte mit der Treppe, die Sie hinuntergefallen sind, glaubt noch nicht einmal Ihre Oma. Immerhin gibt es da offenbar Menschen, die Ihnen hinterherspionieren. Wer sind sie, was könnten sie gesehen haben?«

Es schien ihr, als zögerte Max Trautmann einen Moment,

dann wurde er ärgerlich. »Ich habe keine Ahnung. Womit sollte mich jemand erpressen? Ich habe nichts getan. Es ist Ihr Job, herauszufinden, was das Ganze soll, mich zu beschützen, anstatt mir etwas zu unterstellen.«

»Wir tun unsern Job. Es gibt nur so viele Leute, die uns ständig belügen«, konterte der Glückliche anzüglich.

»Ich nicht«, blaffte Trautmann aggressiv zurück.

Iris versuchte, die Wogen zu glätten. Sie wechselte das Thema. »Also, dann helfen Sie uns, den Grund herauszufinden. In der Gegenwart scheinen Sie ja so unschuldig zu sein wie ein neugeborenes Baby. Was ist mit der Vergangenheit? Ihre Drogenzeit haben Sie abgeschlossen. Das behaupten Sie jedenfalls. Dann hätten wir da noch den Selbstmord von Klara Bernauer. Gibt es da vielleicht ein dunkles Geheimnis? Mir fällt dazu das Stichwort Missbrauch ein.«

Er wurde feuerrot. »Verdammt, können Sie die alte Geschichte nicht ruhen lassen? Ich war fast noch ein Kind, als sie verschwand. Und ich liebte sie.«

»Es gibt viele Arten von falsch verstandener Liebe«, wandte der Glückliche ein. »Was ist mit Ihrem Stiefvater? Hat Franz Satorius seine Stieftochter vielleicht missbraucht? Und Sie wissen davon?«

»Hassen Sie ihn deshalb so?« Die Frage kam von Iris Terheyde.

Er wurde kreideweiß. »Raus hier. Raus jetzt aus meiner Wohnung. Toben Sie Ihre dreckige Fantasie bei anderen Menschen aus. Ich werde nicht mehr mit Ihnen sprechen, höchstens in Beisein meines Anwaltes und wenn Sie mich vorladen.«

»Oh, keine Bange, das werden wir«, versprach ihm der Glückliche.

»Raus!« Max Trautmann knallte die Tür hinter ihnen zu.

Martin Felix schaute Iris Terheyde von der Seite an, als sie die Treppe hinunterstiegen. »Glauben Sie, dass Franz Satorius seine Stieftochter misshandelt haben könnte? Dass Trautmann deshalb so wütend geworden ist? Die Frage hat ihn jedenfalls ziemlich aus dem Konzept gebracht. Wie kommen Sie überhaupt darauf?«

»Nur so eine Idee. Erinnern Sie sich, wie merkwürdig er sich immer benommen hat, wenn wir wissen wollten, wie die Beziehungen zwischen ihm, Franz Satorius und Klara waren? Er wollte sie nicht identifizieren, er hat den Alten gehasst bis aufs Blut. Er hat unsere Fragen nie wirklich beantwortet, weicht uns ständig aus. Ich glaube, es ist durchaus möglich, dass sich damals ein Drama abgespielt hat, das er verbergen will.« Sie wäre beinahe über eine Treppenstufe gestolpert.

»Dauernd muss man auf Sie aufpassen«, unkte Martin Felix.

Sie ging nicht auf diese Bemerkung ein. »Vielleicht ist der Tod von Franz Satorius so viele Jahre später ja die Rache des Max Trautmann.«

»Und der Selbstmord seiner geliebten Stiefschwester war dafür der Auslöser«, sinnierte Martin Felix weiter. Er öffnete die Haustür: »Darf ich bitten, gnädige Frau?«

Iris Terheyde achtete nicht auf die Straße. Sie sah Bowie nicht, der direkt an der Hauswand stand und wie ein Liebhaber die Sekunde herbeisehnte, zu der sie aus der Tür treten würde. Sie überlegte, warum sie diesen Max Trautmann eigentlich so mochte. Wahrscheinlich war das wieder einmal ihre alte Schwäche für Außenseiter. Sie war ja auch einer.

Dann ging alles ganz schnell. Bevor Martin Felix reagieren konnte, hatte Bowie sie im Klammergriff. Die Messerspitze zielte auf ihre Kehle.

»Halten Sie sich zurück, verschwinden Sie. Oder ich bringe sie gleich um. Gehen Sie. Sonst jage ich uns in die Luft. Ich habe einen Gürtel mit Sprengstoff umgeschnallt. Und mit ihr töte ich Sie, mich und die halbe Stadt. Ein Kopfdruck, und es gibt eine Explosion, die Sie bis in den Weltraum sehen können.«

Martin Felix zögerte.

Iris nickte ihm zu. Sie musste unter allen Umständen verhindern, dass sich dieser Mann hier, mitten in der Stadt, in die Luft jagte. »Gehen Sie schon«, forderte sie ihren Partner auf.

Sie sah, wie sehr der Glückliche mit sich kämpfte. In seinen Augen flackerte die Mordlust. Bowies Pupillen waren winzige Stecknadeln. Der Mann war völlig zugedröhnt. Er war nicht zurechnungsfähig. Da gab er nach und wandte sich zum Gehen. Auch er wusste, er durfte keine Explosion riskieren.

»Jetzt gehörst du mir«, flüsterte er ihr ins Ohr. »Erinnerst du dich noch? Du bist schuld, dass sie die Drogen gefunden haben. Du hast Maria nur ausgenutzt. Sie hat dir damals alles erzählt. Und ich sollte dafür büßen. Weil ich Maria davon erzählt habe. Doch der Serbe hat einen langen Arm. Auch aus dem Gefängnis heraus. Die Hure ist tot. Bald bist du auch tot. Und dann habe ich allen gezeigt, dass sie mit Bowie noch rechnen können. Bowie ist noch lange nicht abgeschrieben. Wehr dich nicht. Bis deine Kollegen uns finden, ist es schon längst zu spät.«

Er sagte das ganz zärtlich. Leise. Die Todesangst trieb Iris einen eiskalten Schauer den Rücken hinunter. Die ganze Umgebung schien kälter zu werden. »Bitte lassen Sie mich los. Ich weiß überhaupt nicht, was Sie meinen! Das ist doch Wahnsinn!«

In diesem Moment wurde ihr schwarz vor Augen.

»Er hat sie gekidnappt. Was soll ich nur tun?« Das Handy zitterte in der Hand von Martin Felix.

»Sie haben richtig gehandelt, Kollege. Überlassen Sie den Rest uns. Wir holen sie da raus. Versuchen Sie, den beiden zu folgen, aber so weit entfernt, dass er Sie nicht be…«

Hinter Felix krachte es, Glas zersplitterte. Er fuhr herum. Dann sah er, wie der Mann mit dem Messer zu Boden sank, Iris Terheyde mit ihm.

Oben auf dem Balkon stand Max Trautmann. »Erwischt«, erklärte er trocken. »Ich brauche schon lange einen neuen Bildschirm für meinen PC.«

»Trautmann hat den Attentäter mit seinem Monitor ausgeknockt!« Martin Felix kreischte die Worte fast in sein Handy. Dann legte er auf.

Der Messerwerfer war ohnmächtig. Sein Opfer auch. Er hielt Iris Terheyde fest umklammert wie ein Tier, das seine Beute selbst im Tod nicht hergeben will. Das war ein Glück. So hatte er nicht auf den Knopf des Zünders drücken können. Ein Glück war auch, dass Trautmann so gut getroffen hatte. Felix krampfte sich der Magen zusammen bei dem Gedanken, was alles hätte geschehen können, wäre der Bildschirm danebengefallen.

Sanft löste er die Hände des Attentäters von Iris Terheydes

Körper und legte ihm Handschellen an. In diesem Moment trat Trautmann aus der Haustür. »Ich habe Ihre Kollegin leider auch ziemlich erwischt, hoffentlich ist nichts Ernstes passiert.«

Martin Felix schöpfte mit beiden Händen kaltes Wasser aus dem Brunnen vor dem Haus und benetzte damit vorsichtig ihr Gesicht. Dann schaute er hoch. »Wahrscheinlich wird sie gehöriges Schädelweh haben, wenn sie aufwacht. Aber ich glaube nicht, dass etwas gebrochen ist. Diese Frau ist ziemlich dickköpfig. Sie haben ihr das Leben gerettet. Und wahrscheinlich auch noch vielen anderen Menschen in dieser Stadt. Ich gebe zu, ich mag Sie nicht besonders, Herr Trautmann. Aber wie es scheint, sind Sie jetzt ein Held.«

Der Held schien sich in dieser Rolle eher unbehaglich zu fühlen. »Ehrlich gesagt, ich bin ziemlich wackelig auf den Beinen nach alldem. Erst Ihr Besuch und dann das … Ich brauche jetzt ein Bier. Falls Sie etwas von mir wollen – ich bin unten im Roten Gockel. Aber dann müssen Sie sich beeilen. Ich habe vor, mich zu betrinken.«

In diesem Moment hörten sie mehrere Martinshörner.

»Prost«, erwiderte der Glückliche trocken und grinste. Trautmann grinste zurück. Martin Felix begann zu verstehen, was seine Chefin an diesem Mann fand.

Iris Terheyde und Bowie kehrten beinahe zur selben Zeit in die Welt des Bewusstseins zurück. Er wehrte sich nicht gegen seine Festnahme. Obwohl er wusste, was ihn nun erwartete. *Sie* würden ihm *ihre* Henker schicken. *Ihr* Arm reichte bis ins Gefängnis.

Für den Rest des Tages war Iris Terheyde ziemlich außer Gefecht gesetzt. Es war, wie Felix vermutet hatte: Ihr Kopf schmerzte, als wäre er genagelt worden. »Gehirnerschütterung«, hatte der Notarzt erklärt und wollte sie ins Krankenhaus einweisen. Sie hatte sich geweigert, beschloss, sich lieber hinzulegen. In ihrer Wohnung schluckte sie drei Aspirin.

Die Worte des Mannes, der sie hatte ermorden wollen, hallten in ihr nach. Es stimmte also, was sie die ganze Zeit vermutet hatte. Zwei Worte des Killers waren der Schlüssel. »Der Serbe« und der Name Maria. Sie war also tot. In ihrem Kopf hämmerte es. Sie wählte die Nummer des Kollegen vom Landeskriminalamt und klärte ihn auf.

»Ich weiß jetzt, warum es dieser Mann auf mich abgesehen hatte. Trautmann hat damit nichts zu tun. Es ist ein Fall, in den ich eigentlich nur am Rande verwickelt war. Manfred Jäger kann Ihnen mehr darüber erzählen. Vor drei Jahren habe ich ihm einen Tipp bezüglich eines Drogentransportes gegeben. Damals konnte Jäger einige Mitglieder eines Drogen- und Menschenhändlerrings festnehmen.«

»Woher wissen Sie das? Warum sagen Sie uns das erst jetzt?«

»Dieser Bowie hat mir die entscheidenden Hinweise gegeben.«

»Wann?«

»Gerade eben, als er versucht hat, mich umzubringen. Er wollte wohl, dass ich weiß, warum ich sterbe.«

»Sind Sie verletzt?«

»Nein, aber ich habe Kopfweh und bin ziemlich müde. Reden Sie mit Jäger. Er hat den Fall bearbeitet. Wir hatten Vermutungen in diese Richtung, konnten in den Akten aber keinen Hinweis finden.« Der Kollege versprach das.

Danach rief sie im Computerladen ganz in der Nähe von Max Trautmanns Wohnung an und orderte einen von diesen neuen Flachbildschirmen, Größe 17 Zoll. Als Lieferadresse nannte sie die Adresse von Trautmann. »Und legen Sie bitte einen Zettel dazu, auf dem steht: ›Vielen Dank, Gänseblümchen‹.«

Sie wollte keine Schulden haben. Sie wusste, dass sie weiter gegen ihn ermitteln würde.

Am nächsten Morgen saß sie mit brummendem Schädel an ihrem Schreibtisch im Büro und kaute Nägel. Sie dachte nach.

»Warum sind Sie nicht im Bett? Außerdem sollten Sie aufhören, an Ihren Nägeln zu kauen. Das ist undamenhaft«, stellte Martin Felix fest, als er hereinkam. Er versuchte vergeblich zu überspielen, wie erleichtert er sich fühlte, dass ihr nichts geschehen war.

»Kümmern Sie sich endlich um Ihre eigenen Nägel«, gab Iris zurück. »Und lenken Sie nicht ab. Was macht der Attentäter?«

»Stumm wie ein Fisch.«

»Das dachte ich mir. Und was unsere anderen Ermittlungen betrifft – wir müssen etwas übersehen haben. Ich schlage vor, dass Sie zum dritten Mal die ganze Nachbarschaft bei der Brücke abklappern. Jemand muss etwas gesehen oder gehört haben. Kein Mensch fällt so einfach in den Fluss. Und wenn es zwischen Franz Satorius und Max Trautmann einen Streit gegeben hat, dann muss es laut geworden sein. Jemand muss diesen Lärm gehört haben. Diese Laufenburger Altstadthäuser sind meines Wissens ziemlich hellhörig. Schnappen Sie sich einen Kollegen von der Schutzpolizei, und machen Sie sich an die Arbeit. Wenn ich es mir recht überlege, könnten Sie eigentlich gleich anfangen.«

»Immer muss ich die Laufarbeit tun«, beschwerte sich Martin Felix. »Und wie komme ich dann zurück?«

»Mit dem Zug. Außerdem ist Bewegung gesund, und ich bin eigentlich bettlägerig«, erklärte sie mit einem treuherzigen Augenaufschlag. »Bewegung hilft auch, an etwas anderes zu denken als an die Fingernägel anderer Leute. Und Sie wissen ja, ich habe mir unlängst den Knöchel verstaucht.« Sie verzog das Gesicht. »Ach, und wir sollten uns Herta Döbele, die Sekretärin von Schneider, noch einmal vornehmen. Da gibt es zu viele Widersprüche. Die Post, die sie angeblich holen wollte und die verschwunden ist. Ihre Behauptung, dass Paul Schneider kein Handy hatte, er besaß aber doch eins.«

»Eine gute Idee«, stimmte er zu. »Ich habe übrigens herausgefunden, dass sie einen Sohn hat. Frank Döbele. Die Kollegen versuchen gerade, ihn aufzutreiben. Er hat einen interessanten Beruf: Er ist Privatdetektiv. Ein anderer Kollege bewacht Trautmanns Haus. Vielleicht tauchen ja seine Beschatter wieder auf.«

»Privatdetektiv? Also geübt in der Überwachung anderer Leute. Felix, Sie sind manchmal richtig gut. Und weil Sie so gut sind, könnten Sie auch noch dafür sorgen, dass sich Herta Döbele morgen früh, pünktlich um neun Uhr, bei uns im Büro einfindet. Ich denke, die Dame kann uns vielleicht sogar bei der Frage weiterhelfen, wie ihr ehemaliger Arbeitgeber bei diesem ganzen Geflecht von Beziehungen ins Bild passt.«

Die erneuten Nachfragen in der Nachbarschaft der Rheinbrücke und von Satorius' Haus erbrachten nichts Wesentliches. Eine ältere Dame wollte in der Nacht des Todes von Franz Satorius die Stimmen von zwei Männern gehört haben, die sich stritten, dann den dumpfen Knall eines schweren Körpers, der zu Boden fiel. Allerdings litt diese Zeugin laut ihrer Tochter unter Alzheimer und hörte extrem schlecht. Ihre Aussage war also höchstens als zusätzliches kleines Indiz verwendbar.

Herta Döbele erschien pünktlich im Büro. Sie machte einen verhärmten Eindruck.

»Wir müssen noch einmal über den Tod Ihres Arbeitgebers sprechen. Es gibt in dieser Sache noch Ungereimtheiten«, eröffnete Iris das Gespräch. Das schien Herta Döbele nicht glücklicher zu machen. Sie griff in ihre schwarze Handtasche und zückte ein Stofftaschentuch.

»Der Tod von Paul Schneider scheint Ihnen sehr nahezugehen«, sagte Martin Felix mitfühlend.

Komisch, dachte Iris Terheyde, er hat offenbar ein Faible für weinende Frauen. Zu mir ist er nie so nett, selbst wenn mir ein PC-Bildschirm fast den Schädel zertrümmert. Sie bedeutete ihm mit einem Kopfnicken, das Verhör weiterzuführen.

Herta Döbele brach jetzt in offenes Schluchzen aus. »Er war so ein feiner Mann. So gradlinig, so einfühlsam und sensibel. So – ehrlich.«

»Das klingt, als wäre Ihre Beziehung zu Ihrem Arbeitgeber weit über das Berufliche hinausgegangen«, stellte Martin Felix fest.

Herta Döbele war empört. »Wie können Sie es wagen, so etwas zu behaupten! Ich bin Witwe.«

»Tut mir leid, ich wollte Sie nicht verletzen. Wir müssen nur ganz sichergehen, was Ihre Beziehung zu Paul Schneider betrifft. Sie sind ja außerdem auch einige Jahre älter, nicht wahr. Und er hatte eine Geliebte.«

Herta Döbele schnaubte. »Nur wenige Jahre. Außerdem kann die Liebe nicht so groß gewesen sein. Ich habe die Dame niemals zu Gesicht bekommen. Dabei hat Herr Schneider mich in alles eingeweiht. Auch in sein Privatleben. Er wusste, ich bin diskret. Was hat das denn damit zu tun, dass ich ins Präsidium kommen sollte?«

»Möglicherweise war der Tod Ihres Arbeitgebers kein Selbstmord. Es gibt Indizien, die darauf hinweisen. Aber hatten Sie uns nicht beim letzten Mal gesagt, dass Sie nur wenig über Ihren Arbeitgeber wissen?«

Herta Döbele schossen erneut die Tränen in die Augen. »Ich wusste es doch. Es war Mord, nicht wahr? Ein Mann wie er würde sich niemals umbringen. Er war tiefgläubig. Niemals, niemals hätte er so etwas getan. Wie kommen Sie auf Mord?«

»Sie behaupten, er hatte kein Handy. Die Telefongesellschaft sagt, er hatte eines, und zwar genau das Mobiltelefon, das wir unter seinem Sofa gefunden haben. Ist das nicht merkwürdig? Und dann ist da noch die Sache mit der Post. Nehmen wir mal an, es gab keine Post. Und Sie sind nur zurückgekommen, weil Sie etwas anderes vergessen hatten. Ein Handy vielleicht?«

Das Kinn von Herta Döbele begann zu zittern. »Was unterstehen Sie sich! Ich lüge nicht! Wollen Sie etwa behaupten, ich hätte etwas mit dem Tod von Paul Schneider zu tun? Ausgerechnet ich? Wo ich ihn doch so schätzte! Er war ein guter Arbeitgeber und ein guter Mensch.«

»Nun, da gäbe es ja auch noch die Möglichkeit des Unfalls, der vielleicht sogar vertuscht werden sollte, aus welchen Gründen auch immer. Vielleicht hat jemand das Handy, das unter dem Sofa gefunden worden ist, aus Versehen in die Nähe des Toten gebracht. Wenn ich mich richtig erinnere, haben Sie jedenfalls gesagt, er duldete keine Handys in seiner Nähe.«

»Hat er auch nicht. Und ich kann mir nicht vorstellen, dass das Handy seines gewesen ist. Vielleicht hat jemand das auf seinen Namen bestellt. Ich wüsste außerdem nicht, wer das Handy in seine Nähe gebracht haben könnte«, erklärte Herta Döbele eisig.

»Wissen Sie, ob Ihr Arbeitgeber Max Trautmann gut kannte?«, bohrte der Glückliche weiter.

»Wieso?« Herta Döbele richtete sich in ihrem Stuhl kerzengerade auf. »Glauben Sie, dass dieser Trautmann möglicherweise der Mörder von Herrn Schneider sein könnte?« In ihren Augen glitzerte es. Dieses Mal waren es nicht die Tränen. Iris hatte das Gefühl, dass diese ehrbare Witwe direkt darauf hoffte, dass die Antwort ein Ja sein würde.

»Wir glauben nicht. Wir fragen nur«, erwiderte Martin Felix. »Aber wie kommen Sie darauf?«

Aha, also hatte er das Glitzern auch bemerkt. Ein Punkt für den Glücklichen.

Weder sie noch Felix waren auf den Ausbruch vorbereitet, der folgte. »Weil er ein Verrückter ist, ein Unhold. Seine arme Frau! Was hat sie unter diesem Mann leiden müssen! Sie hat mehr als einmal herzzerreißend geschluchzt. Nicht nur, dass er sie ständig beleidigt und gedemütigt hat, sie war sich auch sicher, dass es irgendwo eine andere Frau geben musste. Sie konnte es nicht beweisen. Aber sie hat es gefühlt. Er hat sie in Gegenwart anderer Leute erniedrigt und hat sie sogar körperlich angegriffen. Stellen Sie sich vor, er ist mit einem Messer auf sie losgegangen und hätte sie beinahe umgebracht. Sie konnte gerade noch fliehen. Dieser Mann ist ein Monster, völlig unberechenbar und nicht zurechnungsfähig. Er soll als Kind des Öfteren in psychiatrischer Behandlung gewesen sein. Er ist ein gefährlicher Irrer, der auch vor einem Mord nicht zurückschreckt.«

»Woher wissen Sie das?«, fragte Kommissar Felix.

Diese Frau wollte Max Trautmann aus irgendeinem Grund belasten, erkannte Iris. Es fragte sich nur, warum. War die Art, wie er seine Frau behandelt hatte, wirklich der einzige Grund? Sie betrachtete die ältere Frau interessiert. Sie hatte sich etwas beruhigt, tupfte sich mit dem Taschentuch ein paar Tränen ab und schlüpfte wieder in die Rolle der einsamen, ehrbaren Witwe, die keiner Fliege etwas zuleide tun konnte und völlig naiv und ahnungslos war.

»Oh, das hat mir Herr Schneider erzählt«, erklärte sie.

»Und woher wusste Herr Schneider das?«

»Ich weiß es nicht. Vielleicht von Margit Trautmann?«

»Wir können Ihnen diese Frage nicht beantworten. Das frage ich Sie.« Die Ungeduld in der Stimme von Martin Felix war jetzt kaum noch zu überhören.

»Ja, Margit Trautmann. Es muss Margit Trautmann gewesen sein.«

Iris schaltete sich ins Gespräch ein. »Sie müssen gewusst haben, dass Margit Trautmann die Geliebte Ihres Chefs war. Wir haben gehört, Sie waren sogar befreundet. Uns haben Sie aber bei der ersten Vernehmung erklärt, Sie wüssten nicht, wer die Frau in Paul Schneiders Leben ist. Warum haben Sie uns angelogen?«

Die Verwandlung, die daraufhin mit Herta Döbele vor sich ging, war erstaunlich. Sie erstarrte förmlich. So musste Frau Lot als Salzsäule ausgesehen haben.

»Das ist nicht wahr! Das hätte ich gemerkt.«

»Oh doch, das ist wahr. Übrigens, kennen Sie einen Frank Döbele?«

»So heißt mein Sohn«, antwortete sie, noch sichtlich unter Schock durch die unerwartete Eröffnung.

»Und was macht der beruflich?«

»Dies und das.«

»Ich will eine klare Antwort. Also: Was macht Ihr Sohn? Und wo finden wir ihn?«

»Er hatte früher ein Detektivbüro in der Schweiz. Jetzt lebt er bei mir. Er hält sich mit Gelegenheitsjobs über Wasser.«

»Was haben Sie eigentlich gemacht, bevor Sie zu Paul Schneider kamen?«, erkundigte sich Martin Felix.

Herta Döbele schien ihn gar nicht richtig zu hören. Sie stierte zur Wand. Der Glückliche wiederholte seine Frage. Sie schaute auf. »Oh, ich habe früher in einer Arztpraxis gearbeitet. Vor meiner Ehe.«

»Aha, Sie verstehen also etwas von Medizin. Und wo?«

Herta Döbele antwortete nicht.

»Ich fragte Sie, wo?«

»Wie bitte? Ach ja. Bei Zürich.« Sie war mit ihren Gedanken offenbar woanders.

»Gut. Sie können gehen.«

Herta Döbele verließ das Zimmer grußlos.

»Zürich. Sagt Ihnen das was, Kollege Felix?«

Der schüttelte den Kopf.

»Der Mann unserer Selbstmörderin war Arzt. Bei Zürich. Die Welt ist manchmal ziemlich klein.«

»Oh, stimmt«, antwortete Felix.

Iris wählte die Nummer von Viktor bei der Aargauer Kantonspolizei. »Wir müssen mehr über die Sekretärin wissen, über die wir im Zusammenhang mit der Selbstmörderin gesprochen haben. Kannst du mit den Kollegen in Zürich sprechen? Oder habt ihr vielleicht sogar schon etwas herausgefunden? Hieß sie vielleicht Herta Döbele?«

19

Max freute sich sehr über den Flachbildschirm. Doch er kannte das Gänseblümchen gut genug, um zu wissen, dass sie nicht aufgeben würde. Er musste schnellstens etwas unternehmen. Sonst brachte ihn die Frau, der er das Leben gerettet hatte, noch mehr in Schwierigkeiten. Andererseits war er sehr glücklich, dass er ihr das Leben gerettet hatte. Egal, was kam.

Zurück zu den anderen Personen, die offenbar an seinem Unglück schmiedeten. Da waren Herta und Frank Döbele, der Mann im weißen Passat. Herta und Frank Döbele, seine Beschatter, die Erpresser. Warum hatten sie sich nicht mehr gemeldet, um eine Übergabe des Geldes zu vereinbaren? Hatten sie ihn vielleicht einfach nicht erreicht, weil er im Gefängnis gewesen war? Oder weil ihnen klar geworden war, dass er sie entdeckt hatte? Wieso beschatteten sie ihn überhaupt?

Ihm fiel nur eine Möglichkeit ein. Margit. Wahrscheinlich hatte sie gehofft, noch mehr Geld zu erpressen. Schließlich war die Erbschaftsangelegenheit zunächst über Paul Schneider gelaufen. Wieso eigentlich? Was hatte dieser Schneider mit Klara zu tun gehabt, das er unbedingt geheim halten wollte? Die Sache wurde immer mysteriöser. Wer steckte hier nun eigentlich mit wem unter einer Decke? Er musste sich Klarheit verschaffen und einen Weg finden, die Döbeles auszuschalten. Ohne diese Helfer würde Margit vielleicht klein beigeben und ihn in Ruhe lassen. Viel Hoffnung machte er sich da allerdings nicht. Nicht, wenn sie ebenfalls wusste, wie Franz Satorius gestorben war. Und das war durchaus möglich, wenn sie mit den Döbeles gemeinsame Sache machte. Verflucht. Langsam, Max, sagte er sich. Nicht nervös werden. Immer ein Feind nach dem anderen.

Er schaute aus dem Fenster. Unter den Arkaden lungerte kein Mann im Kaschmirmantel herum, die Laufenburger Hauptstraße lag friedlich da, als hätte nicht am Tag zuvor ein Mann versucht, das Gänseblümchen zu ermorden.

Es half nichts, er musste die Initiative ergreifen. Angriff war noch immer die beste Verteidigung. Wer hatte das noch mal gesagt? Blücher? Egal.

Er entschied sich, mit Herta Döbele zu beginnen. Dieses Mal verließ er sich nicht aufs Telefon, sondern auf seine spontane Eingebung, sie in ihrer Wohnung zu besuchen. Sie hatte bei seinem einzigen Besuch in Schneiders Anwaltskanzlei zusammen mit Margit einen so mütterlichen Eindruck vermittelt. Und Max hatte die Erfahrung gemacht, dass er auf solche Frauen besonders wirkte. Irgendwie kam der Mitleidseffekt zum Tragen. Er war jedenfalls sicher, dass es nicht sein umwerfender Charme war.

Herta Döbele prallte zurück, als sie erkannte, wer vor ihrer Tür stand. Erst wurde sie bleich und dann hochrot. Anschließend schlug sie Max die Tür vor der Nase zu. Der Knall hallte durch das ganze Treppenhaus des Hochhauses in der Rheinfelder Weststadt. Es lag übrigens praktisch für einen Mann, der so ungern Auto fuhr wie Max Trautmann, ganz in der Nähe des Bahnhofes und der Polizeistation.

Max war verblüfft über die heftige Reaktion. Aber sie untermauerte auch seine Vermutung: Mindestens einer der Döbeles hatte beobachtet, wie er den Alten in den Rhein gewuchtet hatte. Und nun fürchtete sie sich vor ihm. Wäre die Lage nicht so ernst gewesen, er hätte lachen müssen. Jemand fürchtete sich vor ihm! Das war ja etwas völlig Neues.

Er klingelte Sturm.

Das Ergebnis war ein kurzer Satz, in höchster Erregung hinter der Tür gesprochen. »Hauen Sie ab, oder ich rufe die Polizei.«

»Ich habe doch nur einige Fragen. Es geht um Ihren Sohn.«

»Mit Ihnen rede ich nicht, Sie Monster.«

»Bitte, es macht sich so schlecht, wenn ich hier im Hausflur stehe und brülle. Aber ich gehe nicht hier weg, bevor Sie mit mir gesprochen haben.«

»Verschwinden Sie.«

»Gut, Sie wollten es ja nicht anders«, erklärte Max würdevoll. Dann donnerte er mit beiden Fäusten gegen Herta Döbeles Wohnungstür.

In der Nachbarwohnung rumorte es, eine junge Frau streckte den Kopf zur Tür heraus. »Können Sie nicht leiser sein, mein Baby schläft«, schimpfte sie.

In der Wohnung rechts schien der Mieter selbst geschlafen zu haben. Er wirkte jedenfalls, als wäre er unsanft mitten aus den schönsten Träumen gerissen worden.

»Sind Sie wahnsinnig, hier einen solchen Aufruhr zu veranstalten? Ich bin Schichtarbeiter, ich muss schlafen«, beschwerte er sich lautstark.

»Richtig«, bestätigte die junge Mutter, deren Baby in diesem Moment zu brüllen begann. »Da sehen Sie, was Sie angerichtet haben«, sagte sie vorwurfsvoll und verschwand.

»Aber ich muss doch mit meiner Tante reden! Sie hat sich seit Tagen nicht gemeldet. Ich befürchte, es ist etwas Schlimmes geschehen.« Max zog ein verzweifeltes Gesicht und hämmerte erneut gegen die Wohnungstür. »Tante Herta, Tante Herta, bitte lass mich rein. Frank, dein Sohn, schickt mich mit deiner Medizin.«

»Nun lassen Sie Ihren verrückten Neffen bloß rein, sonst komme ich nie zum Schlafen«, rief der Schicht arbeitende Nachbar.

Max hörte, wie sich der Schlüssel erneut drehte. Die Tür öffnete sich einen kleinen Spalt, und Max quetschte sich eilig hindurch, bevor Herta Döbele es sich anders überlegte.

Er stand vor einer Frau, die mit einem Revolver auf seine wertvollsten Körperteile zielte.

»Ein falscher Schritt, und ich drücke ab«, drohte sie. »Ich bin nicht geübt mit der Waffe. Sie gehört meinem Sohn. Also Vorsicht, Sie könnte auch aus Versehen losgehen, wenn ich nervös werde, weil Sie eine falsche Bewegung machen.«

»Ich werde ganz artig sein«, versprach Max. »Nur, was haben Sie gegen mich? Weshalb fürchten Sie sich? Ich habe Ihnen doch nie etwas getan. Der Erpresserbrief stammt von Ihnen. Geben Sie es zu. Ich weiß, dass Sie und Ihr Sohn mich beschatten. Ich habe über die Polizei das Kennzeichen des Autos Ihres Sohnes nachprüfen lassen. Leugnen hat also keinen Zweck. Ich habe dem Polizisten erzählt, ich hätte den Wagen Ihres Sohnes angefahren. Ich könnte der Polizei aber auch erzählen, dass Sie mich erpressen.«

»Das werden Sie schön bleiben lassen. Sie haben Franz Satorius ermordet. Mein Sohn hat gesehen, wie Sie ihn in den Fluss geworfen haben.«

»Er hat den Tod verdient. *Er* war das Monster«, antwortete Max. »Also: Haben Sie den Erpresserbrief verfasst?«

Herta Döbele nickte. »Ja, und ich habe jeden Buchstaben genossen, den ich auf das Papier aufgeklebt habe.«

Max kaute nachdenklich auf seine Unterlippe. »Satorius war schon tot, als ich ihn gefunden habe. Er ist die Treppe hinuntergefallen.«

»Das glaube Ihnen, wer will. Ich jedenfalls nicht. Ich will Geld sehen. Sie kennen die Summe.«

»Und Sie wissen offensichtlich, dass ich geerbt habe. Wie soll ich meiner Frau Unterhalt zahlen, wenn Sie mir jetzt alles wegnehmen?«, erwiderte Max gewollt kläglich. Es war einen Versuch wert. Vielleicht war Margit ja wirklich die Auftraggeberin der Döbeles.

Die Mitleidsmasche zog nicht. »Was geht mich Ihre Frau an! Nach dem Tod von Paul Schneider müssen mein Sohn und ich uns um uns selbst kümmern. Schneider schuldete uns noch jede Menge Geld. Mir meinen Lohn und meinem Sohn das Honorar für seine Arbeit.«

Max' Gehirn arbeitete fieberhaft. Aha, sie mochte also Margit nicht sonderlich, oder das Geld zerstörte hier mal wieder eine Freundschaft. Sollte seine Verflossene doch nicht mit den Döbeles unter einer Decke stecken? Von der Erbschaft musste sie aber gewusst haben. Sonst hätte sie niemals ihre Anzeige zurückgezogen. Margit tat nichts Nettes ohne Grund. Hatte sie am Ende gar keine Ahnung von der Überwachungsaktion gehabt? Wenn dem so war, dann wusste sie auch nichts darüber, wie Franz Satorius gestorben war. Doch wenn es nicht für seine Geliebte war, welchen Grund hatte Schneider dann gehabt, ihn überwachen zu lassen? Er hatte ihn doch vor seinem einzigen Besuch in dessen Kanzlei nie zuvor gesehen! »Ihr Sohn hatte also von Paul Schneider den Auftrag, mich zu überwachen«, das war keine Frage, das war eine Feststellung.

»Sie sind ein Schnellmerker.« Herta Döbele hatte überhaupt

nichts Mütterliches mehr an sich. Also musste er andere Saiten aufziehen. Vielleicht wirkte ja ein Bluff.

»Und nach dessen Tod haben Sie einfach weitergemacht, in der Hoffnung, etwas von meiner Erbschaft abzubekommen. Sie wussten davon, nicht wahr? Sie haben in den Unterlagen geschnüffelt.«

»Ich sagte doch schon, Sie sind ein Schnellmerker, und jetzt hauen Sie ab.« Herta Döbele wedelte drohend mit der Pistole.

Max Trautmann dachte nicht daran. »Sie haben gesagt, dass Sie die Buchstaben aufs Papier geklebt haben.«

Sie nickte. »Ja. Und es hat mir Vergnügen bereitet.«

Max kaute wieder an seiner Unterlippe. Dann nahm er seine randlose Brille ab und reinigte sie umständlich. »Da Sie nicht einlenken, muss ich wohl handeln.«

Sie musterte ihn höhnisch. »Was wollen Sie denn schon groß tun? Sie sitzen in der Falle. Die Polizei ist ohnehin schon hinter Ihnen her. Paul Schneider hat dafür gesorgt. Er hat nach dem Tod Ihrer Stiefschwester bei der Polizei angerufen. Anonym natürlich, gesagt, es war Mord. Und fragen Sie jetzt nicht nach dem Grund. Sie kennen ihn wahrscheinlich besser als ich. Sie können es sich nicht leisten, dass wir zur Polizei gehen und alles erzählen, was wir wissen. Sonst sind Sie nicht nur für Satorius, sondern vielleicht auch noch für den Tod von Paul Schneider dran.«

Max konnte sich beim besten Willen keinen Grund für Schneiders Aktion vorstellen. Nun, das würde er später klären, eins nach dem anderen. »Ich denke, Sie sollten wirklich zur Polizei gehen«, erklärte Max.

Sie starrte ihn verblüfft an. »Wie meinen Sie das?«

»Ich fände es gut, dann wäre meine Behauptung bewiesen.«

»Welche Behauptung?«

»Die ich bei der Polizei zu Protokoll geben werde: dass Sie mich mit dem Tod von Franz Satorius erpressen wollen. Er war wirklich schon tot, als ich ihn fand. Ich habe ihn nur beerdigt, wie er es sich gewünscht hat. Er wollte dort sein, wo seine Stieftochter Klara war, das hat er mir nach ihrem Tod immer wieder gesagt. Er hatte nur nicht den Mut, selbst in den Rhein zu gehen, und hat sich deshalb die Treppe hinuntergestürzt. So ist auch seine zweite Frau Erika gestorben. Ich könnte im Zweifelsfall auch einen Abschiedsbrief vorlegen, in dem das steht. Franz Satorius hat Selbstmord begangen. Bei der Obduktion hat sich das zweifelsfrei bestätigt.« Max wunderte sich, dass sich bei seinen Lügen keine Balken bogen. Aber wozu war er schließlich Schriftsteller? Okay, die Geschichte, die er Herta Döbele auftischte, war nicht sehr glaubwürdig. Aber in der Eile fiel ihm nichts Besseres ein. Und sie musste ihm erst einmal das Gegenteil beweisen.

Ihr Gesicht verzog sich zu einer boshaften Grimasse. »Das hätten Sie wohl gerne. Ich war gerade erst bei der Polizei. Da haben sie mir nichts davon gesagt.«

»Warum sollten sie«, antwortete Max geistesgegenwärtig. »Schließlich weiß diese Kommissarin, dass ich beschattet werde. Was glauben Sie denn, wer mich auf meine beiden Bewacher aufmerksam gemacht hat? Sie und Ihr Sohn waren einfach zu dilettantisch. Haben sie Ihnen denn davon etwas gesagt? Haben sie nicht, oder?« Max drückte innerlich die Daumen, dass dem so war.

Herta Döbele wurde unsicher. Dann lachte sie. »Na und?«

»Fällt Ihnen denn nichts auf?«

»Was soll mir auffallen?«

»Dass ich wusste, dass ich beschattet werde. Das ist ein zusätzlicher Beweis für meine Unschuld. Oder glauben Sie, ich hätte den Alten umgebracht, obwohl ich wusste, dass mir jemand dabei zusieht? Ich bin doch kein Idiot.« Max fand, dass er zur dichterischen Höchstform auflief.

Er hatte bei Herta Döbele offensichtlich einen Nerv getroffen. Jedenfalls senkte sie den Lauf des Revolvers. Max hütete sich trotzdem, eine unbedachte Bewegung zu machen.

»Ich glaube Ihnen nicht.« Herta Döbele konnte ihre Unsicherheit jetzt nicht mehr verbergen.

Max seufzte. »Also schön, ich wollte es im Guten versuchen. Ich bin kein Mann, der einer armen Witwe ein Bein stellt. Aber wenn Sie es nicht anders wollen, dann muss ich der Polizei eben die Beweise für die Identität der Erpresser vorlegen.«

Jetzt hatte er sie. Das sah er genau.

»Welche Beweise?«

»Sie haben doch selbst gesagt, dass Sie die Buchstaben auf das Papier geklebt haben, nicht wahr?«

Herta Döbele bekam wieder Oberwasser. »Sie glauben, da sind Fingerabdrücke drauf? Da muss ich Sie aber enttäuschen. Ich habe natürlich Handschuhe getragen, als ich den Brief geklebt habe. Sie werden keinen einzigen Fingerabdruck finden.«

»Oh, inzwischen hat die Polizei ganz andere Möglichkeiten. Irgendeine Spur, sei es eine Hautschuppe oder ein klitzekleines Stück von einem Haar, sogar ein Schweißtropfen, reicht schon aus, um die DNA eines Menschen zu erkennen. Sind Sie sicher, dass Sie beim Aufkleben nicht ein bisschen geschwitzt haben und der Schweiß dann durch die Lederhandschuhe aufs Papier gelangt ist?« Er wusste nicht, ob das mit den polizeilichen Methoden so stimmte, aber heutzutage war ja ständig davon die Rede, dass Täter auch nach vielen Jahren auf diese Weise überführt werden konnten.

Irgendetwas hatte er falsch gemacht. Zunächst hatte Herta Döbele ziemlich erschrocken gewirkt. Bei dem Teil mit den Handschuhen hatte sich aber ein spöttisches Lächeln auf ihrem Gesicht breitgemacht. »Pech gehabt«, erklärte sie. »Ich habe meine Gummihandschuhe aus der Küche getragen. Da geht kein Schweiß durch.«

»Oh, auch Gummihandschuhe hinterlassen Spuren«, behauptete Max im Brustton der Überzeugung.

Herta Döbele triumphierte. »Die habe ich weggeworfen.«

»Ich weiß«, erklärte Max in einem Ton, in dem man normalerweise mit einem begriffsstutzigen Kind spricht. »Das mit den Lederhandschuhen war nur ein Bluff. Sie sind voll darauf reingefallen. Ich habe die Handschuhe wieder aus der Mülltonne geholt. Zusammen mit dem Rest der Zeitung, aus der Sie die Buchstaben rausgeschnitten haben. Übrigens: Hatten Sie auch Handschuhe an, als Sie alles miteinander in ihren Mülleimer geworfen haben? Wahrscheinlich nicht, oder? Wollen Sie nicht verstehen oder können Sie nicht? Als der Brief bei mir ankam, war mir natürlich sofort klar, aus welcher Ecke er stammen musste. Ich wusste ja von Ihrem Sohn. Ich kann also beweisen, dass Ihr Sohn und Sie ein übles Erpresserpärchen sind. Dafür wandern Sie ins Gefängnis.«

Herta Döbele hob den Revolverlauf wieder. »Raus!«

Max hatte nichts mehr dagegen einzuwenden. Für den Moment war er sich sicher, dass sein Bluff gewirkt hatte. »Ach übrigens, sagen Sie Ihrem Sohn, er soll sich zum Teufel scheren und mich in Ruhe lassen. Wenn ich ihn noch einmal in meiner Nähe erwische, gehe ich zur Polizei.«

Mit diesen Worten zog er die Tür hinter sich zu und wartete. Er konnte hören, dass sie mit jemandem sprach. Offenbar war ihr Sohn auch in der Wohnung gewesen. Gut. Jetzt konnte er nur noch hoffen, dass sie ihm nicht auf die Schliche kamen. Aber es war ziemlich unwahrscheinlich, dass sie erfuhren, dass er erst seit Kurzem von seinem Beobachter wusste. Selbst wenn Mutter und Sohn Zweifel an seiner Version der Geschehnisse hatten, sicher sein konnten sie sich nicht. Das reichte, um sie vorläufig ruhigzustellen. Max war sehr zufrieden mit sich und seiner spontanen Erfindungsgabe. Das geschah nicht oft. Für ein gutes Haiku brauchte er oft Tage, wenn nicht Wochen. Er kicherte in sich hinein. Es wurde Zeit, dass er wieder ein Haiku schrieb. Zur Belohnung. Ein Haiku von Buson fiel ihm ein. Es passte irgendwie:

Der Kohlenmann –
eine Frau zeigt ihm im Spiegel
sein Gesicht.

Später, bei einem guten Glas Rotwein und nach einem ausgiebigen Essen im gegenüberliegenden Restaurant Rebstock, in dem die Stammtischbrüder über den Mordanschlag auf die Kommissarin schwadronierten, dichtete er dann folgendes Haiku:

Die Schlange im Baum
der Erkenntnis lacht und sagt:
Gewonnen.

Es gefiel ihm. In diesem Moment schlug ihm jemand auf die Schulter. »Gut gemacht, Sie Lebensretter.« Max schaute auf. An den anerkennenden Blicken der Menschen in der Gaststube erkannte er, dass sie ihn für einen Helden hielten. Das gefiel ihm. Er war noch nie ein Held gewesen.

Am nächsten Morgen hatte sich seine gute Laune verflüchtigt. Er hatte wieder einmal einen Kater. Außerdem wuchs die Wut. Er hatte den beiden Döbeles nichts getan. Max hatte langsam genug von Menschen, die sich in sein Leben einmischten. Allerdings war ihm Iris Terheyde, die ihn trotz seiner mutigen Tat für einen Mörder hielt, noch immer wesentlich lieber als Schneiders Sekretärin und ihr erpresserischer Sohn.

Max sandte einen stillen Gruß an Klara, wo immer sie nun auch sein mochte. Sie ermöglichte ihm mit ihrem Nachlass ein unabhängiges Leben. Er hatte ihren letzten Wunsch erfüllt, er hatte sie und ihre Tochter Lara gerächt. Er hätte es auch ohne Geld getan. Aber nun standen ihm die zweihundertfünfzigtausend Euro wirklich zu. Er würde sie keinesfalls diesen Geiern überlassen.

Er biss gedankenverloren in die trockene Brezel. Sie stammte noch vom Vortag. Mehr hatte er nicht im Haus. Auch der Kaffee war ausgegangen. Die Brezel knirschte zwischen seinen Backenzähnen, was sein Kopf mit einem erneuten Schmerzstich quittierte. Max kramte in der Küchenschublade. Dort befanden sich im Normalfall immer die Kopfschmerztabletten. An diesem Tag lag dort nur noch eine leere Schachtel.

Da fasste Max einen Entschluss. Genauer zwei Entschlüsse. Erstens würde er jetzt von seinem geerbten Geld anständig einkaufen und dann im Hotel-Restaurant Alte Post in der Andelsbachstraße frühstücken. Danach würde er sich um die Döbeles kümmern, sicherstellen, dass sie ihn nie wieder behelligten.

Er aß das Rührei samt Speck mit Genuss. Der Kaffee in der Post war immer gut, das Laugencroissant frisch aus dem Ofen und noch so warm, dass die Butter leicht darauf zerlief. Genau so, wie Max es liebte. Möglichst langsam, um den Geschmack auch voll auszukosten, aß er sein Frühstück auf. Die Bedienung war zwar schon etwas älter, aber immer noch recht ansehnlich. Sie lächelte ihrem begeisterten Gast zu. Max strahlte zurück. Für mehr hatte er heute keine Zeit. Er musste seinen zweiten Beschluss in die Tat umsetzen.

Er entschied sich, seine Überwachung an der Wohnung von Herta Döbele zu beginnen. Gut gestärkt und wild entschlossen stellte er sich hinter einen Bauwagen auf der anderen Straßenseite. Doch dort blieb er nicht lange. Nachdem ihn einer der Bauarbeiter gefragt hatte, was er denn hinter dem Bauwagen und direkt vor dem kleinen Fenster zum Klo zu tun gedenke, vielleicht etwa spannen, hielt Max es für angebracht, den Standort zu wechseln. In der Hocke zwischen zwei Autos auf dem großen Parkplatz beim Supermarkt war es zwar nicht so bequem, doch als er sich kurz entschlossen auf den Pflastersteinboden setzte, wurde es besser. Allerdings war die Erde eiskalt, was sein Hinterteil durchaus registrierte.

Max hielt heroisch durch. Irgendwann musste sich ja etwas tun. Die Döbeles fanden das zunächst nicht. Immer wieder verließen Männer, Frauen und Kinder den grauen Zehn-Familien-Wohnblock, doch weder Herta Döbele noch ihr Sohn Frank waren dabei. Max tat langsam der Hintern weh, und die Kälte kroch ihm bereits das Rückgrat hinauf. Seine Bewunderung für die Leistung von Überwachern jedweder Art stieg.

Zwei Stunden später erschien tatsächlich Frank Döbele in der Tür. Er sah sich nach links und rechts um, bevor er jemandem winkte, der offensichtlich hinter ihm stand. Max konnte zunächst nicht erkennen, wer das war, dann atmete er jedoch tief durch. Dieser Jemand wollte offensichtlich nicht in Gesellschaft von Frank Döbele gesehen werden. Was Max durchaus verstehen konnte. Etwas anderes aber nicht: Dieser Jemand war seine fast von ihm geschiedene Ehefrau. Max war perplex, dann begriff er. Margit hatte also doch die Finger in diesem bösen Spiel. Sie verabschiedete sich nach einem kurzen Wortwechsel. Döbele ging zurück ins Haus.

Da fällte Max die nächsten beiden Entschlüsse. Zuerst würde er sich eingehend mit Frank Döbele unterhalten. Danach kam Margit an die Reihe. Der Zorn begann langsam, aber stetig wieder zu wachsen.

Die Wut half ihm, die nächsten beiden kalten Stunden Wartezeit zu überstehen. Außerdem hatte der Himmel ein Einsehen. Er war zwar wolkenverhangen von hell- bis dunkelgrau, aber immerhin regnete es nicht.

Als Frank Döbele schließlich aus dem Haus kam, begann es schon zu dämmern. Max heftete sich an seine Fersen. Döbele hatte eine Aktentasche in der Hand, offensichtlich wollte er etwas wegbringen. Am Briefkasten machte der Mann im Kaschmirmantel halt. Er warf einen Umschlag in den Schlitz.

»Halten Sie sich aus meinem Leben raus, sonst sorge ich dafür, dass Sie mir nicht mehr lange auf die Nerven gehen können!« Max hatte diesen Satz in den letzten Stunden immer wieder geübt, um ihm auch den richtigen Klang zu geben. Nicht plump-bedrohlich, sondern kalt wie Eis, mit dem Nachhall der Gefahr.

Frank Döbele fuhr herum. Sein Gesicht war verzerrt. »Wie können Sie es wagen, meiner Mutter und mir zu drohen?«, brüllte er. »Sie werden sich noch umschauen!«

Max ließ ihn ruhig ausbrüllen, obwohl er diesem Mann am liebsten seine Faust ins arrogante Gesicht geschlagen hätte. Er hatte sich geschworen, sich zu beherrschen. Außerdem war Frank Döbele vermutlich stärker. Also grinste er ihm hämisch ins Gesicht. »Gar nichts werden Sie tun, wenn Sie nicht ins Gefängnis wandern wollen, sagte er dann. »Ich drohe Ihnen, weil ich es kann. Wenn Sie mich nicht in Frieden lassen, habe ich noch andere Mittel zur Verfügung.«

Frank Döbele lachte schallend. »Sie können mir keine Angst machen, Sie Niete von einem Schriftsteller. Was wollen Sie mir denn schon tun?«

»Hat Ihre Mutter Ihnen nichts von den Beweisen erzählt, die ich in der Hand habe?«, erkundigte sich Max, jetzt etwas verunsichert.

Döbele grinste höhnisch. »Doch, hat sie. Aber im Zweifelsfall habe ich eben von nichts gewusst. Sie hat nämlich den Brief beklebt. Es sind also nur ihre Spuren darauf. Mir können Sie gar nichts. Und Sippenhaft gibt es in Deutschland noch nicht. Es ist also besser, Sie zahlen. Ich habe Sie genau beobachtet. Sie sind ein feiger Mörder, der einen alten, kranken Mann umgebracht hat.«

In Max' Magen begann sich Panik breitzumachen. Er kämpfte sie nieder.

»Dann wissen Sie ja, wozu ich fähig bin. Es könnte also durchaus sein, dass man eines Tages Ihre Leiche im Rhein findet. Das würde sich nett machen, finden Sie nicht?«

»Sie wollen mir doch nicht sagen ...?«

»Oh doch, genau das will ich«, versicherte Max. »Um einen Mann wie Sie ist es nicht schade. Sie würden ja sogar Ihre eigene Mutter über die Klinge springen lassen.«

Wieder lachte Döbele. Es klang wie das Wiehern eines Gauls. »Dafür müssen Sie mich erst einmal kriegen. Sie glauben doch nicht, dass ich mich von Ihnen einfach so wie der Alte in den Fluss werfen lasse!«

Max war äußerlich die Ruhe selbst. »Nein? Nun, wir werden sehen. Außerdem, wer sagt denn, dass ich das selbst tue? Im Gefängnis macht man so allerlei Bekanntschaften. Und ehe ich Ihnen das Geld gebe, bezahle ich lieber einen Killer. Das ist billiger.«

Max beschloss, diesen Satz erst einmal wirken zu lassen. Er kannte keine Berufsmörder. Aber das wusste Frank Döbele ja nicht. Er grüßte freundlich, machte auf dem Absatz kehrt und ließ den verblüfften Frank Döbele am Briefkasten stehen. Als er zehn Meter gegangen war, drehte er sich noch einmal um. Ihm war etwas eingefallen, mit dem er den Mann vielleicht weiter verunsichern konnte. »Ach, wussten Sie übrigens, dass meine Frau zu mir zurückkehren wird? Sie ist bereit, gegen Sie auszusagen. Falls Sie Ihnen etwas anderes erzählt hat, als sie heute bei Ihnen war, dann hat sie gelogen. So muss sie das Geld aus meiner Erbschaft nur mit mir teilen und nicht mit Ihnen und Ihrer Mutter. Und falls Sie mir nicht glauben, fragen Sie bei der Polizei nach. Margit hat die Anzeige wegen versuchten Mordes gegen mich zurückgezogen. Oder warum, glauben Sie, bin ich wieder aus der Haft entlassen worden? Ich habe also eine Zeugin für Ihre üblen Machenschaften.«

Max verkniff es sich, noch einmal zurückzuschauen. Er spürte den Blick des anderen wie einen Stich in seinem Rücken. Doch es herrschte Schweigen.

Zu Hause atmete Max tief durch. Er fühlte sich wie Herkules

nach dem Ausmisten des Augiasstalles. Er griff zum Telefonhörer.

»Aber gerne«, beantwortete Margit seine Einladung zum Essen für den nächsten Tag. Sie schien wirklich erfreut zu sein, von ihm zu hören. Max wunderte sich etwas darüber. Sie war ja schon immer eine gute Heuchlerin gewesen, aber das klang echt. Sie verabredeten sich beim Chinesen in der Laufenburger Altstadt. Er lag über den Räumen des ehemaligen Zollamts, inzwischen hatte sich dort eine Galerie eingemietet; im Dachgeschoss dieses Hauses hatte Franz Satorius, der Alte, gelebt.

Ja, so langsam ergab alles einen Sinn, die einzelnen Mosaiksteine begannen sich zusammenzufügen. Klara hatte in diesem Tohuwabohu, ohne dass er es merkte, seine Wege geebnet, ihn an die Hand genommen und ihm geholfen. Wieder einmal sandte er ihr einen stummen Gruß dorthin, wo sie jetzt war. Denn Klara lebte. Nicht nur in seiner Kurzgeschichte. Vielleicht nicht ihr Körper aus Fleisch und Blut, aber mit Sicherheit ihr Ich. Jetzt konnte Max sie wieder fühlen, er konnte wie ein Echo wieder ihr Lachen hören, ohne innerlich vor Schmerz zusammenzuzucken und die Erinnerungen zu verbannen, weil er sie nicht ertrug.

Er schlief an diesem Abend ein mit dem Bild eines Sommertages. Er sah, wie sich der Rock von Klaras geblümtem Kleid leicht in der Sommerbrise blähte, er sah das Lachen in ihren Augen und wie der Wind mit den kleinen Locken an ihren Schläfen spielte. Die übrigen Haare hatte sie zu einem Pferdeschwanz zusammengebunden. Ihre Beine und ihre Oberarme waren dünn und anrührend. Sie war vielleicht zwölf Jahre alt gewesen, ein leuchtender kleiner Mensch, er etwa zehn. Das Leuchten hatte der Alte ihr ausgetrieben. Auch daran konnte er jetzt denken, ohne darüber zu verzweifeln. »Ruhe in Frieden«, flüsterte er. Dann glitt er hinüber ins Land ohne Denken.

Die alten Eichenpaneele des in längst vergangenen Zeiten gutbürgerlich-badischen Lokals waren nur noch an einigen Stellen zu sehen. Der Rest war von geschnitzter chinesischer Ornamentik verdeckt. An der westlichen Wand plätscherte, von Licht durchschienen, ein ziemlich kitschiger Wasserfall vor sich hin, so kitschig, dass Max das Spiel der Lichter hinter der bemalten Glasscheibe schon wieder schön fand.

Margit sah für ihre Verhältnisse ganz hübsch aus, als sie – wie üblich zu spät – das Restaurant betrat. Sie hatte sich geschminkt, aber nicht zu viel, die dezent karierte Wollhose saß gut und betonte ihre immer noch schlanken Hüften. Sie hatte die Haare kurz geschnitten, einige Fransen kaschierten die Falten um ihre Augen, der grüne Rollkragenpullover stand ihr gut. Er sah teuer aus, wahrscheinlich war er aus Kaschmirwolle.

Sie strahlte ihn an, als sie an den Tisch kam, an dem er schon wartete. Er lag etwas abseits, in der Nähe des Toiletteneingangs. Max hatte diesen Platz gewählt, damit nicht jeder andere Gast im Restaurant ihr Gespräch hören konnte. Den Gedanken, Margit in seine Wohnung einzuladen, hatte er gestern schnell wieder verworfen. Die Erinnerung an ihre Haiku-Vernichtungsaktion war noch zu frisch. In der Öffentlichkeit lief er nicht so schnell Gefahr, mit dem Küchenmesser auf sie loszugehen. Und sie musste sich ebenfalls beherrschen.

Hätte er sie nicht besser gekannt, er hätte sie für eine attraktive Frau Anfang vierzig gehalten, die mit sich im Reinen war. Irgendetwas war anders an ihr.

Sie schien jedenfalls entschlossen zu sein, den Abend zu einem Erfolg werden zu lassen. Keine Seitenhiebe, keine Sticheleien. Bis das Essen kam, plauderten sie über den ungewöhnlich warmen Winter, den neuesten Klatsch. Margit, die sonst eigentlich nichts Süßes mochte, aß nach einem großen Teller Ente süßsauer auch noch mit viel Appetit einen kräftigen Nachtisch – irgendetwas mit Litschis und Schokolade.

»Es tut mir leid, dass dein Anwalt gestorben ist«, eröffnete Max danach jenen Teil des Gespräches, auf den es ihm ankam. »Aber ich habe wirklich nichts damit zu tun. Bitte glaub mir das. Auch wenn die Polizei einen solchen Verdacht geäußert hat.«

»Ich glaube dir. Er war ein sehr guter Anwalt, aber vielleicht brauche ich ihn ja nicht mehr.«

»Was ist mit der Scheidung? Hast du es dir anders überlegt?«

Margit errötete leicht. Die nächsten Worte schienen ihr kaum über die Lippen kommen zu wollen. »Du weißt, dass ich meine Anzeige gegen dich zurückgezogen habe?«

»Ja. Deshalb bin ich ja auch nicht mehr im Gefängnis. Ich danke dir. Gibt es einen Grund für dein Verhalten?« Max wartete gespannt auf ihre Antwort.

»Müssen wir uns denn unbedingt scheiden lassen? Ich wollte das alles nicht. Aber Schneider hat mich gegen dich aufgehetzt. Er sagte, ich müsse kämpfen, sonst würdest du mich über den Tisch ziehen. Glaub mir, ich wollte das alles wirklich nicht. Können wir denn nicht einfach von vorne anfangen, kannst du mir nicht noch eine Chance geben? Ich – ich liebe dich doch noch.«

Max war verblüfft. Gelinde gesagt. Obwohl er schon so etwas befürchtet hatte. Die Erbschaft zog sie offenbar magisch zu ihm zurück. Nur das nicht! Das wäre sein größter Alptraum.

Er versuchte, ein freundliches Gesicht zu machen. »Meinst du nicht, wir sollten uns nach all dem, was zwischen uns vorgefallen ist, erst einmal Zeit lassen?« Dann konnte er sich die Frage aber doch nicht verkneifen: »Du weißt wahrscheinlich, dass ich eine Erbschaft gemacht habe?«

Sie nickte. »Bitte denk jetzt nicht, dass es deshalb ist. Wirklich. Wir hatten doch auch gute Zeiten …« Sie brach ab.

»Das stimmt«, bestätigte Max. »Trotzdem, es ist zu viel passiert, um einfach so wieder zur Tagesordnung überzugehen. Aber noch etwas anderes, jetzt, wo wir so harmonisch zusammensitzen. Du kennst doch sicher die Sekretärin deines Anwalts, Herta Döbele? Ihr Sohn hat mich lange Zeit überwacht. Kannst du mir sagen, warum? Was haben die beiden gegen mich?«

Margit kaute an der Innenfläche ihrer Wangen. Es machte sie hässlich, fand Max. Doch das tat sie immer, wenn sie nachdachte. Sie schien zu überlegen, wie viel sie ihm sagen sollte. In Max schrillten die Alarmglocken.

»Ich hoffe, du verzeihst mir«, begann sie zögernd. »Schneider hat Frank Döbele mit der Überwachung beauftragt. Zuerst wollte ich nicht, aber er hat mich dann überredet. Inzwischen glaube ich, dass er dich aus irgendeinem Grund gehasst haben muss. Anfangs dachte ich ja, er habe mich nur aus beruflichen Gründen über dich ausgefragt. Doch dann, als er immer penetranter wurde, bin ich misstrauisch geworden. Er hat einmal zu mir gesagt, du seiest ein Monster, das man aus dem Verkehr ziehen müsse.«

»Ich verstehe das nicht. Hat er dir denn einen Grund für diese Meinung genannt?«

Margit schüttelte den Kopf. »Nichts Konkretes. Er ist meinen Nachfragen immer ausgewichen. Ich weiß nur, dass es sich um irgendeine Geschichte aus der Vergangenheit gehandelt haben muss. Es hat etwas mit der Frau zu tun, die sich kurz vor Fasnacht von der Brücke gestürzt hat, Klara. Satorius hat mir vor seinem Tod erzählt, sie sei deine Stiefschwester gewesen.«

Die Alarmglocken schrillten jetzt immer lauter. »Aber warum hast du nicht nachgehakt? Ich kenne diesen Mann kaum. Wir hatten jedenfalls nie miteinander zu tun, bis er dein Anwalt wurde. Er muss dir mehr gesagt haben. Ihr wart schließlich vertraut miteinander. Du warst doch seine Geliebte.«

Margit musterte ihn verblüfft. »Du weißt davon? Dann kannst du dir vielleicht vorstellen, warum er dich nicht mochte.«

Nun war Max der Verdutzte. Doch auf dieses Ablenkungsmanöver würde er nicht hereinfallen. »Ich kann mir beim besten Willen nicht erklären, was er gegen mich haben könnte.«

Margit lächelte. »Vielleicht klingt das arrogant. Aber ich glaube, er war eifersüchtig auf dich.«

»Auf mich?« Die Miene von Max war ein einziges Fragezeichen.

Margit benahm sich wie ein verschämter Teenager. »Nun ja, er wollte mich heiraten, er hat mich geliebt. Aber er muss gefühlt haben, dass ich dich nicht vergessen konnte. Wahrscheinlich hat er befürchtet, ich würde zu dir zurückkehren.«

Schon in dem Moment, als er es sagte, wusste Max, dass es unklug war. Doch er konnte sich einfach nicht zurückhalten. Er lachte lauthals. »Das ist der beste Witz, den ich in der letzten Zeit gehört habe. Warum sollte ich dich wiederhaben wollen?«

Bei Margit ging der Rollladen herunter. Ihr Gesicht wurde

verschlossen und abweisend. »So ist das also. Du willst nicht. Ich habe es im Guten versucht. Es gibt noch mehr Anwälte. Ich werde dir jeden verdammten geerbten Cent aus der Tasche ziehen. Es stimmte, was Paul sagte. Ich wollte es ja nicht anschneiden, weil ich es nicht glauben konnte. Er hat gesagt, du hättest deine Stiefschwester in den Tod getrieben. Du seist schuld daran, dass sie sich von der Brücke gestürzt hat.«

»Was hat Paul Schneider damit zu tun?«

»Finde es doch selbst heraus. Von mir erfährst du nichts mehr. Du bist wirklich ein gefühlskaltes Ungeheuer.«

»Wenn das so ist – hast du eigentlich schon mal drüber nachgedacht, dass Paul Schneider dich nur zu seiner Geliebten gemacht haben könnte, weil es dann leichter für ihn war, dich über mich auszuhorchen?« Diese Idee war Max erst in dem Moment gekommen, als er die Worte aussprach.

Margits Stimme war kalt. »Du überschätzt dich und deine Bedeutung wieder einmal. Er hat mich geliebt, wirklich geliebt. Er hat vor Freude geweint, als ich ihm sagte, dass ich ein Kind von ihm erwarte.«

Margit hatte ihn ja schon oft überrascht, aber das war zu viel. »Ich glaube dir kein Wort. Du in deinem Alter und ein Kind! Das ist ja lächerlich. Wie soll das noch gehen?«

Sie wurde langsam wirklich wütend, das konnte er sehen. Doch das machte ihm nichts aus. »Es haben schon ältere Frauen Kinder bekommen. Ich habe es nicht darauf angelegt, aber eines Tages war ich eben schwanger.«

Sie sprach so voller Überzeugung, dass Max das Unglaubliche zu glauben begann. »Das heißt, du wolltest mich hintergehen und mit dem Kind eines anderen Mannes in deinem Bauch zu mir zurück?«

Der letzte Anschein der Freundlichkeit war inzwischen von ihr abgefallen. »Na und? Du schuldest mir etwas.«

»Und was sollte das sein?«

»Deine Freiheit. Oder warum, glaubst du, habe ich die Anzeige zurückgezogen? Weil ich dich so sehr liebe?«

Max war kurz davor, ihr an die Gurgel zu gehen. Er beherrschte sich im letzten Moment. Doch er konnte die Gegenwart dieser

Frau keine einzige Sekunde länger ertragen. Er musste sofort hier raus.

Ohne ein weiteres Wort erhob er sich und verließ das Restaurant. Er ließ sie sitzen. Mit der Rechnung. Dieser Gedanke besänftigte seinen Zorn etwas.

20

Iris Terheyde gehörte nicht zu jenen Menschen, die morgens sonderlich kommunikativ waren. Sie fiel zu dieser Tageszeit eher unter die Kategorie Muffel. Martin Felix hingegen war frisch wie eine Lerche im Frühling. Er stürmte in ihr gemeinsames Büro, umrundete elegant einen Stapel von Kartons, die sie noch immer nicht ausgepackt hatte, und hielt ihr Blatt Papier unter die Nase. »So was, Sie werden es nicht glauben. Kurz bevor Sie kamen, hat ein gewisser Viktor angerufen und nun auch eine Mail geschickt. Ich habe sie ausgedruckt. Hier, lesen Sie!«

»Oh bitte, nicht so viel Hektik am frühen Morgen. Lesen Sie vor. Lesen können Sie doch, oder? Oder nein, am besten, Sie fassen zusammen, was da steht. Kurz.«

Die gute Laune des Glücklichen schien unverwüstlich zu sein.

»Der Kollege von der Kantonspolizei hat Neues zum Thema Herta Döbele, das Sie bestimmt auch interessieren wird. Also: Sie hat nicht in einer Arztpraxis gearbeitet, sondern war die Privatsekretärin in der Klinik eines berühmten Zürcher Herzspezialisten. Und nun raten Sie mal, wie dieser Herzspezialist heißt.«

Iris war nicht für Ratespiele zu haben. »Nun reden Sie schon.«

Die Stimme von Felix hatte etwas von den Fanfaren von Jericho. »Der Arzt hieß Werner Bernauer«, trompetete er.

»Brüllen Sie nicht so. Und?«

»Ja, erinnern Sie sich denn nicht? So hieß der Mann, mit dem diese Klara verheiratet war, die Frau, die sich von der Brücke gestürzt hat. Der Fall Lara. Sie vermuten doch schon die ganze Zeit einen Zusammenhang mit den anderen Todesfällen.«

Iris war mit einem Schlag hellwach. »Sagen Sie das noch mal.«

»Der Arzt, bei dem Herta Döbele …«

»Ja, schon gut, ich meine, was für ein Arzt war er?«

»Hier steht Kardiologe, Leiter einer Herzklinik.«

»Heiliger Strohsack.«

In Martin Felix' Augen erschienen mindestens drei Fragezeichen.

»Na ist doch klar, der Anwalt, dieser Paul Schneider, ist einen Herztod gestorben. In seinem Blut wurde Kalium gefunden. Herta Döbele verstand etwas von Herzmedizin. Und sie muss Klara Bernauer gekannt haben. Immerhin war sie die Frau ihres einstigen Chefs.«

Felix nickte eifrig. »Jetzt müssen wir nur noch herausfinden, wie Schneider ins Bild passt. Ich habe übrigens noch etwas für Sie. Wir haben diesen Frank Döbele in unserer Straftäterkartei. Zunächst kleinere Fälle, Schlägereien, Trunkenheit am Steuer. Dabei hätte er beinahe einen Mann über den Haufen gefahren. Dann hat die Frau eines Klienten den sauberen Herrn Detektiv wegen Erpressung angezeigt. Er wollte sie wohl nötigen, ihm ihre Gunst zu schenken. Er hatte die Dame im Auftrag ihres Mannes überwacht und bei einem Seitensprung ertappt. Damit hat er sie unter Druck gesetzt. Die Frau zog es aber vor, ihrem Ehemann alles zu beichten. Döbele hat damals seine Lizenz als Detektiv verloren. Hier ist ein Foto von unserem sauberen Ex-Ermittler.«

Iris warf einen Blick darauf. »Das ist nicht zu fassen«, erklärte sie dann. »Das ist der Mann, der Trautmann überwacht hat. Ich habe ihn gesehen, erinnern Sie sich?«

»Schon wieder Trautmann.«

Iris kaute wieder einmal Nägel. »Ja. Immer wieder Trautmann. Und erneut Herta Döbele. Also, wir haben jede Menge zu tun. Die Kollegen sollen endlich diesen Frank Döbele auftreiben und zum Verhör herbringen. Dasselbe gilt für seine Mutter. Wir müssen sie uns noch einmal vorknöpfen. Und dann brauchen wir unbedingt mehr über den verstorbenen Ehemann von Klara Bernauer, über die Vergangenheit dieser Herta Döbele und darüber, wo Paul Schneider herkam, als er vor einem halben Jahr in Rheinfelden auf der Bildfläche erschienen ist. Zwischen seiner Geburt in Winterthur und seinem Auftauchen hier muss er ja etwas getan haben. Studiert zum Beispiel.«

Martin Felix griff sich die Akte und blätterte. »Seine Mutter, Thea Schneider, war wohl eine Deutsche. Sie ist bereits seit vielen Jahren tot. In seiner Geburtsurkunde steht laut den Schweizer Behörden: Vater unbekannt. Schneider hat keine weiteren Verwandten. Um seinen Freundeskreis haben sich die Schweizer allerdings noch nicht gekümmert.«

Iris schüttelte den Kopf. »Das werden wir noch tun. Was hat ein offenbar unehelich geborener Anwalt aus Winterthur mit einer Toten zu schaffen, die von hier stammt, schwanger wurde, schließlich einen Zürcher Herzspezialisten geheiratet hat und dann nach dessen Tod ins Tessin gezogen ist?«

»Keine Ahnung. Das müssen wir klären.«

»Am besten packen Sie Ihre Koffer und erledigen das selbst. Ich mache mit dem Naheliegenden weiter. Vielleicht kannte Trautmann Schneider ja besser, als er uns weismachen wollte. Und vielleicht hat er eine schlüssige Erklärung, warum er von Frank Döbele überwacht worden ist. Ich vermute, der Anwalt steckt dahinter. Oder Trautmanns Frau, damit sie ihn besser unter Druck setzten konnte. Aber womit? Auf nach Winterthur zur Kantonspolizei, Kollege. Und dann nach Zürich und ins Tessin, wo Klara Bernauer lebte. Wir müssen auch alle ihre Freunde und Bekannten abklappern.« Iris war plötzlich hellwach.

Martin Felix grinste sie an. »Ich sehe schon, warum Sie mich mit der Reise betrauen. Das bedeutet aber einiges an Formularkram im Vorfeld.«

»Dann erledigen Sie den so zügig wie möglich. Und kehren Sie schnell wieder zurück. Vielleicht kommt bei Ihren Nachforschungen etwas heraus, mit dem ich Max Trautmann zusätzlich unter Druck setzen kann.«

Anderthalb Stunden später trat Polizeihauptmeister Erich Buchmann die Wohnungstür von Max Trautmann ein. Iris hatte ihn vom Revier Laufenburg herzitiert, nachdem auf ihr Klingeln niemand geöffnet, sie aber ein Stöhnen gehört hatte. Offenbar war der Wohnungsinhaber in Not.

Sie fanden ihn bewusstlos auf dem Boden. Der Notarzt diagnostizierte ein Herzproblem, möglicherweise Infarkt oder Angina Pectoris. Max Trautmann war jedenfalls vorläufig nicht vernehmungsfähig.

Iris beschloss, ihm einige Sachen einzupacken und ins Krankenhaus zu bringen. Auf diese Weise bekam sie die Gelegenheit, ein wenig in Trautmanns Habseligkeiten zu stöbern. Ganz korrekt war das nicht, eigentlich brauchte sie einen Durchsuchungsbefehl.

Sie fand einen Koffer, der schon bessere Tage gesehen hatte, klaubte den Schlafanzug vom ungemachten Bett, Rasierapparat, Waschzeug, Zahnbürste und Zahnpasta, einen alten Norwegerpullover, eine Jeans, Unterwäsche, Socken, Schuhe. Das musste reichen.

Danach sah sie sich um, öffnete Schubladen, durchsuchte die Bücherregale. Zwischen zwei Bänden von Marcel Prousts »Auf der Suche nach der verlorenen Zeit« entdeckte sie den Erpresserbrief. Darin wurden zweihundertfünfzigtausend Euro von Max Trautmann gefordert. Jemand behauptete, Trautmann sei ein Mörder. Jemand? Iris Terheyde fielen als mögliche Erpresser sofort Herta Döbele und ihr Sohn ein. Zweihundertfünfzigtausend Euro. Innerlich notierte sie sich: Kontenbewegungen von Max Trautmann nachvollziehen. Dafür brauchte sie auf jeden Fall einen guten Grund. Nun, sie konnte ja mit dem Erpresserbrief argumentieren. Der behauptete schließlich, Trautmann sei ein Mörder.

Sosehr sie auch suchte, sie entdeckte nichts, das von Klara erzählte, der Frau, mit der alles begonnen hatte. Bis sie den Computer von Max Trautmann durchstöberte, der nicht mit einem Passwort geschützt war. Sie fand Trautmanns Erzählung, die Geschichte der großen Liebe eines traumatisierten Jungen zu einem missbrauchten Mädchen. Zwei junge Menschen, die nichts als Nähe, Wärme, ein inneres Zuhause suchten, die vielleicht die Chance gehabt hätten, einander zu heilen. Doch es war anders gekommen. Sie kopierte sie auf Diskette und druckte sie im Büro aus.

Iris Terheyde las die Geschichte zu Ende, während sie am Krankenhausbett von Max Trautmann saß. Er schlief jetzt und war außer Lebensgefahr. Sie konnte nur ahnen, welche Dramen sich in seiner Seele abgespielt haben mussten, als er die Erzählung niederschrieb. Er musste kurz davor gewesen sein, verrückt zu werden, als er erkannte, in welcher Lage das Mädchen gewesen war, das er geliebt hatte. Als er begriff, dass er es hätte wissen müssen, erkennen können. Doch dass er die Augen verschlossen hatte, weil er den Gedanken an die Gewalt in Klaras Leben einfach nicht ertragen konnte. Den Gedanken an diese andere Klara, die nicht mehr das reine Wesen war, als das er sie sah: zart, hilfsbedürftig, so leicht wie die Luft, die im Sommer den Stoff ihres Kleides aufbauschte. Es war eine Beschreibung so voller Poesie, dass ihr fast die Tränen kamen. Seltsamerweise bewirkte diese Erkenntnis seines Versagens, seiner Unfähigkeit, dem Mädchen zu helfen, das er liebte, nicht, dass sie Max Trautmann verachtete. Das Gegenteil war der Fall.

Sie saß bis vier Uhr am anderen Morgen an seinem Krankenbett. Wie eine Ehefrau, die über ihren Mann wacht, wich sie nicht von seiner Seite. Die Ärzte hatten ihn vorläufig ruhiggestellt, ihr verboten, auch nur den Versuch einer Vernehmung zu machen. Er hatte gerade so eben überlebt. Und während sie ihn beobachtete, seinen regelmäßigen Atemzügen lauschte, sein Gesicht anschaute, möglicherweise das Gesicht eines Mörders, sah sie nichts weiter als einen schutzbedürftigen, verwirrten Jungen. Zu ihrer eigenen Überraschung wollte sie ihn in den Arm nehmen, ihn trösten, festhalten, sein Herz heilen. Und sie stellte fest, dass sie sich eigentlich nichts mehr wünschte, als dass er unschuldig war.

Sie verließ ihn, lange bevor er aufwachte. Sie musste ihre Arbeit tun, mit Frank Döbele und Margit Trautmann sprechen. Es war Samstag, und es dauerte eine Weile, bis sie die Kollegen ins Büro getrommelt hatte. Felix war bereits in die Schweiz aufgebrochen. Schließlich hatte sie es sogar geschafft, eine Genehmigung zu bekommen, um sich die Kontenbewegungen Trautmanns anzuschauen. Am Samstagabend hatte sie einen Mitarbeiter der Bank aufgetrieben. Das Ergebnis von dessen Nachforschungen war eine weitere Überraschung. Axel Freudenreich hatte seinem Klienten Max Trautmann genau die Summe überwiesen, die der Erpresserbrief forderte. Es sei eine Erbschaft, erklärte Freudenreich auf ihre Nachfrage. Mehr werde er nicht sagen. Als sie drängte, rückte der Anwalt noch damit heraus, dass die Angelegenheit ursprünglich über die Kanzlei von Paul Schneider gelaufen war. Dieser hatte sie dann an ihn weitergeleitet. Warum, das wusste Freudenreich nicht.

Das erhärtete ihren Verdacht, die Döbeles könnten hinter der Erpressung stecken. Schließlich hatte Herta Döbele Zugang zu Schneiders Akten gehabt. Eine weitere Möglichkeit war aber Margit Trautmann. Der tote Anwalt war immerhin ihr Geliebter gewesen, er könnte ihr also durchaus davon erzählt haben. Nicht nur, weil er sie als Anwalt vertrat, sondern weil er vielleicht selbst ein Interesse daran hatte, an Geld zu kommen. Sie würde sich auch um seine Konten kümmern müssen. Vielleicht konnte ihr aber auch ein erneutes Verhör von Margit Trautmann weiterhelfen. Sie wählte deren Telefonnummer. Das Klingeln blieb unbeantwortet.

Die Kollegen konnten weder Herta Döbele noch ihren Sohn auftreiben. Beide waren wie vom Erdboden verschluckt. Als sie gleich am Montagmorgen die Wohnung der Sekretärin von Paul Schneider mit Gewalt öffneten, fanden sie sie komplett ausgeräumt. Margit Trautmann schien ebenfalls verschwunden zu sein. Max Trautmann war immer noch nicht vernehmungsfähig.

Der einzige Lichtblick war Martin Felix. Er kam am Dienstag mit Erkenntnissen aus der Schweiz zurück, durch die ein weiteres Puzzlestück an seinen Platz rückte. Schneider und Klara hatten sich gekannt. Martin Felix hatte die ehemalige Köchin der Familie Bernauer aufgetrieben. Sie erzählte die Geschichte eines kleinen, einsamen Jungen, der in abgöttischer Liebe an der Dame des Hauses hing, an Klara Bernauer. Nach dem Tod ihres Mannes Werner hatte er sie noch öfter besucht.

Noch ein Mann, der Klara verfallen war. Sie musste ein faszinierender Mensch gewesen sein. Iris ertappte sich bei dem Gedanken, dass sie diese Frau gern kennengelernt hätte.

Paul Schneider hatte demnach einige Jahre im Haus von Klara Bernauer und ihrem Mann gelebt. Es gab keine Beweise, aber Gerüchte, dass er der uneheliche Sohn von Werner Bernauer aus einer lange zurückliegenden Beziehung war. Der renommierte Herzspezialist hatte ihn nie als seinen Sohn anerkannt, allerdings dafür gesorgt, dass der Junge studieren und Rechtsanwalt werden konnte.

Klara Bernauer hatte das große Haus in Zürich schon bald nach dem Tod ihres Mannes verkauft und das gesamte Personal entlassen. Der Junge, Paul, inzwischen zum Mann herangewachsen, war ebenfalls aus Zürich verschwunden. Iris wusste, wohin er gegangen war.

»Ich habe da eine Theorie«, erklärte sie ihrem Kollegen. »Da ist ein Junge, der seine junge Ziehmutter glühend verehrt und irgendwann in die Gegend der Stadt kommt, in der sich das Drama ihrer Jugend abgespielt hat. In dieses Drama sind hauptsächlich zwei Männer verwickelt: Max Trautmann und Franz Satorius. Wie es scheint, ist sie von ihrem Stiefvater Satorius missbraucht worden. Max Trautmann hat eine Erzählung darüber geschrieben. Er ist übrigens im Krankenhaus. Etwas mit dem Herzen. Ich habe die Kurzgeschichte gefunden.« Unter welchen Umständen, das behielt sie lieber für sich.

»Das alles passt zur Theorie, sämtliche Todesfälle könnten mit dieser Klara zu tun haben. Es scheint, als liefen bei ihr alle Fäden zusammen. Sie haben ja immer gesagt, es könne sich um ein Drama handeln, das sich vor vielen Jahren in Laufenburg ereignet hat.«

»Ja, und genau dieses Drama war vielleicht für Paul Schneider der Grund, ausgerechnet hierher in die Region zu kommen. Er hat seine Ziehmutter geliebt, vielleicht wolle er sie rächen und hat sich deshalb an die Ehefrau von Max Trautmann herangemacht, dem Mann, der sie im Stich gelassen hat. So, wie ich es sehe, hatte er ein starkes Motiv, Franz Satorius umzubringen. Die Sache hat nur einen Haken ...«

»... Paul Schneider war schon tot, als Satorius in den Fluss fiel«, führte der Glückliche die Überlegungen zu Ende.

»Bleibt als Verdächtiger für den Tod von Satorius also wieder nur Max Trautmann. Vielleicht eine späte Rache oder so etwas. Er scheint Jahre gebraucht zu haben, um sich der Wahrheit zu stellen, um sich einzugestehen, dass seine geliebte Stiefschwester von Satorius missbraucht worden ist. Ich glaube, er macht sich große Vorwürfe, dass er ihr nicht geholfen hat, und hält sich für einen Versager. Aber was ist, warum ziehen Sie so ein skeptisches Gesicht?«

Felix zuckte die Achseln. »Wir haben keine Beweise, dass Trautmann Satorius umgebracht hat, außer dem Brief eines Erpressers und den Behauptungen einer ziemlich rachsüchtigen Ehefrau und einer zwielichtigen Sekretärin, die selbst Dreck am Stecken zu haben scheint. Was ist, wenn er es nicht war? Es macht mich stutzig, dass Margit Trautmann verschwunden ist, und das auch noch gleichzeitig mit Herta Döbele und ihrem Sohn. Sie nicht? Vielleicht fixieren wir uns doch zu sehr auf die Vergangenheit, auf eine Geschichte, die sich vor fast dreißig Jahren abgespielt hat. Vielleicht will jemand diesem Max Trautmann einen Mord in die Schuhe schieben. Wissen Sie eigentlich, wieso die Erpresser ausgerechnet zweihundertfünfzigtausend Euro von ihm wollen? Dieser Mann ist meines Wissens nicht reich. Woher soll das Geld also kommen?«

Iris Terheyde kaute Nägel. »Sie stellen heute bemerkenswert intelligente Fragen, Kollege Felix.«

Er zog ein erfreutes Gesicht. Sie achtete nicht weiter darauf. »Ja, ich weiß, woher er das Geld hat. Es stammt aus dieser Erbschaft, die ich bereits erwähnte. Die Erblasserin war Klara. Die Angelegenheit ging übrigens einen seltsamen Weg – über Paul Schneider zu Axel Freudenreich, dem Anwalt Trautmanns. Das ließ sich anhand der Kontoauszüge und von Schneiders Akten nachvollziehen. Dass sich Klara an Schneider gewandt hat, das kann ich im Licht der neuen Erkenntnisse verstehen, die Sie aus der Schweiz mitgebracht haben. Es lag für sie wohl nahe, ihren Ziehsohn zurate zu ziehen. Ich habe aber keine Ahnung, warum der die Sache an Freudenreich weitergegeben hat. Wollte er Spuren verwischen, nicht mit Klara in Verbindung gebracht werden? Wenn ja, warum? Wollte er nicht, dass seine Klientin und Geliebte von seiner Vergangenheit erfuhr?«

»Vielleicht wollte er nicht, dass überhaupt jemand davon erfuhr. Vielleicht hatte er Rachepläne geschmiedet und wollte nicht, dass jemand dahinterkommt.«

»Warum hat er aber dann Herta Döbele angestellt? Sie kannte doch seine Vergangenheit.«

»Weil er sie brauchte, weil er sie in der Hand hatte? Weil er sich ihrer Loyalität sicher war?«

Iris ließ vom Nagel ihres Mittelfingers ab. »Ja, das könnte sein. Und warum das alles ausgerechnet jetzt, dreißig Jahre später? Was meinen Sie, wusste Schneider, dass seine geliebte Ziehmutter nicht mehr lange zu leben hatte, und er wollte ihr vorher noch Genugtuung verschaffen? Wusste er also, dass Satorius sie missbraucht und Trautmann ihr nicht geholfen hatte? Und ist sie in Laufenburg in den Rhein gegangen, weil Schneider am Hochrhein lebte? Nein, ich glaube nicht. Sie hätte auch die Rheinfelder Brücke wählen können. Ich glaube fast, sie wollte, dass der alte Satorius sie beobachtet.«

Am Mittwoch, genau eine Woche nach dem Ende der Fasnacht, bekamen sie die Erlaubnis, Max Trautmann zu vernehmen.

Er lächelte Iris zu, als sie zusammen mit dem Glücklichen das Krankenzimmer betrat. Er sah bleich aus, aber ansonsten wirkte er ruhig, zwar noch schwach, aber durchaus Herr seiner Sinne.

»Danke«, sagte er, als er sie sah, und strahlte sie an.

Iris war etwas verwirrt über diesen Empfang. »Danke? Wofür?«

»Dafür, dass Sie mir das Leben gerettet haben. Erst ich Ihnen, dann Sie mir. Denn ohne die Polizei gäbe es mich jetzt womöglich nicht mehr. Jetzt sind Sie für den Rest meines Lebens für mich verantwortlich. Das ist so, wenn man jemandem das Leben rettet.«

Iris war einigermaßen aus dem Konzept gebracht. »Wer sagt das?«

»Das ist eine alte Indianerweisheit. Glaube ich.«

»So. Dann wären Sie auch für mich verantwortlich.«

»Ja.« Wieder strahlte er sie an.

Martin Felix rettete die Situation. »Wir haben nur wenig Zeit«, raunte er ihr ins Ohr.

Iris riss sich zusammen. »Wir haben Hinweise darauf, dass Sie Franz Satorius in den Rhein geworfen haben«, platzte sie heraus. Eigentlich hatte sie die Sache subtiler angehen wollen.

»Sie haben also meine Wohnung durchsucht und den Erpresserbrief gefunden«, stellte Max Trautmann seelenruhig fest. »Ich finde es schon erstaunlich, dass Sie bereit sind, den anonymen

Brief eines Erpressers, also eines Verbrechers, als Beweis dafür zu werten, dass ich ein Mörder bin.«

»Und, sind Sie einer?«

»Nein. Ich habe Franz Satorius gehasst. Ja. Aber da muss es auch noch andere gegeben haben. Wir hatten für den bewussten Abend eine Verabredung. Er war schwer herzkrank, wie Sie wissen, und wollte seinen Nachlass regeln. Was auch immer ich für ihn empfunden habe, er war mein Stiefvater. Also bin ich hin zu ihm. Ich fand ihn übel zugerichtet in seiner Küche. ›Bring mich zu Klara‹, waren seine letzten Worte, bevor er starb. Und das habe ich getan.«

»Haben Sie nicht gemerkt, dass Sie dabei Zuschauer hatten?«

»So? Wer? Sie sprechen wahrscheinlich von Frank Döbele«, stellte Max Trautmann ruhig fest. »Margit und ihr Anwalt Paul Schneider haben mich von ihm überwachen lassen.«

»Sie wissen also, wer Sie erpresst hat?«

»Ja, das war nicht schwer herauszufinden, ich musste nur eins und eins zusammenzählen, nachdem mir klar war, dass ich überwacht wurde. Ich habe mit ihm gesprochen.«

»Und?«

»Was, und? Ich habe ihm dasselbe erzählt. Die Wahrheit.«

»Hat er Ihnen geglaubt?«

Max Trautmann schüttelte den Kopf. »Ich denke nicht.«

»Warum sollten wir Ihnen dann glauben?«, mischte sich Martin Felix ein.

Max Trautmann blickte ihm voll in die Augen. »Weil Sie hier die Gerechtigkeit vertreten. Einer von den Döbeles, Frank oder seine Mutter, hing mir ständig an den Hacken. Wenn ich wirklich der Mörder wäre, für den Sie mich offenbar halten, dann hätte ich das geschickter angefangen. Ich wusste doch, dass ich beobachtet wurde. Die beiden haben einfach nur gesehen, dass ich den Alten über die Brüstung gewuchtet habe. Mehr nicht. Aber das war mir egal. Schon daran können Sie erkennen, dass ich mir keineswegs einer Schuld bewusst war. Oder ist es ein Verbrechen, einen Toten in den Rhein zu befördern?«

»Satorius war ziemlich sicher noch nicht tot, als Sie ihn in den Rhein geworfen haben«, sagte Iris Terheyde.

»Doch, das war er. Jetzt wollen Sie mich verunsichern. Ich habe ihm den Spiegel vor den Mund gehalten.«

»Dann haben Sie ihn in den Rhein gestürzt und die Wohnung sorgfältig sauber gemacht?«

»Ja. Aber ich war danach nicht mehr in der Wohnung des Alten. Das war jemand anders. Ist das nicht paradox: Mutter und Sohn Döbele haben versucht, mich mit dem Tod des Alten zu erpressen. Und nun sind diese Überwacher plötzlich zu meinem besten Alibi geworden. Ich bin wirklich nicht so ein Idiot, dass ich einen Menschen vor Zuschauern ermorde. Und haben Sie sich einmal überlegt – wenn die beiden mich gesehen haben, dann müssen sie ja ganz in der Nähe gewesen sein. Vielleicht kamen sie ja gerade aus der Wohnung von Satorius? Vielleicht haben sie ihn umgebracht und hinterher die Wohnung sauber gemacht? Das kann doch immerhin sein, oder? Ich war es jedenfalls nicht. Fragen Sie diesen Döbele doch, was er an dem Abend bei Satorius gemacht hat. Vielleicht war er ja aus einem ganz anderen Grund da als dem, mich zu überwachen.«

Er wirkt völlig überzeugend, seiner Sache sicher, dachte Iris. »Wir können Frank Döbele nicht fragen«, erklärte sie dann.

»Warum nicht?«

»Er ist verschwunden. Zusammen mit seiner Mutter. Ihre Frau übrigens auch.«

»Ach? Das ist ja interessant«, sagte Max Trautmann. »Nun glauben Sie, ich hätte diese drei auch noch ermordet, nicht war? Ich kann es aber nicht gewesen sein. Ich war die letzten Tage hier im Krankenhaus, halb bewusstlos vor lauter Medikamenten.«

Ein junger Assistenzarzt streckte den Kopf zur Tür herein. »Es ist genug, die fünf Minuten sind um«, mahnte er.

»Nur eine Frage noch. Wieso glaubten Frank Döbele und seine Mutter, dass sie von Ihnen zweihundertfünfzigtausend Euro erpressen können? Ihre Bankauszüge zeigen, dass Ihr Konto die meiste Zeit im Minus war. Erst kurz vor der Erpressung ist diese Summe plötzlich auf ihrem Konto aufgetaucht.«

»Das haben Sie also auch nachgeprüft«, stellte Max Trautmann fest. Seiner Stimme war keinerlei Verunsicherung anzumerken.

»Natürlich«, erwiderte Iris Terheyde. »Wir wissen, dass das Geld von Klara stammt. Warum hat Sie Ihnen eine so große Summe hinterlassen?«

Max Trautmann zögerte eine Weile. »Vielleicht weil sie sonst niemanden hatte. Vielleicht weil sie mich auch geliebt hat. Vielleicht um mich an sie zu erinnern. Dabei wäre das nicht nötig gewesen. Ich hätte lieber mit ihr gelebt, als diese Erbschaft zu machen.«

In den letzten Worten schwang eine tiefe Traurigkeit mit. Wieder hätte Iris ihn am liebsten in den Arm genommen. Und beschützt.

»Warum haben Sie Franz Satorius so sehr gehasst? Sie haben uns diese Frage nie eindeutig beantwortet, sind immer ausgewichen«, mischte sich Martin Felix ein.

Das wussten sie doch! Dann erkannte Iris: Der Glückliche wollte nachprüfen, wie glaubwürdig Trautmann war. Er wusste ja nicht, dass sie es wussten.

»Können Sie die Vergangenheit nicht endlich ruhen lassen?«

Iris schüttelte den Kopf. »Warum?«

Zu ihrer Überraschung füllten sich seine Augen mit Tränen. »Er hat sie vergewaltigt. Er hat sie gequält und missbraucht. Jahrelang. Es muss die Hölle für sie gewesen sein.«

Iris Terheyde hielt den Atem an. Dieses Eingeständnis war so direkt gekommen, so unvermittelt, so ohne jeden Versuch des Selbstschutzes. Er log nicht. Max Trautmann musste doch wissen, dass er ihr damit ein lupenreines Mordmotiv lieferte.

»Warum haben Sie ihr nicht geholfen?«, wollte Martin Felix wissen.

»Weil ich ein Feigling bin. Ein elender, jämmerlicher Feigling. Ein Versager. Weil ich weggeschaut habe, es nicht wahrhaben wollte, aus Angst, es nicht ertragen zu können.«

Er stellte es fest, als spräche er gerade über das Wetter. Scheinbar völlig unbeteiligt. Aber genau dieser Umstand ließ seine Worte so dramatisch wirken. Wieder bekam Iris eine Ahnung davon, wie es in diesem Mann aussehen musste.

Martin Felix war nicht so zartfühlend. Er formulierte ihre Gedanken aus. »Offenbar sind Sie inzwischen nicht mehr so feige. Vielleicht haben Sie Ihre Klara nun doch noch gerächt, jetzt, dreißig Jahre später, und ihren Peiniger von damals umgebracht.«

Max Trautmann schaute ihn eine Weile ruhig an, dann schüttelte er den Kopf. »Ich muss Sie enttäuschen. Die Rache für Klaras Qualen hat jemand anders für mich übernommen. Leider. Ich bin noch immer ein Versager. Ich habe Ihnen gesagt, was geschehen ist.«

»Bitte gehen Sie jetzt«, mahnte der junge Arzt erneut.

»Glauben Sie ihm?«, fragte Iris Terheyde ihren Kollegen, als sie auf dem Krankenhausparkplatz standen.

»Ich weiß es nicht«, antwortete der Glückliche. »Was er sagt, klingt plausibel.«

»Das finde ich auch«, bestätigte Iris. »Außerdem können wir ihm nicht das Gegenteil beweisen.«

Drei Tage später wurde Margit Trautmann gefunden. Tot. Sie war, einen Tag nachdem ihr Ehemann ins Krankenhaus eingeliefert worden war, im Berner Oberland zwanzig Meter tief von einem Felsen gestürzt. Die Obduktion ergab, dass sie im vierten Monat schwanger gewesen war. Und durch den Vergleich der Blutanalysen des Fötus mit dem Blut des verstorbenen Paul Schneider wussten sie, dass dieser unzweifelhaft der Vater gewesen war.

»Mit alldem kann ich nun wirklich nichts zu tun haben«, stellte Max Trautmann fest, als man ihm die Nachricht überbrachte. Mehr sagte er dazu nicht. Zwei Tage später durfte er das Krankenhaus verlassen. Er war jetzt ein freier Mann. In jeder Beziehung.

21

Max wollte nicht in die Rehabilitation und schon gar nicht in Kur. Er wollte keinen Sport treiben. Oder seine Ernährung umstellen, er wollte auch nicht abnehmen. All das wollte nur der Arzt. Max wollte nichts als seine Ruhe. In Ruhe arbeiten, in Ruhe leben, in Ruhe gelassen werden. Noch nie in seinem Leben hatten die Chancen so gut gestanden, dass er diesen Traum verwirklichen konnte. Er hatte genügend Geld für die nächsten Jahre, wenn nicht sogar für den Rest seines Lebens. Er brauchte nicht viel. Er würde wahrscheinlich ohnehin nicht sonderlich alt werden. Und der Druck war weg, der Druck dieser kaum tragbaren Schuld, die ihn sein Leben lang zu Boden gepresst, nein, ihn in den Boden gestampft hatte.

Nun war er nur noch müde. Zu Tode erschöpft. Er hatte keine Sehnsucht nach anderen Menschen. Und schon gar nicht nach den Döbeles. Vielleicht würde er sich irgendwann einen Hund anschaffen. Margit hatte nie einen Hund gewollt. Aber vor Margit war er ja nun sicher. Sie war inzwischen unter der Erde, verbrannt, vergraben, ganz in der Nähe ihres Liebhabers. Dafür hatte Max gesorgt. Er gönnte es ihr.

Nur eine Frau wollte ihm nicht aus dem Kopf. Das Gänseblümchen mit den Birkenstocksandalen. Max fand das seltsam. Schließlich hielt sie ihn für einen Mörder. Er mochte sie trotzdem. Sogar ganz besonders. Er versuchte, sich den Gedanken an sie aus dem Kopf zu schlagen. Es gelang ihm nur unzureichend. Vielleicht waren seine Bemühungen zu halbherzig. Er ahnte nicht, dass sie es inzwischen geschafft hatte, sein Telefon überwachen zu lassen.

Das Telefon hatte schon mindestens eine Woche lang nicht mehr geläutet. Deswegen zuckte Max zusammen, als es plötzlich schrillte. Am anderen Ende der Leitung war eine Frauenstimme. Mit einiger Überraschung stellte er fest, dass es Herta Döbele war.

»Sie sind ein Mörder, ein übler Mörder und Vergewaltiger. Ich habe gehört, dass Sie leider nicht krepiert sind. Ich werde dafür sorgen, dass Sie in den Knast wandern, und wenn es das Letzte ist, was ich tue«, keifte sie.

Max versuchte, sie zu unterbrechen, ihr erneut zu erklären, dass er keinen Mord begangen hatte, dass die Kriminalpolizei über alles informiert war. Doch sie ließ ihn nicht zu Wort kommen. Redete ohne Punkt und Komma, wahrscheinlich sogar ohne Luft zu holen. Langsam wurde er ärgerlich.

»Und ich werde die Aufgabe erfüllen, die Paul Schneider angefangen hat. Darauf können Sie sich ebenfalls verlassen. Er hat geschworen, alle zu vernichten, die seiner Ziehmutter Klara etwas angetan haben. Ihrer Stiefschwester. Sie werden leiden, leiden, leiden. Und Ihre Frau ist eine Hure: Sie hat ihre gerechte Strafe bereits erhalten. Ich werde für Gerechtigkeit sorgen. Das hat auch Paul Schneider gemerkt. Er wollte einfach nicht richtig zu Ende führen, was er begonnen hatte. Er hat einen falschen Weg genommen.«

»Sie sind ja verrückt«, stellte Max fest, mitten in dieses hysterische Gekreisch hinein. Es tat seinen Ohren weh. Und seinen Nerven. Dann legte er ganz sanft den Hörer auf. Das Telefon klingelte noch zehnmal. Er nahm nicht ab. Beim elften Mal legte er den Hörer daneben.

Er erfuhr von Iris Terheyde, warum Herta Döbele und Paul Schneider ihn so hassten. So traf er sie wieder. Sie hatte zusammen mit dem Kollegen Felix inzwischen ganze Arbeit geleistet. Der abgehörte Telefonanruf von Herta Döbele hatte sie auf eine Idee gebracht. Sie kam in der Stunde der Dämmerung, als der Tag noch nicht fort, die Nacht noch nicht gekommen war.

Es war ein lauer, wunderschöner Abend, einer für Verliebte, stellte Max fest, als er so auf seinem Balkon auf und ab ging, ein Glas Wein in der Hand, dem Zwitschern der Vögel zuhörte, die Menschen beobachtete, die mit frühlingsfrohen Gesichtern die Hauptstraße in Richtung Schweiz schlenderten. Manchmal sah er auch Radfahrer, die sich mit mehr oder weniger passendem Outfit vom Zoll unten den steilen Berg hinauf und übers Kopfsteinpflaster quälten. Die Vernünftigeren unter ihnen schoben ihr Rad. Das waren die mit dem weniger passenden Outfit. Oder sie hatten kleine Kinder, die entweder im Anhänger mitfuhren, in einem Sitz auf dem Fahrradträger, in einem vor dem Lenkrad oder sogar eines vorne und eines hinten. Manchmal hatten die Kleinen schon selbst ein Rad und machten jede Menge Unsinn. Solche Radfahrer hörte man oft schon lange, bevor man sie sah: Durch die Ermahnungen, die die Eltern ihren Sprösslingen zubrüllten und die von den Häuserwänden der engen mittelalterlichen Altstadtstraße zurückgeworfen wurden wie Billardkugeln von der Bande.

Dann gab es noch jene Radfahrer mit stromlinienförmigem Helm – meistens in einer ziemlich grellen Farbe – und hautengen Stretchhosen. Diese Art der Radfahrer stieg nicht ab. Max war glücklich, dass er nicht Fahrrad fahren musste.

Er war überhaupt glücklich. John Benson war auch glücklich. Er hatte wieder ein Abenteuer bestanden und freute sich momentan darüber, dass die Animiermädchen in einem Saloon in Tombstone die Beine schwangen und er ihre Höschen sehen konnte. John Benson war nämlich bis auf Weiteres, genauer bis zum nächsten Roman, der Held und der neue Sheriff von Tombstone. Der Verleger war ebenfalls glücklich, dass er den Roman morgen auf dem Tisch liegen haben würde. Und im kommenden Jahr sollte eine Anthologie mit Erzählungen erscheinen, Klaras Geschichte war eine von ihnen. Damit wäre dann auch Max Trautmann in die Welt der seriöseren Autoren aufgestiegen.

Das Leben war schön, fand er, ging in die Küche, wo die Flasche stand, und genehmigte sich ein weiteres Glas Rotwein. Während er sich einschenkte, fiel ihm ein Haiku von Shiki ein. Er schmunzelte.

Ein Frühlingsabend.
Was er wohl lesen mag,
der Junggeselle?

Max fand die Zeilen bemerkenswert aktuell. Da schellte es an der Tür. Es hatte lange nicht mehr geklingelt. Er zögerte. Seine Stimmung war gerade so friedlich, und er hatte keine guten Erfahrungen mit Menschen gemacht, die an seiner Haustür klingelten. Aber er musste wohl öffnen. Das Licht schien durch die offene Terrassentür auf die Straße. Jeder konnte sehen, dass er zu Hause war. Also machte er auf.

Vor ihm stand Iris Terheyde. Sie streckte ihm einen kleinen Frühlingsstrauß entgegen, Schneeglöckchen, Primeln, Gänseblümchen, Forsythienzweige, die bald blühen würden.

»Darf ich hereinkommen?«

»Bitte. Mögen Sie ein Glas Wein mit mir trinken?« Max freute sich, dass sie gekommen war.

»Man bietet Salz, Brot und Wein für gewöhnlich nur Freunden an«, erwiderte sie. »Und ich glaube nicht, dass Sie mich für einen Freund halten.«

»Tue ich auch nicht«, bestätigte Max.

Er sah, wie sich der Glanz in ihren Augen zurückzog, die Hand mit dem Strauß sank traurig nach unten.

»Aber Sie könnten vielleicht irgendwann eine Freundin werden, eine, mit der ich zum Beispiel über Haikus sprechen kann. Ich sehe nämlich durchaus, dass Sie kein Mann sind«, fügte er deshalb schnell hinzu.

Der Glanz kehrte zurück, die Köpfe der Frühlingsblumen zeigten wieder nach oben. Er nahm ihr den Strauß ab. »Kommen Sie doch herein, auch wenn Sie keinen Wein mit mir trinken wollen.«

»Danke, das will ich schon.«

»Schön, das freut mich«, erwiderte Max. Und dann, zu seiner eigenen Überraschung, sagte er in ihren Rücken hinein: »Ich habe Sie vermisst.«

Sie drehte sich um. »Ich Sie auch«, erwiderte sie leise. »Ich bin gekommen, um mich zu entschuldigen.«

»Wofür?«, fragte Max erstaunt.

»Weil ich Sie für einen Mörder gehalten habe. Und für all die Unannehmlichkeiten.«

»Hätten Sie Lust, mit mir auf den Balkon zu kommen? Es ist so schön draußen, es riecht schon nach Frühling«, fragte Max und reichte ihr ein Glas mit Rotwein. Er ging voraus. Nebeneinander standen sie eine Weile am schmiedeeisernen Balkongeländer und sahen auf die Straße hinunter. Der Brunnen vor dem Haus plätscherte romantisch. Auf dem kleinen Holztisch auf seiner Terrasse brannte eine Kerze, die Straßenlaternen beleuchteten die letzten Radfahrer und die ersten Kneipengänger. Unter den Arkaden gegenüber stand niemand.

»Angenommen«, sagte Max in die Nacht hinein und musterte die gegenüberliegende Hauswand.

»Wie bitte?«

»Ich meine, ich habe die Entschuldigung angenommen. Ich freue mich, dass Sie da sind. Halten Sie mich denn jetzt nicht mehr für einen Mörder?«

Sie blieb ihm die Antwort schuldig. Sie wusste es selbst nicht so recht, die letzten Zweifel quälten sie noch immer, machten ihr in stillen Stunden zu schaffen. Doch alle Indizien sprachen für eine andere Variante: dass Max Trautmann ein Opfer war und nicht der Täter. »Herta Döbele hat Ihre Frau umgebracht«, sagte sie. »Wir haben sie gefunden. Und sie hat es gestanden. Sie hat wahrscheinlich auch Paul Schneider ermordet. Zusammen mit ihrem Sohn. Und Franz Satorius.«

»Donnerlittchen«, erwiderte Max. »Und woher wissen Sie das alles?«

Iris Terheyde schaute ihn an. »In gewisser Weise durch Ihre Hilfe. Wie wäre es denn mit Brot und Salz zum Wein? Ich habe Hunger. Und ich habe viele Neuigkeiten für Sie.«

Max lachte. »Wären Sie stattdessen auch mit einem Steak und Salat samt Baguette zufrieden? Ich habe nämlich auch Hunger.«

Sie strahlte ihn an. »Das wäre fast zu viel des Guten.«

Er schmolz dahin. »Keineswegs. Für Sie nicht.« Er meinte das durchaus ernst. Und etwas begann sich zu regen, das er schon lange nicht mehr gespürt hatte. Sie merkte es irgendwie, obwohl sie einander nicht berührten, und wurde verlegen, sogar etwas rot. Max fand das hinreißend. Er räusperte sich.

»Kann ich Ihnen beim Salatwaschen helfen?«, lenkte sie ab.

Sie konnte. Sie kochten gemeinsam, so, als hätten sie das schon immer getan. Sie deckten gemeinsam den Tisch auf dem Balkon, sie aßen gemeinsam. Für beide fühlte es sich richtig an. Und währenddessen erzählte Iris Terheyde ihre Geschichte. Sie war lang.

»Wir haben Herta Döbele aufgrund des Telefonats gefunden, das sie mit Ihnen geführt hat. Ihr Telefon wurde überwacht, wissen Sie. Sie war zusammen mit Ihrer Frau Margit ins Berner Oberland gefahren. Ihre Frau hatte uns bei einer Vernehmung sogar die Adresse des Hotels gegeben, in dem sie absteigen wollten. Bis zu Herta Döbeles Anruf bei Ihnen sind wir übrigens fälschlicherweise davon ausgegangen, dass sie und Margit Trautmann tatsächlich Freundinnen gewesen sind. Und als wir nun feststellten, dass sie wie angekündigt weggefahren war, haben wir uns zunächst keine Sorgen um sie gemacht. Herta Döbeles Telefongespräch mit Ihnen hat uns die Augen geöffnet, und wir haben sofort reagiert.

Laut der Auswertung der Handydaten von Herta Döbeles Mobiltelefon und dem Ihrer Frau müssen sie zusammen gewesen sein, als Margit Trautmann den Felsen hinunterstürzte. Danach hat Herta Döbele jedoch keineswegs ihr Handy benutzt, um den Notarzt zu rufen oder die Bergwacht zu alarmieren, sondern hat sich schnellstens vom Tatort entfernt, ist in ihr Auto gestiegen und ins Tessin gefahren. Zum ehemaligen Haus von Klara Bernauer. Sie hatte dafür einen Schlüssel, offensichtlich aus dem Besitz des verstorbenen Anwalts Paul Schneider. In diesem Haus wurde sie dann auch festgenommen. Als die Polizei sie mit den Fakten konfrontierte, brach sie zusammen. Sie hat schließlich gestanden, Ihre Frau den Felsen hinuntergestoßen zu haben.«

Max war völlig perplex. »Aber warum denn, um Himmels willen? Ich dachte auch immer, Margit und sie wären Freundinnen. Ehrlich gesagt, ich habe sogar geglaubt, meine Ex könnte mit den Döbeles unter einer Decke gesteckt haben.«

Iris Terheyde nickte. »Herta Döbele hat Ihre Frau auch immer in dem Glauben gelassen, sie sei ihre Freundin. Dabei war sie rasend eifersüchtig. Sie hat Paul Schneider geliebt, obwohl sie um einige Jahre älter war als er, sie hätte seine Mutter sein können. Deshalb hat sie ihm auch geholfen, seine Pläne zu verwirklichen. Und die bestanden darin, die Misshandlungen Ihrer Stiefschwester Klara zu rächen. Schneider hat Klara geliebt. Das konnte Herta Döbele noch ertragen. Klara war ja keine Gefahr, schien ausschließlich mütterliche Gefühle für Schneider zu hegen. Ihr Mann und sie hatten den Jungen quasi als Ziehsohn in ihrem Haus aufgenommen.«

»Wobei geholfen? Welche Pläne? Ich verstehe nichts. Schneider war so etwas wie Klaras Adoptivsohn?«

»Ja. Ihre Stiefschwester und ihr Mann hatten den Waisenjungen nach der Heirat bei sich aufgenommen. Er muss damals etwa zehn Jahre alt gewesen sein, vielleicht acht Jahre jünger als Klara. Womöglich war er sogar der illegitime Sohn dieses Bernauer. Aber immer der Reihe nach. Zurück zu Herta Döbele. Als sie dann erfuhr, dass Ihre Frau sogar ein Kind von Schneider erwartete und er sie heiraten wollte, da war ihr Schicksal besiegelt. Sie hatte ursprünglich geglaubt, Paul Schneider habe Ihre Frau nur zu seiner Geliebten gemacht, um sie für seine Pläne zu nutzen. Mit ihrer geheuchelten Freundschaft wollte sie ihm dabei helfen. Liebe war aus der Sicht von Herta Döbele da nicht vorgesehen. Und schon gar kein Kind. Deswegen hat sie nicht nur Ihre Frau umgebracht, sondern war vermutlich auch am Tod des Mannes beteiligt, den sie seit Jahren und wahrscheinlich sogar ohne dessen Wissen liebte. Paul Schneider.«

»Warum sollte sie Paul Schneider umbringen, wenn sie ihn so abgöttisch geliebt hat? Das passt für mich nicht zusammen«, sagte Max.

Iris Terheyde nickte. »Das ging uns genauso. Es dauerte eine Weile, bis wir das wirre Gestammel ordnen und die Ereignisse rekonstruieren konnten. Zumal es bei Paul Schneider um die Frage ging, wieso sein Herzschrittmacher plötzlich stehen geblieben ist. Oder genauer ausgedrückt, warum sein Herz stehen blieb. Wir hatten ein Handy als Ursache für das Aussetzen des Herzschrittmachers im Verdacht. Doch das war eine falsche Spur. Aber von vorne. Wie gesagt, Herta Döbele hat Paul Schneider geliebt. Und sie war ihm deshalb eine willige Komplizin in seinem Racheplan gegen Franz Satorius und einen gewissen Max Trautmann.«

Nun war die Verwirrung bei Max perfekt. »Ich kannte diesen

Mann überhaupt nicht. Ich bin ihm zum ersten Mal als Scheidungsanwalt meiner Frau begegnet. Was hatte er nur gegen mich?«

»Er muss von den Geschehnissen damals in Laufenburg gewusst haben. Er wollte sich in Klaras Namen an jenem Mann rächen, der sie in ihrer Jugend im Stich gelassen hat. An Ihnen. Der Vergewaltiger Satorius wäre wohl danach an die Reihe gekommen. Dabei kam ihm Herta Döbele als willige Helferin gerade recht, zumal sie noch dazu einen ziemlich zwielichtigen Sohn hat, der sich für die Pläne einsetzen ließ.

Als sich Klara Bernauer dann von der Brücke stürzte, bekam dieser Racheplan eine zusätzliche Dynamik. Sie sollten auf jeden Fall wegen Mordes ins Gefängnis kommen, Franz Satorius musste sterben. Beides ließ sich trefflich miteinander verbinden. Das war jedenfalls die Absicht. Um ganz sicherzugehen, war Paul Schneider sogar bereit, ein großes Risiko einzugehen. Sie sollten nicht nur als der Mörder von Satorius dastehen, sondern außerdem als der Mann, der versucht hat, auch ihn, den Liebhaber seiner Frau, aus dem Weg zu räumen. Doch es ist schiefgegangen. Er ist wirklich dabei gestorben.

Herta Döbele hat uns nur wirre Geschichten aufgetischt, wie es dazu kam. Vom Ablauf her war es wohl so, dass er seine großen Hi-Fi-Boxen benutzt hat, um seinen Herzschrittmacher aus dem Takt zu bringen. Er wollte aber nur ohnmächtig werden. Unsere Nachforschungen haben ergeben, dass das durchaus möglich ist, das elektromagnetische Feld muss nur stark genug sein. Eine große Hi-Fi-Box nahe am Herzen könnte das bewirken. Er muss wie geplant ohnmächtig geworden sein, und – wie gesagt – ich glaube nicht, dass Paul Schneider sterben wollte.

Erwähnte ich, dass Klara Bernauers Mann ein berühmter Herzspezialist war? Wahrscheinlich hat Paul Schneider bei seinem Ziehvater einiges gelernt und sich die Anordnung selbst überlegt. Herta Döbeles Aufgabe wäre es dann gewesen, den Notarzt zu rufen und natürlich die Polizei. Den zweiten Teil des Planes hat sie ausgeführt. Wir haben riesige Boxen in seinem Büro gefunden, uns zunächst aber nichts weiter dabei gedacht. Sie standen nicht mehr in der Nähe der Leiche, als wir kamen. Herta Döbele und ihr Sohn müssen sie wieder an ihren Platz geräumt haben, nachdem Schneider tot war. Der Plan war offenbar immer noch, Ihnen den Tod Schneiders in die Schuhe zu schieben. Herta Döbele hat uns auf diese Spur gelenkt. Bei einem Verhör hat sie jedenfalls ziemlich deutlich durchblicken lassen, dass sie Ihnen den Mord an ihrem Arbeitgeber durchaus zutraut.

Und dann ist da die Sache mit dem Handy. Wissen Sie, auch Handys stehen im Verdacht, dass sie Herzschrittmacher stören können. Wir haben ein Handy unter dem Sofa Schneiders gefunden und uns anfangs auf die Frage konzentriert, wie das Handy mit seinem Tod in Verbindung stehen könnte. Frau Döbele hat uns gegenüber heftig bestritten, von einem Handy zu wissen. Vielleicht wollte sie Ihnen das Mobiltelefon Schneiders ursprünglich mithilfe Ihrer Frau unterjubeln, irgendwo in Ihrer Wohnung deponieren – ich meine, bevor sie wusste, dass Ihre Frau schwanger war. Und dann hat sie einfach vergessen, dass es noch unter dem Sofa lag. Wir hätten uns jedenfalls ziemlich gewundert, Paul Schneiders Handy bei Ihnen zu finden.«

Max Trautmann schüttelte den Kopf. »Das alles ist doch völlig verrückt. Wenn Schneider nicht sterben wollte und sich auskennt, warum ist er dann gestorben?«

»Wir haben Kalium in seinem Blut gefunden«, antwortete das Gänseblümchen etwas kryptisch.

»Was soll das nun wieder heißen, was vermuten Sie?«

»Herta Döbele hat gemerkt, dass Schneider sie nur benutzt hat. Vielleicht hat er es ihr sogar gesagt. Offenbar wollte er Ihre Frau nach der Scheidung heiraten, des Kindes wegen, das sie erwartete. Herta Döbele muss das rasend gemacht haben. Sie hat ihm vermutlich das Kalium gespritzt, während er ohnmächtig dalag. Zuerst haben wir bei der Obduktion der Leiche keine Einstichstelle finden können. Dann aber doch. Sie lag, lassen Sie es mich vornehm ausdrücken, in der Gegend von Schneiders Manneszierde. Ziemlich ungewöhnlich und deshalb schwer zu entdecken. Herta Döbele war übrigens vor ihrer Ehe die Sekretärin von Klaras verstorbenem Mann gewesen, Sie wissen schon, dem Zürcher Herzspezialisten. Sie kann also von der tödlichen Wirkung einer hohen Dosis Kalium durchaus gewusst haben. Sie leugnet allerdings standhaft, etwas mit Franz Satorius' Tod zu tun zu haben. Dafür beschuldigt sie inzwischen ihren eigenen Sohn.«

»Was soll das denn nun wieder?«

»Wir haben auch einige Zeit gebraucht, bis wir alle Fakten richtig zuordnen konnten. Zusammengefasst schildert sie den Ablauf so: Schneider wollte Sie, den Mann, der seine Klara im Stich gelassen hatte, mithilfe eines fingierten Mordversuchs hinter Gitter bringen. Er hat schon früh angefangen, den Boden für seinen Racheplan vorzubereiten, Spuren zu legen, die uns zu Ihnen und Ihrem Stiefvater führen mussten. Zum Beispiel in Form eines anonymen Anrufes, in dem er behauptete, Klaras Tod sei Mord und keine Selbstmord gewesen. Nach Ihnen hätte er sich Satorius gewidmet. So weit das ursprüngliche Vorhaben. Doch laut Herta Döbele muss Schneider dann mitbekommen haben, dass Frank Döbele plante, sein eigenes Süppchen zu kochen. Er hatte begonnen, Schneider zu erpressen. Er drohte damit, Satorius und Ihnen alles zu sagen, wenn er nicht mehr Geld bekäme. Die beiden haben sich daraufhin offenbar bös zerstritten. Vielleicht wollte Schneider ihn sogar anzeigen. Da haben Mutter und Sohn die Gelegenheit beim Schopf ergriffen und ihn umgebracht, als er ohnmächtig am Boden lag, statt, wie geplant, den Notarzt zu rufen. Beide hatten ihre eigenen Gründe. Sie tötete aus verratener Liebe. Er, weil Schneider ihm nicht mehr Geld zahlen wollte. Offenbar dachten beide zu diesem Zeitpunkt immer noch, sie könnten Ihnen den Tod in die Schuhe schieben. Motiv: Er wollte Sie wegen eines angeblichen Mordversuches an Ihrer Frau anzeigen. Ihre Ex hat dabei anfangs ja brav mitgespielt.

Daraus wurde aber nichts, wie wir beide wissen. Und als wir Herta Döbele des Mordes an Ihrer Frau und an Paul Schneider überführten, da sah sie ihre Felle davonschwimmen und beschuldigte jetzt stattdessen ihren Sohn des Mordes an Satorius. Ich glaube, damit will sie mildernde Umstände für sich heraushandeln.«

»Das wäre schon eine eigenartige Form von Mutterliebe«, fand Max Trautmann.

Iris nickte. »Die ganze Frau ist eigenartig. Ich glaube, sie ist psychisch schwer gestört. Herta Döbele behauptet jedenfalls, sie sei nicht dabei gewesen, als Satorius zusammengeschlagen wurde.«

»Und was ist mit Frank Döbele?«

»Frank Döbele ist wie vom Erdboden verschluckt. Meine These ist die: Satorius war wahrscheinlich in die Rachepläne eingeweiht – von Ihrer Frau. Die beiden verstanden sich ja gut. Sie kannte wohl nur den Teil des Planes, der Sie betraf, und wusste nicht, dass es auch Satorius an den Kragen gehen sollte. Bei dem guten Verhältnis zwischen den beiden hätte sie bei Paul Schneiders Racheplänen sonst wohl auch nicht mitgespielt. Satorius muss aber grob informiert gewesen sein, dass es einen Racheplan gab. Margit war viel zu versessen darauf, Sie fertigzumachen, um es ihm nicht zu erzählen.

Damit, dass Ihre ehemalige Frau ein so gutes Verhältnis zu ihrem Schwiegervater hatte, haben ursprünglich offenbar weder Schneider noch die Döbeles gerechnet. Das machte ihn jedoch zu einem gefährlichen Mitwisser. Deshalb musste er sterben. Frank Döbele war zur Tatzeit am Tatort. Das beweist er selbst mit seinem Erpresserbrief, wie Sie richtig festgestellt hatten. Vielleicht wollte er den Alten auch gar nicht umbringen, sondern ihm nur eine handfeste Warnung zukommen lassen. Er hat Ihren Stiefvater jedenfalls übel zusammengeschlagen und musste ihn dann liegen lassen, bevor er sein Werk vollenden konnte, weil er durch Sie gestört wurde. Dann hat er versucht, Ihnen die Tat in die Schuhe zu schieben. So sieht das jedenfalls seine Mutter.«

»Und glaubst du das?«, fragte Max Trautmann.

»Im Zweifel für den Angeklagten, nicht wahr?« Sie versuchte, es spaßig zu sagen, konnte die leise Stimme des Unbehagens über seine Rolle in dieser Angelegenheit allerdings nicht ganz zum Schweigen bringen.

Er zog sie an sich.

In diesem Moment wurden ihre Zweifel von anderen Gedanken verdrängt. Es war so gut, ihn zu spüren.

Etwas später konnte er das Gänseblümchen im Bad rumoren hören. Sie wolle sich schnell noch frisch machen, hatte sie ihm errötend erklärt. Er fand ihre Unsicherheit ebenso bezaubernd wie ihren verschmierten Lippenstift. Max Trautmann hielt sich in diesem Moment für einen sehr glücklichen Mann. Er betrachtete den Lichtschein, der unter der Badezimmertür hindurchleuchtete und das Dunkel im Schlafzimmer in ein leichtes Dämmerlicht verwandelte. Er lächelte. Wie in seinen Kindertagen betete er zum lieben Gott, dass alles gut werden würde. Dass sie Frank Döbele niemals fanden. Er würde sich bestimmt gut verstecken. Denn zumindest der Erpressungsversuch war ihm nachzuweisen. »Himmel hilf«, murmelte Max beschwörend.

»Hast du etwas gesagt?«, erkundigte sich Iris aus dem Badezimmer. Sie hatte sich dabei ertappt, dass sie wieder an den Nägeln kaute. In diesem Moment beschloss sie, ihm reinen Wein einzuschenken, ihm von diesem Zweifel zu erzählen, der immer wieder an ihr nagte. Gleich. Sie würde es gleich tun. Davor. Es sollte nichts zwischen ihnen stehen. Andererseits: Für die Kollegen war der Fall abgeschlossen, gelöst. Der große M. hatte sie ausdrücklich für die schnelle Arbeit gelobt. Doch vielleicht gelang es Max, die leisen Stimmen des Verdachtes endgültig zum Schweigen zu bringen. Vielleicht hatten sie beide dann ja so etwas wie eine Zukunft. Sie würde mit ihm reden. Aber nicht gleich. Nicht heute. Ein anderes Mal.

Danksagung

Zu diesem Roman haben viele beigetragen. Besondere Unterstützung bekam ich von Manfred Jauch von der Lörracher Kriminalpolizei, Leiter der Führungsgruppe der Polizeidirektion, und Edgar Adrion, dem Ö (Pressesprecher) der Polizeidirektion Waldshut-Tiengen. Bei meinen Fragen zum Thema Herzschrittmacher und Herztod halfen mir der Kardiologe Dr. von Savigny sowie die Bundesanstalt für Strahlenschutz mit ihrer Homepage.

Die im Roman beschriebenen Ereignisse sind frei erfunden, die Orte nicht, Ähnlichkeiten mit lebenden Personen oder toten sind zufällig. Stefanie Rahnfeld, der Lektorin des Emons Verlages, ihrer sorgfältigen Arbeit und ihren Hinweisen ist es zuzuschreiben, dass noch so manche Unebenheit in der Geschichte geglättet werden konnte. Herzlichen Dank dafür.

Die zitierten Haikus wurden von Meistern geschrieben, die längst gestorben sind. Sie stammen fast alle aus »Abschied von Japan«, 151 Haiku-Übersetzungen, 37 Wortskizzen von Dietrich Krusche, Lyrische Hefte 35/35, erschienen im Dezember 1969, sowie aus »Traumstille Tage«, Edition eine neue Erde, Peter Hammer Verlag, Wuppertal 1995. Zwei habe ich selbst verfasst.

Petra Gabriel, 2007